Matthias Rinke

Mittelmaß und Mittelstrahl

Roman

Impressum

Verantwortlich
für den Inhalt: Matthias Rinke
Kampmannstr. 9
44799 Bochum

Kontakt: pocotronic@gmx.de
instagram.com/iammmnotbatman

Druck: epubli – ein Service der Neopubli GmbH, Berlin

Schwarz

Bereits im dritten Takt brach Klaus ab und ließ seine Hände auf die Tasten sacken, als wären sie aus Hefeteig, seine Körperspannung war kaum mehr als solche zu bezeichnen. Das Klavier seufzte kurz und laut auf. Seine Finger hatten Note für Note perfekt gespielt, das Desaster lag trotzdem auf der Hand: Die *Kreisfluss*-Sonate verlor ihren Zauber. Bereits zum dritten Mal in Folge gab ihm die funkelnde Melodie nicht den nötigen emotionalen Schub, der ihn sonst stets wie ein Blitz in Zeitlupe durchfuhr, wenn er die 1832 von Aurelius Bent komponierte Sonate mit Inbrunst spielte. Vorgestern Nacht hatte er es immerhin noch bis zur öffnenden Passage im neunten Takt geschafft, heute loderte kaum mehr ein Flämmchen. Dieses Stück am Klavier seines Onkels spielen zu können, zog ihn seit Jahren aus dem Wasser, wenn die lauwarme Wanne des Lebens mal wieder bis zum Hals gefüllt war. Nun war dieser Rettungsanker auch noch abhandengekommen.

Seinen seit Wochen schlechten und stets schlechter werdenden Zustand konnte er weder auf eine Midlife-Crisis noch auf eine Winterdepression schieben, auch wenn sich zum zweiten Mal in diesem Jahr Schnee auf seinem Balkon breit machte. Er klappte das Klavier vorsichtig zu, atmete tief durch, stand auf und blickte auf das gegenüberliegende Regal. So verharrte er, vielleicht zwei, vielleicht zehn, vielleicht 20 Minuten. Er wusste es nicht genau, als er sich endlich um das Klavier herum auf das Regal zubewegte.

Er ließ die Bücher links liegen, von denen sich über die Jahre einige Hundert angesammelt hatten, zahlreiche

Biografien und Musiktheorie, Gedichtbände, ein paar Bücher von Dostojewski, Schiller und anderen vermeintlich wichtigen Autoren, die er doch nur selten oder gar nicht gelesen hatte. Das dekorativ gebundene und in den USA veröffentlichte Hesse-Werk *Demian* fiel ihm ins Auge, doch er ließ davon ab, ging auf die Schallplatten zu, von denen er noch ein paar mehr als Bücher besaß.

Wie immer in den letzten Wochen und Monaten blieb er bei der gleichen LP hängen. Er zog sie aus dem Regal und sah sich das Cover an, dessen Dunkelheit durch ein Prisma gebrochen wurde, das einen Lichtstrahl in Regenbogenfarben zerlegte. Er wog die Platte in den Händen hin und her, als wartete er darauf, dass sich etwas auf dem Cover ändern würde, wie bei einem 3D-Bild. Es tat sich nichts, aber er fand sich in den wenigen bunten Strahlen, im fahlen Licht und vor allem in der Menge an Schwarz wieder. In diesen Nuancen hatte er das Album vor rund 40 Jahren unfreiwillig kennen, schätzen und fürchten gelernt.

Leergut

Lukas stieg die verbrauchte Luft zu Kopf. Die schlecht verputzten Wände rochen noch immer nach kaltem Rauch, obwohl keiner von ihnen in den knapp vier Jahren, die sie nun hier wohnten, jemals geraucht hatte. Vermutlich hatten sie die Wohnung einfach nie genug mit Leben gefüllt, um den Geruch und das Wesen der Vormieter zu verdrängen. Und die reinlichste WG waren sie auch nie gewesen.

»Du weißt, in welche Richtung sich das alles noch entwickeln kann und wie schlecht dieses Internet auch für einzelne Menschen sein kann«, sagte Lukas sanft und beschwichtigend, nachdem er das zuvor einseitig verlaufene Gespräch mit einem wütenden Aufschrei unabsichtlich beendet hatte. Karmen war auf ihrem schwarzen Schreibtischstuhl erstarrt: gerader Rücken, die Hände im Schoß ihrer schwarzen, enganliegenden Jogginghose und versteinerte Miene.

Ihre kleinen braunen Augen blickten in die nicht vorhandene Ferne. Sie sah wie immer blass aus, was vielleicht auch daran lag, dass sie stets schwarz gekleidet war. Lediglich ihr weiter Kapuzenpullover setzte mit einem dünnen roten Streifen einen Farbakzent. Lukas wich einen kleinen Schritt zurück und setzte sich auf die Lehne des Sofas, das an der fahrig und farbig gestrichenen Wand stand.

Er rieb sich mit den Händen durch Augen und Gesicht, atmete schwer aus und langsam ein. Karmen schwieg, ihr drehbarer Schreibtischstuhl bewegte sich leicht hin und her. Auch wenn Lukas die langen Momente der Stille zwischen ihnen kannte, kam ihm dieser besonders intensiv vor. Er war der

Verzweiflung nahe, das hatte er nicht nur geträumt oder gespürt. Er wusste es. Wie er es sich oder anderen erklären konnte, wusste er hingegen noch nicht.

Es Karmen zu erklären, machte wenig Sinn. Die Aussicht auf eine spürbare Rückmeldung wäre wahrscheinlich vielversprechender, wenn er es lauthals aus dem Fenster brüllen würde – und sei es nur ein wütender Schrei oder ein Flaschenwurf. Er stand auf, ging nervös in Richtung Fenster und drückte sich mit beiden Händen von der Fensterbank ab. Seine Füße schwebten kurz über dem Boden, dann ließ er sie wieder sinken und drehte sich zu Karmen um.

»Du schreibst Programme für alles Mögliche, da wirst du doch irgendwie auch das Internet lahmlegen können«, sagte Lukas vorwurfsvoll. Er schwieg wieder, um sich zu beruhigen. Er wusste, dass es seine ohnehin nur noch minimalen Chancen steigern würde, wenn er freundlich fragte: »Kann man da denn nicht irgendetwas machen?« Es war ihm nur halbwegs gelungen, seine Frage freundlich und besonnen zu formulieren. Er verlagerte sein Gewicht langsam von einem Fuß auf den anderen, während Karmen weiterhin schweigend verharrte, die Hände im Schoß gefaltet.

Lukas‘ Wut auf das Internet war persönlicher Natur und wenig rational begründet. Sie richtete sich gegen die ignorante Dummheit der Menschheit, die Lukas immer wieder feststellte, aber auch gegen die negativen Erfahrungen, die er persönlich gemacht hatte – sie alle projizierten sich für ihn auf das zu mächtige Internet. Man müsse und sollte etwas dagegen tun – Lukas‘ Gedanken setzten zum nächsten Sprung an, doch er konnte sie und sich noch bremsen.

Karmen hatte ihre Antwort zwar nicht ausgesprochen, doch Lukas verstand und zog sich lautlos aus ihrem Zimmer zurück. Im Flur hörte er noch das leise Brummen ihres Computers und das Knirschen, mit dem ihre Tür ins Schloss fiel.

Er ging in die Küche, steckte eine alte Brotschreibe in den Toaster und öffnete den Kühlschrank, um die Butter herauszuholen – die einzige Option, die die Kühlfächer boten, um das alte Brot etwas schmackhafter zu machen. In der Zeit ihres gemeinsamen WG-Lebens hatte sich Karmen immer mehr zum Nerd-Prototypen entwickelt, mit Kaffeemaschine neben dem Computer und Verschwörungstheorien. Noch vor zwei Wochen hatte sie sich parallel zu ihrem Großprojekt – ein Programm, das anhand weniger Informationen einen Menschen auf seine Einzigartigkeit überprüfen und mögliche Doppelgänger finden soll – einem kurzweiligen Spaß gewidmet, bei dem Lukas eine entscheidende Rolle gespielt hatte.

In geheimer Mission zapften sie gemeinsam einen Pfandautomaten in einem Supermarkt am anderen Ende der Innenstadt an und nahmen ihm mit den 27 leeren Flaschen vom WG-Balkon die 270 kalkulierten Euro ab, gestückelt in zehn Pfandscheine mit unterschiedlich krummen Beträgen. Von zwei Pfandscheinen gingen sie in der Pizzeria an der Ecke essen, der einzige Laden, den Karmen neben dem Supermarkt regelmäßig betrat. Die anderen Scheine schenkten sie einem Obdachlosen, der sein Lager zwei Straßen weiter hatte.

Mit Brot und Butterfingern ging Lukas in sein Zimmer, setzte sich an den Schreibtisch und weckte seinen Computer aus dem Ruhezustand.

Play

Er hielt das Cover mit gestreckten Armen vor sich, als müsste er einen Sicherheitsabstand wahren, drehte sich um die eigene Achse und blickte in seine helle, größtenteils geflieste Eigentumswohnung. Er musterte das Klavier, die Notenhefte, die sich auf dem Boden stapelten, die Bücher und Schallplatten im Regal, die Ledercouch und den davor liegenden Teppich, den Schreibtisch, auf dem das unkreative Chaos seit Monaten herrschte, die kleine Einbauküche und den Treppenaufgang in die zweite Dachgeschossetage. Vor der Haustür stand sein Kleinwagen des gehobenen Preissegments, keine zwei Jahre alt, die Nachbarschaft bestand aus Akademikerfamilien, gut betuchten Rentnern und Mittelstandsmenschen zusammen.

Von außen betrachtet, hatte er es hierhergeschafft, aber wie es sich hier drinnen, eingepfercht in den eigenen vier Wänden anfühlte, wusste nur er, auch wenn er gar nicht so genau festmachen konnte, was ihn einengte. Sein Blick verweilte auf dem Rahmen über dem Plattenspieler, von hier aus konnte er es kaum lesen, aber er wusste, dass es dort steht, Schwarz auf Weiß: »Klaus Kleiber – *Klee sammeln in Molk*«. Sein einziges, eigens komponiertes und abgeschlossenes Klavierstück, von einem kleinen Label in geringer Stückzahl veröffentlicht. Kurz danach war es sogar mal bei einem lokalen Radiosender gespielt worden. Er hatte seine Liebsten und Freunde vorab informiert und zu diesem Zweck drei E-Mails geschrieben.

Nach den geringen Erfolgen bei Musikwettbewerben und Mädchen, dem gerade so bestandenen Abitur und dem nicht ansatzweise absolvierten Studium sollte dieser Erfolg endlich die Auszeichnung sein, mit der er sich vor sich, seiner Mutter und seinen wenigen Freunden beweisen könnte, um sich besser und wertgeschätzter zu fühlen. Dabei wusste er den eigenen Erfolg selbst am besten einzuschätzen: Solch grandiose Kompositionen wie die allseits gelobte und von ihm vergötterte *Kreisfluss-Sonate* waren Lichtjahre von seiner eigenen entfernt. Das Hoch hielt also nur kurz an, im Rückblick grenzte es an Ironie, es überhaupt als solches zu bezeichnen.

Seine eigene Komposition klang derart minderwertig für ihn, er hatte sie schon bei ihrer Veröffentlichung nicht mehr hören können und dies seitdem auch nicht mehr getan. Wenn ihn jemand darauf ansprach, reagierte er stets einsilbig und lenkte schnell vom Thema ab. 14 Jahre lang hatte er sich nun schon nicht mehr auf seine einstige Errungenschaft eingelassen, um sie nicht als die Schmach zu erleben, für die er sie hielt. Nur eine Platte hatte er ganz sicher länger nicht gehört, obwohl sie ihn einst unfreiwillig an die Musik herangeführt und damit auch für seine Klavierleidenschaft gesorgt hatte.

Sein Blick wanderte zum Plattenspieler, zu seinen Händen, die leicht bebten, als würden sie jeden Moment beginnen zu zittern. Sie ahnten, was er bereits wusste: Heute würde er das Pink-Floyd-Album *Dark Side Of The Moon* zum ersten Mal seit etwa 40 Jahren bewusst hören und damit all die Erinnerungen wecken, die sich vor allem um seinen Vater drehten, von dem er die Platte nach dessen frühen Tod geerbt hatte.

Kreuze

Beim Ankreuzen der letzten Zahl warf Lukas eine plötzlich aufkeimende Erinnerung aus der Bahn, er drückte sich mit den Händen von der Schreibtischkante ab, sodass sein Bürostuhl rückwärts über den verkratzten PVC-Boden rollte. »Wer Lotto spielt, ist vollkommen verzweifelt und am Ende«, hatte er so oft gedacht und gesagt und gegenüber anderen gepredigt. Der Sachverhalt war schon immer klar: Auf der einen Seite die Lotterie, die mit kaltem Kalkül bei jeder Ziehung gewinnt. Auf der anderen Seite die Lottospieler, die sich zum Großteil nicht durch die verlogene Champagner- und Luxusleben-Werbung anlocken lassen, sondern durch Verzweiflung. Pure Verzweiflung. Durch den immer wieder aufkeimenden Wunsch, der Monotonie des Hamsterrades zu entkommen, das immer häufiger ins Stocken gerät, je mehr es sich drehen muss.

Was genau Lukas letztlich dazu veranlasst hatte, sich auf der Lotto-Website zu registrieren und den ersten Lottoschein seines Lebens auszufüllen, wusste er nicht genau. Jedenfalls hatte er seinen Lottoschein fast fertig ausgefüllt – online. Wie neu und wie leicht das war. Und wie eindeutig: Er war verzweifelt. Vollkommen. Seine eigene Logik und Prophezeiung machten diesen Fakt unumstößlich. Immerhin war er nicht in einen Zeitschriftenladen gegangen, in dem man Lotto analog spielen konnte, mit Zettel und Stift. Und vor allem mit der unangenehmen Offenbarung gegenüber den Mitarbeitern und anderen Kunden: Seht her – mein Leben taugt ohne ein paar schwarze Nullen mehr auf dem Konto nicht mehr.

Immerhin das, dachte er.

Er saß zuhause an seinem Computer und setzte zwar nicht völlig anonym seine sechs Kreuze des Unglücks, war in dieser peinlichen Situation aber immerhin unbeobachtet – sofern niemand seinen PC angezapft hatte. Erst letzte Woche hatte Karmen ihm noch einen Vortrag über Spy-Software, die NSA und uns bevorstehende Cyber-Kriege gehalten. Wie immer hatte sie dabei auf ihre Bildschirme gestarrt und kryptische Befehle in ihre Tastatur getippt. Lukas drehte sich auf seinem Schreibtischstuhl langsam und vorsichtig zur Tür um, sie war geschlossen und er erleichtert. Karmen hatte ihn bei seinem armseligen Versuch, an einem aussichtslosen Glücksspiel teilzunehmen, nicht beobachtet – es sei denn, sie hatte seinen PC ausspioniert.

Lukas verwarf den Gedanken schnell wieder, notierte sich seine sechs Glückszahlen, den Code des Scheiterns, schnell mit einem Kugelschreiber auf einem angerissenen Zettel – 7, 13, 23, 36, 47, 49 – und hielt sich gedanklich an der geschlossenen Tür fest. Ein paar Mal hatte er diese in ähnlich unangenehmen Situationen offenstehen lassen. Etwa als er seine eigenen Kommentare im Forum des Bundesamts für Magische Wesen – er hatte diese Institution einst durch Zufall und mit großer Freude entdeckt – laut vorgelesen und dazu affektiert geschauspielert hatte. Es waren etliche Kommentare gewesen, einer unangenehmer als der andere, und wie sich erst später herausstellte, hatte Karmen ihn dabei eine ganze Weile beobachtet.

Sie hatte ihm offenbar wie versteinert zugesehen und den typischen Karmen-Blick selbst dann nicht abgelegt, nachdem er sie entdeckt hatte. Sie guckte in solchen Situationen, von denen es in ihrer gemeinsamen WG-Zeit einige gegeben hatte, irritiert und schräg zur Seite und bekam kein Wort über die Lippen. Reden und Einfühlungsvermögen waren nicht ihre Stärke, soweit Lukas das mit seiner eingerosteten Empathie überhaupt selbst beurteilen konnte. Denn seine einstigen Stärken verkamen zuletzt eindeutig zu oft auf dem Drehstuhl mit der kaputten Lehne vor dem Computerbildschirm.

Er war 29 Jahre alt und seine sozialen Beziehungen waren in den letzten drei Jahren auf ein Minimum geschrumpft. Er sprach nicht gerne darüber und grundsätzlich ungerne über die Vergangenheit. Er dachte nicht mal gerne darüber nach. Jetzt, in diesem Moment der peinlichen und bewussten Verzweiflung, sortierten sich seine Gedanken mit einer solchen Klarheit, als würden bei Tetris nur Quadrate, die Profis nennen sie »O«, hatte Lukas mal gehört, und zu guter Letzt ein »I« vom Himmel fallen.

Die Lösung ließ sich ausnahmsweise nicht in eine Tastatur tippen, sie war viel mehr durch eine letzte Tastenkombination in Reichweite: Strg+Alt+Entf. Apfel+Q. Alles beenden und diese Kiste fürs Erste herunterfahren, mindestens so lange, bis er hier weg war. Was er mit dem Geld anstellen würde, falls er tatsächlich im Lotto gewinnen sollte, wusste er nicht. Er suchte nach einem Ausweg, den er mit wesentlich größerer Wahrscheinlichkeit und schneller auch anders beschreiten konnte.

Er atmete tief ein. Im Sitzen würde man automatisch nur flach atmen, hatte er mal gelesen, und das wäre nicht gut, weil die Lunge nicht ausreichend belüftet würde. Oder so. Er war sich nicht sicher, hatte sich trotzdem eine Durchatempause pro Tag angewöhnt, dafür extra aufzustehen, sah er allerdings nicht ein. Auch jetzt nicht, als er die Durchatempause in vollen Zügen vollzog und seine Gedanken sammelte. Karmen! Karmen könnte ihm gleich eine doppelte Hilfe sein, er könnte seinen Computer mit ihrer Unterstützung wirklich direkt abschalten.

Lukas sog die dünne Luft seines Zimmers noch ein letztes Mal tief ein, stand auf und entfernte die Kabel von seinem PC so ruckartig wie er aufgestanden war. Den Rechner trug er abwechselnd auf Bauch und Oberschenkeln durch den Flur zu Karmens schräg gegenüberliegendem Zimmer. Ihre Tür war wie immer verschlossen, durch das milchige Glas konnte man das Flimmern ihrer Bildschirme erkennen. Karmen hatte sich schon immer im Dunklen äußerst wohl gefühlz, sie zog sich zurück und saß stundenlang, im Grunde sogar tagelang vor ihrem Computer, wo sie nur durch das Licht der Bildschirme in ihren schwarzen Klamotten zu erkennen war.

In den vier Jahren ihres WG-Lebens hatte Lukas wenig über sie erfahren, auch wenn er selbst nicht der Gesprächigste war, hatte sie sich doch so verschlossen wie nur möglich verhalten, rekapitulierte Lukas vor Karmens Tür, während der Computer immer schwerer wurde und drohte abzurutschen. Aus Karmen mehr als ein paar Wörter herauszubekommen, war oft unmöglich. Vermutlich hatte er in all der Zeit mehr mit seinen Star-Wars-Figuren als mit Karmen gesprochen, dachte er und klopfte etwas unbeholfen mit dem rechten Ellenbogen an die Tür.

Er hörte eine ruckartige Bewegung, die ihm versicherte, das Karmen das Klopfen gehört hatte. Er trat ein, Karmen saß an ihrem Computer, blickte in seine Richtung und durch ihn hindurch. Sie sagte nichts. Ihr Blick wanderte von der Wand auf den kabellosen Rechner, der sie offenbar irritierte, wie Lukas aufgrund eines Zuckens in ihrem Gesicht vermutete. Die Jalousien waren geschlossen und die mit Zahlen und Zeichen gefüllten Bildschirme umhüllten Karmen mit einem schimmernden Licht. »Kannst du mir einen Gefallen tun?«, fragte Lukas. »Zwei, um genau zu sein.«

Wände

Mit zittrigen Händen führte er die Nadel auf die schwarze, leicht zerkratzte Schallplatte. Wie viele Umdrehungen sie wohl schon hinter sich hatte? Mit Schätzungen und Überschlagsrechnungen versuchte er sich zu nähern, merkte aber, dass er sich damit nur ablenkte und den Moment hinauszögerte, in dem er den Startknopf drücken und die LP sich langsam anfangen würde zu drehen. Er setzte die Kopfhörer auf, die er so liebte, weil sie ihn auch ohne einen Ton von der Außenwelt abschotteten, ihm ein heimeliges Gefühl verliehen. Viel zu oft lag er mit ihnen in Embryo-Stellung auf dem Teppich vor dem Plattenspieler.

Klaus war kein geschickter Handwerker, hatte sich in tagelanger Arbeit aus Kissen und Holz aber eine Vorrichtung gebaut, mit der die breiten Ohrmuscheln des Kopfhörers beim Liegen auf dem Boden ebendiesen nicht berührten. So drückten sie nicht auf das Ohr, auf dem er lag, oder gingen nach vielfachem Gebrauch kaputt. Sie schwebten in der Luft, während der Rest des Kopfes weich gebettet war. Nach Fertigstellung seiner Erfindung, wie er sie in Gedanken noch heute nannte, hatte er den ersten Abend und die erste Nacht in Embryo-Stellung verbracht und Max Richters »Sleep« gehört, eine 24-stündige Komposition, die zum Schlafen anregen sollte. Jedes Mal, wenn er aufwachte und das Kratzen und Rauschen des Plattenspielers erkannte, drehte er die Platte um und schlief weiter.

Er rückte seine Erfindung zurecht, straffte das Kabel des Kopfhörers, drückte mit zitterndem Zeigefinger den

Startknopf, zog die Beine an und legte seinen Kopf in seine Erfindung. Mit jedem Schlag des lauter werdenden Klopfens wurden seine Erinnerungen deutlicher. Im Kopfhörer ertönte das Klingeln der Kasse, der nahende Hubschrauber, die verrückte Lache und schließlich der beruhigende Rhythmus von *Breathe (In The Air)*, zu dem die Teller und Gegenstände damals wie in Zeitlupe durch die Wohnung geflogen und die Schreie kaum noch zu erahnen gewesen waren.

Los

»Könntest du auf meinen Computer aufpassen?«, stammelte Lukas, als plane er, Karmen ein Baby anzuvertrauen. Sie schwieg, und weil Lukas die Stille und die Gesamtsituation peinlich waren, redete er einfach weiter: »Du könntest ihn hier bei dir aufbewahren, immerhin habe ich einige wichtige Daten auf dem Rechner. Nur für den Fall.« Lukas suchte mit zuckenden Augen Blickkontakt, Karmen schaute weg und schwieg weiter. »Und wenn du mit deinem Doppelgänger-Programm fertig bist, gib mir auf jeden Fall sofort Bescheid, okay?«

Lukas wartete auf eine Antwort, auf eine Nachfrage, was um alles in der Welt er denn überhaupt vorhabe. Karmen drehte sich auf ihrem Schreibtischstuhl langsam in Richtung ihrer Bildschirme und öffnete per Shortcut ein Fenster auf dem rechten Bildschirm. Lukas kannte den Grundgedanken hinter Karmens Programm-Idee: Sie war sich sicher, dass wir Menschen gar nicht so individuell und unverwechselbar waren, wie wir immer dachten. Irgendwo auf der Welt müsse es einen Doppelgänger im Geiste geben, hatte sie ihm einst erzählt. Eine wahrscheinlich anders aussehende Kopie, mit gleichen Emotionen und Denkweisen und einer Art zu handeln, die zwangsläufig irgendwann das Gleiche durchleben würde wie man selbst. Sie war fasziniert und besessen von der Idee. Lukas immerhin fasziniert.

Mit ihrem Programm wollte Karmen es ermöglichen, einen Doppelgänger über das gerade rapide wachsende Internet aufzuspüren. Dazu klügelte sie seit etwa zwei Jahren an diversen tiefenpsychologischen Theorien, unzähligen statistischen Daten und Dingen, die Lukas nicht verstand. »Ein Doppelgänger muss weder das gleiche Alter noch Geschlecht haben, da bin ich mir nun sicher. Ich habe einen entsprechenden Algorithmus fast fertig«, holte sie für ihre Verhältnisse zu einem ausführlichen Rundumschlag aus.

»Gut«, stottere Lukas, der in diesem Moment endlich verstand, warum Karmen so viel Energie in dieses Projekt steckte. Sie erhoffte sich, ihren Doppelgänger zu finden, eine Person, die sie verstand, die ihr ähnlich war, die fühlte wie sie. Lukas hatte sie nach Jahren akzeptiert, mehr aber konnte sie nicht zulassen. Als könnte sie seine Gedanken lesen, schloss sie das Fenster am Bildschirm mit einem schnellen und festen Tastendruck wieder. Lukas knetete sich verlegen die Finger, dachte nach und konnte es dann doch nicht lassen: »Ich müsste nur noch mal schnell ins Internet und dann bin ich weg. Kann ich kurz an deinen...?« Er beugte sich vor, bereit etwas in Karmens Tastatur einzugeben. Sie wich leicht zurück, räumte ihren Platz aber keinen Zentimeter.

Lukas hätte auch zwei Straßen weiter in eines der nun wirklich nicht nach der Zukunft, geschweige denn nach Café aussehenden Internetcafés gehen können, die Möglichkeit hatte er auf dem Schirm, doch er wusste, dass Karmens heiligstes Gut ihr Computer war, und was es sie für eine Überwindung kosten musste, jemanden daran etwas machen zu lassen – und genau aus diesem Grund versuchte er es. Er wollte sehen, wie sie reagierte, auch wenn es ihm fast schon wieder leidtat.

»Ich bediene Tastatur und Maus!«, sagte Karmen ruhig, aber bestimmt. »Bist du jetzt meine Sekretärin?«, lachte Lukas gekünstelt. Also gut, dann sollte sie eben seine Assistentin auf dem Weg hier raus sein. Er diktierte Karmen die URLs zweier Foren und nach kurzem Zögern jeweils auch seinen Nutzernamen samt Passwort, sie waren jeweils identisch und ohnehin nicht länger von Wert. Zudem hätte Karmen die Passwörter sowieso herausfinden können, wenn sie gewollte hätte. Sie war zu einigem mehr fähig, als sie nach außen hin ausstrahlte, das hatte Lukas schon früh erkannt. Er wollte gar nicht wissen, an was für Programmen oder Weltplänen sie im Geheimen arbeitete.

Langsam blickte Lukas aus dem Fenster und erwischte sich selbst bei einem fernsehtauglichen Blick, der eigentlich in die Ferne schweifen sollte, aber gegenüber von der kaputten Häuserfassade gestoppt wurde. Es war in diesem Moment als beobachte er sich selbst mit einer Mischung aus Mitleid und Fremdscham, der somit eigentlich gar kein Fremdscham war. So emotionslos wie möglich diktierte er Karmen die drei Sätze, die seine letzten in den beiden Nerd-Foren bleiben sollten, in denen er so viel Zeit verbracht hatte: »Fahre morgen, am Freitag den 13., auf direktem Weg zur Hölle. Wer kommt mit? Abfahrt um 6:06 Uhr und 6 Sekunden. LU-PG-7349.«

Karmen kannte die Verschlüsselung der Koordinaten auf Basis von Hexadezimalzahlen und GC-Codes natürlich, sie sagte kein Wort, ließ sich den Ort aber gleich in einer Offline-Karte anzeigen. Die Fragen, warum Lukas morgen Richtung Hölle fahren wollte und warum er den Treffpunkt dazu ausgerechnet in Castrop-Rauxel gewählt hatte, stellte Karmen nicht, sie standen aber deutlich im Raum, während sie auf die Karte starrte und weder sich noch ihre Maus bewegte.

Lukas blickte erneut auf die gegenüberliegende Hauswand und dachte daran, wie Karmen einst unmittelbar vor der Tür zum WC gewartet hatte, während er drinnen seinem Geschäft nachkam – oder es zumindest versuchte. Das Badezimmer bestand aus zwei Teilen: einem an den Flur grenzenden Bad mit Dusche und Waschbecken und einem dahinter liegenden WC, das mit einer separaten Tür abschließbar war. Dort saß Lukas wenige Wochen nach seinem Einzug als sich die Türklinke langsam nach unten bewegte. Durch den Spalt unter der Tür konnte er erkennen, dass Karmen direkt vor der nicht gerade panzerartigen Tür stand und dort stehenblieb, nachdem sie gemerkt hatte, dass die Toilette belegt war.

Lukas verrenkte sich fast den Rücken, um festzustellen, dass sie weiterhin vor der Tür stand. Langsam und so leise wie möglich brach er sein Vorhaben ab, um die Toilette anschließend mit leichten Bauchschmerzen und ohne Worte zu verlassen. Karmen ging einen Schritt zur Seite, als Lukas die Tür öffnete. Lukas verschwand darauf schnell, aber nur kurz in seinem Zimmer und danach aus der Wohnung, um im Baumarkt ein neues Schloss für die erste, an den Flur grenzende Tür zu besorgen, die bis dahin nicht abschließbar war.

Lukas verriegelte fortan stets beide Badezimmertüren und sprach mit Karmen nie über diesen Vorfall, der für sie womöglich keiner war. Rückblickend war dieser Moment, der Lukas wie eine Ewigkeit vorkam, der erste dieser Art gewesen. Mit der Zeit kamen weitere hinzu, nicht nur in den WG-Wänden. Er wurde mehr und mehr nervös bis panisch, wenn er eine Toilette aufsuchen musste und dabei nicht allein war. In den letzten Monaten genügte es sogar schon, wenn

Karmen nur in ihrem Zimmer, bei geschlossener Tür saß, damit Lukas lieber so lange einhielt, bis sie schlief, laut telefonierte (was sehr selten vorkam) oder das Haus verließ (was noch seltener vorkam).

Als er im vergangenen Frühling mit ein paar Freunden, die er seitdem nicht mehr gesehen hatte, für eine langes Wochenende campen ging, stellte er sich eine rückwärts laufende Uhr über der großen WC-Anlage vor. Die Uhr zeigte ihm an, für wie lange die WCs noch unbesetzt blieben. Er stellte sich vor, wie er die Uhr aus sicherer Entfernung beobachten würde, um erst dann in Ruhe die Toilettenanlage zu betreten, wenn sie mindestens vier bis fünf Minuten anzeigen würde. Vor wenigen Wochen hatte er auf Spiegel Online einen Artikel zur sogenannten »Schüchternen Blase« gelesen, die er offenbar auch besaß. In den folgenden Tagen tauchte der Begriff auf verschiedenen News-Seiten ebenfalls auf, wenig später tröpfelten nur noch vereinzelt Meldungen dazu herein, bis dieses Thema wieder fallen gelassen wurde. Auch Lukas' anfängliches Begehren, gegen seine introvertierte Blase, wie er sie nannte, etwas zu unternehmen, hatte ihn recht schnell wieder verlassen. Jetzt galt es ohnehin anderes zu erledigen.

Heiermann

Wie so oft zuvor, dachte er darüber nach, ob die teils verstörend klingenden Songs damals wirklich verstörend oder hilfreich gewesen waren, weil sie ihn zumindest akustisch vor dem geschützt hatten, was zwischen seinen Eltern und um ihn herum mehrfach pro Woche getobt hatte. Zu einem Ergebnis kam er auch dieses Mal nicht. Die Augenblicke, in denen sich der nächste Streit oder Wutanfall heraufbeschworen hatte, waren in seiner Erinnerung nicht besonders grauenhaft, dennoch versetzten sie ihn oft in einen tranceartigen Zustand, mit dem er sogar so etwas wie Vorfreude verknüpfte, weil sein Vater ihm in so einem Moment stets die Kopfhörer übergestülpt und *The Dark Side of the Moon* aufgelegt hatte.

Klaus konnte die vor Wut zitternden Hände seines Vaters noch heute vor sich sehen und die Mischung aus Tabak und Schweiß riechen, sobald sich die Platte zu drehen begann. Zu den Klängen, die er seit vielen Jahren nicht mehr gehört hatte, hatte er damals allein in einer Ecke gesessen, in seiner eigenen kleinen Welt. Die einsamen, beeindruckenden und verstörenden Stunden unter den Kopfhörern hatten seine Liebe zur Musik, zur Melancholie und zur Tragik geprägt, dachte er und es durchzuckt ihn. Er streckte sich kurz und kauerte sich wieder zusammen, als die Uhren in *Time* anfingen zu läuten.

Sein Vater war ein cholerischer Mensch, der nach strikten Prinzipien handelte, diese zumindest vorgab und vorlebte, auch wenn er hinter dem Rücken der anderen weniger konsequent war. Der unwirklich hohe Gesang von *The Great Gig In The Sky* fand sein Ende, Klaus raffte sich auf, drehte die Platte um und bezog erneut Stellung auf seiner Erfindung. Er schloss die Augen und tauchte erneut in Erinnerungen ab: Um mit seinen Freunden zur Kirmes gehen zu können, hatte er es mit 14 ein einziges Mal gewagt, seinem Vater ein Fünf-Mark-Stück zu stehlen. Er hatte sich einen Wecker gestellt, um nachts die Jacke seines Vaters zu durchsuchen, die immer an der gleichen Stelle hing. Auf dicken Socken schlich er durch den Flur, fingerte den Heiermann aus der Innentasche und wollte gerade triumphierend in sein Zimmer zurückschleichen, als er über eine leere Bierflasche im Flur stolperte. Noch bevor er die Flasche wieder aufstellen konnte, stand sein Vater in Unterhemd auf dem Flur und durchschaute die Situation sofort. »Mach! Das! Nie! Wieder!«, herrschte er ihn an und ließ eine mittelharte Backpfeife folgen.

Klaus ging kleinlaut auf sein Zimmer zurück. Zu seiner Verwunderung kam sein Diebstahl in den nächsten Wochen nicht zur Sprache, doch er hatte sich zu früh gefreut, mit einem blauen Auge davon gekommen zu sein. Am letzten April-Wochenende war die versammelte Verwandtschaft zu Besuch, um den 50. Geburtstag seiner Mutter zu feiern, es gab Kuchen und vor allem Kaffee, außerdem langweilige Gespräche im Überfluss. Er hasste diese Familienfeiern schon immer, dieses Mal wäre er aber am liebsten geflüchtet. Sein Vater hatte ihm morgens freudig ein T-Shirt überreicht und ihn dazu verdonnert, es zu tragen. Ein schwarzes Shirt mit weißem Aufdruck: »Ich bin ein Dieb!«

Omma

Im Treppenhaus roch es wie immer muffig, die gewohnte Melange aus alten Zeitungen, Schuhen und Wänden stieg Lukas heute aber ungewohnt penetrant in die Nase. »Reisen. Ja, man sollte eine Reise machen«, dachte er, um sich abzulenken. Er hatte ein paar Klamotten in seine für den großen Tag halbwegs vorbereitete Sporttasche gesteckt, dazu zwei alte Kassetten aus dem Regal gefummelt und in der Küche unbemerkt einen Teller und ein Messer entwendet, dazu einen Kaffeebecher, in den er sich etwas Kaffee aus der Maschine goss. Er dachte an seinen Opa. »Wenn einer eine Reise tut, dann kann er was erzählen«, hatte er oft gesagt. Ungefragt. Opa hatte viele schlaue Sprüche auf Lager gehabt.

Etliche Abende hatte Lukas mit am oder neben oder unter dem Tisch gesessen, wenn Opa mit seinen Skat-Brüdern lauthals über halbe Brote, blinde Hühner und Soldaten gesprochen hatte. Unter dem Tisch hatte Lukas das Geräusch genossen, wenn die Karten samt knochiger Handballen nach und nach auf die Tischoberfläche geknallt waren. Manchmal hatte er dort stundenlang gesessen und sich vorgestellt, er wäre der letzte Überlebende einer grauenvollen Katastrophe – bis Opa schließlich leiernd gesagt hatte: »Lukas, Bettkarte lochen!«

Im Erdgeschoß stapelten sich unter den Briefkästen die Gratis-Wochenzeitungen und Werbeprospekte, die zum Großteil aus den Zeitungen gefallen waren, die sich besser Werbezeitungen nennen sollten, dachte Lukas. Der Anteil des redaktionellen Inhalts war im Vergleich zur enthaltenen

Werbung gering und zudem meistens überflüssig. Eigentlich müsste man auf alle Briefkästen und an der Haustür Aufkleber anbringen, die den Einwurf oder das Ablegen der Werbezeitungen im Flur verbieten. Und wenn das nicht hilft: Tretminen, Heckenschützen oder Selbstschussanlagen. Die restlichen Bewohner der Goethestraße 13 sahen diesem Problem offenbar entspannter entgegen.

Lukas öffnete die Haustür, das laute Quietschen konnte den Streit auf der gegenüberliegenden Straßenseite nicht übertönen. Eine Frau und ein Mann standen oben im Fenster, ein zweiter, offenbar älterer Mann wild gestikulierend auf der Straße, den Blick Richtung Fenster gerichtet. Lukas hielt kurz inne, blickte rechts an den Fassaden der zweckmäßigen Bauten entlang und über den trostlosen, breiten und von Müll gesäumten Bürgersteig hinweg. Gegenüber versuchte der Mann am Fenster vergeblich, die Frau in die Wohnung zu zerren. Sie war nicht zu halten und rief dem Mann auf dem Bürgersteig, der schon im Begriff war zu gehen, etwas hinterher – sicher kein Friedensangebot. Der ältere Mann machte auf dem Absatz kehrt, verschwendete nun keinen Blick mehr an das Fenster, sondern ging mit schnellen Schritten auf die Haustür zu und klingelte, erst in kurzen Intervallen, dann durchgängig.

Lukas nippte an seinem Becher und spülte den jetzt schon lauwarmen Kaffee durch den Mund. Er liebte das Geräusch, das dabei zwischen Backen und Zähnen entstand. Er blickte in seinen Becher, ein jämmerlicher Rest Kaffee hatte es sich dort auf dem Boden bequem gemacht. Der Rest vom Rest zischte zwischen seinen Zähnen hin und her, während sich auf der gegenüberliegenden Straßenseite das Fenster schloss und die Haustür öffnete.

Als Lukas hier angekommen war, hatte er nicht nur studieren, sondern auch leben wollen. Ankommen. Eins werden mit dieser großen Stadt und bloß kein unwirkliches Studenten-Pendler-Leben führen, wie es viele seiner ehemaligen Mitschüler und Bekannten taten. In der Woche brav studieren, mit dem Fahrrad zur Uni radeln, in der Mensa essen und sich abends mit der Lerngruppe treffen, am Freitag direkt nach der letzten Vorlesung und auf dem schnellsten Wege zurück in die Heimat, in das kleine wohlhabende Dorf, in dem die Eltern mit Frühstück, warmen Mahlzeiten und Taschengeld warteten. Nicht mit ihm – wenn schon, dann richtig. Die Abnabelung hatte für ihn unbedingt dazu gehört und war ohnehin schon viel zu spät gekommen. Dass er sich damals ausgerechnet von seiner Mutter hatte nach Dortmund chauffieren lassen, war ihm rückblickend noch peinlicher als damals, als er seine Nabelschnur vom behüteten Dorf bis durch die vernebelte und graue Hafenlandschaft hinter sich hergezogen hatte.

Die stählernen Lastenkräne, die Schiffe und im Hintergrund die Skyline Dortmunds hatten ungeschönte Großstadtromantik versprochen. Seinen dritten Abend hatte Lukas am Dortmund-Ems-Kanal verbracht, er hatte seine Füße in Richtung des undurchsichtigen und dickflüssigen Wassers baumeln lassen, während der Schall der befahrenen und nahe liegenden Brücke über das Wasser glitt. Schräg gegenüber der Lastenkran, der sich von seinem harten Arbeitstag erholt und im Rücken das aus der Landschaft ragende Industriegebäude, das aussah wie zwei riesige Ostereier. Er hatte dort mit einer halbleeren Flasche Bier gesessen – zufrieden. Nicht glücklich, aber zufrieden. Vollkommen. Geblieben war davon wenig. So wenig, dass er mit Rucksack und Kaffeebecher die nächste Bahn Richtung Hauptbahnhof nehmen wollte und nicht die Absicht hatte wieder zu kommen.

Das sich an den Schienen reibende Fahrgeräusch der einfahrenden U 47 klang vertraut, trotzdem riss es Lukas aus den Gedanken. Ich sollte vielleicht nicht so viel grübeln, dachte Lukas, als die U-Bahn in den Tunnel hinabruckelte, um ihrem Namen zumindest im oder unter dem Innenstadtbereich gerecht zu werden. Lukas schaute sich nach einem freien Sitzplatz um, blieb aber letztlich an der Tür stehen, den Rücken gegen die Glasscheibe gelehnt.

Er hatte sich in den U-Bahnen dieser Stadt, inmitten seiner Mitmenschen immer wohl gefühlt. Jetzt verspürte er Unbehagen gegenüber der nervös am Handy tippenden Mutter mit Kinderwagen, dessen Inhalt er nicht sehen, aber jammern hören konnte. Gegenüber den Studenten, die lauthals über die letzte, sicher stinklangweilige Party sprachen. Gegenüber dem verwahrlosten Mann, der durch den Gang schlurfte und mit einem kaputten Pappkaffeebecher um eine Spende bat. Gegenüber der Familie, die sich auf dem Vierersitz hinter der Glasscheibe freudig unterhielt. Gegenüber dieser Luft, die nach Mitmenschen roch und sich in diesen fahrenden Schlauch gequetscht Richtung Hauptbahnhof bewegte.

Lukas dachte an seine Mutter, die öffentliche Verkehrsmittel hasste und fast alle Wege mit dem Auto zurücklegte. Lukas hatte ihr oft genug vorgeworfen, dass sie die Welt nicht kennen würde, ja nicht mal ihre eigene Region und deren Menschen, weil sie, sobald sie eine Tür verlasse, sich in ihr Auto setze und danach die nächste Tür betrete – quasi ununterbrochen abgeschirmt von der Außenwelt. In diesem Moment konnte er seine Mutter zum ersten Mal verstehen. Wie gerne säße er jetzt schon im Auto der Mutter seiner Mutter, die Außenwelt im Rückspiegel.

Am Bahnhof verließ Lukas zügig die U-Bahn, um nicht im Mitmenschenstrom laufen zu müssen. »Es gibt ungefähr sieben Personen auf der Erde, die aussehen wie du«, verkündigte die Rubrik »Unnützes Wissen« auf einem der großen Bildschirme. Er musste an Karmen denken: Wenn es diese sieben gleich aussehenden Personen wirklich geben sollte, wie auch immer man das festgestellt haben mochte, dann könnte auch Karmen Recht behalten, und den einen Menschen finden, der genau so ist wie man selbst. Unvorstellbar, dachte Lukas, aber im Vergleich zu einem gleich aussehenden Menschen müsste der Effekt wesentlich krasser und umfassender sein.

Auf halber Strecke fing er auf der Rolltreppe an zu gehen und beschleunigte seinen Schritt. Die Treppe hinauf auf Gleis 20 nahm Lukas fast im Sprint, er eilte dem Licht und der frischen Luft entgegen, auch wenn der Zug Richtung Münsterland erst zehn Minuten später planmäßig einrollen würde. Lukas fand schnell einen Zweiersitz, den er mit großer Wahrscheinlichkeit für sich allein behalten könnte. Damit das klappte, legte er seinen Rucksack zur Hälfte auf den Sitz neben sich, zur Hälfte auf seinen linken Oberschenkel. Das sieht nicht komplett nach Platzreservierung aus, wie die unerträglichen Handtücher deutscher Touristen auf unbesetzten Liegen am Pool, schreckt die meisten Mitfahrer aber doch ab, sich ausgerechnet auf diesem halbwegs belegten Sitz niederzulassen, dachte Lukas. Schließlich gab es noch genügend Sitze, auf denen kein halber Rucksack lag. Sein Trick funktionierte, ohne dass er sich schlecht dabei fühlen musste. Durch den wenig gepflegten Norden, vorbei an Scharnhorst und Kirchderne fuhr »Der Lünener« über Preußen in Richtung der namensgebenden Stadt Lünen.

Lukas war diese Strecke in den letzten Jahren oft genug gefahren, um zu wissen, dass er die Hälfte dieser deprimierenden Tour überstanden hatte und der Höhepunkt noch folgen würde. Weil er sich an der vorbeiziehenden Landschaft schon vor Monaten satt gesehen hatte, betrachtete Lukas die Inneneinrichtung des Zuges, die in hauptsächlich grün-blauer Optik gar nicht übel war.

Auf dem Vierer vor ihm echauffierten sich zwei Frauen über einen Olympia-Teilnehmer der gestern offenbar eine Goldmedaille für Deutschland gewonnen, aber in den anschließenden Interviews kein Deutsch gesprochen hatte. Es würde ihn jedenfalls nicht wundern, wenn die beiden RTL2-und-Bild-der-Frau-verdorbenen Personen in wenigen Minuten mit ihm aussteigen würden. Als der Zug zwei Minuten später in den Bahnhof einfuhr, machte eine der beiden mit aufgeregt hoher Stimme gerade klar, wie sie sich das vorstellte, mit der Teilnahme an Olympia für Deutschland. Lukas nahm seinen Rucksack, stand auf und ging an den beiden Damen vorbei, blickte sie an und sagte seelenruhig: »Heil Hilti.«

Den Spruch hatte er neben 27 anderen auf einer Baustelle

gelernt, auf der er in den Semesterferien gearbeitet und jede Menge Bier getrunken hatte. Mit einer Mischung aus Genugtuung und Unwohlsein verließ Lukas den Zug in Ascheberg. Allein der Name dieser Stadt klang so morbide, dachte Lukas, während er den zweigleisigen Bahnhof verließ. Die Stadt sei keine Stadt, sondern eine Gemeinde des Münsterlands, wie seine Oma stets betonte. Doch trotz des Grüns der Felder und Wälder empfand Lukas eine ähnliche Tristesse, wie sie auch im Dortmunder Norden herrschte. Hier wurde sie weniger durch graue Betonbauten oder herumliegenden Müll verkörpert, sondern durch die CDU-dauerregierte Langeweile und Perspektivlosigkeit, in der sich beide Orte ebenfalls ähnelten.

Lukas erinnerte sich an die Ausflüge zum Burgturm in die Nachbargemeinde Davensberg, die er mit seiner Oma unternommen hatte, an die wenigen Kneipen, die er einst alleine besucht hatte, um mehr oder weniger unbemerkt seine ersten Alkoholabstürze zu erleben, an den Alleinunterhalter samt Glitzerhemd im Flair Hotel Goldener Stern und an das jämmerliche Bonsai Zentrum am Rande der Gemeinde, das er schon zu oft mit seiner Oma besucht hatte.

Nun war Lukas dabei, seiner Oma Erika einen Besuch abzustatten. Aus einem bestimmten Grund: Er wollte sich ihr Auto ausleihen, auf unbestimmte Zeit und ohne ihre Zustimmung. Er dachte Lukas an eine Geschichte, die seine Mutter ihm gerne erzählte, wenn mal wieder unangenehme Stille zwischen ihnen herrschte: Mit etwa vier Jahren sei er gefragt worden, wie seine Oma hieße, woraufhin er nur geantwortet habe: »Omma!« Mit doppeltem »m«, wie seine Mutter danach immer betonte. Sie sei einfach Omma für ihn gewesen, mit gleichem Herz und gleicher Seele.

Der Bahnhofsweg durchquerte ein kleines Waldstück, ging vorbei an Feldern, den fünf Tennisplätzen des TC Ascheberg und den zwei Fußballplätzen des TuS Ascheberg. Sport trieb dort gerade niemand, und zumindest auf den Tennisplätzen würde sich das in naher Zukunft wohl kaum ändern, dachte Lukas. Das Durchschnittsalter des weißen Sports stieg vermutlich schon seit vielen Jahren, der kurze Boris-Becker-Steffi-Graf-Boom lag schon zu viele Jahre zurück.

Lukas legte den Weg in die T-Straßen-Sackgasse der Siedlung schneller zurück als erwartet, vermutlich weil er in seinem Kopf nach Erinnerungen kramte und immer wieder seinen Hass über die altbackenen, bald aussterbenden Gegebenheiten Aschebergs ausschüttete, die in dieser Siedlung nahe der Bundesstraße 58 gipfelten. Eine am Reißbrett konzipierte Häuseranordnung samt Spielplatz. Hier wusste jeder in jeder Minute, was die anderen machten. Wobei genau das bei den meisten Bewohnern ziemlich vorhersehbar war: Kennst du einen Tag, kennst du alle.

Rentner, die morgens die ersten an der Supermarktkasse und abends die ersten im Bett sind; Familien, die morgens die Straßen der nahegelegenen Schule blockieren und abends erschöpft vor dem Fernseher sitzen; der Verrückte aus der Sieben, der morgens trompetend im Garten steht und abends mit einer Angel auf dem Balkon sitzt. Und Omma, die sich mit der zweckmäßigen Doppelhaushälfte damals – noch mit Erwin und zu horrenden Zinsen – einen Traum erfüllt hatte, aus dem sie bis heute nicht so richtig erwacht war. In ihrem beinahe quadratischen, kleinen und eingezäunten Garten erntete sie regelmäßig Salat, Möhren und Kartoffeln. Den Rest besorgte sie im nahegelegenen Edeka. Der Hausarzt war auch nicht weit, und auf die ersten drei Programme und das Telefon mit Wählscheibe war weiterhin Verlass.

Dunkel

Er erwachte vom sprunghaften Rauschen in den Kopfhörern, atmete tief ein und schüttelte sich. Vorsichtig blickte er sich um –er war allein. Er lebte, auch wenn er wankte. Er schaltete den Plattenspieler aus und ging in die Küche, um einen Schluck Wasser und zwei vom Rotwein gleich hinterher zu trinken. In den Wohnhäusern gegenüber war das Licht komplett erloschen. Bestimmt 30 Parteien, dachte er, und alle schliefen. Er blickte auf die Uhr, die viel zu laut über der Küchentür tickte, es war drei Uhr nachts. 30 Parteien und trotzdem nicht eine einzige wach, dachte er und trank noch einen großen Schluck vom günstigen Roten.

In der viel zu kleinen Küche, der ansonsten schön geschnittenen Wohnung, stand noch die angefangene Flasche Pastis. Claudette liebte diesen Anis-Schnaps, leider war sie lange nicht mehr hier, weil sie weder den Schnaps noch das unkreative Chaos der Wohnung liebte – und auch ihn nicht mehr genug. Die Abende mit Claudette waren ein Rettungsanker für ihn gewesen, nicht nur, weil sie häufig im Bett geendet waren. Manchmal aber auch einsam in Embryo-Stellung auf dem Teppichboden. Er nahm die Flasche Pastis, blickte durch das grüne Glas auf den Grund und dachte nach: Mein Leben gerät seit Wochen und Monaten weiter aus den Fugen und ich sehe dabei zu. Wie in einem Traum, in dessen Geschehen man nicht eingreifen kann, so sehr man auch möchte, sich anstrengt oder schreit – es hilft nicht. Schon lange nicht mehr. Und nun traf es ihn umso mehr.

Planlos wanderte sein Blick durch den Raum und blieb am

Kalender hängen. Seine Augen fixierten das schwach inszenierte Landschaftsmotiv, stellten die Daten scharf, ließen sie wieder verschwimmen, stellten scharf, ließen verschwimmen, stellten scharf und gaben den Reiz weiter: Es war sein 52. Geburtstag.

Hall

Linda knallte die Tür so heftig ins Schloss, wie sie es in den letzten zehn Jahren nicht getan hatte. Dabei hatte sie diese und so ziemlich jede andere Tür des Hauses weiß Gott unzählige Male zugeknallt – und es gab viele Türen in dem viel zu großen Einfamilienhaus ihrer Eltern, auch wenn der monströse Wohn-, Ess- und Küchenbereich offen, also ohne Türen gestaltet war. Die Auslöser waren stets vielfältig gewesen, ein paar besonders denkwürdig: Einmal erwischte ihre Mutter sie bei einem nächtlichen Fluchtversuch (nicht ihr erster), ein anderes Mal entdeckte ihr Vater sie dabei, wie sie eine Mischung aus Knoblauchöl und Ghost Pepper in seine teuren Weinflaschen injizierte. Eines Abends erwischte Linda ihre Eltern beim übertrieben durchgeführten Geschlechtsverkehr. Ihr Vater trug schwarzes Leder und Nieten, ein Anblick, den sie bis heute nicht verdrängen konnte.

Der Grund für ihre Wut und das Knallen der Türen war aber immer der gleiche: ihre Eltern, mit denen sie einfach nicht unter einem Dach leben wollte und konnte. Sie verachtete die Welt ihrer wohlhabenden, gut situierten, reinlichen Eltern. Sie wusste, dass die beiden dafür viel arbeiteten und alles für ihre einzige Tochter taten, trotzdem waren sie einfach nicht zu ertragen in ihrer Art, in ihrem Wesen – und überhaupt. Linda wehrte sich mit Händen und Füßen, mit Piercings und bunten Haaren, Ratten und Ritzen, mit strikter Verweigerung, Alkoholexzessen, schlampigem Auftreten und einem dreiwöchigen Schweigegelübde gegen diese Welt.

Am Abend vor ihrem 16. Geburtstag rasierte sie sich die

schulterlangen, leicht krausen Haare ab und malte sich mit einem Filzstift ein Hakenkreuz auf den Oberarm. In ihrem schwarzen, ausgeleierten Top betrachtete sie sich im Spiegel: Ihre Schulterknochen standen hervor, ebenso die Wangenknochen, ein Überbleibsel ihrer mit 14 Jahren herbeigesehnten Magersucht, mit der sie auffallen wollte, die sie aber nicht durchzog, weil sie viel zu gerne aß und ihr die Bulimie ein Schritt zu hart war.

Ein letzter Rest Selbstachtung blieb ihr stets, egal, was sie versuchte. Und so verachtete sie sich selbst auch als kahlrasierte Nazibraut und wusste, dass sie ihre Haare wieder wachsen lassen würde, trotzdem marschierte sie noch am gleichen Abend ins Wohnzimmer, wo ihre Eltern gerade einen guten Wein tranken, eine Talkshow im Fernsehen verfolgten und mal wieder alles gaben, um den häuslichen Frieden scheinen zu lassen. Doch selbst an diesem Abend gaben ihre Eltern sie nicht auf.

Linda zog den Beckengurt ihres Rucksacks fester und drehte sich auf der obersten Stufe der viel zu breiten Treppe, die in den üppigen Vorgarten führte, noch mal um. Der Türrahmen schien immer noch nachzuhallen und zu vibrieren. Sie holte tief Luft, atmete aus und spuckte auf die hässliche Fußmatte. Sie wusste, dass sie dieses Mal nicht zurückkehren und für einen Schlussstrich über Leichen gehen würde.

Mutterschiff

Lukas wanderte mit seinem Blick durch das kleine Wohngebiet als würde er es von einem anderen Planeten durch ein meterlanges Fernrohr betrachten. Zumindest fühlte er sich dermaßen weit entfernt, obwohl er genau hier an der Kreuzung stand und vermutlich bereits mehrere Augenpaare auf ihm ruhten. Das einzige Mal, dass Omma daran gedacht hatte, ihr Haus im Erlentrup zu verkaufen, das mittlerweile viel zu groß für sie war, aber immerhin so gut wie abbezahlt, war kurz nach dem Mord, der sich vor etwa sieben Jahren im benachbarten Eskentrup 5 ereignet hatte.
»Keine 200 Meter von meinem Schlafzimmer entfernt...«, hatte sie jeden zweiten Satz noch monatelang danach begonnen. In dem Einfamilienhaus im Eskentrup musste sich eine Tragödie abgespielt haben: Er, 37, erfolgreicher Unternehmensberater, der gerne rosafarbene Hemden trug, kam nach einem langen Arbeitstag nach Hause und fand seine Frau und seinen Schwiegervater erstochen auf. Sie soll schwanger gewesen sein. Bis heute wurde niemand wegen des möglichen Doppelmordes festgenommen, die genauen Umstände konnte die Polizei nie aufklären. An der Sieben hatten sie damals natürlich auch geschellt, um den von Grund auf verdächtigen, trompetenden Angler zu verhören.

Manchmal kochte die Gerüchteküche im Erlentrup noch heute alte Süppchen auf. Das lag unter anderem an der schrägen, dreiköpfigen Familie Dulie – Vater, Mutter und längst erwachsene Tochter –, die noch heute im hinteren Berkentrup wohnte und die damals ein ziemlich verstörendes

Bild abgegeben hatte. Vor dem Eskentrup 5 hatten die Absperrbänder der Polizei gehangen, das Blut war quasi noch nicht getrocknet, und genau das hatte das Dulie-Trio angelockt.

Er, Ende 50, stattlicher Bauch und Tonsur, hatte den Rollstuhl geschoben, in dem sie, Anfang 50, Kettenraucherin, thronte. Sie hatte ihr linkes Bein einst bei einem Unfall in einer Bonbonfabrik verloren, in der sie als Putzkraft arbeitete. Sie hatte unerlaubter Weise mit den Maschinen herumexperimentiert und war in eine hineingeklettert, als es passiert. Auf eine Prothese legte sie keinen Wert. Sollten die anderen ihr Leid doch ruhig mitansehen müssen, hatte ihr von Menthol-Zigarettenrauch verhangene Blick stets gesagt. Ihre Tochter, Ende 20, unförmig und soziopathisch, hatten sie wie immer im Schlepptau.

Vor einem der recht hoch gelegenen Fenster des abgesperrten Hauses hatten die Drei Halt gemacht, Tochter und Vater hatten das trotz eines fehlenden Beins mächtige Mutterschiff aus dem Rollstuhl gehievt und sie mit zitternden Armen Richtung Fenster gehoben. Ein Bild, das sich bis heute viel zu detailliert bei Lukas eingebrannt hatte. Er hatte sich damals obendrein noch schlecht gefühlt, weil er durch das Beobachten dieses Schauspiels Teil dieser fürchterlichen, sich gegenseitig beobachtenden Siedlung geworden war. Das neugierige Dulie-Dreigestirn habe nur mal gucken wollen, ob man noch Blutspritzer entdecken könne, hätten sie am nächsten Tag auf dem Revier zu Protokoll gegeben, ohne ein schlechtes Gewissen zu haben oder die Aufregung um ihre Neugier verstehen zu können.

Lukas hatte sein schlechtes Gewissen schon seit der Abfahrt aus der WG mit sich herumgetragen und so gut wie möglich ignoriert, jetzt, da die Auffahrt von Oma Erikas Haus in seinem Blickfeld lag, konnte er es allerdings nicht mehr auf die leichte Schulter nehmen. Oma Erika war schon immer eine von Herzen gute und gutgläubige Frau gewesen, eine gute Omma sowieso. Seine Sorgen, sie könnte bemerken, dass sein Besuch nur fingiert war, seien also vollkommen unbegründet, versuchte Lukas sich selbst einzureden. Er würde ihr etwas von der Uni erzählen, das fand sie immer gut, zumindest tat sie interessiert, außerdem von einem geplanten Urlaub. Das war zumindest nicht ganz gelogen, auch wenn Oma Erika nicht wusste, dass ihr Auto dabei eine Rolle spielen sollte. Immerhin war Lukas seit Jahren der Einzige, der ihr Auto alle paar Jahre zum TÜV oder zusammen mit ihr fuhr, um Erledigungen zu machen, die nicht in ihren Trolli passten, den sie Zwiebelchopper nannte. Lukas schob die Schuldgefühle zur Seite, ging im Kopf noch mal durch, was er Omma erzählen könnte, und schellte an.

Nach dem klassischen Ding-Dong-Klingelton dauerte es keine zehn Sekunden bis seine Oma, die nicht mehr die schnellste war, die Tür öffnete. Hatte sie ihn etwa erwartet? Lukas blickte sie verunsichert an, nahm sie nach ein paar schweigsamen Sekunden aber in den Arm als wäre dies hier der normalste Besuch der Welt – auch wenn der letzte bereits rund vier Monate zurücklag. Während Lukas noch überlegte, was nun besser, also nach weniger vergangener Zeit klang, vier Monate oder ein Drittel Jahr, fragte Oma Erika geradewegs heraus: »Was machst du denn hier, mein Jung. Brauchst du Geld? Soll ich dir etwas leihen?«

Lukas betrat den holzvertäfelten Flur, um dem Blick seiner Oma auszuweichen. Er überlegte kurz, ihr die Wahrheit zu erzählen, sagte aber: »Nein, Omma, ich war gerade in der Nähe und dachte, ich schau mal vorbei.«

»In der Nähe? Jung, was machst du denn in Ascheberg, wenn nicht deine Ommi besuchen?« Oma Erika folgte ihm hölzern humpelnd durch den Flur und hob den Zeigefinger: »Was du übrigens schon ein halbes Jahr nicht mehr gemacht hast!« Lukas wusste, dass ihn jetzt nur noch eins retten konnte: »Das Semester ist gerade in vollem Gange, Oma. In ein paar Wochen startet die Klausurphase, danach kann ich dich wieder öfter besuchen.« Oma Erika sagte nichts, lächelte aber ihr ernstgemeintes Oma-Lächeln, während Lukas sein schlechtes Gewissen in die hinterste Ecke seines Kopfes sperrte.

»Möchtest du etwas Essen, Jung?«, fragte Oma. Lukas hatte nicht nur Hunger, sondern hielt die Idee auch sonst für eine sehr gute: Erstens würde die Zeit wie im Flug vergehen, wenn Oma ihre Kartoffelsuppe mit Bohnen – etwas anderes kochte sie eigentlich nie – zubereiten würde, zweitens würde er die Zeit nutzen können, um den Zweitschlüssel unbemerkt zu entwenden. »Ja, gerne«, sagte Lukas, »ich habe heute sowieso noch nichts Richtiges gegessen.« Oma Erika machte große Augen, die ihn mit einer Mischung aus Erstaunen und Empörung anblickten: »Halb sechs und du hast noch nichts Richtiges gegessen? Ich mache uns erst mal ein leckeres Kartoffelsüppchen«, sagte sie und verschwand murmelnd in der Küche.

Lukas schlich ins Wohnzimmer. Er visierte die zweite Schublade von oben an, die sich im rechten Teil der symmetrischen Eichenschrankwand befand, dessen Schubladen er schon als kleiner Junge neugierig durchforstet hatte. Er selbst hatte den Zweitschlüssel vor einiger Zeit in der Schublade deponiert und vermutlich würde er genau dort noch liegen. In seinem Rücken hörte Lukas seine Oma in der Küche arbeiten.

Jetzt keine Zeit verlieren, dachte er, ging schnurstracks auf die Schublade zu, öffnete sie vorsichtig und vertuschte die dabei entstehenden Geräusche mit einem kurzen, aber kräftigen Husten. Wie erwartet lag der Schlüssel samt Anhänger, einem Pinguin aus dem Allwetterzoo Münster, in der Schublade, zwischen alten Postkarten, einem Würfelbecher und Kugelschreibern. Langsam nahm Lukas den Schlüssel aus der Schublade, achtete dabei darauf, dass er nicht zu sehr am Pinguin klimperte und steckte beide in seine Hosentasche.

Leise ging er Richtung Küche und blickte um die Ecke. Oma Erika hatte nichts gemerkt und machte sich gerade an einer Dose Bohnen zu schaffen. Auf einem Schneidebrett lagen die geschälten Kartoffeln. Lukas guckte irritiert: Wie schnell oder wann hatte sie die bitte schön geschält – unheimlich, dachte er und spürte seine Blase, die sich schon in der U-Bahn das erste Mal gemeldet hatte. Ich sollte lieber noch so oft wie möglich auf Toilette gehen, dachte er und steuerte Omas Gästetoilette an, die wahrlich eine kleine Wohlfühloase war: gelb-braune Kacheln, die bald wieder modern sein dürften, stark duftende Seife und ein Stoffüberzug, Frottee oder etwas anderes Weiches, auf dem Klodeckel.

Fehlten nur noch die beheizbare Klobrille und kostenloses

W-LAN, dachte er. Auch wenn er nur wenig Urin gelassen hatte – es handelte sich ohnehin um eine reine Vorsichtsmaßnahme –, verbrachte er einige Minuten mehr auf dem Klo und streichelte den flauschigen Klodeckelbezug, bevor er wieder Richtung Wohnzimmer ging.

Dort stand Oma Erika mitten im Raum und blickte verwirrt Richtung Schrankwand. Lukas hatte die Türklinke hinter sich noch in der Hand und hielt kurz inne – hatte sie etwas bemerkt? Es war als würde die Zeit kurz anhalten, Oma schüttelte sich und drehte sich zu Lukas um, der die Tür unmittelbar schloss, sich räusperte und unsicher fragte: »Alles okay, Oma?«

»Ja, mein Jung, alles okay. Die Suppe köchelt schon und ist gleich fertig.« Sie ging wieder in die Küche, werkelte weiter und servierte zwei dampfend heiße Teller Kartoffelsuppe. Für die nächsten Minuten war nur Klimpern, Pusten und Schlürfen zu hören. Hin und wieder trafen sich ihre Blicke beim Essen, Lukas war stets der erste, der dem anderen Blick auswich.

Er war auch der erste, der die kurze, aber dennoch unangenehme Stille – zumindest empfand Lukas sie heute als unangenehm – unterbrach, nachdem beide ihre Teller leer gelöffelt hatten. »Ich schreibe in den nächsten zwei Wochen fünf Klausuren«, sagte er und dachte direkt darüber nach, ob der Schwindel womöglich durch ein Telefonat zwischen seiner Mutter und Oma Erika auffallen könnte. Oma biss aber direkt an, das Uni-Thema war ihr heilig, also viel mehr war ihr Lukas‘ Status als ordentlich Studierender wichtig.

Erstens, weil man ihr von allen Seiten erzählte, wie toll und wichtig so ein Studium sei, und zweitens, weil sie es nicht besser wusste, die Uni weder von außen noch von innen gesehen hatte, wie die meisten aus ihrer Generation. Damals hatte man noch bodenständige, handwerkliche Berufe ergriffen. Heute konnte jeder Amateur studieren, dachte Lukas, und mindestens jeder zweite Amateur bekommt auch einen Abschluss. Nur wer sich mit diesem amateurhaften Dasein nicht anfreunden konnte, der bekam Probleme. Ob ihn das zu einem Profi oder zu einem Dilettanten machte, konnte und wollte Lukas noch nicht beantworten.

»Fünf Klausuren in zwei Wochen? Streng dich an, mein Jung«, sagte Oma Erika und verabreichte Lukas wortlos einen Nachschlag. Er löffelte auch diese Suppe aus, bedankte und verabschiedete sich abrupt, weil er die latent in der Luft schwebende Lüge nicht mehr ertragen konnte: »Ich muss dann mal los, Ommi, wollte heute noch ein bisschen lernen.« Er wusste genau, zumindest zu 99 Prozent, dass Oma Erika das Fehlen ihres Autos innerhalb der nächsten Wochen nicht bemerken würde, wahrscheinlich so lange nicht, bis seine Mutter sie mit dem Auto zum TÜV schickte. Und bis dahin wäre Lukas sicher wieder da.

Er drückte seine Oma zum Abschied kräftig, blickte ihr ganz kurz in die Augen und verschwand aus der Haustür, in der Oma Erika stand und winkte. Lukas schlenderte so unauffällig wie möglich die Straße entlang und wartete auf das Geräusch der ins Schloss fallenden Tür. Sofort machte er Halt, drehte sich vorsichtig um und sah, dass Oma Erika im Haus verschwunden war. In etwa einer Stunde würde sie zu Bett gehen, noch eine Seite in einem schnulzigen Roman lesen und dann seelenruhig einschlafen. Weil Lukas' Plan nicht so ausgereift war, wie er gedacht hatte, ging er zurück zum Grundstück seiner Oma. Er vergewisserte sich mehrfach, dass kein neugieriger Siedlungsbewohner ihn beobachtete, kletterte umständlich über den hüfthohen Gartenzaun und schlich von hinten durch die stets offene Tür in die Garage. Der kackbraune Opel Kadett Kombi blickte ihn ausdruckslos mit dem Hinterteil an.

Pogo

Auf dem Weg in Richtung Bundesstraße tanzten ihre Gedanken um ihren Hass Pogo. Es fiel ihr leicht, sich an Situationen mit ihren Eltern zu erinnern, die sie heute noch rasend machten, selbst wenn sie schon viele Jahre zurücklagen. Sie hatte sich eben nicht verändert in den letzten fünf Jahren, war nicht erwachsen geworden und hatte ihre Eltern endlich verstanden, wie diese es ihr und vermutlich noch viel mehr sich selbst prophezeit hatten.

Ihre Eltern hatten sich auch nicht verändert. Alles um sie herum erinnerte Linda an die kalte und gut betuchte Spießigkeit und Langeweile, in der sie aufgewachsen war: dunkle, teure Autos, erst Limousinen, dann Sport-Coupes, letztlich SUVs. Ein moderner Flachdachbau, grau und weiß und so viel Glas, dass es offen wirkt, aber die Nachbarn trotzdem hinter den Hecken ausgesperrt blieben. Gärten mit wenigen, kleinen Bäumen, etwas Rasen und viel grauem Kies im Vorgarten. Neu planierte, saubere Straßen. Wenige Kinder. Am besten nur eines pro Haushalt. Irgendwem muss man die ganze Kohle ja vererben können.

Linda hatte in dieser Siedlung keine Freunde gefunden, obwohl ihre Eltern ihr auch das versprochen und Linda letztlich dafür verantwortlich gemacht hatten, dass es nicht klappte. Doch was sollte sie schon mit der Ziege aus der Fünf anfangen oder mit dem versnobbten FDP-Arschloch aus der Zwölf? Beide waren etwa in ihrem Alter und hatten sich schon immer so langweilig und elitär verhalten wie ihre Eltern. Linda hatte von Beginn an nicht mitgemacht bei diesen

Spielchen, wollte ausbrechen, anders sein – und war das auch, davon war sie weiterhin überzeugt.

Eines Abends, als die Gesamtsituation mal wieder unerträglich geworden war, hatte sie im Internet nach einer Anleitung zum Bauen einer Bombe gesucht. Sie hatte die ganze gottverdammte Siedlung in die Luft sprengen wollen, so sehr hatte sich ihr Hass in den zwei Wochen der Sommerferien aufgestaut, die sie nicht in ihrem Ferienhaus auf Mallorca verbracht hatten. Letztlich scheiterte das Vorhaben an ihrem schlechten Gewissen gegenüber den Haustieren und den wenigen Menschen der Siedlung, für die sie ein kleines Stück in ihrem Herzen übrighatte. Zum Beispiel die liebevolle Omi aus der Zwei, die ihr im Vorbeigehen immer zuwinkerte und die sich offenbar für Lindas, auch optisch nicht zu übersehende Andersartigkeit in dieser Oberschicht-Siedlung am Rande der Stadt begeistern konnte.

Der Kastanienweg machte einen letzten Knick, bevor er auf die Bundesstraße traf. Linda hatte sich schon oft gefragt, welcher verlorengegangene Poet sich die naturnahen Straßennamen dieser Siedlung ausgedacht hatte: An den Kastanienweg grenzten unter anderem der Ahorn- und der Birkenweg. Hätte sie es gewusst, sie hätte die Person schon lange zur Rede gestellt und ihr notfalls auch mit Fäusten verdeutlicht, wie falsch er oder sie mit seiner Naturscheiße hier doch lag, die ständig von lauten Automotoren oder diesen vollkommen idiotischen Laubbläsern unterbrochen wurde, die jeder in dieser Siedlung zu besitzen schien.

Linda blickte die lange, von Stacheldraht gesäumte Wiese entlang, auf der nur noch wenige Blumen ihren Anspruch geltend machten und das sanfte Grün mit Farben spickten. Dicke Wolken zogen am Himmel entlang, die Sonne ging gerade unter und warf letzte, nicht mehr wirklich wärmende Strahlen auf die Erde. Linda blieb stehen und beobachtete die Sonnenstrahlen, die in kleinen Bündeln über dem Erdboden wahrzunehmen waren. Sie stellte ihr Skateboard kurz ab, um die Schultergurte ihres Rucksacks nachzuziehen, und überquerte mit großen Schritten die Bundesstraße, um sich auf der anderen Seite am Straßenrand zu positionieren. Auch wenn noch kein Auto in Sichtweite war, hob sie probeweise ihren rechten Daumen.

Rauschen

Wieder erwachte er mit dem Rauschen der Auslaufrille in den Kopfhörern, sein Nacken schmerzte, was ihn zu der Annahme brachte, dass seine Erfindung noch nicht ganz ausgereift war. Mit müden Augen blickte er sich um: Chaos. Kein Charakter. Kein Wunder, dass Claudette es hier nicht ausgehalten hatte. Er stoppte den Plattenspieler und fragte sich, ob es wohl schädlich für die Nadel war, wenn sie stundenlang in der Auslaufrille lief. Er blickte auf das *Dark Side Of The Moon*-Cover und fühlte sich der dort vorherrschenden Schwärze verbunden. Das bunte Licht war aus seinem Leben so gut wie verschwunden, nur noch fahl zu erkennen. Doch damit musste jetzt Schluss sein, dachte er und spürte im gleichen Moment, dass er nicht die Kraft hatte, um der Dunkelheit ein Ende zu bereiten. Trotzdem musste er es versuchen.

Er war froh und etwas stolz, dass er sich diesen Liedern, die viel mehr Stücke oder Kompositionen waren und die so viel in ihm aufwühlten, noch einmal gestellt hatte. Ob es wirklich eine gute Idee war, sich damit auch seinen Erinnerungen auszuliefern, würde sich erst noch zeigen. Jetzt galt es allerdings den Funken zu nutzen, der ihn durchzuckte und in den Fingerspitzen kitzelte. Er griff zu seinem Handy, das auf dem leeren, von Weinflecken übersäten Wohnzimmertisch lag, den er schon lange weggeschmissen und ersetzt haben wollte, weil ein Bein locker und irreparabel war, zumindest mit seinen vorhandenen Handwerkerfähigkeiten und seiner geringen Motivation. Er klickte sich durch das Telefonbuch, das vor allem Nummern von ehemaligen Arbeitskollegen,

Verwandten und Bekannten beinhaltete, mit denen er nichts mehr zu tun hatte.

Im zweiten Durchgang, von unten nach oben, von Z nach A, blieb er bei Claudette stehen, überlegte, ob er sie anrufen sollte, und entschied sich dafür, eine Nachricht zu schreiben, nicht zu lang und nicht zu auffordernd, vor allem nicht verzweifelt sollte sie klingen, im dritten Anlauf sendete er sie endlich ab: »Hier wartet immer noch dein Schal auf dich, er vermisst dich bestimmt schon. Hol ihn doch mal ab! Klaus« Sofort schämte er sich für seine Nachricht, er konnte sie aber nicht mehr löschen und zurücknehmen. Der Schal hing wirklich seit Monaten an der Garderobe und fast jedes Mal roch er im Vorbeigehen daran, schloss die Augen und dachte an Claudette, an eine Claudette, die es in der Form nie gegeben hatte.

Ihre Beziehung war von Anfang an eine Affäre gewesen, die beiden nur das Nötigste gegeben hatte, obwohl sie nach viel mehr gesucht hatten, aber eben nicht nacheinander. Sie trieb es mittlerweile bestimmt mit einem anderen, vielleicht hat sie auch den Richtigen gefunden, dachte er, auch wenn er sich nicht ausmalen konnte, wer das sein sollte. Er rieb sich mit beiden Händen über den Kopf und vergrub ihn zwischen seinen Ellenbeugen. Seine Kopfhaare wurden von Monat zu Monat spürbar weniger, die kahlen Stellen fühlten sich an wie kleine Inseln, auf denen niemand lebte, ja nicht mal Urlaub machen wollte.

Er starrte das Handy an, las seine Nachricht noch einmal, wartete auf eine Antwort, auf eine Eingebung. Mit möglichst viel vorgetäuschtem Elan stand er auf und sprang dabei aus der Hocke in den Stand, um seine Restmotivation nicht zu verlieren. Er setzte sich an das Klavier, spielte ein Präludium von Bach, das ihm unglaublich fern erschien, setzte dann zu einer eigenen Komposition an und verweilte anschließend mit den Fingern über den Tasten. Eine kathartische Aktion musste her, um etwas zu ändern, um den Prozess des Umbruchs unvermeidlich in Gang zu setzen. Er hob beide Zeigefinger, ließ sie nach vorne schnacken und grinste, so wie es sein unausstehlicher Klavierlehrer früher gemacht hatte, wenn Klaus nach dessen strengen Vorstellungen gespielt hatte, was ziemlich selten vorgekommen war. Er verließ die Wohnung, ohne an Claudettes Schal zu riechen, dem er im Vorbeigehen nur einen kurzen Blick zugestand.

Garagenfahrzeug

Lukas erwachte, nachdem er sich ein paar Mal selbst schnarchen gehört hatte, sein Kopf einige Male nach vorne gesackt war und er damit jedes Mal aus dem Halbschlaf- in einen Halbwachzustand katapultiert worden war. Er hatte die Nacht auf dem so weit wie möglich – und das war definitiv nicht viel – zurückgekurbelten Beifahrersitz des Kadetts verbracht. Die Scheiben waren komplett beschlagen, sein Rücken wie betäubt. Er realisierte die Situation ungläubig. Durch die Schlitze des Garagentors drang fahles Licht, er blickte panisch auf die Uhr: 6:33 Uhr. Nicht mehr lange, dann würde Oma Erika wach werden und sofort aufstehen, in diesem Punkt hatten sie definitiv wenig gemeinsam. Am liebsten wäre Lukas nämlich nach Hause gefahren und hätte sich im Bett verkrochen, doch er musste die Sache jetzt durchziehen, dachte er, auch wenn die Nacht im engen Kadett alles andere als motivierend war.

Lange hatte er wach gelegen, viel mehr wach gesessen, seine Gedanken waren im Innenraum des Autos um ihn gekreist. Eine Zeit lang hatte er sie verdrängen können, doch heute Nacht waren die Gedanken stärker gewesen, Lukas hatte realisiert, wie einsam er war. Nicht nur hier draußen, in der kühlen Garage, sondern grundsätzlich. Mit seiner Familie wollte er nicht viel zu tun haben, und hatte es dementsprechend auch schon lange nicht mehr. Seine Freunde, die wenigen, die er einst hatte, sah er kaum noch. Zuletzt gar nicht mehr. Die Einzige, die ihm geblieben war, auch wenn sie kaum mit ihm sprach, war Karmen.

»Die Anzeige!«, hallte es plötzlich durch seinen Kopf als hätte er dort eine Souffleuse sitzen, die durch einen langen Trichter sprach. Lukas wusste sofort, was sie meinte: Der Online-Eintrag! Er hatte ihn komplett vergessen und wusste auch nicht, was er sich davon versprochen hatte. Trotzdem oder gerade deshalb wollte er nun wissen, ob sich jemand darauf gemeldet hatte. Er schrieb Karmen eine Nachricht. Ihm blieb noch etwas mehr als eine Stunde, bevor Oma Erika sich auf den Weg machen würde, um pünktlich um 8:00 Uhr die Erste am nahe gelegenen Edeka zu sein. Den Zeitraum ihrer Abwesenheit wollte Lukas nutzen, um unbemerkt loszufahren.

Bis es so weit war, krümmte er sich hin und her, fand aber trotzdem keine Position, in der sein Rücken nicht schmerzte. Er blickte alle paar Minuten auf sein Handy, um zu checken, ob Karmen geantwortet hatte, und versuchte den latenten Druck auf seiner Blase zu ignorieren. Eine Toilette war jetzt nicht in Reichweite, Omas Garten zu gefährlich. Selbst das Aussteigen aus dem Wagen, um sich einmal in der Garage zu strecken, erschien ihm zu riskant. Oma Erika war sicherlich schon wach und trank ihren Kaffee – schwarz und kochend heiß, wie auch immer ihre alten Gefäße das noch mitmachten. Lukas hatte nicht mal Wasser dabei.

Er hatte so einiges eingepackt für seinen Trip, aber an etwas Trinkbares hatte er nicht gedacht. In Gedanken malte er sich aus, wie er hier, in Omas kackbraunem Kadett, verrecken würde, da hörte er die Haustür in ihr Schloss fallen. Oma Erika schloss gründlich ab und ging dann humpelnd die fünf Stufen der Treppe hinab. Lukas hörte sein Herz pochen, er war wie gelähmt, hielt seinen Atem an. Durch den Lichtschlitz unterhalb des Garagentors konnte er seine Oma an der Garage vorbei gehen sehen. Er wartete noch etwa eine Minute und holte dann lauthals Luft.

Als sich sein Atem wieder beruhigt hatte, lehnte er sich noch einmal zurück, rieb sich die Augen mit beiden Händen und atmete tief ein. Langsam kurbelte er den Sitz wieder in die Senkrechte, verstaute ein paar Dinge in den Seitenarmaturen und stieg mit knirschendem Rücken aus dem Auto. Eingepfercht zwischen Garagenwand und Autotür, streckte er sich ungelenk. Karmen hatte sich immer noch nicht gemeldet, dafür war seine aufgeblähte Blase nicht mehr zu ignorieren.

Er musste dringend Wasser lassen, wer weiß, wann sich die nächste gute Gelegenheit ergeben würde. Die beste und quasi einzige war nun Ommas Kirschbaum, der gut geschützt von Sträuchern und Büschen in der Ecke des Gartens stand. Mit ungewohnter Leichtigkeit sah Lukas seinem Urin zu, wie er sich am Stamm nach unten schlängelte und sich in der Wiese mit der Erde mischte und verschwand. Unruhig öffnete er per Hand das Rolltor der Garage. Der Motor des Kadetts, der sicherlich seit vielen Monaten unbewegt in der Garage gestanden hatte, sprang nach kurzem Stottern an und lief vielversprechend sicher. Langsam ließ Lukas den Wagen aus der leicht abschüssigen Garage rollen.

Auf der Straße war niemand zu sehen, lange konnte es allerdings nicht mehr dauern, bis die ersten Eskentrup-Einsiedler erwachten und ihre Straße in das alltägliche Bilderbuchtreiben legen würden. Lukas spürte, wie er deutlich hektischer wurde. Er zog die knarzende Handbremse zittrig an, stieg zügig aus und ging zurück zur Garage. Mit einem Rundumblick vergewisserte er sich, nichts vergessen zu haben. Er prüfte noch ein weiteres Mal, ob die Tür auf der Rückseite der Garage auch wirklich verschlossen war, ging mit großen Schritten durch die Garage und drehte sich auf der Schwelle noch mal um.

In der einen Ecke stapelten sich alte Keramikschalen, von denen mindestens jede zweite einen Riss oder Sprung hatte. In der anderen lagen vier gestapelte Autoreifen. Sommer- oder Winterreifen, die wahrscheinlich schon lange nicht mehr benutzt worden waren, die aber bald dafür verantwortlich sein könnten, dass Oma Erika das Fehlen ihres Autos bemerkte, dachte Lukas. Immerhin ging es gerade auf den Herbst zu, und so wie Lukas seine Oma kannte, ließ sie ihre Reifen zwei Mal im Jahr wechseln, auch wenn sie gar nicht vor hatte, das Auto zu bewegen – schon gar nicht bei Schnee.

Er griff nach dem Knauf, mit dem er das Garagentor langsam zuzog, bis es krachend ins Schloss fiel. Er prüfte auch hier doppelt, ob alles verschlossen und unangetastet aussah, als er Schritte hinter sich hörte. Wie eingefroren blieb er stehen und hielt den Atem an, um genauer hinhören zu können, aber bloß nicht hinsehen zu müssen. Die Schritte mussten sich auf der gegenüberliegenden Straße langsam nähern, ergab seine Audioanalyse, die folgende Handlung nach sich zog: Lukas drehte auf dem Absatz um, guckte kaum nach oben, machte ein paar schnelle Schritte zum Auto und stieg, ohne zu zögern ein.

Kopflos fummelte er an Blinker, Zündschlüssel und

Schaltknüppel herum und blickte dabei abwechselnd auf das Radio und den Tacho. Aus den Augenwinkeln konnte er erahnen, dass die Person gegenüber auf dem Bürgersteig stehen geblieben war. Vor ihm stand also eine nicht identifizierte Person, die nicht Oma Erika war, die hätte sich nämlich längst zu Wort gemeldet. Von links drohte Omma aber bald wieder zu kommen und zu seiner Rechten war die verschlossene Beifahrertür – keine Zentralverriegelung – und der Weg in die lebenslange Sackgasse namens Erlentrup.

Lukas hatte keine andere Wahl, er blickte vorsichtig auf: Verbrauchte, weiße Turnschuhe, eine etwas zu kurz geratene, hellblaue Jeans, ein Camouflage-Pullover und ein übergroßer Seesack auf dem Rücken. Dazu ein ausgeblichenes Baseballcap, dessen Schirm vorne mit einem Ring durchstochen war, darunter ein Gesicht, das genau so unsicher und unwissend aussah, wie die ganze Gestalt, die Lukas durch die Frontscheibe des Kadetts sah. Nach einem ersten Ausweichmanöver beider Seiten trafen sich ihre Blicke unwiderruflich – und Lukas hallte es mit einem Schlag durch den brummenden Schädel, dieses Mal hatte die Souffleuse ein übergroßes Megafon in der Hand: die Anzeige!

»Fuck! Fuck, Fuck, Fuck! Zerkackt!«, fluchte Lukas leise und griff panisch nach seinem Handy, auf dem noch immer keine Nachricht von Karmen angekommen war. Auch wenn die Koordinaten in dem Forumseintrag auf den Feldweg verwiesen, der wenige hundert Meter entfernt von der Garage lag, war die Situation eindeutig. Zumal der Typ nun langsam die Straße überquerte und mit schweren Schritten vor die Fahrertür trat.

Dort stand er nun und blickte Lukas an, der noch eine Weile nach vorne starrte und seinen Kopf dann langsam nach links drehte, um ihn noch langsamer anzuheben. Lukas lief es unangenehm den Rücken hinunter. Von einem unangenehmen Quietschen begleitet, kurbelte er das Fenster herunter. Er schwieg und spielte mit der rechten Hand unsicher am Autoschlüssel herum. »Hey, ich bin Kev«, kam es unter der Kappe hervor, die ein Gesicht mit unregelmäßig gewachsenem Drei-Tage-Bart und krummer Nase verbarg, »coole Karre, man! Davon stand gar nichts in dem Eintrag. Kann ich einsteigen?« Kev deutete mit der rechten Hand in Richtung Beifahrertür.

Lukas sagte nichts und umklammerte mit beiden Händen das Lenkrad, als müsste er das Auto vorm Versinken retten. Er blickte an dem Typen, der vermutlich Kevin hieß, sich selbst aber Kev nannte, weshalb Lukas innerlich die Augen verdrehte, vorbei in die Leere, als ihm Oma Erika einfiel, die sicher bald aus dem Edeka des Grauens zurückkommen würde. Hektisch steckte Lukas den Schlüssel ins Zündschloss und rief spontan: »Ja, steig ein, aber schnell, wir müssen los!« Kev schwang seinen riesigen Seesack unelegant vom Rücken, stakste mit schnellen Schritten um das Auto und versuchte die Beifahrertür vergeblich zu öffnen. Lukas lehnte sich über den Sitz, machte einen langen Arm und zog den Knopf nach oben, um die Tür zu entsperren, durch die sich sein neuer Mitfahrer samt Seesack quetschte. Lukas drehte den Zündschlüssel um, ließ die Kupplung schnacken und raste mit quietschenden Reifen davon. Im Rückspiegel sah er den Erlentrup schrumpfen – ein gutes Gefühl.

Holzsplitter

Linda beobachtete ihre Füße, ihre Turnschuhe schlurften eng aneinander vorbei, während sie neben der Bundesstraße stadt-, vielleicht sollte man besser siedlungsauswärts sagen, ging und sich der Autobahn näherte. Ihr Skateboard trug sie unter dem Arm. Sie fragte sich, wozu sie es eigentlich mitgenommen hatte. Sie war damit kaum gefahren, hatte es sich aus Protest gekauft, weil ihre Eltern die Skater nicht mochten, die unweit der Siedlung in einem Skatepark abhingen, skateten, tranken, kifften und machten, was Jugendliche eben machen. Zudem hielten ihre Eltern das Fahren eines Skateboards für sehr gefährlich, auch wenn Linda ihr Board ohnehin die meiste Zeit trug, weil sie das Fahren damit nie richtig gelernt hatte.

Vor ihr lagen noch einige Kilometer der sich durch die Landschaft schlängelnden Bundesstraße, vorbei an Weiden, Wiesen und Wäldern, die sie in der einsetzenden Dämmerung leicht erschaudern ließen, auch wenn sie sich das nicht eingestehen wollte. Sie war nachts schon oft hier entlanggelaufen oder Rad gefahren, sehr schnell und sehr betrunken, in Schlangenlinien und manchmal sogar, ohne sich daran zu erinnern. Sie hatte sich gefürchtet und gegruselt und war einmal sogar davongerannt, als ein roter Sportwagen neben ihr abbremste und im Schritttempo neben ihr herfuhr. Sie ging neben dem Wagen weiter, hielt den Kopf gesenkt und traute sich nicht nach links zu blicken, um ihrem möglichen Peiniger nicht in die Augen zu schauen.

Nach einigen Sekunden, die ihr wie eine Ewigkeit

vorkamen, rannte sie gegen die Fahrtrichtung los, überquerte hinter dem Wagen die Straße und stolperte über einen Zaun auf eine Weide voller Kühe. Sie rannte und rannte und blickte nicht zurück, der Sportwagen fuhr weiter und verschwand, soweit sie das auf ihrer Flucht erahnen konnte, die erst endete, als sie nach drei weiteren Weiden und Wegen die Siedlung erreichte und sich im Licht der hell erleuchteten Wege und Häuser wieder sicher fühlte.

Sie eilte nach Hause, schlich sich in ihr Zimmer und entledigte sich ihrer eingerissenen und dreckigen, mit Kuhscheiße, Gras und Holzsplittern verschmutzten Klamotten und legte sich ins Bett. Die Decke zog sie bis zu den Augen nach oben, sodass sie gerade noch die Tür beobachten konnte. Leise wimmernd und schwer atmend schlief sie erst Stunden später ein. Ihren Eltern erzählte sie nichts von diesem Ereignis, die kaputten Klamotten ließ sie heimlich verschwinden, damit ihre Mutter, die ihrem Job als familiäre Waschfrau mit Vergnügen nachkam, keine unangenehmen Fragen stellen konnte.

Die Bundestraße beschrieb eine leichte Kurve nach rechts, stieg leicht an und wandte sich auf dem Hügel durch die ersten breiten Tannen des beginnenden Waldes, in dem ihr Vater sich von einem seiner idiotischen, großkotzigen Freunde schon mal zum Jagen hatte einladen lassen. Voller Stolz war er mit einem Reh nach Hause gekommen, dass er selbst geschossen und ausgenommen hatte. Von Linda hatte er dafür Hass und Verachtung geerntet, schließlich war sie zumindest in den heimischen vier Wänden strikte Veganerin, die Fleischfresser verachtete, nahm ihren Verzicht auf tierische

Produkte ansonsten aber nicht hundertprozentig genau.

Linda vergrößerte ihre Schritte mit der beginnenden Steigung und blickte sich auf etwa der Hälfte der Anhöhe um: Weit und breit war kein Tier und kein Mensch zu sehen, nur das Grün der Natur und das Grau der Bundesstraße, die sie nach hinten blickend über einige Kilometer weit entlang gucken konnte. Nach vorne verschwand sie hinter dem Hügel, über den Linda in den sich langsam verdunkelnden Himmel blickte. Von dort hörte sie nun ein leises Brummen, kurz darauf ein deutlicher werdendes Motorengeräusch, schließlich fuhr ein weißer Kastenwagen an ihr vorbei, auf dem in verschnörkelter Schrift »Kabelsalat – EDV und Netzwerktechnik« geschrieben stand.

Linda kannte den Wagen und den Inhaber der Firma nur zu gut: Robert Herzig, der mit ihr in die Oberstufe des Goethe Gymnasiums gegangen und schon damals durch seine nerdige Technikaffinität aufgefallen war, auch wenn er sich damit in Lindas Augen nicht besonders attraktiv gemacht hatte. Trotzdem war er allemal besser und angenehmer gewesen, als die vielen sich selbst feiernden, möchtegern-coolen Jungs, die so gerne auf die Rolle gingen, sich selber harter Kern schimpften, aber eigentlich doch nur darauf aus waren, sich auf ihre Karrieren bei einer Versicherung oder Bank vorzubereiten, oder irgendwo anders, wo es sicheres Geld zu verdienen gab, und davon am besten möglichst viel.

Robert hatte sich mit seiner kleinen Klitsche einen Namen in der Gegend gemacht und mittlerweile ein paar Angestellte und Praktikanten, die nächste Nerd-Generation. Es gab auf jeden Fall genug zu tun, allein in ihrer Siedlung gab es einige

Familien und vor allem Familienväter, die einen schicken Laptop und die neuesten Internet-Gadgets besaßen, aber überhaupt keinen Plan hatten, wie man mit diesen Geräten umgeht. Da kam Robert ins Spiel, der eine Seelenruhe ausstrahlen konnte, der Firmen und Privatleuten alles mögliche einrichtete und dabei gerne den Erklärbär gab, der mit sanftmütiger, langsamer Stimme berichtete, was er da gerade tat. Oder auch nicht, hatte Linda schon häufiger gedacht: Wenn Robert wollte, könnte er mittlerweile die halbe Siedlung ausspionieren und beobachten.

Wer weiß, was er den Leuten verkaufte und installierte, vielleicht wusste er von den vielen unheimlichen und unerhörten Dingen, die sich auch in diesen Wohnungen und Häusern abspielen mussten, auch wenn es nach außen dafür keinerlei Anzeichen gab. Sie wusste nicht, ob sie Robert das zutrauen würde, wusste aber, dass sie sein Wissen gerne teilen würde, falls er wirklich einige Bewohner heimlich ausspionieren sollte. Dazu könnte es sich fast lohnen, ihren alten Schulkollegen nach einigen Jahren, in denen sie sich nur beiläufig gegrüßt hatten, noch mal zu kontaktieren. Er fuhr allerdings in die falsche Richtung.

Unten

Auf dem Weg in den Keller kam er an den Briefkästen vorbei. Seinen eigenen betrachtete er einige Zeit lang, als sei er ihm fremd. Wenn ihn jemand so gesehen hätte, wie er auf sein Namensschild starrte, hätte derjenige ihn wohl für verrückt oder zumindest verwirrt gehalten, dachte er. So weit konnte Klaus sein eigenes Handeln noch reflektieren, aber nichts an dem oft in die Ferne starrenden Blick ändern. Geschweige denn an seiner Situation.

Er steckte den Schlüssel in das Schloss, das regelrecht knarzte und den Inhalt des Briefkastens freigab: die neue Ausgabe des *Rondo*-Magazins, Rechnungen oder erste Mahnungen und in Folie eingeschweißte Werbeprospekte. Er fand nicht genügend Energie, um sich hasserfüllte Gedanken zu dieser menschenunwürdigen Werbeidiotie zu machen; Magazine oder Briefe interessierten ihn schon seit Wochen nicht. Macht der Gewohnheit, den Briefkasten im Vorbeigehen zu öffnen und zu leeren, dachte er und zog den Schlüssel aus dem Schloss, ohne den Briefkasten wieder abzuschließen. Schluss mit Gewohnheiten.

Das Licht im Keller flackerte schon seit Monaten und tauchte die steinigen Wände in ein unwirkliches Szenario. Der Keller war schon immer das Ehrlichste, was dieses Haus mit seinen sechs Parteien besaß. An den ungeschliffenen Steinen, den Rissen im Putz, der fahlen, seit einiger Zeit flackernden Beleuchtung und dem leicht moderigen Geruch waren Alter und Macken erkennbar, und sie wirkten nicht fehl am Platz, waren echt und natürlich

Die Wohnungen, soweit Klaus sie kannte – bei einer Nachbarin war er unverhofft mal auf einen Kaffee gelandet, ohne dass sich daraus etwas entwickelt hatte, auch wenn er sich durchaus mehr hätte vorstellen können –, waren in einem guten Zustand, zumindest oberflächlich führten die Hauseigentümer regelmäßig Schönheitsrenovierungen durch. Im Keller hatte jeder sein Hab und Gut und den Kram, den man über Jahre nicht vermisste und somit auch nicht mehr benötigte, gestapelt und gelagert und nicht an die feuchten Häuserwände gestellt, damit es keinen Schaden davontrug, bis man es nach vielen Jahren endlich entsorgte.

Er zog die grau lackierte Holztür auf und warf einen Blick auf das deckenhohe, damit aber nicht gerade hohe Regal. Hier unten konnte er stehen, ohne sich den Kopf zu stoßen, auf Plateauschuhen würde die Sache allerdings schon anders aussehen, dachte er, auch mit seinen nicht gerade riesigen 1,70 Meter. Er fuhr das Regal mit den Augen systematisch ab, startete oben links, bei den geerbten Einmachgläsern, vorbei am VHS-Rekorder, einigen Büchern, Pfannen, Töpfen und dem Raclette-Grill. Ganz unten stapelte sich kreuz und quer Werkzeug.

Klaus fluchte jedes Mal innerlich, manchmal auch laut, wenn er sich den Rücken verrenkte, um hier unten den richtigen Bohrer oder Schraubenzieher zu finden. Rechts neben dem Regal stand eine große Basttruhe, in der sich modrige Verkleidungen und aussortierte CDs befanden. Sein Blick schweifte durch den kleinen dunklen Raum, entdeckte aber nicht, wonach er suchte. Der Wagenheber stand dort, wo er ihn vermutet hatte, gleich neben dem alten Schaukelstuhl. Er beugte sich über den Stuhl, um dahinter zu suchen, schob Bretter und Kartons zur Seite und wurde letztlich hinter dem großen Regal fündig: die beiden alten Skateboards, eines mit grünen Rollen, das andere mit einem sabbernden Monster auf der Unterseite. Alte Geschenke.

Freudig schnappte er sich die Bretter, die er seit Ewigkeiten nicht angerührt hatte und mit denen er jeweils nur ein einziges Mal gefahren war, betrachtete sie kurz, drehte sich um, griff zum Wagenheber und ging zielstrebig nach oben, zurück in seine Wohnung. Das musste nun schnell zu Ende gebracht werden, bevor etwas dazwischenkam – und sei es er selbst.

Bodenkontrolle

Der Kadett schnurrte wie ein in die Tage gekommener Kater – kratzig, aber zuverlässig. Durch die gefederten Sitze spürte man jede Unebenheit in der Straße. Lukas war froh darum, er nahm das eine oder andere Schlagloch sogar absichtlich mit, denn je mehr er oder sein Mitfahrer auf den Sitzen herumrutschten oder zuckten, umso besser war die Stille zu ertragen. »Ein Hoch auf die Zentralverriegelung«, hatte Kev noch beim Einsteigen gesagt, anschließend hatten beide geschwiegen.

Lukas hatte sich absichtlich verbissen auf das Steuern des Wagens konzentriert, war sehr schnell gefahren und hatte übertrieben deutlich Schilder studiert, die Gangschaltung öfter als nötig betätigt und an der Lüftung herumgespielt. Er konnte sich aber auch nicht dagegen wehren, immer mal wieder leicht nach rechts zu schauen, wo Kev mit diesem Ungetüm von Seesack auf dem Schoß saß und so kaum zu sehen war und auch selbst wenig sehen konnte.

Ein paar Mal hatte Kev hörbar eingeatmet, so als habe er im nächsten Moment etwas sagen wollen. Lukas war jedes Mal eingeschritten, hatte affektiert in der Hosentasche gekramt oder umständlich auf sein Handy gestarrt. Mit einem Affenzahn war er auf die A1 Richtung Schwerte gefahren und bog nun auf die A45 Richtung Frankfurt am Main ab.

Er genoss es über die breite Autobahn zu fahren, wo es keine Ampeln oder andere Verkehrshindernisse gab. Im Stau stand er zwar furchtbar ungerne, aber davon abgesehen könnte er sich an das Fahren über diese breiten Straßen gewöhnen. Vielleicht sollte er Taxifahrer werden, am besten für Fernfahrten, dachte er. Das wäre eine Option. Er setzte den Blinker links, um einen knallroten Transporter zu überholen, der offenbar schwer beladen war, so tief lag er.

Die Tanknadel des Kadetts schlug fast voll aus, auf Oma Erika war Verlass, es bestand also kein Grund etwas an der aktuellen Situation zu ändern und seinem Beifahrer damit womöglich die Möglichkeit einer vorgetragenen Erklärung einzuräumen. Lukas beschäftigte sich gerade intensiv mit der Sonnenblende – runterklappen, hochklappen, in die Sonne blinzeln, runterklappen, zur Seite drehen – als sie in der Nähe von Gießen in eine Baustelle fuhren.

Die Spuren wurden von drei auf zwei verengt, Lukas entschied sich für die linke, die enge Zwei-Meter-Spur, so konnte er den Kadett viel beschäftigt an den breiten LKW vorbeischaukeln. Auf der Gegenfahrbahn hatte sich ein Stau gebildet, rechts war eine nicht enden wollende Baustelle zu sehen. In anderen Ländern wurde man wenigstens noch regelmäßig von bunten Schildern ermutigt: »Nur noch zwei Kilometer!« »Sie haben es bald geschafft!« Hier sah man nur Baustelle, Baustelle und Baustelle, von der höchstens ein Viertel belebt war. Zudem blieb die Gewissheit: Nach der Baustelle ist vor der Baustelle. Mit einem Schlenker ging es auf die ursprünglichen drei Spuren zurück.

»Manchmal möchte ich auf einem Bären in Afrika sitzen und einfach laufen lassen«, brach Kev das Schweigen und atmete leicht theatralisch aus, er ließ dabei sein rechtes Handgelenk, an dem er eine schwere Uhr trug, nach unten schlackern, sodass es auf seinem Knie aufschlug. Lukas schaute angestrengt auf den Tacho. Als er hörte, wie Kev erneut einatmete und ansetzte, kam er ihm zuvor:

»Warst du schon mal in Afrika?«

»Nein, noch nie. War nur so ein Spruch.«

»Okay. Cool. Selbst ausgedacht?«

»Ähm, nein! Wo fahren wir überhaupt hin?«

»Richtung Süden.«

»Ist das der direkte Weg zur Hölle?«

»Das war auch nur so ein Spruch. Ich weiß noch nicht, wohin genau, erst mal Richtung Süden, dann schauen wir mal. Ich bin übrigens Lukas. Willst du dein Gepäck vielleicht mal nach hinten legen?«

Erst jetzt traute sich Lukas, das volle Ausmaß der gequetschten Symbiose aus Seesack und Mensch zu betrachten. Kev, der seinen Kopf um 90 Grad drehen musste, um mit Lukas reden zu können, hatte sich bislang nicht beschwert, das war ihm hoch anzurechnen.

Auf dem Autobahnparkplatz Hardt stellte Lukas den Kadett in der letzten Parkbucht ab. Als er gerade den Zündschlüssel zurückdrehen wollte, um den Motor auszuschalten, hielt er ihn zwischen Zeigefinger und Daumen fest und kurz inne. In was für eine Situation hatte er sich hier nur manövriert? War es jetzt nicht an der Zeit, den ganzen Quatsch zu beenden? Aber was dann? Zurück zu Karmen und in sein kleines Zimmer? Auf keinen Fall!

Lukas stellte den Motor ab und stieg aus. Er öffnete den Kofferraum, der komplett leer und sauber war, weil Lukas seine Sachen auf die Rückbank geworfen und Oma Erika ihn vermutlich jahrelang nicht mehr genutzt, aber regelmäßig gereinigt hatte. Er ging zur Beifahrertür, öffnete sie und zerrte und zog Kevs Seesack nach draußen. Der Sack fiel gleich zu Boden, so schwer war er. Es hatte nur ein lautes »Plöpp«-Geräusch gefehlt und der Slapstick-Moment wäre perfekt gewesen. »Hast du da drin Zement angemischt?«, rutschte es Lukas heraus. Kev hatte seinen Kommentar überhört oder tat zumindest so, er hob den Seesack mit beiden Händen ruckartig an, wich Lukas Blicken aus und schleppte ihn zum Kofferraum, in den er quer liegend genau passte. Den Rest bügelte die Kofferraumklappe aus.

»Ist das dein Wagen?«, fragte Kev und musterte den Kadett dabei mit professionellem Blick. Lukas musterte Kev im Gegenzug und runzelte die Stirn. Wollte Kev – je öfter er diesen Namen dachte, desto bescheuerter klang er – mit dieser Frage nur von seinem Seesack und dessen Inhalt ablenken? Auf der anderen Seite: Lukas war vor Oma Erikas Garage so fluchtartig losgefahren, dass es eine durchaus berechtigte Frage war. »Ja, also Jein. Er gehört meiner Oma, aber sie braucht ihn nicht mehr«, stammelte Lukas. Kev verzog den Mund ungelenk nach links, hob seine Kappe an und setzte sie wieder fest auf: »Mmmhkay, dann ist ja gut. Wie viele Pferde hat das Ding unter der Haube?«

»Keine Ahnung«, sagte Lukas, der wirklich gar keine Ahnung von Autos hatte, dieses hier in Gedanken aber liebevoll stets den Kadett nannte, »er fährt sich jedenfalls sehr gut. Wenn's dich interessiert, guck halt in den – Fuck! Fuck, Fuck, Fuck! Zerkackt!«

Kev machte große Augen, die Lukas unter der Kappe nur zur Hälfte sehen konnte. Lukas erklärte ihm, dass er schon immer so fluche, zumindest seitdem ihm sein Cousin diesen Fluch einst beigebracht hatte, damals im Frankreich-Urlaub. Lukas' einziger Urlaub mit der gesamten Familie und auch der einzige, an den er sich erinnern konnte. Weil Kev immer noch verwundert guckte, erzählte er ihm auch von den Fahrzeugpapieren, die er schon vor Wochen bei seiner Oma abgeholt hatte – in Wahrheit hatte er sie ihr heimlich entwendet – und die nun zuhause, in seinem WG-Zimmer lagen, das eigentlich nicht mehr sein Zuhause sein sollte. Kev folgte mit dem Blick einem zu schnell über den Rastplatz fahrenden, schwarzen SUV und sagte beiläufig: »Dann holen wir die Papiere halt jetzt.«

»Wir können doch nicht schon wieder umkehren!«, schrie Lukas verzweifelt mehr sich als Kev an. »Der Süden da unten ist der reinste Polizeistaat, egal, wo man da ist«, sagte Kev mit Kennerblick, während er leicht breitbeinig vor dem Kadett stand und seine Arme auf dessen Dach verschränkte: »Und du willst doch sicher nicht, dass deine Oma von unserer Tour Wind bekommt?« Ganz so blöd, wie er aussah und sich nannte, war er wohl doch nicht, dachte Lukas, dem es weniger vor weiteren Stunden im Kadett graute, als vor der sehr verfrühten Rückkehr in sein Zimmer, das er unbedingt hinter sich lassen wollte, und in die Stadt, die er unbedingt verlassen wollte.

Oder sollte die Reise hier vielleicht schon ihr vorbestimmtes Ende finden und er es noch mal versuchen mit der Stadt, der WG, mit alten und neuen Freunden, einer Freundin, einem Job, einem Leben? Das schafften doch so viele – so viele Idioten, wieso also nicht auch er? Bis gerade war Lukas von seinem Plan – einfach loszufahren, ohne eine Ahnung zu haben wohin, und das am Freitag, den 13. – noch vollkommen überzeugt gewesen, nun zweifelte er daran, an sich und wohl auch an Kev, seinem Mitreisenden, den er sich selbst eingebrockt hatte. Lukas setzte sich hinter den Kadett auf den Bordstein und legte seinen Kopf in die Hände, die von den auf den Beinen liegenden Ellenbogen getragen wurden.

»Haaaaaallllooooo, Bodenkontrolle an Lukas. Wir haben immer noch ein Problem mit den fehlenden Papieren«, hörte Lukas Kev leicht genervt faseln. Vielleicht wollte er auch nur lustig sein. Lukas rieb sich die Augen, schüttelte sich leicht und drehte seinen Kopf nach links. Dort saß Kev nun neben ihm auf dem Bordstein. Der bescheuerte Ring im Schirm seiner Mütze glänzte in der Sonne. »Was ist los? Du hast fast fünf Minuten wie eingefroren dort gesessen und auf den Boden gestarrt. Sind das irgendwelche Superkräfte, von denen du mir noch nichts erzählt hast?«, scherzte Kev. »Was? Ich habe nachgedacht, das mache ich meistens, wenn ich gestresst bin. Los, holen wir die scheiß Papiere«, sagte Lukas. Er stand auf, stieg in den Kadett und startete umgehend den Motor. »Bin ja schon da«, sagte Kev, der gerade die Beifahrertür schloss, als der Kadett bereits losrollte.

Wut

Durch die sich leicht im Wind biegenden Bäume drang nur noch wenig Licht bis an den Boden, über den Linda langsam, aber unaufhaltsam weiterlief. Ein paar Autos waren an ihr vorbeigefahren, ohne auf ihren Daumen zu reagieren, sie hatten nicht mal gebremst. Aus dem Wald, der sich auf beiden Seiten der Bundesstraße kilometerweit erstreckte, hatte sie mehrfach Geräusche gehört, vermutlich von Tieren: Rascheln und Pfeifen und ein Jaulen, das sie Wölfen zugeordnet hatte, auch wenn sie nicht wusste, ob es hier überhaupt welche gab.

Rehe, Wildschweine und Füchse hatte sie hier schon oft gesehen, früher als sie tagelang mit ihren Freundinnen im Wald gespielt und später als sie mit ihnen heimlich im Wald geraucht und das erste Mal Schnaps getrunken hatte, einen dieser widerlich süßen Schnäpse, die wohl nur für Jugendliche produziert und nur von Jugendlichen getrunken wurden.

In den letzten Jahren hatte sie den Wald komplett gemieden, weil sie die Familienspaziergänge am Wochenende und damit ihre Eltern boykottiert hatte und sie sich nicht mehr im Wald verstecken musste, um sich zu betrinken oder anders zu berauschen. Das einzige Waldlebewesen, an das sie sich noch lebhaft erinnern konnte, war deshalb das schlaff durchhängende Reh, das ihr Vater einst mitgebracht hatte. Sie hatte den intensiven Blick des herunterhängenden Rehkopfes noch genau vor Augen, und wie er langsam mit ihrem Vater in der Garage verschwunden war.

Sie konzentrierte sich auf ihre Füße, lief in verschiedenen

Rhythmen und summte alte Kinderlieder, die ihr urplötzlich in den Sinn kamen. In der Ferne konnte sie bereits die Autobahn erahnen, doch das Rauschen, das sie jetzt immer deutlicher vernahm, wehte nicht etwa von dort herüber, es näherte sich von hinten. Sie verlangsamte ihren Schritt, blickte über ihre linke Schulter nach hinten und erschrak. Ihr Blick fror ein und ihr Körper versteifte sich ruckartig. Wie in Zeitlupe sah sie einen roten Sportwagen näherkommen, er hatte bereits sein Tempo verlangsamt.

Erinnerungen zuckten ihr durch den Kopf: Als sie damals über Felder und Zäune geflohen war, hatte sie das wegen eines roten Sportwagens getan, der im Schritttempo neben ihr gefahren und nicht von ihrer Seite gewichen war, bis sie die Flucht ergriffen hatte. An das genau Fabrikat von damals konnte sie sich nicht erinnern, was auch damit zu tun hatte, dass sie sich ohnehin nicht für Autos interessierte, höchstens so weit, dass sie die vielen SUV in ihrer Siedlung hasste – die Dummheit der Menschheit am Fließband produziert.

Auch jetzt, während sich der Wagen langsam näherte und sie ihren Körper nur noch als unbewegliche Hülle spürte, der nicht mal mehr atmete, konnte sie nicht sagen, ob es sich um einen Porsche, Ferrari oder irgendeinen anderen Sportwagen handelte. Es war jedenfalls eines dieser auffälligen und übertriebenen Fahrzeuge, die vor allem Menschen fuhren, die damit ihr zu klein geratenes Ego oder ihre zu klein geratenen Genitalien überspielen wollten.

Langsam begann sie wieder zu atmen, versuchte sich selbst zu beruhigen und rational darüber nachzudenken, ob eine Flucht Sinn ergeben würde oder nicht. Fliehen könnte sie immer noch, redete sie in Gedanken auf sich ein. Aber wohin bitte schön? Zurück nach Hause? Auf keinen Fall! Sie musste es also darauf ankommen lassen. Und wer weiß schon, was der Sportwagenfahrer damals von ihr wollte und ob es sich überhaupt um die gleiche Person und den gleichen Wagen handelte. Schließlich gab es genug Menschen auf dieser Welt, dachte sie, die ihr eigenes Leben nur ertragen konnten, wenn sie mit einer derartigen Schwanzverlängerung durch die Gegend fuhren.

Sie atmete tief ein, drehte ihren Blick Richtung Straße und hob den linken Daumen und Arm langsam in die Luft. Der rote Sportwagen kam näher und verlangsamte sein Tempo, je näher er kam. Linda schärfte ihren Blick, versuchte durch die Windschutzscheibe die Person am Steuer zu erkennen. Es saß nur eine Person im Wagen, von der sie allerdings nur einen Umriss erkennen konnte, weil die tief stehende Sonne sich auf der Windschutzscheibe reflektierte und der Kopf des Fahrers zum Teil unter dem niedrigen Dach des Sportwagens verschwand.

Sie musste ausgesehen haben wie ein aufgeschrecktes Reh, das im Scheinwerferlicht des Autos stehen bleibt und treudoof in das Licht blickt. Der Wagen rollte langsam an ihr vorbei und blieb mit seinem riesigen Heckspoiler neben ihr stehen. Sie dachte ein letztes Mal daran zu fliehen, am Heck vorbei, auf die andere Straßenseite, auf der ein Stück Wald an ein Feld grenzte, auf dem ein paar braun gescheckte Kühe grasten. Sie dachte an ihr Zimmer, an ihre Eltern und spürte diese Wut in sich aufkommen.

Wut auf ihre Mutter, die viel zu perfekt war und das Gleiche für ihre Tochter wollte. Wut auf ihren Vater, der viel zu sehr mit sich selbst beschäftigt war, um Linda wahrzunehmen. Sie presste ihre Zähne aufeinander und konnte ihre Gedanken nicht mehr klar steuern. Diese Art von Wut war besonders schlimm, weil sie mit der eigenen Unzufriedenheit verwoben war. Doch es gab kein Zurück mehr, nur nach vorne, redete sie sich ein. Sie öffnete die Beifahrertür ruckartig und saß schon halb auf dem Beifahrersitz als sie den Fahrer erblicken konnte – und ihren Augen kaum traute.

Aufbocken

Mit jeder Treppenstufe beschleunigte er seinen Gang. An den Briefkästen traf er Herr Rothenbaum aus der zweiten Etage, der freundlich grüßte und dabei locker grinsend nickte. Etwas zu oft, fand Klaus. Herr Rothenbaums Nicken erinnerte ihn an diese Wackeldackel, die eine Zeit lang mal angesagt gewesen waren. »Tag«, grüßte er knapp zurück und wich dem noch immer wackelnden Blick aus. Sein Nachbar suchte sicher jemanden, dem er vom Wetter oder seiner niedrigen Rente erzählen konnte.

Beides hatte sich Klaus schon oft genug angehört, doch mit dieser verschenkten Lebenszeit war jetzt Schluss, dachte er und ging hastig weiter. Herr Rothenbaum blieb mit leicht offenstehendem Mund und einem Fragzeichen über dem Kopf zurück. Was sein sonst friedfertiger Nachbar vorhatte, würde der arme Tropf bald schon merken, dachte Klaus und verschwand nicht ohne Vorfreude in seiner Wohnung.

Er stellte die Skateboards und den Wagenheber zur Seite und zog seinen Wollpullover aus, weil er vor Anstrengung und Aufregung ins Schwitzen gekommen war. Im Fernsehen stritten sich gerade ein aufgebrachtes Paar, das sich für wenig Geld zu einer dieser Unterschichten-Trash-Shows hatte überreden lassen. Man erkannte diese Sendungen auf den ersten Blick, selbst wenn man sie noch nie gesehen hatte. Wie viele Leute sich in diesem Moment wohl besser fühlten, weil sie das schamlos präsentierte und protokollierte Elend im Fernsehen genossen. Wer hatte überhaupt den Fernseher eingeschaltet?

Er nahm den Wagenheber und machte sich damit am Klavier zu schaffen. Das erste und einzige Instrument, das er sich je gegönnt hatte, nachdem er an etwas Geld gekommen war. Das Klavier, an dem er Gefallen gefunden und etwas überraschend auch Talent für das Spielen komplizierter Symphonien entdeckt hatte. Selbst mit dem Komponieren lief es plötzlich und für eine Weile ganz gut. An den Tasten des Klaviers hatte er einiges durch- und wieder gut gemacht. Jetzt war es trotzdem Zeit für ein Zeichen. Er strich mit der Hand über den geschlossenen Deckel, wuchtete den Wagenheber unter die angehobene Front und bockte das Klavier an der rechten Seite ein Stück auf. Mit Mühe schob er eines der beiden Skateboards unter das schwarz lackierte Holz.

Sein Atem wurde schwer und schnell. Es musste ganz schön armselig aussehen, wie er vor dem Klavier, einst sein wichtigster Rückzugsort, herumkrächzte und sich daran zu schaffen machte. Erste Kratzer, nicht mal kleine, hatte das gute Stück durch seinen Aktionismus schon abbekommen. Nun war auch noch die linke Seite dran: Wagenheber und Rollbrett. Beim Aufbocken der linken Seite fing das Klavier an zu taumeln, bewegte sich langsam nach rechts, drohte abzurutschen. Er sprang auf und hielt das Instrument mit ausgestrecktem Arm und einem Fuß fest. Mit einer Hand fingerte er das zweite Skateboard unter das Klavier und quetschte sie sich fast dabei, der Schweiß lief ihm von der Stirn. Unter Knarzen der Rollbretter kam das Klavier zur Ruhe und stand mehr oder weniger sicher auf den acht Rollen der beiden Skateboards.

Erleichtert ließ sich Klaus zu Boden sacken und wischte

sich mit dem Ärmel die Stirn ab. Noch bereute er nichts, im Gegenteil: Die Vorfreude wuchs von Sekunde zu Sekunde. Ein paar Verschnaufminuten gönnte er sich noch, visierte dabei den ebenerdigen Übergang zum Balkon an, den der Vermieter bei der Wohnungsbesichtigung damals mehrfach hervorgehoben und dafür schräge Blicke von Klaus geerntet hatte. Offenbar nicht schräg genug, denn ein paar Tage später hatte er den Mietvertrag unterschreiben dürfen. Für den schwachsinnigen Übergang hatte er sich schon damals nicht alt genug gefühlt – als ob er in einem Rollstuhl auf den Balkon rollen wolle. Nicht mit einem Rollstuhl, dachte er, aber mit einem Klavier!

Containern

Die Regenwolken machten schon seit einer halben Stunde keine Anstalten zu verschwinden und schickten unermüdlich minimale Tropfen Richtung Erde, als der Kadett den Dortmunder Hafen passierte. Lukas hätte auch aus dem Süden in die Stadt fahren und so ein paar Kilometer sparen können, doch er mochte es über die Hafenbrücke zu fahren, links die Containerschiffe und rechts die markanten Bauten Dortmunds zu sehen: das Stadion, der Fernsehturm Florian und das eine oder andere auffällige Hochhaus. Der Glanz der Überfahrt verflog allerdings schnell: Die Fassaden der meisten Nordstadt-Häuser waren blass, auf den Bürgersteigen sammelte sich Müll zwischen geparkten Autos und in den Unebenheiten des Asphalts der Regen, als Fußgänger musste man zudem einige Hundehaufen umkurven.

Lukas steuerte den Kadett am Nordmarkt vorbei, wo sich der Verkehr staute. Er hatte nur stumm genickt, als Kev ihn vor Verlassen der Autobahn gefragt hatte, ob sie noch kurz etwas am Borsigplatz abholen könnten, wenn sie schon nach Dortmund fahren würden. Kev hatte Lukas' Frage, ob er in Dortmund wohne, nur knapp verneint und danach auf seinem Handy herum getippt.

Lukas hatte nicht weiter nachgefragt. Er bog Richtung Borsigplatz ab, auf den Straßen herrschte eine lebendige bis erschreckende Menschenmischung aus Alteingesessenen, Alkoholikern, Studenten, Junkies und Familien. Lukas musste ruckartig bremsen als eine Frau die Straße überquerte, ohne links oder rechts zu gucken. Vor einer türkischen Metzgerei hatte sich eine große Menschentraube versammelt, die zum Teil schon auf der Straße stand, weil der Bürgersteig nicht ausreichend Platz bot. Lukas fuhr einen Schlenker und grüßte freundlich, indem er die rechte Hand leicht anhob.

Zuletzt war Lukas kaum mehr vor die Tür gegangen, aber auch in der Zeit davor hatte er diesen Teil der Nordstadt meistens gemieden. In Richtung Hafen und Fredenbaumpark hatte er sich einst wohl, sogar als Teil des Viertels gefühlt. Hier, rund um den Nordmarkt, war es aber schon immer anders gewesen. Hier konnte Lukas die Spannung in der Luft stets spüren, er fühlte sich beobachtet und rechnete jeden Moment damit, dass die Spannung sich mit einem lauten Knall lösen konnte. Kev schien es hier ebenfalls nicht zu gefallen, denn er rutschte nervös auf seinem Sitz herum, die Kappe tief ins Gesicht gezogen.

Sie passierten die Bornstraße, ließen einen riesigen Baumarkt links liegen und kamen in den Kreisverkehr am Borsigplatz. Kev ließ Lukas zielsicher noch ein paar Mal abbiegen und wies ihn dann an, in einer leicht abschüssigen Straße anzuhalten. Auch hier investierten die Hausbesitzer schon länger nicht in Äußerlichkeiten, innen sah es sicherlich nicht wesentlich anders aus, dachte Lukas.

»Gib mir fünf Minuten«, sagte Kev, ehe er ausstieg, den Kofferraum öffnete und mit seinem Ungetüm von Seesack zügig im blassgrauen Haus mit der Nummer 7 verschwand, wie Lukas im Außenspiegel des Kadetts beobachten konnte. Aus einem Fenster des zweiten Stocks betrachtete ein alter Mann den Kadett von der anderen Straßenseite aus, er lehnte auf der Fensterbank und ließ seinen Blick misstrauisch über das Auto wandern.

Lukas tat beschäftigt, wie er es immer machte, wenn er sich beobachtet fühlte. Er öffnete das Handschuhfach und wühlte darin herum, ohne etwas zu suchen, als ihm wieder einfiel, weshalb sie eigentlich nach Dortmund zurückgekehrt waren: die Papiere! In Gedanken durchsuchte Lukas sein Zimmer, das ohne angeschlossenen Computer noch unbewohnter aussehen würde als zuvor.

Seine Schränke und der Schreibtisch waren quasi leer, die Papiere konnten sich eigentlich nur inmitten des Idiotenhaufens befinden, der seit Monaten in seinem Regal wuchs und wuchs. Briefe, geöffnet und ungeöffnet, Zeitungen, Uni-Dokumente, Flyer und was sonst noch an Papierkram den Weg in seine Hände fand – wenig später lag es im Idiotenhaufen oder im Altpapier.

Lukas musste das Handschuhfach mehrfach zuschlagen, bis es einrastete und geschlossen blieb. Der Mann im Fenster war verschwunden, er hatte die grauen Gardinen zugezogen. Lukas optimierte die Einstellung des Fahrersitzes so gut und penibel wie möglich und machte sich anschließend am Rückspiegel zu schaffen, als er darin Kevs Gesicht über der Kofferraumklappe erkennen konnte. Kev guckte angestrengt, machte sich am Seesack zu schaffen und zwängte ihn erneut in den Kofferraum. »Weiter geht's«, grinste er als er sich auf den Beifahrersitz niederließ und Blickkontakt mied. Lukas justierte den Rückspiegel kurz nach, drehte den Zündschlüssel um und steuerte die Goethestraße an.

Während der kurzen Fahrt redeten die beiden nicht miteinander, Kev fummelte geschäftig an seinem Handy herum,

Lukas fuhr extra konzentriert und parkte schließlich gegenüber seiner ehemaligen WG, wie er sie in Gedanken bereits nannte, obwohl er nach weniger als zwei Tagen bereits zurückkehrte. Er stoppte den Motor, ließ die Hand aber am Schlüssel und diesen noch eine Weile stecken. Beide schwiegen, dann zog Lukas den Schlüssel ruckartig aus dem Zündschloss und sagte: »Ich gehe eben die Papiere holen.« Er wollte ihm weder sein spartanisches Zimmer noch seine bescheidene WG – und schon gar nicht seine Mitbewohnerin zeigen. Außerdem könnte er die Zeit oben nutzen, um in Ruhe zur Toilette zu gehen. Im Idealfall wäre selbst Karmen nicht zuhause, auch wenn dies sehr unwahrscheinlich war.

Eilig stieg er aus und ging zum Eingang, auf der dritten und letzten Stufe vor der Haustür drehte er sich um und konnte sehen, dass auch Kev das Auto verlassen hatte und auf ihn zusteuerte. Lukas schloss die Haustür auf und sah seinen neuen Mitstreiter aus den Augenwinkeln neben ihm auftauchen, es half nichts. Immerhin hatte er sich diesen Kev selbst eingebrockt, dachte er und ging die Treppen zur WG hinauf, sein Begleiter folgte im Gleichschritt.

Oben angekommen hielt Lukas inne, als er den Schlüssel ins Schloss stecken wollte. Er entschied sich zu klingeln, weil sich das eher so anfühlen würde, als sei er tatsächlich ausgezogen Außerdem würde Karmen nicht irritiert oder gar verstört sein, wenn er plötzlich wieder in der Wohnung stand. Er wandte den kurzen Doppelklingler an – Ding Dong, Ding Dong –, den Karmen und er einst als Geheimzeichen vereinbart hatten, für den Fall, dass jemand seinen Schlüssel vergessen hatte. So musste niemand ungebetenen Gästen die Tür aufmachen, was beiden sehr entgegenkam. Gebraucht hatten sie den Doppelklingler bislang zwar nie, was auch daran lag, dass beide kaum das Haus, geschweige denn ihr Zimmer verlassen hatten. Trotzdem würde Karmen sich erinnern, war sich Lukas sicher.

»Schließ doch auf«, sagte Kev leicht genervt, der schräg hinter Lukas stand, mit einem angewinkelten Arm vermeintlich lässig an die Wand lehnend. Lukas reagierte nicht, er lauschte angespannt, ob er Karmen hören konnte, doch er vernahm weder Schritte noch eine sich öffnende Tür. Lukas sah sich den Schlüssel an, den er in der rechten Hand hin und her drehte, und entschied sich, die Klingel erneut im gleichen Abstand zu betätigen. Zu irgendwas musste dieser idiotische Doppelklingler doch gut sein, dachte er und hielt den Kopf nah an das leicht gesplitterte Holz der Haustür.

Von Innen war nichts zu hören, Kev trippelte immer nervöser mit dem Fuß auf den Steinboden, bis er stöhnte: »Was' los? Schließ doch auf oder hast du Angst, den Bock zum Gärtner zu machen?« Lukas verdrehte die Augen heimlich, kommentierte die von Kev offenbar falsch abgespeicherte Floskel aber nicht. Er hörte ein letztes Mal genau hin, steckte den Schlüssel langsam und möglichst leise ins Schloss und drehte ihn um. Vorsichtig schob er die Tür auf und ging betont leise durch den Flur, hinter ihm deutete Kev, der ihm Schritt für Schritt folgte, ein Stoßgebet Richtung Himmel an.

Lukas ging auf sein Zimmer zu und ließ das Badezimmer wehmütig rechts liegen. Lieber wollte er in Ruhe auf die Toilette gehen, doch das funktionierte dank seines neuen Gefährten nicht, dachte Lukas als er plötzlich erstarrte und stehenblieb, woraufhin Kev ihn versehentlich von hinten anrempelte. Lukas' Blick ruhte auf den Augenpaaren, die durch den Türschlitz hindurch in den Flur starrten. Karmen musste mindestens irritiert vom unerwarteten und zum Teil unbekannten Besuch sein, man konnte es den Augen allein zwar nicht ansehen, Lukas aber wusste es. Kev hatte keine Ahnung und konnte die Klappe mal wieder nicht halten: »Verzeihen sie Gnädigste«, scherzte er und ließ auf sein Zeitlupenstolpern einen affektierten Knicks in Karmens Richtung folgen.

Lukas schämte sich für seinen Begleiter und beschwichtigte: »Ich muss nur schnell was holen, dann sind wir wieder weg.« Karmen schwieg und schloss die Tür. »Die hat die Manieren wohl auch mit dem Fleischwolf gegessen«, murmelte Kev. Lukas sparte sich einen Kommentar und öffnete seine Zimmertür. Er versuchte sich erst gar nicht, einen Überblick zu verschaffen, weil er fürchtete, sich dann zu schnell wieder zu heimisch und zugleich abgestoßen zu fühlen. Er steuerte stattdessen direkt auf den Idiotenhaufen zu, der sich windschief im Regal auftürmte.

Eilig durchsuchte er den Papierkram, indem er einen neuen, wesentlich unordentlicheren Haufen bildete: Idiotenhaufen 2.0. Die wichtigsten Papiere, die für Omas Kadett, fielen ihm dabei allerdings nicht in die Hände. Er kippte den frisch gestapelten Haufen erneut zur Seite und durchsuchte alles ein zweites Mal im Schnelldurchlauf auf die Autopapiere – ohne Erfolg. Mit großen Schritten ging er durch das Zimmer, suchte auf dem fast leeren Schreibtisch weiter, öffnete die beiden Schubladen, in denen ein paar Stifte, jede Menge Kabel und ein Locher lagen, den er seit Jahren besaß, aber noch nie benutzt hatte. In den Taschen seiner wenigen Hosen und Jacken, die noch im Schrank hingen, und unter dem Bett konnte er auch nichts finden. Nichts, außer Staub und ein paar gebrauchten Taschentüchern.

Ratlos wanderte sein Blick durch den Raum, er versuchte dabei Blickkontakt mit Kev zu vermeiden, der gelangweilt an den Türrahmen gelehnt stand. Wenn die Papiere weder im Kadett noch in seinem Zimmer waren, musste er sie verloren haben, dachte Lukas. In der Wohnung und besonders in Karmens Zimmer wären sie Karmen sicher in die Hände gefallen und sie hätte die Papiere wahrscheinlich unter Lukas' Tür hindurch geschoben, so wie sie es schon oft mit Briefen oder Zetteln gemacht hatte, die er auf dem Küchentisch hatte liegen lassen. Lukas ging in die Hocke und näherte sich mit dem Gesicht dem Boden, um ein letztes Mal unter Schreibtisch und Bett zu suchen. Kev schüttelte den Kopf.

Die Papiere waren auch auf dem staubigen Korkboden nicht zu finden. Lukas drückte sich mit beiden Händen vom Boden ab und bugsierte sich in die Hocke, aus der er sofort aufstand. Eine eigentlich viel zu sportliche Bewegung für ihn, die ihm allerdings perfekt gelang, auch wenn er etwas schwer atmete und ihm schwindelig wurde. Trotzdem fühlte er sich für wenige Sekunden wie ein Superheld, bis der Druck auf seiner Blase dieses Gefühl schnell wieder fortspülte.

Ohne Kev eines Blickes zu würdigen, ging er in die Küche. Er untersuchte die schmale Arbeitsfläche, die Fensterbank und den Tisch. Die Küche war tadellos aufgeräumt, als hätte Karmen sie in den letzten Tagen nicht betreten. Selbst die klapprige Klappbox, in denen sie Altpapier sammelten, das im Normalfall mindestens zur Hälfte aus Pizzakartons bestand, war leer und stand ordentlich neben dem Kühlschrank.

»Das Altpapier, das zerkackte Altpapier!«, hallte es durch Lukas' Kopf, als würde seine Souffleuse mit den Worten Pingpong spielen. Er erstarrte und dachte nach: Was wäre, wenn die Autopapiere in seiner letzten überhasteten wie unnötigen Aufräumaktion versehentlich im Altpapier gelandet wären und Karmen dieses tatsächlich zum Container gebracht hätte, obwohl sie das fast noch nie gemacht hatte. Was wäre dann? Dann müssten sie eben ohne fahren, auch wenn Kev das für gar keine gute Idee hielt. Lukas trat auf der Stelle und kratzte sich am Kopf, dann ging er zielstrebig auf Karmens Tür und stieß Kev dabei zur Seite, der sich im Rahmen der Küchentür aufgebaut hatte. Ohne zu zögern, klopfte er an, lauter und energischer als er es bis heute je getan hatte. Karmen reagierte nicht, Lukas klopfte erneut und öffnete die Tür, ohne abzuwarten.

Karmen drehte sich erschrocken auf ihrem Schreibtischstuhl um und stellte ihre Bildschirme zeitgleich per Tastenkombination schwarz. Sie blickte in Lukas' Richtung, ohne ihm in die Augen zu sehen. Lukas war aufgebracht, riss sich aber zusammen und fand mit vorsichtiger Stimme einen guten Mittelweg: »Ich glaube es nicht: Du hast das Altpapier weggebracht!« Er schaute Karmen fordernd an, hinter seiner rechten Schulter tauchte Kevs Gesicht auf. Karmen blickte durch Lukas hindurch, bis er begriff, warum sie nicht antwortete. Er hatte sie weder etwas gefragt noch um etwas gebeten.

»Hast du das Altpapier zum Container gebracht?«

»Ja.«

»Wann?«

»Heute morgen, um 8:17 Uhr.«

»Okay. Wir suchen die Autopapiere von Omas Kadett. Und sind dann mal wieder weg.«

Lukas schloss die Tür und schob Kev erneut zur Seite: »Wir haben nur noch eine Chance: der Altpapiercontainer!« Kev verdrehte die Augen und zuckte mit den Schultern, folgte Lukas aber zur Wohnungstür. Lukas öffnete die Tür, wies Kev voran und schob ihn dann hinaus: »Geh' schon mal zum Auto, ich komme sofort nach!«

»Sir, jawohl, Sir«, salutierte Kev albern und verschwand im Treppenhaus. Lukas schloss die Tür hinter sich und steuerte zügig und zufrieden das Badezimmer an, um in alter Umgebung ungestört zur Toilette gehen zu können. Sofern Karmen sich nicht rühren würde, was aufgrund des eben aufgetreten Zwischenfalls sehr unwahrscheinlich war.

Aussparung

Vorsichtig schob er das Klavier über den Holzboden, die beiden grässlichen Teppiche hatte er bereits zur Seite geräumt und für den Müll vorgesehen. Ertragen hatte er ihren Anblick schon lange nicht mehr, wie dreckig und porös sie waren, hatte er allerdings nicht geahnt. Der ebenerdige Übergang zum Balkon hielt, was er laut Vermieter versprach: Das Klavier glitt kaum wackelnd über die Türschwelle und Klaus brachte es parallel zum Panoramafenster in Position.

Am Ende des mit zweieinhalb Metern überdurchschnittlich breiten Balkons – so damals die stolzen Worte des Vermieters – war eine Aussparung in der Mitte der gemauerten Balustrade, über die Klaus sich schon immer gewundert hatte. Der bauchige wie bärtige Vermieter, der seine langen, dunklen und leicht ergrauten Barthaare stets zwirbelte, kratzte oder kraulte, hatte sie weder angepriesen, noch erklärt; Klaus hatte sie meist ignoriert oder sich verschiedene Erklärungen dafür zurecht konstruiert, wenn er die Aussparung aus dem Liegestuhl beobachtet hatte.

Im Sommer lag er meistens zwischen 15 und 17 Uhr auf dem Balkon, wenn die Sonne um die Häuserecke gegenüber wanderte und sein Liegestuhl somit für etwas mehr als zwei Stunden in der Sonne stand. Hier und jetzt ergab die Aussparung endlich einen Sinn.

Der Liegestuhl lag zusammengeklappt neben den zwei traurigen Balkonpflanzen, die er einst von seiner Schwiegermutter in spe geschenkt bekommen hatte, als es noch gut lief mit Claudette und er selbst sich in seinem, von außen betrachteten Spießerleben so wohl wie nie gefühlt hatte. Schon bevor er Claudette auf dem Stadtteilfest am Weinstand kennengelernt hatte, war sein Leben Stück für Stück und Schritt für Schritt zu dem eines der Spießer geworden, die er sein Leben lang gehasst hatte: Gut gelegene Mietwohnung mit Balkon, mehr Versicherungen als Freunde, Auto mit eigenem Parkplatz vor der Tür und einen Fünf-Tage-Job – der erste, in dem Klaus es jemals länger als ein paar Monate ausgehalten hatte. Doch mit Claudette war auch der Glanz dieses geregelten Lebens verschwunden und die Schatten waren größer geworden.

Angeschnallt

Ihr Herzschlag beruhigte sich nur langsam, wie ein Langstreckenläufer, der beim finalen Sprint kurz vor dem Ziel Schritt für Schritt an Tempo verliert. Sie hatte den Fahrer des Wagens sofort erkannt: Er trug schulterlange blond-graue Locken, einen breiten Schnurrbart, unter dem sich ein noch breiteres Grinsen befand, hatte große Augen und buschige Augenbrauen, dazu einen Schönheitsfleck auf der linken, stets gut gebräunten, leicht ledrigen Wange. Sie kannte das Gesicht nur zu gut: ihr Zahnarzt, Dr. Martin Reis, der auch außerhalb seiner Praxis stets äußerst gepflegt und adrett auftrat.

»Das ist so ein ekelhafter Schmierlappen«, hatte Steffi, Lindas ehemals beste Freundin, einst nach einem Termin bei Dr. Reis gesagt. Linda wollte ihr nicht zustimmen, sie war sich damals, wie heute nicht sicher, was sich hinter der gut parfümierten Fassade des Zahnarztes befand. Sie hatte Steffi bis heute nicht davon erzählt, dass Dr. Reis sie einst am Oberschenkel berührt hatte, als seine Assistentin gerade nicht im Raum gewesen war. Linda hatte sich geekelt, war sich aber nicht sicher, ob es sich um eine absichtliche Berührung gehandelt hatte. Die Assistentin war kurz darauf wieder in den Behandlungsraum gekommen, es hatte also keine weitere Möglichkeit einer Berührung gegeben. Und den gierigen Blick zwischen den großen Locken konnte sie sich auch nur eingebildet haben. Was wusste sie schon.

Als sie die Beifahrertür zuzog, blitzten diese Erinnerungen auf, die sie lange davon geschoben hatte. Sie spürte die Lehne des Sportsitzes im Rücken, befand sich gedanklich aber auf dem Behandlungsstuhl. Ein Fluchtreflex ließ ihren Körper zucken, sie hielt sich aber selbst zurück, presste sich in den Sitz und blickte Dr. Reis entschlossen an. Er erwiderte den Blick, lächelte leicht und hob die Augenbrauen. Seine Locken bebten.

Mit der rechten Hand klammerte sich Linda am Griff der Beifahrertür fest, stets bereit sie wieder zu öffnen, auch wenn ihr der Gedanke widerstrebte. »Was macht ein so hübsches Mädchen so spät noch allein hier draußen?«, brach Dr. Reis das Schweigen schließlich. Das Innenraumlicht war erloschen, einzig die blau leuchtenden Armaturen spendeten etwas kühles Licht.

»Ich…ich«, stotterte Linda, »ich bin auf der Durchreise. Und wohin fahren sie noch so spät in der Nacht?«

»Ich unternehme nur noch eine kleine Spritztour«, sagte er mit gekünstelter Stimme. Linda war verunsichert, sah aber keinen Ausweg mehr aus dieser Situation. Außerdem hätte es durchaus schlimmer kommen können. Dr. Reis war vielleicht ein notgeiler Lockenkopf, aber sicherlich kein geisteskranker Serienkiller. Wenn er mich anfassen sollte, knalle ich ihm eine, dachte sich Linda und wurde forscher: »Ich möchte Richtung Süden, mal ein paar Wochen raus hier aus dem verfluchten Kaff!«

Dr. Reis fuhr sich mit Daumen und Zeigefinger durch den Schnurrbart: »Das kann ich gut verstehen. In deinem Alter wollte ich auch hier weg. Du kannst mich übrigens duzen.«

»Du«, sagte sie unsicher, »kannst mich also ein Stück mitnehmen?«

»Ich bin immer im Dienst. Schnall dich an!«, sagte Dr. Reis

und zwinkerte Linda übertrieben zu. Sie hatte sich gerade angeschnallt, als der Motor laut aufheulte und der rote Sportwagen sich durch die nächste Kurve der Bundesstraße schlängelte. Linda wurde regelrecht in den Sitz gepresst und mitgesogen. Ein gutes Gefühl, auch wenn sie das Gehabe von Dr. Reis als kindisch und lächerlich empfand. Sie blickte ihn heimlich von der Seite an: Er grinste und legte den nächsten Gang ein, während die Zeiger der Instrumente sich auf- und abdrehten.

»Warum bist du denn damals nicht weggegangen?«

»Ach, damals wollte man raus, feiern, etwas erleben, Mädchen und die Welt sehen. Aber heute kommen doch alle zu mir. Warum sollte ich hier weg?«

Linda wusste nichts zu antworten, sie blickte verlegen auf die vielen kleinen Anzeigen der kantig geschnittenen Armaturen und fuhr mit ihrer Hand über das schwarze Leder des Sitzes.

Das unangenehme Erlebnis mit ihrem seltsamen Zahnarzt schwirrte durch ihren Kopf. Nun saß sie mitten in der Nacht mit ihm in einem Auto und wusste nicht, wohin die Reise ging. Sie wollte nicht länger schweigen, konnte aber nicht anders. Und Dr. Reis war mit dem Fahren beschäftigt, er schaltete ruppig mit dem kurzen Hebel und steuerte den Sportwagen auf die Autobahn, um dort richtig Gas zu geben und breiter zu grinsen.

Meister

Bis auf den letzten Tropfen leerte Lukas seine Blase und lauschte dabei genau, ob sich in der Wohnung oder vor der Wohnungstür etwas tat. Bis auf die langsam das Treppenhaus herunter trottenden Schritte von Kev, konnte er nichts hören, trotzdem dauerte es, bis die ersten Tropfen kamen und er sich einige später erleichtert die Hände wusch. Im Flur sah er Karmens verschlossene Tür. Er überlegte kurz, sich noch mal in Ruhe, ohne Kev im Nacken, von ihr zu verabschieden, verwarf die Idee aber wieder und zog die Wohnungstür leise hinter sich zu. Draußen saß Kev auf der Motorhaube des Kadetts und versuchte offenbar besonders lässig auszusehen.

»Wir durchsuchen noch schnell den Altpapiercontainer und dann geht‘s weiter«, sagte Lukas, der sich über seinen forschen Ton selbst wunderte. Kev zog die Augenbrauen zusammen: »Weiter? Es ging bislang ja nicht mal los!«

Lukas ging voran, blickte zu Boden und betrachtete die vielen festgetretenen Kaugummis auf dem Bürgersteig. Die ersten grün-braunen Blätter hatten sich dazu gesellt, der Herbst klopfte an und brachte bald schon dieses nasskalte Gefühl mit sich, vor dem Lukas sich so gerne in einer Kapuze oder unter einer Mütze zu verstecken versuchte.

Kev schloss zu ihm auf, als sie die klirrenden Brüder der Altpapiercontainer passierten, die eine Straßenecke weiter standen: Die Altglasbehälter hatten hier in der Nordstadt wenig zu schlucken.

Aus seiner Heimat, ein gut situiertes Städtchen im Münsterland, war Lukas ein anderes Bild gewohnt. Dort stapelten sich auf und neben den Containern leere Sekt- und Weinflaschen. Hier in der Dortmunder Nordstadt stillte man seinen Alkoholdurst mit Bier aus Pfandflaschen, das selbst am Kiosk so günstig war, dass sich der Gang in den Supermarkt kaum lohnte. Gleich schräg gegenüber der WG war Lukas' Stammkiosk, der ihn mit seiner Nähe und einem halben Liter Hansa-Bier für 50 Cent überzeugt und schnell als Kunden gebunden hatte.

Die kleinen Scherbensplitter auf dem Boden bildeten eine Spur um die Häuserecke, von wo aus Lukas ein kräftiges Diesel-Motorengeräusch wummern hören konnte. Noch bevor er sich ein komplettes Bild über das Desaster verschaffen konnte, ahnte er schon, was dort neben dem Altpapier-Container Krach machte. Ein LKW stand auf der Straße, der Fahrer steuerte über die klobige Fernbedienung den Krahn des Lastwagens. Jeden Moment würde der Haken den prall gefüllten Container – zum Teil drang das Papier bereits durch die schmalen Schlitze wieder nach draußen – in die Luft heben und ihn über der Ladefläche entleeren.

Kev und Lukas standen regungslos nebeneinander und folgten mit offenen Augen und Mündern dem Arm des Krahns, der sich dem Container von oben näherte. Lukas durchzuckte es, er rannte los, als würde er beim 50-Meter-Lauf mit letzter Kraft ins Ziel kommen. Beim Abbremsen wedelte er mit den Armen um sich und schrie in Richtung des Fahrers: »Halt! Stop! Wir haben wichtige Papiere in dem Container!«

Der Kran bewegte sich weiter, mit einem metallischen Knall schlug der Haken gegen den Behälter. Der Fahrer hatte nichts gehört oder nichts hören wollen. Lukas fixierte ihn mit finsterer Miene und holte zu einem gewaltigen Schrei aus, als er Kev auf das Fahrzeug und hinauf zum Fahrer klettern sah.

»Hömma Meister, wir haben hier einen wirklich wichtigen Auftrag zu erledigen. Kannst du die Maschinen mal kurz stoppen?«, fragte Kev den Kranfahrer voller Überzeugung von Angesicht und Angesicht.

Lukas rechnete mit einem Schubser, vielleicht sogar mit einem Faustschlag seitens des bulligen Kranfahrers, doch stattdessen musterte er Kev eine Weile und antwortete dann seelenruhig. Lukas konnte nicht verstehen, was er sagte, doch Kev sprang kurz darauf vom LKW herab und kam strahlend auf Lukas zu.

»Was hat er gesagt?«

»In zwei Stunden ist er wieder da, dann muss hier alles tippitoppi sein. Das soll ich dir, dem komischen Vogel da drüben, ausrichten.«

»Tippitoppi?«, wiederholte Lukas, als sich sein Fragezeichen über dem Kopf mit einem Klacken und einem lang gezogenen, dumpfen Knall in Luft auflöste. Der LKW-Fahrer hatte den Altpapiercontainer mit dem Kran in die Luft gehoben, ihn aber nicht über der Ladefläche, sondern über dem Boden geleert. Unmengen an Pappe, Papierseiten und -fetzen lagen nun auf dem Bürgersteig, darunter vermutlich auch die Autopapiere, die Kev aus irgendeinem Grund besonders wichtig waren.

»Wie hast du das gemacht?«

»Ich weiß eben, wie man mit den Leuten hier spricht«, sagte Kev und ging auf den Papierhaufen zu, »Nadel im

Heuhaufen, hier kommt dein Entdecker!«

Lukas schüttelte ungläubig den Kopf, kniete sich neben Kev auf den Boden und fing an zu wühlen.

»Wow, Luke, check mal die Hupen hier!«, Kev blickte Lukas grinsend an und hielt ihm das Cover eines abgegriffenen Erotikmagazins entgegen. Lukas blickte auf und schwieg ein paar Sekunden, bis er reagierte: »Luke? Ich heiße Lukas! Nur weil du dich Kev nennst, musst du aus mir keinen Skywalker machen.« Kev reagierte nicht, er war in das Magazin vertieft. »Hallo!?«, sagte Lukas auffordernd, »scheint ja genau deine Art von Lektüre zu sein. Du weißt schon, warum wir hier mitten auf der Straße in diesem Haufen herumwühlen?« Kev zeigte immer noch keine Reaktion, blätterte und kicherte stattdessen weiter.

»Was ich mir da angelacht habe«, flüsterte Lukas in sich hinein, stand auf und ging ein paar Schritte zurück. Nach einem kurzen Sprint sprang er über Kev hinweg, riss ihm dabei das Erotikmagazin aus den Händen und landete ungestüm im Altpapierhaufen. Kev blickte Lukas ernst an. Langsam schlich sich ein Grinsen in sein Gesicht, er stand auf, nahm Anlauf und landete kurz danach mit einer leicht schmerzhaften Arschbombe neben Lukas. Die beiden begannen, sich mit Papier zu bewerfen, sich zu schubsen und aufeinander zu werfen. Schließlich nahm Lukas Kev in den Schwitzkasten und drückte zu. Für seinen hammerharten Schwitzkasten war er schon früh auf dem Schulhof bekannt gewesen, und da er kaum Freunde hatte, hatten sich genügend Gelegenheiten ergeben, um diese Legende fortzuschreiben.

Kev machte anfangs keinerlei Anstalten, sich befreien zu

wollen, überraschte Lukas dann aber, indem er plötzlich unterhebelte und ihn kopfüber nach vorne schleuderte. Lukas erinnerte sich an die Wrestling-Kämpfe, die er früher geliebt hatte, und begann den sich entwickelnden Ringkampf zwischen Pizzakartons und Zeitungen lauthals zu kommentieren: »Crazy Kev kann dem Neckbreaker entkommen, doch Lameass Lukas setzt nach und zum finalen Chokeslam an!« Die Szenerie wurde selbst dem Budenbesitzer, der hier in der Nordstadt einiges gewohnt war, zu bunt und er schob seine Fensterlade abwinkend zu.

Leider lief es nicht so wie im Fernsehen: Als Kev erneut über den Altpapierhügel auf Lukas zu stolperte, machte dieser ihm einen Schritt entgegen, griff mit der rechten Hand an Kevs Hals und mit der linken von hinten an dessen Oberschenkel, um ihn herumzuschleudern, was ihm allerdings nur in Ansätzen gelang. Lukas brachte Kev zum Würgen, griff ihm peinlicherweise mehr an den Hintern als an den Oberschenkel, schmiss ihn immerhin um, landete dabei aber halb neben und halb auf ihm. Kevs Würgegeräusche gingen in schräge Lacher über, und auch Lukas konnte sich das Lachen nicht verkneifen.

»Ungeschlagen verabschiedet sich Crazy Kev in die Winterpause«, kommentierte Kev das Ende des Kampfes und rollte sich den Papierhaufen herunter. »Was war denn sonst noch in eurem Altpapier?«, kam er nach einer kurzen Verschnaufpause zum eigentlichen Auftrag zurück, »das gleicht sonst ja der Suche nach der nackten Wahrheit am FKK-Strand.«

»Was?«, Lukas blickte irritiert auf. »Wie auch immer. Ein paar Pizzakartons werden sicherlich dabei gewesen sein, weiße mit grüner Aufschrift. Außerdem blau-weiße Kartons der Laugenstangen, die Karmen immer zum Frühstück, zum Abendessen und zwischendurch isst. Vielleicht noch ein paar Ausgaben dieses Architekturmagazins, das sie abonniert hat. Ich komme gerade nicht auf den Namen.«

»Jaja, ist ja gut, dann nehmen wir mal Fährte auf«, sagte Kev, kniete sich hin, steckte die Nase zwischen das Papier und bewegte seinen Hintern schnell hin und her, während er ihn in die Höhe streckte. Er bellte ein paar Mal und wühlte mit dem Gesicht im Altpapier herum, bevor er sich setzte und ernsthaft sagte: »Wir können den Haufen auf den Bürgersteig umschichten, so werden wir hoffentlich irgendwann fündig.« Lukas stöhnte auf, war zugleich aber auch froh, dass Kev nicht mehr den Spürhund spielte: »Uns bleiben noch etwa eineinhalb Stunden, das reicht nie.«

»Das sind 90 Minuten, da kann einiges passieren«, widersprach Kev, »ich habe schon jemanden auf Pferde kotzen sehen! Also los!«

Mit Händen und Füßen verfrachteten die beiden den Altpapierhaufen ein Stück weiter auf den Bürgersteig, öffneten alte Pizzakartons und staunten über die Mengen an Käseresten, studierten Kontoauszüge und halb zerrissene Briefe und ließen jede Menge Werbeprospekte unbeachtet durch ihre Hände wandern, die teilweise noch gebündelt und in Plastikfolie eingepackt waren. »Eingeschweißter Spam! Ist das die Zukunft?«, flüsterte Lukas bei der letzten Werbeprospekttüte, die er zur Seite räumte und dabei ein bisschen schüttelte, um sicher zu gehen, dass sich die Autopapiere nicht dazwischen verfangen hatten.

Sie hatten fast den ganzen Papierhaufen umgeschichtet, als sie das dumpfe Rattern des LKW hören konnten, der gerade um die Ecke bog.

»Verdammt, Kalle kommt wieder«, stieß Kev aus.

»Kalle?«, erwiderte Lukas mit hoher, ungläubiger Stimme, »ihr duzt euch?« Er schaufelte verzweifelt mehr Papier hinter sich, wie ein Hund, der im Dreck wühlt.

»Ruf deine schweigsame Mitbewohnerin an«, sagte Kev, »vielleicht weiß sie, was noch im Altpapier war. Oder sie war an einem anderen Container?«

»Ex-Mitbewohnerin«, stellte Lukas fest, während er sein Handy aus der Hosentasche kramte und Karmen anrief.

»Karmen?«, fragte Lukas, nachdem das Tuten in der Leitung aufgehört hatte und in Stille übergegangen war.

»Ja.«

»Wir sind am Altpapiercontainer und suchen die Autopapiere von Oma Erikas Kadett, haben aber nur noch ein paar Minuten Zeit, bis Kalle das ganze Papier wieder einsammelt. Kannst du uns sagen, was in der Altpapierkiste war, die du heute Morgen hier geleert hast?«

»Kann ich, ja.«

»Dann sag es bitte – jetzt!«

»Neun Pizzakartons, eingeschweißte Werbung, fünf DIN-A4-Fehldrucke, zwei leere Mehltüten, ein Briefumschlag und ein Bon über zwei Liter Saft.«

Lukas stöhnte laut auf.

»Wieso sucht ihr die Autopapiere von Oma Erikas Kadett im Altpapiercontainer?«, fragte Karmen.

»Weil sie irgendwo sein müssen«, wütete Lukas verzweifelt,

»oder hast du sie gesehen?«

»Ja.«

»Ja? Bitte was? Karmen?! Ich habe dich vorhin gefragt, ob du die Papiere hast«, schrie Lukas und bemerkte es selbst: Sie hatte die Papiere nicht, sie vermutlich aber gesehen oder irgendwo anders als unter seiner Tür verstaut. Er beruhigte sich und sprach dann bestimmt und langsam »Wo sind die Autopapiere jetzt?«

»Sie hängen an dem *Fargo*-Poster in der Küche.«

»Wir kommen gleich vorbei und holen sie ab. Lass sie bitte dort hängen.«

Lukas und Kev sammelten so viel Papier wie möglich mit zwei Armen und stopften es durch die viel zu dünnen Schlitze des Altpapiercontainers, während Kalle seinen LKW langsam in die richtige Position rangierte.

»Servus, die Damen«, rief er den beiden von der Ladefläche entgegen und legte seine rechte Hand demonstrativ um den Steuerknüppel des Krans, »sportlich, sportlich. Aber das geht doch sicher schneller!« Kalle nahm seine Zigarettenschachtel aus der Hosentasche, warf sie von der linken in die rechte Hand und klopfte von unten dagegen, sodass ein paar Zigaretten ein Stück weit aus der Schachtel rutschten.

Er nahm eine Zigarette heraus und steckte sie sich in den Mundwinkel, bevor er die Schachtel mit der rechten Hand über die Schulter warf und sie hinter dem Rücken mit der linken wieder fing. »Ihr habt noch drei Minuten«, lächelte er zufrieden, zündete sich die Zigarette an und zog tief daran. Kalle ließ noch ein paar markante Sprüche ab und blickte dabei auf Kev und Lukas herab, die wohl noch nie in ihrem

Leben so geackert hatten wie in den letzten 20 Minuten. Lukas stopfte die letzten Papierreste, die er mit beiden Händen auf dem Bürgersteig zusammengeschoben hatte, durch den Containerschlitz, während Kalle schon mit dem Kran oben am Container herumoperierte.

»Dann wollen wir mal«, sagte Kalle großkotzig, »es war mir eine Ehre, Mädels! Ich hoffe, ihr seid fündig geworden!«

»Ja, danke, bis dann«, sagte Lukas mit dem Kopf nach unten gerichtet. »Peace, alter!«, sagte Kev und machte dabei das Victory-Zeichen in Richtung Kalle, der es übersah.

»Jetzt kehre ich schon zum zweiten Mal in meine Ex-WG zurück, ob das noch mal ein Ende nimmt?«

»Entspann dich mal, jetzt holen wir die Papiere und starten durch«, antwortete Kev in seinem typisch möchtegern-coolen Leierton, den Lukas nur schwer ertragen konnte. Dafür hatte er schon lange nicht mehr so viel Spaß gehabt, wie während des Catch-Wettkampfs auf dem Altpapierhaufen mit diesem nervigen Typen.

Winter

Die Bäume rauschten an der Fensterscheibe vorbei und waren in der Dämmerung kaum noch als solche zu erkennen. Fledermäuse flatterten im Zickzack durch Raum und Zeit, so wie sie es immer taten, wenn die Dunkelheit aufzog, dachte Linda, auch wenn sie diese komische Spezies zwischen Vogel und Nagetier nur erahnen konnte. So abscheulich sie den Anblick einer Fledermaus fand, so sehr faszinierten sie diese ungewöhnlichen Fluggeschöpfe.

Sie blickte schon länger aus dem Fenster, schwankte zwischen aufgesetzt angestrengter Konzentration und echter Verträumtheit. Jedenfalls wollte sie den Blick nicht ihrem Playboy-Zahnarzt zuwenden und starrte lieber mit unscharfem Blick in die dunkle Landschaft. Ein Anblick wie in einem Video, das sich gut zu der Musik aus dem Radio machen würde, dachte Linda. Sie beugte ihren Oberkörper sanft zum Takt nach vorne und hinten, so minimal, dass Dr. Reis es wahrscheinlich nicht zur Kenntnis nahm. Das Lied im Radio schien kein Ende zu nehmen.

So einen Song hatte Linda noch nie gehört, was nicht verwunderlich war, weil sie noch nie viel für Musik übrighatte. Jetzt aber war sie gefesselt und sog jeden Ton der Sängerin auf, die wunderschön und melancholisch zu fern und finster hallenden Klängen sang und damit genau den Geschmack von Lindas Gefühlscocktail aus Freiheit, Bedrücktheit und Ungewissheit traf. Bei der Anmoderation hatte sie nicht hingehört, nun überlegte sie, ob der Song »Winter Light« oder »Winter Night« hieß. Passend war beides.

»Das nimmt ja überhaupt kein Ende! Was denken sich diese Leute nur dabei?«, empörte sich Dr. Reis und wechselte den Sender. Er war auch damit nicht zufrieden und zappte weiter, bis fröhlich-aufgesetzter Gesang zu elektronischen Beats aus den Boxen strömte. Er drehte lauter, blickte herüber zu Linda, die aus ihrem kurzen, angenehmen Winterschlaf erwacht war. Ihre Blicke trafen sich.

Linda sah seine gebräunten Falten, die sich von den Mundwinkeln Richtung Hals zogen; seinen lichten Haaransatz, der durch die leicht angehobenen Augenbrauen besonders deutlich wurde, und seinen Blick, der stets zwischen Stolz und Weisheit, Überlegenheit und Verführung mäanderte. Sie lächelte für eine Sekunde verlegen und blickte nach vorne: »Toller Beat!« Sie nickte leicht mit dem Kopf und schwieg. Dr. Reis schien mit der Gesamtsituation zufrieden zu sein. Er redete ebenfalls wenig, fragte also auch nichts mehr, was ihr entgegenkam.

Beim Wechsel der Autobahn erklärte er ihr die Richtung, die sie einschlugen. Sie nickte. Es war ihr egal. Sie würde ihn schon früh genug wieder loswerden. Hoffentlich! Der Innenraum des Sportwagens und seine kantigen Sitze waren ihr schon jetzt viel zu eng und vor allem beengend. Ohne diese Enge aber, und ohne ihren Zahnarzt wäre sie noch nicht so weit gekommen. Noch nicht so weit weg.

Raus

Ein Wind fegte über den Balkon und durch sein lichtes Haar, er blickte über die Balustrade, beugte sich über die Einbuchtung und schaute suchend in den darunter liegenden Garten. Als er sich wieder umdrehte, traf ihn einer der Sonnenstrahlen, die gerade um die Häuserecke kamen. Die Strahlen reflektierten auf der Fensterscheibe, durch die er die Wanduhr nur schlecht erkennen konnte: 17:16 Uhr, Frau Budde müsste also noch beim Bingo spielen im Gemeindehaus sein, so wie jeden Mittwoch.

Gegen 17:30 Uhr würde sie wie immer das zwei Straßen weiter liegende Gemeindehaus verlassen, um spätestens um 17:40 Uhr zuhause ihre Vorabendserie gucken zu können. Frau Buddes Leben war so eingefahren und einsam, dass selbst Klaus sich manchmal vorkam wie der letzte Dorfpunk, der er nun wirklich schon lange nicht mehr war. Wie oft hatte er sich ihre schlauen Ratschläge und Hinweise anhören müssen, ihre Beschwerden und langweiligen, immer gleichen Geschichten. Sie war so elendig bürgerlich, dass er sich auf der einen Seite wünschte, ihr dies mit Anlauf ins Gesicht zu schreien, er auf der anderen Seite aber immer mehr realisiert hatte, wie sein Leben ihrem immer mehr ähnelte.

Heute würde sie zwangsläufig aus ihrem durchgeplanten Alltag ausbrechen müssen, und je länger er darüber nachdachte, desto sicherer war er sich, dass es ihr guttun würde, dass sie das Leben vielleicht noch mal mit anderen Augen sehen würde. Er atmete tief ein, achtete darauf, dass die Luft seinen ganzen Oberkörper durchströmte, so wie er es in seiner ersten und einzigen Yoga-Stunde von seinem unerträglichen Batik-Bio-Yoga-Guru gelernt hatte.

Er legte beide Hände an das Klavier, spürt die Energie, die ihn durchfloss, und visierte die Aussparung in der Balkonwand an. Nach ein paar kleinen Tippelschritten zurück, rannte er mit leierndem und an Tarzan zu seinen besten Zeiten erinnernden Geschrei los. Er beschleunigte das Klavier auf den beiden Skateboards und den wenigen Metern so sehr wie möglich und schob es mit voller Wucht gegen die Aussparung in der Balustrade.

Es krachte und knatschte, Klaus griff um, drückte das schwarze Holz mit aller Kraft nach oben und schrie so laut, dass er glaubte die Hauswände vibrieren zu spüren. Das Klavier rumpelte in Zeitlupe über die Aussparung, schaffte es so gerade den Punkt zu überwinden, an dem es nicht mehr zurück auf den Balkon, sondern nach vorne – und damit nach unten in den äußerst gepflegten Vorgarten von Frau Budde fiel.

Dort landete es mit einem Knall und kurzen schrägen Klängen, wie man sie nur in einem Zeichentrickfilm erwarten würde. Die beiden Tonfiguren – unglaublich hässliche Katzen oder Tiger, jedenfalls Vierbeiner – verfehlte es knapp, Klaus blickte trotzdem zufrieden herab auf sein Werk. Er hielt kurz inne, schlug sich mit beiden Fäusten auf die Brust und stieß dabei einen befreienden Schrei aus. Hatte er sich wirklich gerade wie ein Vorstadt-Tarzan aufgeführt? Das lädierte Klavier in Frau Buddes Vorgarten sprach eine eindeutige Sprache: Schluss mit diesem Leben, das er schon lange nicht mehr ertrug. Raus, raus, raus! Und es allen zeigen!

Spüren

Lukas entschied sich an der Wohnungstür – die Haustür hatte offen gestanden – erneut für den kurzen Doppelklingler. Er wartete mindestens drei Mal so lange wie ein durchschnittlicher Mensch nach dem Klingeln warten würde, der nicht wusste, dass jemand auf der anderen Seite der Tür sein musste. Jemand, der das Klingeln gehört und mit der Ankunft der klingelnden Personen gerechnet haben musste, weil diese ihre Rückkehr gerade erst angekündigt hatten. Aus Kev schnaubte es unregelmäßig und unkontrolliert heraus, als Lukas die Tür widerwillig aufschloss.

Zielstrebig schritt er den Flur entlang und bog in die Küche ab. Über dem Tisch hing das *Fargo*-Poster, dass er einst dort aufgehangen und das über die Jahre schon einen leichten Gelbstich bekommen hatte. Karmen hatte die Papiere unten links in der Ecke befestigt, an der roten Heftzwecke, die wie ein Blutfleck im Schnee des Posters wirkte. Lukas nahm die Papiere in die Hand und hielt sie ungläubig gegen das fahle Licht, das durch das Küchenfenster fiel: Es waren ohne Zweifel die Fahrzeugpapiere von Oma Erikas Kadett.

»What the fuck!«, zischte Kev mit hoher Stimme und legte ungläubiges Gesicht auf. Lukas beachtete ihn kaum, wedelte vielsagend mit den Papieren vor seinem Körper auf und ab und steuerte Karmens Zimmertür an. Er klopfte drei Mal kurz an öffnete die Tür langsam und steckte den Kopf herein. Karmen saß an ihrem Schreibtisch, hatte die Bildschirme gesperrt und blickte in Lukas' Richtung.

»Warum hast du die Papiere nicht unter meiner Tür

hindurch geschoben, wie du es sonst immer gemacht hast?«, fragte Lukas vorsichtiger als er sich es vor einer Minute noch vorgenommen hatte. Karmen drehte sich auf ihrem Drehstuhl zurück zu ihren Bildschirmen: »Du wolltest nicht mehr wieder kommen.«

»Will die uns verarschen?«, sagte Kev und schob die Tür mit seiner Hand langsam weiter auf, sodass auch er Karmen sehen konnte. »Du willst uns doch verarschen«, sagte Kev lauter, und als Karmen nicht reagierte, fragte er fordernd hinterher: »Warum hast du nicht gesagt, dass du die Papiere hast, als Lukas dich danach gefragt hat?« Karmen rührte sich kaum merklich, blickte vom linken zum rechten Bildschirm und wieder zurück: »Ich hatte den Fahrzeugschein nicht, er hing in der Küche.«

»Und deine Mutter fährt mit dem Trecker Eiskunstlaufen«, nuschelte Kev.

Lukas verdrehte die Augen, schob Kev mit dem Arm zur Seite und zog die Tür langsam zu: »Mach's gut, Karmen.« Lukas konnte spüren, dass Karmen es ernst und keineswegs böswillig meinte. Vielleicht war er auch einfach froh, überhaupt etwas zu spüren. Er ging das Treppenhaus ein letztes Mal für eine lange Zeit herunter. Zumindest schwor er sich das.

Papiermengen

Wann kommt Frau Budde zurück? Wann die Polizei? Wie geht es weiter? Wohin mit den Skateboards? Wohin? Hauptsache los! Hauptsache weg! In Klaus' Kopf spielten die Gedanken und Glückshormone in wahnsinniger Geschwindigkeit Air-Hockey, von Bande zu Bande zu Bande, trafen das Tor aber nicht.

Kreuz und quer rannte er durch die Wohnung, versuchte seine Gedanken und ein paar Sachen zu sammeln, die er für seine bevorstehende Abreise benötigen könnte. Denn – da war er sich sicher – die musste und würde gleich folgen, auf was auch immer. Im Schrank neben der Garderobe fand er seine Sporttasche, die Bordeauxrot und Blau unmöglich mischte und die er schon seit Jahren nicht mehr benutzt hatte, weil er schon seit Jahren keinen Sport mehr machte. Und das »mehr« müsste man eigentlich auch streichen.

In der Tasche fand er weiße, sehr weiße, unbenutzte Turnschuhe, die er einmal prüfend in die Hand nahm und sie wieder in die Tasche steckte. Kann ja nicht schaden, dachte er und ging zurück ins Wohnzimmer. Dort, wo vorher das Klavier gestanden hatte, blieb er stehen und blickte seine eingerahmte Komposition an der Wand an. Sein Blick wanderte vorbei an den schräg gestapelten und schlecht sortierten Notenheften im Regal sowie an dem hölzernen, sündhaft teuren Metronom, das er sich einst voller Elan gekauft hatte, als er wieder mit dem Klavierspiel begonnen und große Freude daran gefunden hatte.

Er drehte sich um, fokussierte das Chaos auf dem

Couchtisch: Zeitschriften, angefangene Sudokus, mehrere Fernbedienungen, mindestens zwei davon weiß er nicht zuzuordnen; ein leeres Weinglas, zwei leere Weinflaschen. Alte Briefe an Claudette, die er angefangen, weitergeschrieben, aber nie abgeschickt hatte. Er wusste genau, er würde sich eines Tages für den Inhalt schämen, vor allem aber ärgerte er sich jetzt, dass er sie nie abgeschickt hatte.

Hastig sammelte er die Briefe zusammen und steckte sie in die Seitentasche seiner Sporttasche und ging am breiten Balkonfenster vorbei, während er die Aussparung in der Balustrade aus dem Augenwinkel beobachtete. Am Schreibtisch fischte er aus der Schublade ein paar Umschläge. Wann und vor allem warum er sich die 100 zusammengebundenen Umschläge gekauft hatte, wusste er nicht mehr. Viele benutzt hatte er jedenfalls nicht, so eng wie die Papierbanderole noch anlag. Er nahm ein paar Umschläge und steckte sie zusammen mit seinem Lieblingsfineliner zu den Briefen in die Tasche.

Auf dem Boden rund um den Schreibtisch lag Papier, viele niedrige und wenige hohe Stapel, zum Teil sorgfältig aufgeschichtet, zum Teil auseinanderfallend. Irgendwann hatte ihn der Papierstapel auf dem Schreibtisch, der stets mehr wuchs als schrumpfte, derartig genervt, dass er ihn auf den Boden, rechts hinten neben den Schreibtisch verbannt hatte. Neben dem ersten Stapel wuchs bald der nächste, Claudette hatte das nie verstanden, auch wenn er dieses idiotische System schon immer für ein gutes gehalten hatte.

An den Papiermengen vorbei stolperte er ins Bad, packte Zahnbürste, Zahnpasta und Deo in die kackbraune Kulturtasche, die er schon immer verabscheute, aber nie den Sinn in einer neuen gesehen hatte. Zusammen mit einem Handtuch stopfte er sie in die Sporttasche, ging im Schlafzimmer an den großen Kleiderschrank, der wie immer halb leer war. Und halb voll mit schwarzen Socken, weißen Unterhosen, blauen Jeans, nicht zu weit und nicht zu eng, weißen oder grauen Hemden und beigen oder blauen Pullovern.

Für Mode hatte er sich noch nie interessiert, mit dem ersten persönlichen Erfolg und seinem gefühlten persönlichen Aufschwung war er von irgendwelchen Hosen und Pullis auf Jeans und Hemd und Lederschuhe umgestiegen. Das sah immer passend und irgendwo dazwischen liegend aus, ganz wie er selbst: nicht dick, aber auch nicht zu dünn, sodass man seine wenigen Muskeln für antrainierte halten konnte.

Sein Blick durchbohrte ihn selbst, wie er mit herunterhängenden Armen, in der rechten Hand die Sporttasche haltend vor dem Spiegel stand, der auf der Innenseite der Schranktür befestigt war. Sekunden. Minute. Um. Minute. In Gedanken über Jugend, Claudette und Skateboards versunken. Plötzlich schreckte Klaus auf, zuckte zusammen. Die Klingel! Die Polizei? Er stopfte Socken, Unterhosen, Jeans, Hemden und Pullover in die Tasche, stellte sie hastig in den Kleiderschrank und wanderte auf und ab, atmete tief durch, überlegte und ging langsam zur Tür, um sie zu öffnen. Jetzt bloß nicht durchdrehen, dachte er. Es sollte so geschehen, wie es geschehen war, und er würde alles erklären können.

Frosch

Die Leitplanke schoss mit Wucht in den Boden, tauchte kurz darauf schlagartig wieder auf und schlängelte sich mit zackigen Bewegungen parallel zur Autobahn. Linda hatte in der letzten Stunde begeistert die vorbeirauschenden Leitplanken beobachtet, sie hatte vergeblich versucht, die Trennstreifen zwischen den Fahrstreifen zu zählen oder die Anzahl der Zylinder anhand der Motorgeräusche zu erkennen. Das sollte möglich sein, hatte ihr Ex-Freund Luis mal geprahlt, die Arschkrampe.

Sie hatte die beiden kleinen Löcher in ihrer Jeans mit dem Zeigefinger vergrößert, es schnell wieder aufgegeben, weil sie das Gefühl hatte, damit die Blicke von Dr. Reis auf sich zu ziehen. Zuvor hatte sie aus Verlegenheit eine blöde technische Frage gestellt, woraufhin der stolze Porschefahrer und Profi in allen Lebenslagen einen mittellangen Monolog gehalten hatte. Linda hatte genickt, hin und wieder »ja« und »ah« und »okay« gesagt und am Ende des Vortrags geschwiegen.

Fragen würde sie ganz sicher keine mehr stellen, hatte sie sich geschworen und die Leitplanken entdeckt. Als sie nichts mehr fand, um sich abzulenken und die Fahrt länger und länger wurde, aber niemand die im Raum schwebende Frage stellte, wann und wie und wo sie enden sollte, fing sie an alle denkbaren Optionen durchzudenken. Das Spektrum reichte von einer zweisamen Insel, die sie glücklich mit ihrem Sugardaddy-Zahnarzt bewohnte, bis zu einem blutigen Ende in einem Waldstück neben der Autobahn. Schließlich war sie ihm vollkommen unterlegen, das wurde ihr klar, als sie seine massive Gestalt aus den Augenwinkeln betrachtete.

Dr. Reis besaß eine kräftige Statur, war sicher 1,90 Meter groß, wog bestimmt 95 Kilogramm unter seinen edlen Klamotten und besaß dazu einen mächtigen Schädel, der wie eine Abrissbirne alles zertrümmern konnte, wenn er wollte. Sie hingegen war klein, gerade mal 1,61 Meter groß, und schmächtig. Trotz ihrer knapp 20 Jahre sah sie noch kindlich aus, insbesondere wenn sich ihre dunkelblonden halblangen Haare durch ihr Gesicht schlängelten. Immerhin fuhren sie wirklich Richtung Süden, beruhigte sich Linda, es waren nur noch 20 Kilometer bis Aschaffenburg.

Sie vermisste ihr Handy, das sie absichtlich zuhause gelassen hatte, damit sie nicht angerufen werden konnte und nicht in Versuchung kam, jemanden in der Heimat anzurufen. Jetzt ärgerte sie sich über ihre Entschlossenheit und Kaltschnäuzigkeit. Wird schon alles seinen Sinn haben, redete sie sich ein und spürte das feine Brummen des Motors unter ihrem Sitz. Der Zahnarzt gähnte und hielt sich die Hand vor den Mund. Kurze Zeit später musste auch Linda gähnen, sie versuchte es allerdings zu unterdrücken, indem sie sich den Ärmel ihres Pullovers ungeschickt vor den Mund hielt, während sie die Luft anhielt und sich dabei leicht verschluckte.

Sie hustete einmal laut auf, räusperte sich und versuchte sich nichts anmerken zulassen. Erst vor wenigen Wochen hatte sie in einer der vielen Zeitschriften ihrer Mutter, die aus Mangel an Beschäftigung und Überfluss an Geld sieben verschiedene Titel abonniert hatte, gelesen, dass Gähnen tatsächlich ansteckend sei, allerdings nur unter Leuten oder Tieren, die sich einander zugeneigt und zugehörig fühlen. In

Lindas Fall also musste es Zufall gewesen sein, denn auch wenn sie mit ihrem gut parfümierten Zahnarzt in dessen Sportwagen unterwegs war, gehörte sie noch lange nicht zu seiner Herde. Und er sollte daran ganz sicher auch nicht mal im Ansatz denken, deshalb musste Linda noch mal kräftig husten.

»Oha, was haben wir denn? Einen Frosch verschluckt?«

»Ja, genau. Alles okay.«

»Ich wollte mir schon Sorgen machen.«

»Keine Angst, müssen sie nicht.«

»Du darfst mich ruhig duzen. Immerhin sind wir schon einige Kilometer zusammen unterwegs – übrigens mit einer beachtlichen Durchschnittsgeschwindigkeit.«

»Okay.«

»Ich bin Martin, meine Freunde nennen mich Mar.«

»Mar – cool. Du fährst gerne Auto, oder?«

»Ja. Gut und gerne, sage ich immer, zumindest seitdem ich mein Baby hier kennen und lieben gelernt habe.«

»Ja, tolles Auto.«

Er grinste breit und streichelte mit der rechten Hand über das Lenkrad. Sie passierten Aschaffenburg, Dr. Reis wechselte auf die linke Spur und gestikulierte mit der rechten Hand in Richtung des Autos, das auf der mittleren Spur fuhr.

»In Deutschland herrscht immer noch Rechtsfahrgebot! Amateur!«, wütete er und gab richtig Gas, um den Amateur hinter sich zu lassen. Auf der Autobahn fuhren nur noch wenige Autos und noch weniger, die mit Dr. Reis‘ Geschwindigkeit Schritt halten konnten. Die Fahrstreifen rasten unter ihnen vorbei, die Brücken in unregelmäßigen Abständen über ihnen. Linda schielte auf den Tacho: 220 km/h, eine Wahnsinnsgeschwindigkeit, die ihr gar nicht so wahnsinnig schnell vorkam. Das musste wohl in der Tat an Mars – oh, Gott, nun nannte sie ihn in Gedanken schon »Mar« – Baby liegen, dachte sie, als Dr. Reis fragte: »Wo verbringen wir die Nacht?«

Rehaugen

Lukas startete den Kadett und steuerte den schnellsten Weg Richtung Autobahn an. Die Häuserfassaden, die Menschen und Autos um ihn herum verschwammen, selbst bei der Überquerung der Hafenbrücke nahm er das Panorama aus Kanal, Industrie und herausragenden Gebäuden nicht wahr. Er steuerte erneut die A45 Richtung Gießen an, um die gleiche grobe Richtung wie beim ersten Versuch einzuschlagen. Wo sie letztlich ankämen, das würde man schon sehen. Ankommen wäre auf jeden Fall eine verdammt gute Sache.

Als sie sich nach einigen Stunden Hanau näherten, hatten sie schon eine ganze Weile geschwiegen. Lukas empfand die Stille aber nicht als unangenehm, er war sogar froh, sich auf keine Gespräche mit Kev einlassen oder seine Sprüche ertragen zu müssen. Schweigend neben ihm zu sitzen, empfand er bereits als recht normal, was ihn wiederum irritierte. Er konnte diese Person nicht durchschauen.

Sich selbst würde er zwar nicht als großen Menschenkenner bezeichnet, zumal er nicht viel Übung im Menschenkennen hatte, dennoch konnte er Kev schlechter einordnen und verstehen als Karmen, die manchmal ein eher ungewöhnliches Verhalten an den Tag legte. Sie war außerdem weniger anstrengend als Kev, wie dieser seit einer guten Viertelstunde mal wieder bewies: Er trommelte nervös mit den Fingern auf den Beinen, dem Handschuhfach und der Seitenlehne herum, in Takten, die entweder krumm oder so kompliziert waren, dass Lukas ihnen nicht folgen konnte.

»Bist du nervös oder vermisst du dein Schlagzeug?«

»Vermisst du deine Mutter?«

»Du mit deinen Müttern! Spielst du nun Schlagzeug oder bist du nervös?«

»Ich? Ich habe noch nie ein Instrument angerührt und meine Mutter hätte mich vermutlich geschlagen, wenn ich früher Schlagzeug gespielt hätte. Heißt ja schließlich so.«

»Warum bist du dann so nervös?«

»Bin ich nicht. Du machst doch hier den beunruhigten Oberaufseher.«

Kev hörte auf zu trommeln und drückte sich fest in den Beifahrersitz zurück, er suchte auffällig nach einer anderen Sitzposition. Lukas konzentrierte sich wieder bewusst auf den Straßenverkehr, der zunahm, je weiter sie nach Süden gelangten. Sie passierten Hanau und die Autobahnschilder verkündeten Aschaffenburg als nächste größere Attraktion ihrer Fahrt. Lukas spürte Kevs Blick auf sich ruhen, drehte sich aber nicht zur Seite, um seine Vermutung zu überprüfen.

Nach weiteren Kilometern, die Lukas vor allem in Ruhe auf der rechten Spur gefahren war, stellte er fest, dass die A 45 bei Aschaffenburg enden musste. Es ging nur noch über die A 3 weiter. Auch wenn seine Geografie-Kenntnisse eigentlich ausreichten, um sich eher für Würzburg und Nürnberg als für Frankfurt und Darmstadt zu entscheiden – mal abgesehen davon, dass sie ohnehin kein genaues Reiseziel hatten –, schlug er eine Pause vor. Man kurz durchatmen und planen, wie es weiter gehen soll, es wurde schließlich dunkel draußen. Außerdem könnte man den Kadett tanken, dem langsam der Sprit ausging. Vor allem aber würde er so Kevs lästige Blicke zumindest für einen Moment loswerden.

»Wir müssen über die A3 weiter, aber vorher tanken«, sagte Lukas so beiläufig wie möglich, »ich fahre mal ab.« Ohne Kevs Zustimmung verließ er die Autobahn kurz vor dem Kreuz mit der A3 an der Abfahrt Mainhausen. Die anschließende Bundesstraße wurde von Wäldern und Seen gesäumt, die zum Naturschutzgebiet Speckgraben gehörten, wie Lukas auf einem Schild las. Kev hatte die Karte aus dem Handschuhfach genommen, er faltete sie ungeschickt auf und schaltete das Innenraumlicht ein. Die Abenddämmerung hatte bereits eingesetzt. Lukas erblickte die ersten Bauten eines Industriegebiets – das war es also schon mit dem Ökosysteme-Idyll, dachte er, als Kev ihn jäh unterbrach: »Stop! Dreh' um! Fahr zurück! Wir sind schon in Bayern!«

Lukas bremste und fuhr rechts ran: »Wenn überhaupt, dann sind wir schon wieder in Bayern. Hast du die Schilder auf der Autobahn nicht gesehen? Was hast du eigentlich für ein Problem mit Bayern? Und wieso beobachtest du mich die ganze Zeit so komisch von der Seite?« Selbst überrascht von seinem Ausbruch, zog Lukas unsicher die Handbremse nach, legte den ersten Gang erneut ein und trommelte kurz auf das Lenkrad. Kev schwieg und blickte aus dem Fenster. Vor ihnen und zu ihrer Rechten lag ein undurchsichtiges Waldstück. Lukas blickte durch die Windschutzscheibe in die vom Wind leicht bebenden Bäume, ein Regentropfen auf der Scheibe ließ seinen abschweifenden Blick fokussieren. Es folgten weitere Tropfen, bis es kräftig regnete.

»Es hat mir in die Augen geblickt«, sagte Kev und riss Lukas aus seiner hypnotischen Regenlethargie, »ein Reh, und es hat mir tief in die Augen geblickt.«

»Es ist doch viel zu dunkel…«, sagte Lukas und sah durch das Beifahrerfenster die Umrisse des Rehs im Wald und in der Dunkelheit verschwinden, wahrscheinlich weil sich ein tiefes Grollen näherte und kurz danach an ihnen vorbeirauschte. »Woooooh! Hast du den Spoiler und die Straßenlage gesehen«, schoss es aus Kev heraus, der durch die Heckscheibe dem getunten Mittelklassewagen hinterher sah. Lukas fokussierte die überhandnehmenden Tropfen. Sein Mitreisender war zwischen Rehromantik und Auto-Tuning gefangen. Zumindest ahnte Lukas nun, warum Kev ihn so genau beobachtete. Und warum auch immer – Lukas wollte ihm diesen Wunsch erfüllen, es aber nicht zugeben: »Kannst du weiterfahren? Ich brauche eine Pause.«

Langsam drehte sich Kev nach vorne und tat so beiläufig wie möglich, doch Lukas konnte in seinem erst ungläubigen, dann strahlenden Gesicht seine Freude ablesen. »Ähm, ja, warum nicht«, stammelte Kev und dann brach es doch noch aus ihm heraus: »Yes! Ich werd' das Schiff schon schaukeln.«

»Okay, gut«, versuchte Lukas seinen Mitfahrer, der nun auch noch Fahrer war, wieder etwas herunterzufahren, »ich muss mich nur mal kurz ausruhen, dann übernehme ich wieder. Lass uns erst mal weiter über die Landstraße Richtung Süden, Richtung Würzburg, Nürnberg oder München fahren, dann sehen wir weiter. Auf dem Weg finden wir sicher eine Tankstelle.«

»Guter Plan«, stimmte Kev ihm zu, »wir können gleich durchstarten. Ich habe auch noch eine Überraschung dabei.«

Glitzer

Sie fühlte sich geschrumpft, wie ein Schwamm, den man zusammendrückt. In ihr zog sich alles zusammen, sie versuchte sich in dem harten Sportschalensitz zu wiegen, wie ein Baby in der feuchtwarmen Gebärmutter. Doch es fühlte sich kalt und fremd und falsch an. Sie schämte sich so vor sich selbst und hasste sich für ihre Naivität. Sie konnte nicht sprechen, nicht klar denken und vor allem nicht einfach aussteigen, zurückspulen, löschen, neu starten, den Stecker ziehen.

Dr. Reis hatte ihr die Frage mit einer übertrieben fröhlichen, aber bestimmten Stimme gestellt, sodass sie eher wie eine Aufforderung geklungen hatte: »Du verbringst heute die Nacht mit mir!« Zumal er ihr anschließend mit seinen warmen, ekelhaften Pranken an den Oberschenkel gefasst hatte. Er hatte seine Hand aufgelegt und einmal fest zugedrückt, sich dabei nicht zu ihr gedreht, sondern auf die Fahrbahn gestarrt. Es geschah also ganz nebenbei, als wäre nichts dabei, für Linda aber brach eine Welt zusammen. Ihre eigene kleine, naive Welt.

Erinnerungen tauchten wie Blitzlichter vor ihren Augen auf. Das allgegenwärtige Piniengrün der Zahnarztpraxis, der heruntergefahrene Behandlungssessel, das Klacken der sich schließenden Tür, nachdem Dr. Reis seine Zahnarzthelferin aus dem Behandlungszimmer geschickt hatte, das Zischen und Flatschen der Gummihandschuhe, die Dr. Reis sich ausgezogen und in den Müll geworfen hatte. Und letztlich sein viel zu lauter, viel zu naher Atem, seine kräftigen Beine, die sich an ihre gedrückt hatten, während er noch einmal die

Versiegelung auf ihren Zähnen kontrolliert hatte. Und seine Hand auf und zwischen ihren Schenkeln. Ihre krampfhafte Starre. Letztlich der erlösende Ruf einer Zahnarzthelferin.

Wie konnte sie das nur vergessen, verdrängt und fortgeschoben haben. Was musste ihr Gehirn ihr für einen Streich gespielt haben? Warum hatte sie diesen Vorfall, der einige Jahre zurücklag, soweit hinten vergraben und verbuddelt. Warum hatte sie ihn nicht spätestens wieder hervorgeholt, als sie im Begriff war in den Sportwagen ihres perversen Zahnarztes einzusteigen? Hatte sie nicht darauf hören wollen? Weitere Bilder flackerten durch ihren Kopf: Die Hand, die ihren Schenkel langsam verlässt. Der souveräne, keineswegs panische Rückzug von Dr. Reis, der noch kurz ihre Zahnversiegelung kommentiert und sich von Linda verabschiedete hatte, als sei nichts gewesen. Lindas schwankender Gang durch das Behandlungszimmer, die seltsamen Blicke der Zahnarzthelferinnen an der Anmeldung. Das Licht, das befreiende Tageslicht vor der Praxis. Die Sonne. Linda saß noch immer gekrümmt und gelähmt auf dem Beifahrersitz.

Ihr Kopf pulsierte, sie konnte die wirren, elektrischen Impulse in ihrem Hirn spüren, sie vor dem inneren Auge sogar visualisieren. Leuchtend blaue Zuckungen, aus allen und in alle Richtungen, die plötzlich von einem hellen, goldenen Blitz abgelöst wurden. Sie drehte ihren Blick in Richtung der vorbeirasenden Leitplanken, dahinter tauchte aus der Dunkelheit ein kometenhafter, funkelnder Strahl auf, der sich kurz darauf mit einem lauten Knall über ihnen in einen glitzernden, wunderbaren Regen ergoss.

Dr. Reis wurde von der Lautstärke und dem gleißenden

Licht überrascht, er erschrak, zuckte zusammen und riss das Lenkrad herum, was seinen Sportwagen ob der hohen Geschwindigkeit sofort ins Schleudern brachte. Das Heck scherte mehrfach nach links und rechts aus, der Zahnarzt versuchte mit weit aufgerissenen Augen gegenzulenken, konnte sein Baby aber nicht wieder unter Kontrolle bringen. Der Wagen tuschierte die Mittelleitplanke, sodass weitere Funken sprühten, schlidderte dann mit einer halben Drehung über alle drei Spuren auf die andere Seite und verließ die Fahrbahn kurz nachdem eine Leitplanke in den Boden geschossen war.

Er rauschte durch einen dünnen Zaun und schleuderte über ein Feld, auf dem er zum Stehen kam. Linda hatte die Augen beim ersten Ausscheren des Wagens geschlossen, den warmen Glitzerregen aber weiterhin sehen und spüren können, wie er sanft auf sie niedergeprasselt war. Sie hatte keine Angst zu sterben gehabt, hatte aber plötzlich ihre Eltern durch die Funken auftauchen sehen. Ihre Mutter hatte ihr auffordernd ihre Hand entgegengestreckt, ihr Vater mit den Händen auf dem Rücken danebengestanden. Sie hatte ihren Eltern tief in die Augen geblickt, zuerst ihrem Vater, anschließend lange ihrer Mutter.

Zum ersten Mal in ihrem Leben, soweit sie sich erinnern konnte, hatte sie nicht mit Wut und Unverständnis an die beiden gedacht. Sie hatte das langweilige Deodorant ihres Vaters riechen und die faserige Haut der Hände ihrer Mutter spüren können, als sie in Embryohaltung erwachte und realisierte, dass sie den Unfall überlebt hatte. Der Schleier vor ihren Augen löste sich langsam in Luft auf und sie konnte klarsehen, hob den Kopf und sah die Autobahn durch ihr Fenster im

Dunkeln liegen.

Ihr Hals knirschte leicht beim Drehen des Kopfes. Ihr Körper fühlte sich steif und wie in ein enges Korsett geschnürt an, aber ihr ging es gut, vergewisserte sie sich selbst, indem sie ihre Zehen bewegte und sich von unten nach oben auf ihre Körperteile konzentrierte, ohne starke Schmerzen zu spüren. Beim Kopf angekommen, war sie sich sicher, dass sie noch nicht bei voller Kraft und Klarheit war, ein Gedanke aber war ihr klar: Sie musste hier raus und weg, sofern und solange es ging.

Das Auto schien, trotz des Unfalls, noch in einem guten Zustand zu sein. Vorsichtig löste sie mit ihrer linken Hand den Gurt und drehte sich dabei absichtlich nach rechts, denn sie wollte Dr. Reis unter keinen Umständen sehen, ob tot oder lebendig. Bevor sie die Tür öffnete, hielt sie inne und lauschte: Sie konnte ihn atmen und leicht wimmern hören, zumindest redete sie sich das ein, und bevor sie auf andere Gedanken kam, öffnete sie die Beifahrertür und verließ das Auto, ohne sich umzudrehen. Ein paar Meter weiter begann ein kleines Waldstück, in dessen Buschwerk sie sich zurückzog und von wo aus sie noch sehen konnte, wie ein Auto neben der Unfallstelle hielt und sich eine Person dem verunglückten Sportwagen näherte.

Bockwurstaquarium

Hastig stieg Kev aus und ging hinter das Auto. Lukas hörte die Klappe des Kofferraums quietschen und seinen freudig erregten Mitreisenden im Rückspiegel darin herumwühlen. Er stieg ebenfalls aus, um einen Blick in den Kofferraum und womöglich auch in Kevs Seesack werfen zu können. Doch als er am Kofferraum ankam, konnte er nur noch sehen, wie Kev den Sack hastig verschloss und die beiden Raketen in die Hand nahm, die er offenbar aus dem Ungetüm gekramt hatte.

»Feuerwerk – gibt es etwas zu feiern?«

»Nicht wirklich, aber die Dinger müssen mal weg, die warten schon viel zu lange darauf, in die Luft zu gehen. Die haben ordentlich Wumms! Und Ort und Zeit scheinen mir genau richtig für die beiden Süßen.«

Lukas betrachtete die Süßen, die etwas wuchtiger aussahen als die Silvesterraketen, die er kannte und von denen er sich meistens ferngehalten hatte. Nicht weil er Feuerwerk für schlecht oder unnötig hielt, sondern weil er an Panik grenzende Angst hatte, die Dinger selbst zu zünden. In seiner Vorstellung drehten die Raketen regelmäßig ab, kamen wie ein Bumerang zurück und gingen neben seinen Ohren in die Luft.

»Naja, wenn du es sagst. Dann baller‘ mal los, schieß aber nicht das Reh ab«, ließ er sich nichts anmerken.

»Keine Sorge, ich bin kein Amateur.«

Kev schlug die Kofferraumhaube zu und entfernte sich ein paar Schritte vom Kadett. Er steckte die erste Rakete mit Schwung in den Boden, richtete sie an der Spitze etwas aus und nahm sein Feuerzeug aus der Tasche.

»Leben ist nicht deins allein!«, rief Kev und zündete den Feuerwerkskörper an der kurzen Zündschnur an.

Lukas schüttelte den Kopf. Schon wieder einer dieser Sprüche, die wirklich gar keinen Sinn hatten. Die Rakete rauschte an den nicht gerade niedrigen Baumkronen vorbei und verteilte weit oben in der Luft grün-gelbe Lichtsterne. Kev senkte seinen Blick und fackelte nicht lang: Er entfernte sich ein paar Schritte von der Bundesstraße und blickte Richtung Wald, hinter dem sich sicht- und vor allem hörbar die Autobahn erstreckte, auf der ihr Weg weiter Richtung Süden führen sollte. Er drehte sich kurz zu Lukas um, blickte ihn erwartungsvoll an und entzündete die zweite Rakete.

Die Funken sprühten und flogen an Kevs Kopf vorbei, der keine Miene verzog, allerdings war sein Arm leicht nach unten gesackt. Er beschrieb etwa einen 45-Grad-Winkel als der kleine Flugkörper seine Hand verließ und sich zischend über das Waldstück erhob – nur knapp über den Baumkronen entlang. Mit einem lauten Knall rieselte über Waldstück und Autobahn ein gold-glitzerndes Funkelfeuerwerk am Himmel herab, langsam und knisternd in die fast vollendete Dunkelheit, gefolgt von einem Quietschen und Knallen.

»Was war das denn?«, fragte Lukas irritiert, der diese Art von Raketen mochte, aber nicht nachfragen wollte, wie man sie nannte.

»Garry-Glitzer-Deluxe! Die sind so! Sind die Dinger endlich mal weg – in den ewigen Jagdgründen«, sagte Kev, ließ sich weiter nichts anmerken und wandte sich dann zügig dem Auto zu, indem er eine 180-Grad-Drehung im Sprung vollzog. »Dann wollen wir mal weiter!« Er öffnete die Fahrertür und stieg ein. Lukas folgte ihm schweigend.

Mit quietschenden Reifen fuhr Kev los, Lukas lehnte sich zurück, schloss die Augen und schlief zum Brummen des Motors ein, der den Sitz seicht vibrieren ließ. Als er wieder aufwachte, blinzelte er verwundert ins noch leicht dämmrige Tageslicht. Wie lang musste er geschlafen haben, wenn die Nacht gerade vorbei war? Und wie lange war Kev wohl gefahren? Er war jedenfalls verschwunden, wie Lukas mit einem Blick zur Seite feststellte.

Der Kadett stand auf einer Tankstelle, etwas abseits der Zapfsäulen, in einer der Parkbuchten, in denen man sein Auto saugen oder den Reifendruck mithilfe der kleinen Druckbehälter samt Schlauch überprüfen konnte, die ihn immer an kleine Elefanten erinnerten. Besonders gut gefiel Lukas das fauchende und zischende Geräusch, dass die kleinen Elefanten nach der Benutzung machten, wenn man sie zurück auf die Ladestation hängte.

»Wo steckt der Typ?«, sagte Lukas zu sich selbst, während er die Tankstelle und die Umgebung nach Kev scannte. Er war nirgends zu sehen. Lukas streckte sich, soweit das auf dem Beifahrersitz möglich war, und entschloss sich die Suche draußen fortzusetzen. Seinen müden Knochen würde das ohnehin guttun.

Er schlenderte Richtung Verkaufsraum, der sich Mini-Supermarket nannte – warum es Market und nicht Markt hieß, sollte ihm mal jemand erklären. Drinnen verschaffte er sich einen Überblick über den lang gezogenen Raum, in dem man jede Menge Unsinn kaufen konnte. Jemand drückte unsicher auf einen der beiden Kaffeeautomaten, eine Frau fischte sich tatsächlich eine Bockwurst aus dem großen durchsichtigen Glas, diesem Bockwurstaquarium, in dem die Würste warmgehalten wurden. An der Kasse standen ein paar Leute an, um ihre Tankfüllungen zu bezahlen. Aber von Kev keine Spur.

Lukas ging an der Zeitschriftenauslage vorbei und entschied sich spontan dazu, die aktuelle »Spiegel«-Ausgabe zu kaufen, die ihm mit einer großen Zeichnung von Albert Einstein auf dem Titel ins Auge fiel. »Das Gehirn des Jahrhunderts« stand in Großbuchstaben darunter. Er musste unwillkürlich an Kev denken und schmunzeln. Lukas interessierte sich nicht sonderlich für Albert Einstein oder Politik oder Weltgeschehen, aber er könnte die Zeitschrift bestimmt noch gut gebrauchen, um beispielsweise nicht mit Kev über tiefergelegte Autos reden zu müssen, vielleicht auch, um einfach nur schlau auszusehen vor ihm. Auf dem Beifahrersitz würde er in der Zeitung blättern oder lesen können, zumindest so tun, um sich so auf kein Gespräch mit Kev einlassen zu müssen. Das war die Investition definitiv wert.

Lukas reihte sich mit der Zeitschrift in die Schlange ein und legte noch einen Schokoriegel und Kaugummis obendrauf.

»6, 20 Euro macht das, bitte«, leierte der sichtlich von seinem Job genervte Verkäufer und blickte dabei demonstrativ nicht in Lukas' Richtung. Lukas zögerte und fingerte an den Karten in seinem uralten Lederportemonnaie herum, entschied sich dann aber bar zu zahlen, damit man ihren Weg später schlechter nachverfolgen konnte. Auf dem Weg nach draußen wunderte er sich über diesen seltsamen Geistesblitz:

Wer bitte sollte ihren Weg nachverfolgen wollen, und vor allem warum? Er dachte an Karmen. Mit großer Wahrscheinlichkeit würde sie gerade an ihrem Computer sitzen und an einem ihrer Programme schreiben.

Er lief am Schaufenster des Verkaufsraums vorbei und realisierte den Druck auf seiner Blase, als er sich den Toiletten näherte. Er ging langsamer, dachte an Kev, den er womöglich dort antreffen könnte, und beobachtete den Ein- und Ausgang der Toiletten, dem er sich Schritt für Schritt näherte. Ein Mann, mit einem auffällig langen und gezwirbelten Schnurrbart, verließ das WC-Gebäude ebenso wie kurz darauf ein unglaublich runder, übergewichtiger Mann.

Lukas entschied sich, auf die Toilette zu gehen und beschleunigte seinen Schritt, damit ihm niemand mehr zuvorkommen konnte. Das gute Auge und die Eile lohnten sich, drinnen hatte er bei den zahlreichen Kabinen fast freie Auswahl und fand schon hinter der zweiten Tür ein annehmbares Klo und wenig später Erleichterung.

Er wusch sich die Hände anschließend besonders gründlich. In den letzten Jahren hatte er eine echte Abneigung gegen öffentliche Toiletten entwickelt und konnte die Bakterien an Klinken und Griffen quasi spüren, zumindest bildete er sich das immer ein. Deutlich entspannter ging er wieder nach draußen und sah den Kadett in der Ferne einsam in der Parklücke stehen. Es hatten sich Schlangen an den Zapfsäulen gebildet, eine fünfköpfige Familie stieg aus einem mit Menschen und allerlei Dingen vollgestopften Auto und machte sich auf den Weg in den Verkaufsraum. Der Vater blieb zurück und tankte den Wagen, der mit seinem Ballast einen enormen Spritverbrauch haben musste.

Lukas drehte sich um und ging in Richtung Raststätte, hinter der sich ein Burger-Laden befand. Hier würde er Kev sicher antreffen. Er kannte ihn zwar noch nicht allzu lang, aber auf pampige Burger konnten sie sich ziemlich sicher einigen. Vor der Raststätte stand eine Tafel, auf der die seit Jahrzehnten typischen Autobahn-Mahlzeiten angepriesen wurden – ganz oben: »Bockwurst mit Kartoffelsalat« und »Schnitzel mit Pommes«. Dazu durfte man sich jeweils am Salatbüffet bedienen, das sicherlich nicht das beste war. Dann doch lieber unfair gehandelte Schweineburger, dachte Lukas und ging weiter, während ihm tatsächlich das Wasser im Mund zusammenlief, als er an einen Cheeseburger dachte, der nur noch wenige Meter Luftlinie entfernt war.

Das Fast-Food-Restaurant lag etwas erhöht an einem Hang, Lukas blickte hinauf und sah Kev die Treppe in seinem übertrieben lässigen Gang heruntergehen. In der rechten Hand hielt er ein paar Burger, in der linken ebenfalls, doch überrascht und schockiert war Lukas von etwas anderem: Zu seiner Linken lief ein Mädchen, eine Frau, eine weibliche Person, mit der er sich besonders affektiert unterhielt.

Sie trug schwarze, abgewetzte Schuhe, eine zerschlissene Jeans, durch die Teile eines Tattoos auf ihrem linken Oberschenkel zu erkennen waren, und einen labbrigen, dunklen Longsleeve. Sie trug ein Skateboard mit sich und ihre Haare hatte sie mit einer langen Feder zusammengesteckt. Lukas' erster Eindruck schwankte zwischen abstoßend und anziehend. Wo kam diese Frau her? Sie sah aus wie von einer Dampfwalze überfahren und danach in Sonnenschein gebadet. Was hatte Kev mit ihr zu tun?

Lukas stand am unteren Ende der Treppe und wartete, tippelte dabei nervös mit der rechten Fußspitze auf dem Boden. Er überlegte, den Blick gesenkt, wie er die beiden möglichst locker ansprechen könnte, ohne dabei so übertrieben lässig wirken zu wollen, wie Kev es oft tat. »Ey Luke!«, riss Kev ihn von oben aus den Gedanken: »Das ist Linda, wir nehmen sie ein Stück mit!«

Hunger

Auf dem Weg zur Haustür glättete er mit den Handinnenflächen sein Hemd, es half nicht. Er griff die Klinke, zögerte kurz und riss die Tür dann auf. Herr Neubaum stand im Flur. Klaus atmete laut auf. Herr Neubaum guckte so irritiert, wie er immer guckte, er legte den Kopf schräg nach hinten und machte große Augen. Mit seiner tiefen, kratzigen Stimme fragte er: »Haben sie auch diesen lauten Knall gehört?«

»Nein«, stammelte Klaus und verlor trotz der Aufregung seinen schlechten Humor nicht: »Ich glaube, sie haben den Knall nicht gehört.«

Herr Neubaum ließ sich nichts anmerken, vielleicht verstand er den Seitenhieb auch nicht. Zugetraut hätte Klaus ihm das jedenfalls, einem Mann, der seit 50 Jahren seine Socken bügelte und das Staubsaugerrohr regelmäßig von außen und innen reinigte. So wollte er nicht enden, dachte Klaus und wurde von Herr Neubaums lautem Bass unterbrochen: »Doch habe ich. Gerade eben. Ein lauter Knall, fast melodisch. Da muss etwas passiert sein. Das können sie doch nicht überhört haben, mein lieber Herr Nachbar.«

Herr Neubaum redete sich in Rage, fummelte dabei mit einer Hand an seinem Hörgerät herum, als erwartete er einen weiteren Knall, eine Nachricht aus dem All oder einfach nur eine erlösende Antwort von Klaus, der dem 72-jährigen Nachbarn schon immer so gut wie möglich aus dem Wege gegangen war. Manchmal war Klaus regelrecht über den Flur geschlichen und hatte gehorcht, ob Herr Neubaum im Treppenhaus zu hören war oder ob er sich gerade im Garten befand und sich um seine Pflanzen kümmerte, die er in einer Ecke des Gemeinschaftsgartens hegte und pflegte.

Im Vorgarten, der Frau Budde gehörte, sah es gerade nicht so gepflegt aus, dachte Klaus. Er wurde langsam panisch, weil er wirklich verschwinden sollte, wenn er sich den Ärger zumindest fürs Erste ersparen wollte. »Herr Neubaum, sie sollten ihr Hörgerät noch mal justieren lassen«, sagte er bestimmt und schob den unliebsamen Nachbarn langsam, aber dringlich in seine Wohnung zurück, die auf der gleichen Etage lag.

»Alles ist in bester Ordnung, mein lieber Herr Nachbar«, sagte Klaus als er Herr Neubaum die Tür vor der Nase schloss und diesen drinnen noch störrisch murmeln hörte. Schnell schnappte Klaus sich seine Sporttasche, packte in der Küche noch eine Flasche Wasser und den teuren Gin ein, klemmte sich im Flur das Monster-Skateboard unter den Arm und verließ schlüsselklappernd und freudig seine Wohnung. Als die Tür ins Schloss fiel, drehte er sich kurz um, bewegte den Schlüssel Richtung Schloss und winkte dann innerlich ab: Wozu abschließen, wenn er sowieso nicht wiederkommen würde! Er tänzelte die Treppen wie eine Marionette herab, so wie er es früher aus Spaß immer gemacht hatte.

Auf dem Weg zum Auto, das auf seinem Stammplatz der hauseigenen Parkplätze stand, kam ihm Frau Budde entgegen. Klaus durchzuckte es. Bloß nicht auffallen, dachte er, ging gut gelaunt weiter und grüßte Frau Budde freundlich im Vorbeigehen: »Einen wunderschönen Tag, wünsche ich ihnen, Frau Nachbarin.« Frau Budde grüßte halb irritiert, halb erfreut zurück und starrte auf das Skateboard, das Klaus unter dem Arm trug und das irgendwie nicht ins Bild passte.

Klaus verstaute das Skateboard und die Tasche im Kofferraum, kramte die CD mit der Aufschrift »Best of 1999« aus dem Handschuhfach, drehte die Lautstärke auf eigentlich-viel-zu-laut und startete den Motor. Auf dem Weg aus der kurzen, verkehrsberuhigten Sackgasse drehten sich die ersten Leute vor dem Supermarkt um, der mittlerweile mehr Stunden am Tag geöffnet als geschlossen hatte. Klaus ließ die Kupplung absichtlich schnacken und die Reifen dadurch durchdrehen. Etwas weniger als erhofft, aber immerhin.

An der ersten Ampel musste er stehen bleiben, er kurbelte das Fenster herunter, streckte den Ellenbogen heraus und blickte in das Auto neben ihm auf der Linksabbiegerspur. Der Fahrer, Typ Erdkunde-Lehrer mit Brille und Karohemd, schaute zaghaft zu ihm herüber, dann schnell wieder nach vorne. Klaus fand Gefallen daran, trat auf das Gaspedal, erst zaghaft, dann kräftig.

Der Motor, nicht gerade der antriebsstärkste, heulte auf – gar nicht mal so übel, dachte Klaus, der die Kupplung erneut schnacken ließ, als es grün wurde. Dieses Mal quietschte es richtig, die Reifen ließen Gummi, Klaus jubelte innerlich und sah mit einem kurzen Schulterblick den ungläubigen, entsetzten Ausdruck im Gesicht des Erdkunde-Lehrers. Heute ist ein guter Tag, dachte er, und spürte ein Grummeln im Magen. Kurzentschlossen bremste er den Wagen ab, zog die Handbremse, so wie er es früher beim Zivildienst mit den Autos des Deutschen Roten Kreuzes ein paar Mal geübt hatte, und machte eine quietschende 180-Grad-Drehung, um vor der Bäckerei zu halten, bei der er mindestens drei Mal pro Woche Brötchen kaufte.

Schon beim Aussteigen konnte er am Gang, an den Bewegungen und vor allem am falschen Lächeln erkennen, dass Frau Hase, so stand es auf ihrem Schild an der Schürze, Schicht hatte. Er hatte ihre langen Fingernägel, ihre blonden Strähnchen und ihre 0815-Tattoos – eine Sternchen-Ansammlung auf den Armen, eine Schwalbe am Hals und irgendetwas Arschgeweih-mäßiges an Rücken und womöglich auch Hintern, so genau hatte er es noch nicht sehen dürfen oder müssen – von Mal zu Mal mehr gehasst, wenn sie ihn bedient hatte. Jedes Grinsen, jedes »gerne«, »bitte« und »einen schönen Tag noch« war dermaßen aufgesetzt und falsch. Anfangs war es ihm egal gewesen, irgendwann hatte es ihn geärgert, heute würde ihm die Hutschnur platzen!

Er betrat die Bäckerei und stellte sich in die Schlange, die aus einer verlebten Hausmutti und einem Rentner mit Fahrradhelm auf dem Kopf bestand. »Guten Tag«, grüßte er in die Runde des Grauens, woraufhin sich die Mutti mit der Einkaufstasche über der Schulter zaghaft umdrehte, sich zügig wieder eindrehte und ein paar Schritte nach vorne trippelte, als könnte sie Klaus' Eskalationslaune spüren. Vielleicht hatte sie auch die viel zu laute Musik aus seinem Auto gehört und fühlte sich deshalb unwohl in seiner Gegenwart.

»Ja, heute ist ein guter Tag, ein genialer, könnte man fast meinen, was aber nicht an eurer Anwesenheit liegt«, hörte er sich sagen. Die Mutti ließ sich nichts anmerken, während der Fahrradhelmrentner seine Körnerbrötchen verstaute und den Laden mit staksigen Schritten verließ. »Toller Helm«, grüßte Klaus im Vorbeigehen und bekam einen erstaunten Blick zurückgeworfen. Seine Pöbellaune war ihm etwas unangenehm, aber er konnte sich auch nicht dagegen wehren, weil sie zu seiner überschüssigen, seit langem nicht mehr durch ihn durchgeflossenen Energie gehörte. Und wenn er auch nur einen Blick in Richtung der langen Fingernägel warf, hatte die Laune ihn sowieso fest im Griff.

»Geschnitten oder am Stück?«, fragte die Stimme zu den Nägeln genervt und das falsche Grinsen schoss wie ein unkontrollierbares Zucken hinterher. »Auf acht Millimeter, bitte«, lautete die Antwort der mit Funktionskleidung voll ausgestatteten Mutti. Da würde ich auch schlechte Laune bekommen, dachte Klaus und bremste seine Gedanken schnell, bevor er noch Verständnis für Frau Hase aufbrachte. Wie gerne würde er ihre Gedanken lesen können, insbesondere in diesem Moment, in dem sie ihnen den Rücken zugedreht hatte und herunter auf das Brot blickte, das von automatischen Messern in Acht-Millimeter-starke Scheiben zerteilt wurde.

Frau Hase öffnete die Brotmaschine, nahm eine Plastiktüte zwischen ihre langen Fingernägel und stülpte sie dem Brot elegant über, während sie es gleichzeitig aus der Maschine befreite. Sie ließ die Tüte locker auf der Theke aufkommen und verschloss sie mit einem Ding, über dessen Name Klaus schon oft nachgedacht hatte.

Bis heute aber wusste er nicht, wie man diese durch ein Stück Plastik verbundenen zwei Drahtstücke nannte. Frau Hase zu fragen, hatte er sich bislang nicht getraut. Dabei wäre es eine Gelegenheit gewesen, mit der Fachverkäuferin ins Gespräch zu kommen. Frau Hases Bewegungen jedenfalls sahen weiterhin so verdammt elegant aus, wenn man dabei nicht auf ihre entnervten Gesichtszüge achtete.

Sie kassierte und verabschiedete sich mit ihrem Standardspruch: »Danke und einen schönen Tag noch für sie.« Für sie! Wie oft hatte er sich über diese unnötigen zwei Wörter am Ende des Satzes aufgeregt. Für sie! Für wen denn sonst? Doch jetzt klangen die Wörter poetisch in seinen Ohren, er konnte sie durch den Raum schweben sehen, als ihm schon die nächsten Standardwörter entgegengeflogen: »Hallo, bitte schön!«

Irritiert von seinen Gedanken und Gefühlen, drehte er sich langsam um und schaute Frau Hase in die Augen, deren Türkis-Grün zu beben schien. Er bekam kein Wort heraus und trat sich mit der rechten Hacke fest auf den linken großen Zeh, so wie er es immer machte, wenn er sich aus einer verträumten Situation befreien wollte. Er riss sich zusammen, um Frau Hase endlich seine Meinung zu geigen.

Haken

Es kribbelte und krabbelte an Händen und Hals, es war feucht und klamm und kalt. Trotzdem wollte sie nicht aufstehen, weiter gehen und weiter machen. Aber auch nicht aufgeben. Immerhin war sie bis hier gekommen, versuchte sie sich einzureden. Und das war gar nicht so leicht gewesen, weil »hier« irgendein Gebüsch in einem Waldstück unweit der Autobahn war, in das sie sich nach dem Unfall noch für einige Minuten und Meter geschleppt hatte.

Der übergriffige Zahnarzt im Porsche, die Angst vor der Polizei, der sie alles erklären müsste, und der unabdingbare Wunsch, nicht wieder nach Hause zu müssen, hatten sie vorangetrieben – Meter für Meter durch Büsche, Sträucher und Dornen. Sie hatte sich Striemen an Händen und im Gesicht zugezogen, nasse Schuhe und feuchte Füße. Als sie sich weit genug entfernt von der Unfallstelle gewähnt und die Kraft sie endgültig verlassen hatte, hatte sie erst ihren Rucksack und dann sich auf den weichen Boden fallen lassen.

Ihr Rucksack hatte als ungemütliches Kissen gedient, ihre Jacke als unzureichende Decke. Sie wusste nicht, wie lange sie geschlafen hatte, einige Stunden mussten es aber gewesen sein, schließlich wurde es schon wieder hell. Sie drehte sich langsam auf den Rücken, den Kopf auf dem Rucksack. Durch die Blätter konnte sie den bewölkten Himmel erkennen, auf dem Baum über ihr landete eine Lerche, blickte sich mit roboterhaften Bewegungen um und verweilte kurz, bevor sie abhob und dabei laut und fröhlich zwitscherte.

Im Gebüsch zu Lindas Füßen raschelte es und in ihrem

ohnehin brummenden Kopf meldete sich das schlechte Gewissen: Hätte sie erste Hilfe leisten müssen? Hätte sie Dr. Reis' Handy suchen und Hilfe rufen müssen? Und wenn sie es nicht gefunden hätte, hätte sie sich an die Fahrbahn stellen und jemanden heranwinken müssen? Dazu die Sorgen: Würde ihr Zahnarzt sie verraten – bei der Polizei oder bei ihren Eltern? Oder würde er schweigen, um sich selbst nicht in Schwierigkeiten zu bringen?

Ihre Gedanken und Fragezeichen drehten sich im Kreis, die nächste Runde rückwärts. Linda aber wollte weiter- und vorankommen. Sie schüttelte sich, dachte an das breite Grinsen von Dr. Reis, an seine ekeligen, kräftigen Hände und versicherte sich selbst ein weiteres Mal, dass er es nicht besser verdient habe, er und sein beschissenes, motorisiertes Baby. Linda griff sich ihren Rucksack und ging weiter. Sie trotzte den Schmerzen und den von Kälte und Nässe eingerosteten Knochen. Mit jedem Schritt, der sie zumindest symbolisch voranbrachte, ging es ihr besser.

Sie konnte sich nicht erinnern, wie weit und in welchem Winkel zur Autobahn sie in das Waldstück gelaufen war, dem Rauschen nach zu urteilen, befand sich die Autobahn links von ihr, nicht allzu weit entfernt. Sie entschied sich möglichst parallel zur Autobahn zu laufen, so müsste sie irgendwann zwangsläufig auf eine Aus- und Auffahrt treffen, von wo aus sie ihre Reise hoffentlich fortsetzen könnte. Zurück zur Unfallstelle wollte sie auf keinen Fall. Also voran. Voran, voran! Schritt für Schritt, von denen jeder knirschte oder schmatzte, ob der nassen Schuhe, in denen ihre Socken hin und her rutschten.

Sie schob die Blätter und Äste, die ihr die Sicht versperrten, mit dem Unterarm zur Seite und steckte ihren Kopf aus dem Dickicht. Warme, stickige Luft und rauschender Lärm schlugen ihr entgegen. Zu ihren Füßen standen zahlreiche Autos und LKW, die einreihten, parkten oder tankten. Menschen füllten Luft nach, ruhten sich aus, gingen Einkaufen, Essen oder auf die Toilette. Linda blickte den grünen Hang hinunter, an dessen Fuße sich eine Gruppe Bilderbuch-Rentner auf eine Bank gesetzt hatte: Sie trugen Westen, Blusen und Hüte, alles in braun, beige oder grau, beschwerten sich über den zu vollen Rastplatz und aßen dazu belegte Brote und gekochte Eier. Einer von ihnen hatte einen eigenen Salzstreuer dabei, den er aus der Innentasche seines Sakkos hervorzauberte.

Linda machte einen Schritt zurück und verschwand wieder im Schutze der Sträucher. Sie blickte an sich herunter, sah ihre eingerissene, verdreckte Hose, durch die ihr einziges Tattoo leicht zu sehen war, das sie sich vor einem Jahr heimlich auf den Oberschenkel hatte stechen lassen – eine Schwalbe, die eine Bombe trägt. Sie sah die kleinen Löcher in den Ärmeln ihres Longsleeves und die durchnässten Schuhe.

Sie hatte äußerst spärlich gepackt: Ersatzunterwäsche und -shirt; ihr Portemonnaie, das sie noch heimlich mit Bargeld ihres Vaters aufgefüllt hatte; ihr Tagebuch und ein paar Stifte; eine Flasche Wasser und ihr Kuscheltier »Emma«, ein in die Jahre gekommener, kaputt gekuschelter, kleiner Hase. Der Rest würde sich schon irgendwie ergeben und finden, hatte sie gutgläubig gedacht. In der Seitentasche ihres Rucksacks steckte die Möwenfeder, die sie vor einigen Jahren in Dänemark am Strand gesammelt hatte. Eine Möwe war damals über sie hinweggeflogen und im Gegenwind für einige Momente über ihr in der Luft stehengeblieben, als würde sie Linda anblicken. Mit der nächsten Böe war die Möwe davongeflogen und im grellen Sonnenlicht verschwunden, kurz darauf war eine schneeweiße Feder langsam vom Himmel herabgesegelt und neben Linda im Sand gelandet.

Sie hatte die Feder eingesammelt und seitdem aufbewahrt. Mit den Jahren war die Feder zu einem Symbol für ihrer letzten Monate als Kind geworden, denn kurz nach dem Urlaub fing dieser abstruse Lebenszustand an, in dem sie nicht mehr genau wusste, was sie wollte; in dem sie ihre Eltern verachtete und nach Reibung suchte. Pubertät nennt man das, weiß sie heute und das wusste sie eigentlich auch damals. Der Haken war nur, dieser Zustand hielt bis heute, also schon etwa sieben Jahre lang an.

Linda nahm die Feder in die rechte Hand und strich mit der linken an beiden Seiten abwechselnd auf und ab. Ein Gefühl, das sie ruhig werden ließ. Unzählige Stunden schon hatte sie mit ihrer Feder auf dem Bett gelegen und sie abwechselnd mit ihren Fingern gestreichelt. Ein Wunder, dass die Feder nach den vielen Jahren und Streicheleinheiten noch so gut in Schuss war, auch wenn sie längst nicht mehr so schneeweiß und frisch aussah, wie damals, als sie vom Himmel gefallen war.

Linda hielt die Feder gegen das Licht und blickte durch die wenigen undichten Stellen dieser großartigen Erfindung der Natur. Sie steckte ihre Haare schließlich mit der Feder zusammen, was sie ein wenig wie eine Indianerin aussehen ließ und was genau richtig für diesen Feldzug war, fand sie. Sie musste und wollte sich frisch und sauber machen, nicht nur um sich besser zu fühlen, sondern auch um die Chancen auf eine weitere Mitfahrgelegenheit zu steigern. Sie entschied sich gegen die Tankstellentoiletten und für den Burger-Laden, auch wenn sie Burger verachtete.

Der Fastfood-Drecksladen lag ein paar Meter näher und war unauffälliger zu erreichen. Zudem waren die Toiletten dort meistens nicht so stark frequentiert, wie die Toiletten neben der Tankstelle, vermutete sie und sie wusste auch wieso: weil sich die ganzen Burgerfressen nur mit dem Burgerfressen beschäftigen konnten und wollten. Sie strich ihre Haare und ihre Klamotten glatt und ging den Hang schräg herunter, um nicht der Rentnergang in die Arme zu laufen. Sie hielt den Kopf unten, mied Blickkontakt und ging schnellen Schrittes voran. Aufgrund ihres schmuddeligen Aussehens fühlte sie sich schlecht und irgendwie auch fremd hier, als wäre sie auf eine andere Welt ausgespuckt worden, nachdem sie das schützende Dickicht verlassen hatte.

Die Treppen zum Eingang nahm sie fast laufend, je zwei Stufen mit einem Schritt. Nach den doppelten Schwingtüren steuerte sie direkt die Toiletten an, hatte Glück und erwischte die Rollstuhlkabine, in der sie sich so gut wie möglich mit Papiertüchern und Wasser den Dreck von der Hose spülte, sich wusch und letztlich doch auf das frische T-Shirt verzichtete.

Ihr etwas verlotterter Anblick gefiel ihr besser als vermutet. Beim Verlassen der Toiletten sah Linda noch einmal in die Spiegel über den Waschbecken und sich selbst tief in die Augen, hielt kurz inne und öffnete mit Schwung die Tür Richtung Restaurant. Dort blickte sie einem auffälligen Typen direkt ins Gesicht, als habe er auf sie gewartet. Bevor sie ihn in Ruhe mustern konnte, sagte er: »Nice Matte! Dein letzter Friseurbesuch ist wohl auch schon long hair, oder?«

Testballon

»Seit wann heiße ich Luke? Für dich immer noch Lukas! Und wieso solltest du bestimmen können, ob diese Mülltonne in meinen Kadett steigt?«, hatte Lukas zu Kev gesagt – in Gedanken, wofür er sich nun selbst verachtete. Warum konnte er nicht einmal sagen, was er dachte. Auf der anderen Seite: Was hätte es gebracht? Womöglich wäre Kev daraufhin mit dieser ultracoolen Linda losgezogen und er wäre allein zurückgeblieben. Stattdessen hatte er nur »Hey, na klar, warum nicht, wir haben ja noch Platz!« gesagt und die drei waren zum Auto gegangen – Lukas vor, Linda und Kev tuschelnd hinterher. Lukas hatte wieder den Fahrersitz eingenommen, Linda sich hinten auf die Rückbank gequetscht und Kev auf dem Beifahrersitz Platz genommen. Immerhin hatte er es nicht gewagt, den Fahrersitz für sich zu beanspruchen, vielleicht hatte ihn Lukas' böser Seitenblick beim Erreichen des Autos davon abgehalten. Lukas drehte den Zündschlüssel kraftvoll um und bugsierte den Kadett von der Tankstelle.

Als er die übliche, noch erträglich laute Reisegeschwindigkeit von etwa 120 km/h erreicht hatte, nahm er eine für ihn unangenehme Stille wahr. Linda kramte auffällig in ihrem kleinen Rucksack, wie Lukas in der unteren rechten Ecke des Rückspiegels sehen konnte. Die grünen Wiesen und Wälder, die sich links wie rechts von ihnen auftaten und schnell wieder verschwanden, strahlten eine Weite und Schönheit aus, die Lukas beeindruckte. Der übliche Trugschluss auf der Autobahn: Man erfreut sich an der malerischen Landschaft und vergisst kurzzeitig die laute und stinkende Autobahn, auf der man sich befindet.

Die meisten Autos hatten ein klares Ziel, eine Ausfahrt, die sie nehmen wollten, der Kadett rollte einfach weiter voran und voran.

»Wohin geht deine Reise eigentlich, Linda?«, fragte Lukas, der sich kurz nach hinten umdrehte und dann nervös mit den Fingern auf das Lenkrad trommelte. »Ick dachte, wir fahren zusammen nach Berlin«, sagte Linda selbstbewusst. »Ach so«, Lindas Worte fühlten sich wie ein Stromschlag an, der Lukas von Kopf bis Fuß durchdrang. Hatte sie gerade wirklich »Ick« gesagt? Lukas hasste Frauen wie Männer, ja, alle Menschen, auch Kinder und Rentner, die auf berlinerisch machten, obwohl sie nicht dort herkamen, und das kam diese Linda ganz sicher nicht. Außerdem – nach Berlin?

Lukas spürte seinen Hass von innen gegen den Brustkorb trommeln. Hatte Kev ihr das etwa erzählt, weil sie es hören wollte. Schließlich fuhren sie gerade Richtung Süden, wenn auch ohne konkretes Ziel. Er guckte streng zu Kev herüber, der ihn ignorierte und aus dem Fenster blickte.

Lukas sah kurz in den Rückspiegel, um zu checken, ob Linda etwas von der sich anbahnenden Unstimmigkeit bemerkt hatte, die Lukas in seiner Vorstellung gleich mit wüsten Worten und aggressivem Auftreten abbügeln würde. Offenbar ahnte sie nichts, spielte verträumt an ihrer Feder herum. Lukas bremste den Kadett ab und fuhr gerade noch auf die Ausfahrt, die auf einen Rastplatz führte.

In der ersten freien Parkbucht hielt er an, zog die Handbremse hart an, öffnete die Fahrertür und sagte bestimmt: »Ich muss mit dir unter vier Augen sprechen, Kev!« Lukas knallte die Tür von außen zu, stampfte vorne um den Kadett herum und wartete in ein paar Metern Entfernung mit angewinkelten Armen und starrem Blick. Kev quälte sich widerwillig aus der Beifahrertür und warf Linda dabei noch einen Blick zu, den Lukas nicht genau erkennen und deuten konnte.

»Wir fahren also nach Berlin?«

»Warum denn nicht?«

»Nur weil diese Psychotante nach Berlin will, möchtest du das plötzlich auch, aber mir erzählst du davon nichts? Du kannst froh sein, dass ich dich überhaupt mitgenommen habe!«

»Du bist doch nur eifersüchtig? Außerdem – wer hat dich denn hergefahren, während du geschlafen hast?«

»Weit sind wir offenbar nicht gekommen. Der Rastplatz war doch schon ausgeschildert, als wir gestern abgefahren sind!«

»Na und, trotzdem habe ich uns hierhergebracht, während du geschlafen hast.«

»Ich hab‘ einfach keinen Bock auf euer Getue. Und auf Berlin! Außerdem hat die doch etwas zu verbergen, siehst du nicht wie seltsam die sich benimmt?«

»Du spinnst! Du willst also lieber in ein kleines, verschissenes Kaff irgendwo in Bayern?«

»Ja! Genau! Genau das! In das verschissenste, kleinste Kaff, das es gibt! Und wer da keinen Bock draufhat, der bleibt halt hier!«

Lukas blickte Kev kurz an, ging zurück Richtung Auto, stolz und zufrieden mit sich, weil er Kev, weil er jemandem seine Meinung ins Gesicht gesagt hatte. Wie gut sich das anfühlte, er wusste nicht, ob er grinsen oder grimmig gucken sollte. Mit dieser Unentschlossenheit im Gesicht und im gesamten Körper ging er auf den Kadett zu, aus dem Linda gerade ausstieg. Sie hatte natürlich mitbekommen, dass hier etwas nicht stimmte. Ohne ihn anzublicken, ging sie zügig an Lukas vorbei und auf Kev zu.

Die hat ganz sicher etwas zu verbergen, dachte Lukas. Er stieg ins Auto ein und ließ sich auf den Fahrersitz fallen. Am liebsten wäre er sofort wütend davongefahren, doch dann hätte er zumindest erst den viel zu großen und vollen Seesack und Lindas Rucksack herausschmeißen und am besten noch mal drauf herum trampeln und springen müssen. Doch das konnte er nicht, auch wenn er es sich schon ausmalte.

Wenn Linda diesen Verlierertyp mit Camouflage-Hose ihm wirklich vorzog, dann war es ganz sicher ziemlich beschissen um ihn selbst bestellt. Möglich wäre es allerdings, dachte er und sackte zusammen – innerlich wie äußerlich. Was also tun? Gar nichts? Dann besser einen Testballon starten, das war das Mindeste, was er sich und diesen beiden Freaks antun konnte. Er startete den Motor, legte den ersten Gang ein und bugsierte den Kadett aus der Parklücke. Er beschleunigte leicht und fuhr an Linda und Kev vorbei, die beide schweigend und mit großen Augen zu ihm rüber blickten. Er mied ihren Blick bewusst und guckte stur und möglichst unbeeindruckt nach vorne.

Er ließ die Tankstelle hinter sich, sah die beiden im Rückspiegel, wie sie ihm hinterher gucken. Er fuhr den Parkplatz weiter entlang Richtung Autobahnauffahrt und parkte kurz davor wie von Geisterhand gelenkt in einer Parkbox ein. Ob

Linda und Kev ihn dabei beobachtet hatten, wusste er nicht. Es war ihm sowieso egal.

Er blieb sitzen, rutschte ein Stück auf dem Sitz herunter und beobachtete den LKW-Fahrer, der gegenüber von ihm gerade aus der Beifahrertür kletterte. Ein rundlicher Mann mit schmuddeliger, schwarzer Jogginghose, schlecht gepflegtem Schnurrbart und Glatze. Auf den ersten Blick das Klischee eines Fernfahrers, der in seinem Truck lebte und mit dem man lieber nicht mitreisen wollte.

Er schaute ihm hinterher, wie er Richtung Tankstelle schlenderte und sich dabei eine Zigarette anzündete. Was für ein seltsames Leben, dachte er, kramte gedankenverloren im Seitenfach der Tür und anschließend im Handschuhfach, ohne auf etwas zu stoßen, das ihn interessierte. Beim Blick zur Seite fiel ihm der bunte Wanderrucksack ins Auge, er verbat sich den Gedanken, der ihm direkt durch den Kopf schoss. Er könnte heimlich nachschauen, ob Linda etwas zu verbergen hatte, zumindest ob sie etwas in ihrem Rucksack zu verbergen hatte.

Wenn sie mich dabei erwischt, bin ich ganz sicher unten durch, dachte er und fühlte sich bei der Ehre gepackt. Nicht aber was Kev und dessen seltsamen Seesack betraf. Entschlossen stieg Lukas aus und ging zum Kofferraum, drehte sich dabei um, um nach Kev und Linda Ausschau zu halten. Ein Baum und eine Ansammlung von Menschen, die gerade eine Pause von einer sicherlich unerträglichen Busreise machten, versperrten den Blick. Die Kofferraumklappe schwang mit leichtem Quietschen auf und federte, oben angekommen, etwas zurück. Kevs Seesack nahm fast den gesamten

Kofferraum ein. Irgendwo da drunter war Lukas' Sporttasche begraben. Was zur Hölle transportierte Kev da durch die Gegend? In seinem Kofferraum! Er würde es gleich herausfinden.

Abwärts

Linda hörte schon lange nicht mehr hin. Wäre das hier ein Telefonat, dann hätte sie längst aufgelegt. Doch Auflegen war nicht möglich, Weglaufen vielleicht, aber dazu war sie weder in der körperlichen Verfassung noch in der Stimmung. Jedenfalls war sie von diesem Typen so sehr gereizt, von seinem nicht aufhören wollenden Gerede, von seinen Camouflage-Klamotten, seiner abgewetzten Baseballkappe, durch die er einen Ring gestochen hatte, und von seinen schlauen Sprüchen.

Zuerst hatte er ihr seinen Flachwitz erklärt: »Long hair und lang her, weißt du?«, sie hatte nur genickt und zu Boden gesehen, er hatte weitergeredet – von Süden und Seen und Bergen und Berlin, von einem Auto, einem alten Kadett. So nervig und anstrengend es auch war, musste sie sich doch eingestehen, dass all das in ihrer aktuellen Situation nicht gerade uninteressant klang. Wenn der Typ doch nur mal die Klappe halten könnte. Er blickte sie erwartungsvoll und auffordernd an, hob leicht die Augenbrauen unter seiner Kappe. Sie hatte nicht zugehört.

»Bitte was?«

»Was ist 200 km/h schnell und rollt über die Autobahn?«

Dieses Mal hatte sie ihn verstanden, sie wich mit dem Kopf ein Stück zurück und verzog das Gesicht.

»Deine Mudda mit einem Burger-King-Gutschein.«

Er lachte laut und guckte sie prüfend an. Immerhin zog er in Betracht mit diesem Deine-Mudda-Witz möglicherweise zu weit gegangen zu sein, dachte sie. Dabei hatte er mehr oder weniger ins Schwarze getroffen.

»Meine Mutter isst nur Shrimps und Vollwertkost.«

Er setzte an, um ihr auch diesen Witz zu erklären. Sie ging Richtung Ausgang. Er hinterher.

»Ich bin übrigens Kev.«

Sie schwieg und ging weiter. Nun auch noch dieser Name, aber vielleicht war so ein Kev genau die richtige Unterhaltung und Ablenkung, die sie gebrauchen konnte, dachte sie. Linda blieb stehen und drehte sich zu ihm um, blickte auf die vier Burger, die er in der Hand hielt, und ihn dann mit straffer Miene an: »Ich bin Linda. Wo steht das Auto, von dem du mir erzählt hast?«

Oben auf der Treppe blieb Kev stehen und deutete Linda mit einer Armbewegung an, auch stehen zu bleiben. Mit seinem langen dünnen Zeigefinger zeigte er geheimnisvoll nach unten. Dabei kam er ihrem Gesicht so nah, dass sie leicht zurückzuckte, sich schnell wieder sammelte und so tat als sei nichts gewesen.

»Schau mal da unten: Der Typ, der da auf- und abläuft und sich suchend umschaut, das ist mein Freund Lukas, er fährt auch mit. Der Wagen steht da vorne um die Ecke.«

Kev visierte den Kopf von Lukas mit seinem Zeigefinger an, nahm den Finger zurück zum Daumen und ließ ihn darüber nach vorne schnellen, so als wollte er Lukas' Kopf wegschnipsen. Genau in diesem Moment setzte Lukas seine Füße ungelenk nach vorne und geriet leicht ins Stolpern. Linda konnte nicht anders, sie musste kichern und sah dabei in Kevs Gesicht, der sich freute wie ein kleines Kind und ihr einen stolzen Blick zuwarf.

»Kannst du zaubern?«

»Ich habe übernatürliche Kräfte, die ich ihnen gerne zur Verfügung stelle, eure Majestät.«

Kev deutete einen Knicks an, sie lächelte, auch wenn sie sich nicht ganz wohl mit dieser gekünstelten, freundschaftlichen Nähe fühlte. Die beiden gingen die Stufen der Steintreppe herab und hielten sich an dem metallischen Geländer fest, das die Sonne aufgewärmt hatte. Linda fühlte sich das erste Mal, seitdem sie in den Wagen ihres Zahnarztes gestiegen war, nicht mehr wie gelähmt. Ihre Bewegungen wurden wieder flüssiger, sie atmete tief ein und aus, spürte ihre Umwelt.

Auf etwa der Hälfte der Treppe wurden sie von Lukas entdeckt, der nervös mit den Füßen auf den Boden tippelnd auf die beiden wartete. Von oben rief Kev ihm entgegen: »Luke, das ist Linda, wir nehmen sie ein Stück mit!«

»Hi«, grüßte Linda vorsichtig. Sie war von Lukas' Reaktion irritiert, er wirkte bedrückt und mürrisch, auch wenn er sofort einwilligte. Was soll's, dachte sie, die beiden Vögel waren in Ordnung, und was hatte sie auch schon für eine Wahl? Keine nämlich. Schlimmer als mit einem schmierigen, notgeilen Zahnarzt in einem roten Sportwagen konnte es ohnehin nicht werden. Dass sie dort jemals zugestiegen war, würde sie sich vermutlich in zehn Jahren noch nicht verziehen haben.

Richtig wohl war ihr aber auch auf der weichen Rückbank des alten Opel nicht. Immerhin hatte dieser Wagen Rücksitze, so konnte zumindest niemand versuchen, ihr an die Beine zu fassen. Unruhig rutschte sie hin und her, der dünne, braune Bezug der Rückbank fühlte sich dabei an, als würde er jeden

Moment reißen. Sie beobachtete die beiden Köpfe ihrer Mitfahrgelegenheit und versuchte aus der im Auto herrschenden Stimmung irgendetwas zu lesen, weil die beiden Freunde, zwei wirklich seltsame junge Männer, die auf Umwegen zueinander gefunden haben mussten, nicht miteinander sprachen.

Planten sie etwa irgendetwas, von dem sie nichts wissen durfte? Oder gar etwas mit ihr? Sie schloss sich der schweigsamen Stimmung an und war vor allem froh, dass sich wieder etwas bewegte, dass sie den Rastplatz verließen und sich auf der Autobahn davon entfernten, und damit die Unfallstelle zurückließen.

Die beiden neuen Weggefährten schwiegen weiter. Lukas tat so, als müsse er sich besonders auf das Fahren und Lenken des Autos konzentrieren, obwohl er nur langsam über den Rastplatz rollte. Kev tippte etwas in sein Handy oder schaute aus dem Beifahrerfenster. Als sich der alte Opel langsam einen steilen Berg heraufquälte, brach Lukas das Schweigen und fragte Linda nach ihrem Reiseziel. Sie gab offenbar die falsche Antwort: Berlin. Dabei hatte sie sich selbst erst vor wenigen Minuten überlegt, dass sie in die Hauptstadt reisen könnte, reisen sollte. Kev hatte im Burger-Laden immerhin auch etwas von Berlin erzählt, neben unzähligen anderen Dingen. Berlin war im Innenraum dieses Wagens offenbar eine Niete, das merkte Linda schnell.

Spätestens als Lukas das Auto noch auf dem Rastplatz auf den Seitenstreifen fuhr, um außerhalb des Wagens mit Kev zu reden, war es nicht mehr zu übersehen. Sie beobachtete die beiden von der Rückbank aus: Offenbar stritten sie sich und Linda fühlte sich ziemlich unwohl in ihrer Haut und Rolle. Sie stützte sich auf ihre Hand, vergrub das Gesicht darin und rieb sich mit den Fingern durch die Haare. Sie versuchte zu verstehen, worum es in dem Streitgespräch ging, konnte aber nur ein paar Wörter aufschnappen. Eine unerträgliche Situation, weshalb sie kurzentschlossen den Sitz nach vorne schob und sich aus der Beifahrertür quälte, als Lukas gerade zurück Richtung Auto stapfte. Sie änderte ihren Kurs trotzdem nicht mehr, ging auf Kev zu, der sie zwischen Empörung und Ratlosigkeit anblickte.

»Was ist los? Kannst du deine Superkräfte nicht einsetzen?«

»Auch ein Superheld braucht mal Pause.«

»Aha. Schwächelst du?«

»Ich sammele und bündele neue Kräfte für den nächsten großen Angriff.«

»Also wird erstmal nichts aus Berlin?«

»Der beruhigt sich schon wieder und ist gleich wieder zahm wie ein Kätzchen, wart' mal ein paar Minuten ab. Was möchtest du denn in Berlin?«

»Weiß nicht. Andere Menschen treffen und kennenlernen.« Sie zuckte mit den Schultern. Kev kramte in einer der großen Seitentaschen seiner Hose und holte einen zerknitterten Zettel hervor. Er faltete ihn auseinander, las ihn und steckte ihn wieder ein: »Ich möchte meine Cousine besuchen und mal sehen, was sonst noch passiert im großen Berlin.«

Linda blickte kurz in Kevs Augen und sah darin zum ersten Mal keine gespielte Lässigkeit aufblitzen, sondern Ernsthaftigkeit, vielleicht sogar Besorgtheit. Sie überlegte noch, ob sie darauf eingehen und nachfragen sollte, als das Brummen des

Kadett-Motors die Stille durchbrach. Lukas fuhr langsam an ihnen vorbei, den Blick starr nach vorne gerichtet. Die beiden guckten ihm mit großen Augen ungläubig hinterher und konnten sehen, wie er über den Rastplatz fuhr, an dessen Ende er zwischen LKW und PKW aus ihrem Blickfeld verschwand.

Kürbiskerne

»Na, mal wieder mittelmäßige Laune?«, sagte er und blickte ihr in die Augen, die im Licht der hellen Ladenbeleuchtung aufblitzten. Unsicher hob er langsam beide Hände, wie ein Pfarrer zu Beginn der Predigt, senkte sie wieder und trat einen kleinen Schritt zurück: »Eigentlich wollte ich ihnen jetzt eine laute und wütende Ansage machen, ihnen ihre verlogene Lache vorhalten und die netten Floskeln, hinter denen sich doch nur ihre beschissene Laune verbirgt, weil ihr Macker vermutlich mal wieder weggelaufen ist«, sagte er in normaler Lautstärke und so beiläufig als würde er gerade ein Vollkornbrot bestellen, »aber von diesen Jack-Wolfskin-acht-Millimeter-Muttis würde ich auch verdammt beschissene Laune bekommen. Und dafür machst du das wirklich gut und mit einer bewundernswerten Eleganz, deshalb habe ich es mir anders überlegt.«

Er hielt die Luft kurz an, presste die Lippen aufeinander: »Vielleicht willst du einfach mitkommen? Mit mir? Ich verlasse diese verlogene Vorstadt, habe mein Klavier gerade in den Vorgarten meiner Nachbarin geworfen und komme so schnell nicht wieder. Mein Auto steht vor der Tür. Ich würde mich freuen, Frau Hase.«

Beinahe regungslos stand er da, nur sein Brustkorb bebte, weil er nach diesem spontanen Redeschwall tief Luft holen musste. Frau Hase hatte die Hände auf den aufgeschichteten Brottüten abgelegt und schob die oberste Tüte nervös unter den Fingernagel ihres Zeigefingers. Die Blicke der beiden trafen sich über die Sesambrötchen, Laugenstangen und die leckeren Kürbiskernbrötchen hinweg, von denen Klaus stets zwei kaufte. Eines aß er immer mit Marmelade, das andere meistens mit Käse. In der Sitzecke kaute ein Bauarbeiter an seinem Mettbrötchen herum, ansonsten herrschte Stille, nichts bewegte sich, auch der Zeigefinger von Frau Hase stand nun still.

»Corinna, die Backstube muss sauber gemacht werden!«, rief jemand plötzlich schroff von der Seite. Die Ansage kam von der Chefin persönlich, eine alte, grimmig guckende Frau, die in diesem Familienbetrieb vermutlich schon seit mehr als 50 Jahren aktiv war und seit genauso vielen Ansagen machte. Sie wusste in der Tat, wie der Hase läuft. Sie war nur etwa 1,60 Meter groß, machte aber mächtig Dampf und blickte Frau Hase scharf an, die sich zumindest äußerlich nicht regte und noch in Klaus' Augen starrte.

Die Chefin beugte sich ein Stück vor, um Frau Hases Gesicht sehen zu können, das freundlich eingefroren war. Der kleine Hausdrache verlagerte sein Gewicht von einem Fuß auf den anderen, um für Aufmerksamkeit zu sorgen, wedelte dann auffällig mit einem Geschirrtuch herum und stemmte schließlich beide Hände ungläubig in die Hüfte. Als hätte man sie wieder angeknipst, wendete Frau Hase den Blick von Klaus ab und sich langsam ihrer Chefin zu.

Sie nahm in beide Hände so viele Brötchentüten, wie sie greifen konnte, hob sie theatralisch in die Luft und ließ sie nacheinander auf den Boden fallen. Die Tüten segelten in verschiedene Richtungen davon, auf und unter die Ablage und in die offenstehende Brotschneidemaschine. Eine landete direkt vor den Füßen der Chefin, die bebte und ihren

Mund öffnete, als wolle sie losbrüllen, sie brachte aber keinen Ton heraus. Frau Hase genoss den Moment: »Du kannst die Backstube selbst wischen – mit deinem fetten Arsch! Ich kündige!«

»Das...das!«, mehr konnte Frau Hases Chefin, Ex-Chefin, nicht antworten, so überrumpelt war sie. Frau Hase griff unter die Theke, holte ihre schwarz-glänzende Handtasche hervor und packte zwei Kürbiskernbrötchen ein. Ihre Hand ließ sie anschließend in der Handtasche und wandte sich ihrer ehemaligen Chefin zu: »Moment, ich habe hier noch etwas für dich«, sagte sie und holte ihre Hand mit erhobenem Mittelfinger heraus, den sie der grimmigen Dame entgegenstreckte, die fast einen Herzinfarkt erlitt. Frau Hase drehte sich um und spazierte hinter der Theke hervor aus dem Laden heraus. »Unverfrorenheit. Bodenlos...das...das wird ein Nachspiel haben«, rief die aufgelöste Chefin stotternd.

Der Bauarbeiter hatte sein Mettbrötchen zur Seite gelegt und grinste vergnügt. Klaus stand freudestrahlend an der Theke, er konnte es kaum glauben: Frau Hase und er. Er und Frau Hase. Einer Meinung. Vereint in einer Sache. Eine echte Hassliebe. Stolz und gut gelaunt drehte er ab und marschierte aus dem Laden, dem Geruch von Frau Hase hinterher, Corinna hinterher, die auf sein Auto zulief. Kurz bevor sie es erreichte, drückte er auf die Fernbedienung, um die Türen zu entriegeln. Die Blinker leuchteten kurz auf, es klackte.

Corinna blickte über die Schulter zurück, ihm kurz in die Augen. Er erwiderte ihren Blick freudig, aber auch verunsichert. Vor seinen Augen spielte sich alles wie in Super-Slowmotion ab: wie Corinna den Türgriff in die Hand nahm, die

Tür aufzog, dabei ihren schwarzen Rock mit der linken Hand straffte und sich, mit dem linken Bein voran, elegant auf den Beifahrersitz setzte, den Blick selbstbewusst nach vorne gerichtet.

Als die Tür wieder ins Schloss schlug und der Schall ihn erreichte, beschleunigte sich sein Zeitempfinden wieder auf Normalgeschwindigkeit. Er geriet ins Stolpern, fing sich aber, bevor er zu stürzen drohte. Hastig stieg er ein, er konnte sein Glück immer noch nicht fassen, suchte mit zitternder Hand den Gurt und schnallte sich an, um die Stille zu überspielen, die erst seit einigen Sekunden vorherrschte, ihm aber vorkam wie ein Fußballspiel samt Verlängerung, Unterbrechungen, Wadenkrämpfen und Elfmeterschießen.

»Ja, dann wollen wir mal«, sagte er so gut wie möglich euphorisch und griff dabei symbolisch mit beiden Händen das Lenkrad. Sie schwieg und schaute nach vorne, die Hände auf ihrer Handtasche, die in ihrem Schoß lag. Er versuchte an ihren Augen, ihren Gesichtszügen, Händen oder Bewegungen abzulesen, wie sie fühlte oder was sie dachte. Er konnte aber nichts finden, steckte den Schlüssel zitternd ins Zündschloss und startete den Motor. »Darf ich dich Hasi nennen?«, fragte er und trat aufs Gas.

Rasten

Sie standen nun schon seit einigen Minuten dort und sagten nichts. Kev schaute nach unten, die Hände in den Hosentaschen, die Schultern herabhängend. Er hob die Zehen seiner langen Füße abwechselnd an. Linda beobachtete das Treiben auf dem Rastplatz, das ihr durch die rauschende Lautstärke der vorbeifahrenden Autos sonderbar langsam erschien. Sie tauchte in das Rauschen ab, blickte dabei regelmäßig vorsichtig zu Kev herüber, bei dem sich abgesehen von den Zehenspitzen nichts regte. War der eine Freak wirklich abgehauen, um sie mit dem anderen zurückzulassen?

Sie war verunsichert, schließlich kannte sie die beiden Personen kaum, in deren Auto sie gestiegen war und bei denen sie sich zumindest aufgehobener fühlte, als in dem Wagen zuvor, was wiederum nicht besonders schwer war. Lukas würde sicher nur eine Schleife drehen und wiederkommen, sagte sie sich immer wieder, auch wenn ihr die stille Warterei endlos vorkam und unerträglich war, sobald sie aus dem beruhigenden Rauschen wieder auftauchte.

Wie sollte es weiter gehen, wenn Lukas sie wirklich im Stich gelassen hatte? Sie wollte und konnte unmöglich umdrehen, schon gar nicht heimkehren. Sie spürte, dass sie an der Reihe war, die Situation voranzutreiben. Sie musste etwas tun, damit sich etwas tat. In Ruhe überblickte sie noch einmal den Rastplatz, holte tief Luft und brach das Schweigen gerade mit einem »Sollen…«, als Kev ebenfalls etwas sagte. »Was wenn«, hatte Linda verstanden, dann waren ihre Worte untrennbar ineinander verwoben worden.

Es fühlte sich ein bisschen an wie Magie, dass sie nach Minuten der Stille zum gleichen Zeitpunkt, wie auf ein geheimes Signal hin, das Schweigen gebrochen hatten. Sie musste lachen, und auch Kev grinste wieder sein breites ungelenkes Grinsen und hob den Kopf. Fragend und auffordernd zugleich blickte er sie an. Linda nahm die Aufforderung an.

»Los, wir holen uns erstmal ein Bier. Ich geb‘ einen aus.«

Kev überlegte kurz und war plötzlich wie ausgetauscht, wie angeknipst und in Betrieb: »Wer wäre ich, dieses Angebot abzulehnen. Meine Gnädigste?«

Er machte einen leichten Knicks und hielt Linda seinen abgewinkelten Arm zum Unterhaken hin. Sie verweigerte, was Kev gespielt locker hinnahm, und ging dann mit etwa einer Armlänge Abstand hinüber zur Tankstelle. So schnell würde sie sich sicher bei keinem Mann mehr unterhaken, warum sollte sie es also bei Kev tun, der bei all seiner komischen Kauzigkeit auch naiv sympathisch war.

Kurz vor dem Eingang machte Linda ein paar hastige Schritte voraus und ließ Kev absichtlich zurück, um sich allein um die Getränkeauswahl kümmern zu können und für einen Moment die erfrischende Ruhe am Kühlregal genießen zu können. Sie entschied sich für die großen Faxe-Dosen, die sie vor einigen Jahren noch mit ihren Freundinnen regelmäßig an der Hütte im Wald getrunken hatte. Wer weiß, wofür sie heute noch gut waren, dachte sie, bezahlte und sammelte Kev draußen wieder ein, der ihren kurzen Sprint verstanden und neben dem Eingang gewartet hatte.

Zwei der vier Dosen drückte sie ihm in die Hand, stellte die dritte ab, um die vierte zu öffnen und direkt einen großen

Schluck trinken zu können. Kev beobachtete sie begeistert. Er öffnete seinerseits eine Dose, trank einen Schluck, seufzte übertrieben erleichtert auf und bedankte sich. Vielleicht hatte er aus ihrer klaren Ablehnung und Linie gelernt, dachte Linda und war ein wenig stolz auf sich, wenn sie auch weiter eine große Unsicherheit und Angst in sich spürte.

Schweigend gingen die beiden über den Parkplatz, vorbei an einer Gruppe Rentnern, die zu den Toiletten und zum Verkaufsshop der Tankstelle ausströmten; vorbei an überlaufenden Mülleimern und schlecht gelaunten Familien, die versuchten, die Pause einer langen Fahrt an einem Ort zu genießen, der ziemlich ungenießbar war.

»Glaubst du eigentlich, dass Hunde einen Stock nur deshalb immer wieder zurückbringen, weil sie denken, dass wir Menschen es lieben, ihn zu werfen?«, brach Kev schließlich das Schweigen. Linda antwortete zunächst nicht, sie dachte über die Frage nach und auch darüber, ob unter der Tarnjacke auch ein bisschen Philosoph steckte.

»Gute und interessante Frage«, antwortete sie schließlich und nahm einen Schluck aus der viel zu großen und schweren Dose, »ich denke eher nicht, denn die Hunde, die in unserem Dorf herumlaufen sind einfach nur verfressen und würden für ein noch so kleines Leckerchen jeden verdammten Stock holen. Wie auch immer – hast du mal Philosophie studiert? Oder wie kommst du auf solche Fragen?«

» Ich hätte auch gerne einen Hund und habe mich das mal gefragt, als ich Hunde im Park beobachtet habe.«

»Du beobachtest also Hunde und philosophierst dabei?«

»Manchmal schon.«

»Ich frage mich manchmal, wo ich hier gelandet bin«, sagte Linda, grinste und hob Kev die Faxe-Dose entgegen, der darauf einging und mit etwas zu viel Schwung seine Dose gegen Lindas stieß. Das Bier schäumte über und beide tranken zügig ab. Durch die parkenden LKW sahen sie bald den braunen Kadett und Lukas, der gerade den Kofferraum öffnete.

Ungetränk

Lukas blickte erneut vorsichtig über seine linke Schulter, doch von den beiden Idioten war nichts zu sehen. Mit beiden Händen machte er sich an den dicken Kordeln zu schaffen, die den Seesack an seiner Oberseite verschlossen. Die dicken Seile fühlten sich aufgrund ihrer Schwere unangenehm zwischen seinen dünnen Fingern an. Endlich hatte er eine Kordel ein Stück weit bewegt und fingerte an der anderen herum, um sie durch die Schlaufe zu drücken.

»Haben Sie noch zwei Plätze frei?«, hörte er Kev rufen, der sich von vorne dem Kadett näherte. Lukas zuckte zusammen, nahm die Hände schnell vom Seesack und versuchte sich nichts anmerken zu lassen. Er schloss den Kofferraum absichtlich langsam, so als sei nichts gewesen. Kev war mit Linda offenbar zwischen den LKW hindurch gegangen, deshalb hatte Lukas sie nicht kommen sehen. »Haben Sie nun noch zwei Plätze für uns frei?«, wiederholte Kev seine Frage, »wir schließen uns ihrer Reiseroute an.«

Warum musste er ihn siezen, konnte er sich nicht einmal normal verhalten – vielleicht war ihm die ganze Sache peinlich, schlussfolgerte Lukas. Er sah die beiden an, wie sie vier Faxe-Dosen in ihren Händen hielten, jeder zwei dieser vollkommen übertriebenen Ein-Liter-Dosen. Ein Ungetränk, das man vornehmlich an Raststätten bekam. Die Bierdosen waren wie eine weiße Fahne, ein Vier-Liter-Friedensangebot zur gemeinsamen Weiterfahrt. Lukas wusste bereits, dass er es annehmen würde, auch wenn er sich absichtlich noch zierte und durch die beiden hindurchblickte.

Er machte ein ernstes Gesicht und blickte erst Linda, dann Kev an: »Zwei für mich und zwei für euch?«, sagte er und grinste. Wie ausgerechnet er das hinbekommen hatte, wusste er auch nicht, jedenfalls löste sich die angespannte Stimmung mit einem Mal in Luft auf. Er taumelte ein kleines Stück zurück, ging dann – so ehrlich musste er zu sich sein – auf seine beiden einzigen verbliebenen Freunde zu und nahm sie mit einem Lachen leicht in den Arm.

Der Kadett rollte wieder gen Süden. Kev saß mit seiner üblichen Grundnervosität auf dem Beifahrersitz und Lukas erwischte sich am Steuer dabei, wie er Linda im Rückspiegel weiterhin misstrauisch beobachtete, während sie Schluck für Schluck ihre Bierdose leerte. Die nächsten 300 Kilometer redeten die drei nicht viel, trotzdem war der Frieden wiederhergestellt. Sie hatten ein gemeinsames Ziel, auch wenn das geografisch nicht festgelegt war. Auf dem Weg dorthin würden sie mindestens vier Liter auf Rastplätzen zurücklassen müssen.

Herdentiere

Der Kadett schnurrte wie ein in die Tage gekommenes, aber immer noch rund laufendes Kätzchen, das durch seine Erfahrung und Gelassenheit die etwas morscheren Knochen überspielen und so mit jüngeren Exemplaren Schritt halten konnte. Die Stimmung war zum ersten Mal ausgelassen, alle drei hatten genug zu erzählen und lachen. Sie waren bei wirklich dummen und waghalsigen Aktionen gelandet, die sie erlebt hatten.

Solche Dinge waren Kev offenbar vor allem in der U-Bahn-Station passiert. Er erzählte von seinem Freund Stefan, zu dem er keinen Kontakt mehr hatte, mit dem er früher aber ständig neue Streiche in der U-Bahn ausgeheckt hatte: Sie hatten Mäuse in ein volle Bahn gesetzt und so eine kleine Massenpanik ausgelöst, hatten sich versucht mit einem Skateboard ohne Rollen hinten an die Bahn zu hängen, was seinen Freund Stefan fast das Leben gekostet hätte, und sie hatten Hundescheiße in Zeitung gewickelt, in den Aufzug gelegt, die Zeitung angezündet und den Aufzug nach unten geschickt.

Linda berichtete vor allem von ihren Eltern, mit denen sie sich oft gestritten hatte, eines Abends sogar so sehr, dass sie das wenige Wochen alte Auto ihrer Eltern ohne Führerschein davongefahren und es möglichst falsch vor einem stadtbekannten Bordell geparkt hatte. In die Windschutzscheibe hatte sie gut sichtbar ein paar Briefe gelegt, die an ihre Eltern adressiert waren.

Ihr Vater hatte eine Anzeige aufgegeben und das Auto als gestohlen gemeldet. Die Polizei rief nur einen Tag später an, um davon zu berichten, wo sein Wagen gefunden worden war. Linda blieb nicht lange unverdächtig und genoss in der Folge trotzdem jeden Tag, den sie hatte zuhause bleiben müssen, und jeden Euro, der ihr vom Taschengeld abgezogen worden war.

Lukas lachte laut mit und fühlte sich entspannt dabei, wozu sicher auch die nur noch zu etwa einem Viertel gefüllte Dose beitrug, die er Kev gab: »Kümmer' dich mal darum, wir wollen ja heile ankommen. Von allein fährt der Kadett leider nicht.«

»Sir, jawohl, Sir«, antwortet Kev und setzte die Dose an, um sie unmittelbar zu leeren und danach laut aufzustöhnen. Lukas konnte nur wenige, lustige Geschichten beitragen, die Methoden seines Vaters waren vielleicht für Außenstehende verrückt und lustig, für ihn aber auch zu tragisch, als dass er sie erzählen würde. Er berichtete den anderen von Karmens und seiner geheimen Mission am Pfandautomaten und dem Obdachlosen, der große Augen machten, als sie ihm die Pfandbons in die Hand gedrückt hatten. Die anderen jubelten.

»Können wir uns damit nicht unsere Reise finanzieren?«, fragte Linda.

»Leider nein, Karmen macht das nicht mehr. Wenn sie erst etwas entschieden hat, dann ist die Entscheidung unumstößlich. Und ich habe keine Ahnung davon, ich war nur Geheimagent in Mission«, sagte Lukas und musste laut gähnen. Die drei schwiegen, Linda lehnte sich zurück und musste ebenfalls gähnen. Kev öffnete die vierte und letzte Dose, trank einen Schluck und musste auch gähnen: »Ich habe mal gehört, dass Gähnen so eine Art Herdeneffekt ist. Der erste aus der Herde gähnt und die anderen machen mit, weil sie sich zur Herde zugehörig fühlen. Wenn das stimmt, dann sind wir jetzt eine Gang.«

Unsicher nahm Kev einen weiteren großen Schluck, bis Linda die die Stille durchbrach: »Wir sind Herdentiere! Uuuuh! Aaaaah! Uuuuuh!« Was für ein Tier auch immer sie laut nachahmte, sie traf beim Rest der Herde auf Zustimmung: Kev und Lukas stimmten mit wilden und seltsamen Tierlauten mit ein und hüpften dazu auf ihren Sitzen herum. Das Jaulen der Herde wurde lauter und lauter. Lukas spürte das Glück langsam seinen Körper herauf krabbeln, bevor es oben ankam, wurde es von seiner Blase verscheucht, die sich mit dem typischen, unangenehmen Druckgefühl zu Wort meldete. Er wechselte die Sitzposition und schob Beine und Gesäß etwas nach vorne, um das Bedürfnis des Wasserlassens davon zu schieben. Das Tageslicht wurde langsam, aber merklich weniger. Der Tag, den sie im Auto und auf Rastplätzen verbracht hatten, war an ihnen vorbeigeflogen.

Kev öffnete das Handschuhfach, holte ein paar Landkarten hervor und blätterte planlos darin herum. »Lass mich mal schauen«, sagte Linda, »mein Onkel ist Geograf und ich war mal Pfadfinderin – ob ihr es glaubt oder nicht.«

Kev reichte die Kartensammlung nach hinten und nahm einen letzten tiefen Schluck aus der Dose, die er gleich darauf mit einer Hand zerquetschte und zu den anderen in den Bodenraum des Beifahrersitzes legte. »Karmen sagt, dass wir das bald alles auf dem Handy machen. Also Karten lesen und so«, sagte Lukas ungläubig. »Mit so einem Knochen hier«, warf Kev ein und hielt sein schwarzes Nokia 5110 wiegend in der Hand. »Die Zukunft ist ungeschrieben«, meldete sich Linda zu Wort, »fahr mal in etwa fünf Kilometern ab, 'Vockenthal' müsste die Abfahrt heißen. Da gibt es ein paar Seen, da finden wir bestimmt ein schönes Plätzchen.«

Lukas setzte den Blinker frühzeitig als er wenig später das Hinweisschild mit der Ausfahrt »Vockenthal« erblickte. Einem kleinen LKW folgend, fuhren sie von der Autobahn ab. Der LKW schwankte in der scharfen Rechtskurve sichtlich. »Lass den Remmi ran – Reinigung Remmi Ranov«, stand in auffällig orangefarbener Schrift auf dem Heck des LKW. »Remmi – das habe ich ja noch nie gehört, das ist doch bestimmt erfunden, damit es besser klingt«, sagte Linda und blickte von den Karten auf, »an der Ampel müssen wir links abbiegen.«

»Remmi Ranov, Remmi Ranov, Remmi Ranov«, flüsterte Kev leise vor sich hin.

»Was ist los mit dir? Verhext du gerade den LKW vor uns?«, fragte Lukas belustigt.

»Remmi Ranov, das ist ein Zeichen!«, sagte Kev.

»Was ist los?«, mischte sich Linda von hinten ein.

»Remmi Ranov – das ist ein Anagramm zu »Immer voran«, sagte Kev stolz. Linda brachte ein leises »Interessant« über die Lippen. Lukas schwieg, er musste erstmal verstehen, was Kev gemeint hatte, konnte die Buchstaben letztlich aber zusammenpuzzeln und sich erschließen, was ein Anagramm war. Er lobte das Wortspiel, nicht nur, weil es wunderbar zu ihrer Situation passte: »Grandios diese Sache mit den Anagrammen, merke ich mir! Also: immer voran! Das sollten wir uns vielleicht bei nächster Gelegenheit tätowieren lassen.«

»Einen Tattoo-Laden gibt es hier wohl eher nicht«, sagte Linda, »aber wenn du an der dritten Straße rechts abbiegst, sollten wir einen Platz zum Übernachten finden.« Lukas war immer noch begeistert von Kevs Wortspiel, so stumpfsinnig er auch manchmal wirkte, so oft hatte er ihn nun schon überrascht.

Lukas bog rechts ab und fuhr den Kadett in eine Straße, die sich nach einigen hundert Metern verengte, so sehr, dass zwei Autos kaum noch aneinander vorbei passen würden. Zum Glück war weit und breit keines zu sehen, auch nicht als Lukas die Straße, die sich an Bäumen und Dickicht vorbeischlängelte, per Fernlicht ausleuchtete, weil es hier, zwischen den Bäumen schon ziemlich düster war.

Hinter dem Grün auf der rechten Seite konnte man nach wenigen Minuten bereits Wasser erahnen. Der erste von drei nah beieinander liegenden Seen, wie Linda mit Blick auf die Karte erklärte. Lukas genoss es, langsam durch die Landschaft zu fahren und dabei hinauszublicken. Den anderen schien es ähnlich zu gehen: Sie schwiegen ebenfalls. In einer leichten Linkskurve erkannte Lukas einen Schotterweg, der rechts abging. Kurzentschlossen bog er ab und fuhr im Schritttempo über den Kies, der unter den Reifen des Kadetts knirschte und tanzte.

Der Weg endete nah am Ufer des Sees, unter ein paar hohen Bäumen, mit Blick auf das Wasser und einen Steg, der mindestens fünf Meter in den See führte. Mit einem letzten Glucken verstummte der Motor des Kadetts. Lukas blickte auf das Wasser, auf dem sich die letzte Helligkeit des Tages spiegelte und in den seichten Wasserbewegungen mit Licht und Schatten spielte. Linda war an den Rand der Rückbank gerutscht, hielt sich an den Kopfstützen der vorderen Sitze fest und blickte durch die Windschutzscheibe.

Kev rührte sich kaum, auch sein Blick ruhte auf dem Wasser. Diese schweigsamen Minuten fühlten sich verdammt gut an, dachte Lukas, zufriedenstellend und heimelig, trotz oder gerade wegen der beiden Menschen in dem entwendeten Auto seiner Oma, von denen er mindestens einem immer noch nicht ganz über den Weg traute. Lukas ließ sich ein Stück tiefer im Fahrersitz sinken, um das wohlige Gefühl noch kurz erhalten zu können, bevor er seiner Blase nachgeben müsste.

Grün

Mit quietschenden, über den Asphalt scheuernden Reifen fuhren sie los. Sie schwiegen beide, er konzentrierte sich bewusst auf den Verkehr schaute manchmal verstohlen zur Seite, um ihren Blick zu überprüfen, der weiter starr und undurchsichtig nach vorne gerichtet war. Die nächste Ampel sprang auf Rot, er bremste langsam, schaltete in den Leerlauf und drehte den Kopf leicht zur Seite, um aus dem Augenwinkel zu ihr herübersehen zu können. Als sich ihre Blicke in einer Rechtskurve trafen, schaffte er es nicht, ihr in die Augen zu sehen. Trotzdem konnte er erahnen, wie sich ihre Mundwinkel Stück für Stück nach oben arbeiteten.

Er beugte sich nach vorne über das Lenkrad und konnte deutlich sehen und hören, wie sie kicherte. Seine ehemalige Bäckereiverkäuferin, die er ab sofort offenbar Hasi nennen durfte, hielt sich die linke Hand immer wieder vor den Mund und prustete von neuem los, wischte sich bald die Freudentränen aus den Augen. Er hatte schon seit Ewigkeiten nicht mehr einen solchen Lachkrampf erlebt, wahrscheinlich noch nie, auch in der kurzen Zeit nicht, in der er entschlossen mit dem Kiffen angefangen und es nach wenigen Wochen wieder aufgegeben hatte, weil er es einfach nicht vertrug und sich schlicht lächerlich dabei vorkam.

Sie lachten und kicherten, laut und lauter, so als wären sie nicht allein in diesem Auto, sondern auf der Welt. Die Realität dröhnte durch das langsam aggressiver werdende Hupen herüber. Die Ampel war schon länger grün, das erste Auto scherte aus und überholte sie. Sie lachten.

Das nächste Auto überholte sie, ein sportlich übertrieben großes Auto, der Fahrer ließ das Fenster herunter, beugte sich über den Beifahrersitz zu ihnen hinüber und wütete, während er wild mit der Hand gestikulierte. Klaus blickte kurz zu ihm hinüber und dann zu Frau Hase: ihre Wangen bebten, ihre Augen blitzten, beide brachen erneut in lautes Gelächter aus. Der Stinkstiefel raste weiter, die Ampel sprang wieder auf Rot und der nächste Lachschub folgte.

Die Lacher ebbten langsam ab, brachen nur noch leicht aus, als die Ampel auf Grün sprang, Klaus rechts abbog und Frau Hase ihr Schweigen brach:

»Wie heißt du überhaupt?«

»Klaus.«

»Wenn du mich Hasi nennst, nenn' ich dich Klausi. Lass uns zum Flughafen fahren, Klausi!«

Sie grinste selbstbewusst, musterte ihn zügig von den Knien bis zum leicht schütteren, ergrauten Haar und blickte wieder geradeaus durch die Windschutzscheibe.

»Wenn du es sagst, Hasi!«, grinste er breit zurück, setzte den Blinker und bog auf die Stadtautobahn ab. Sie schaltete das Radio ein, drückte mit ihren langen Fingernägeln auf die Sendertaste und wechselte nach wenigen Sekunden zum nächsten Sender, weil ihr die Musik nicht gefiel.

Beim vierten Sender drehte sie lauter: *Thunder Road* von Bruce Springsteen tönte aus den Boxen. Hatte sie etwa auch noch Musikgeschmack? Klaus war zwar kein Musikkenner, aber Springsteens Album *Born To Run* kannte er, er hatte es einst sogar geliebt, in der kurzen Phase, in der er sich intensiv mit Musik beschäftigt hatte.

Frau Hase war Musik ziemlich egal, zumindest interessierte es sie nicht, welche Musikrichtungen es gab, was der Unterschied zwischen einem Album und einer EP war und wer überhaupt hinter den Menschen und Maschinen steckte, die ihr die Musik aus dem Radio präsentierten. Sie hörte Musik für den Moment, dann aber intensiv – und das hier konnte sie gerade fühlen, es passte zu ihrem spontanen Erlebnis von Freiheit, traf sie im Magen und im Kopf, sogar leicht in den Hüften, die etwas kreisten und sich links und rechts am Sitz stießen. Er trommelte mit den Fingern aufs Lenkrad und steuerte in der Abenddämmerung den Flughafen in Düsseldorf an.

Schlingern

Sie saßen noch einige Minuten im Auto, ohne ein Wort zu sprechen. Als sie ausstiegen, war der Abend bereits über den See hineingebrochen und breitete sich zügig aus. Wortlos legten die drei ihre wenigen Habseligkeiten an das Ende des Steges: keine übergroßen Bierdosen mehr, aber ein angetrunkener Kev, der eine Isomatte und eine Jacke aus seinem Seesack gefischt hatte und diese in die Mitte legte. Erst bot er Linda, dann Lukas einen Platz auf seiner Matte an. Kev machte auf gut erzogenen Schwiegersohn und nahm auf seiner Jacke Platz.

Lukas schaute über den See, der sich in der Mitte verengte und dahinter im Nebel verschwand. Darüber erstrecke sich Wald, soweit die Augen blicken konnten. Lukas setzte sich neben Linda auf die Isomatte und alle drei legten ihre Vorräte in der Mitte zusammen. Lukas konnte sich nicht entscheiden, ob es ein romantischer oder ein armseliger Anblick war: vier Flaschen Wasser, drei davon nicht mehr voll, eine Tüte Salzchips, zwei gelb-braune Matschbananen, zwei trockene Brötchen, eine angefangene Schachtel Kekse, eine Packung Kaugummis und eine teure Flasche Wein, die Linda zuhause hatte mitgehen lassen.

»Hat jemand einen Korkenzieher dabei«, fragte Linda und reichte die Kekse herum. »Romantisch«, dachte Lukas, denn allein der Fakt, dass sie ohne Worte ihr Proviant teilten, verlieh ihm ein Gefühl, das er lange nicht mehr gespürt hatte. Er dachte an Karmen, die ungern teilte. Nicht nur ihr Zimmer, sondern auch ihre Habseligkeiten und Lebensmittel.

Aus Höflichkeit hatte sie sich nach einiger Zeit angewöhnt, Lukas in Ausnahmefällen einen ihrer Vanillejoghurts abzugeben, auch wenn es ihr jedes Mal spürbar schwerfiel. Dabei hatte Karmen immer zahlreiche dieser Joghurts im Kühlschrank, ordentlich einsortiert in Zweierreihen, mindestens sechs, im Idealfall acht oder zehn – jedenfalls immer eine gerade Anzahl. Sie aß also stets mindestens zwei Joghurts hintereinander, manchmal auch vier, damit nichts durcheinanderkam. Vielleicht hatte sie auch nur deshalb mit Lukas geteilt, um selbst nur einen Joghurt essen zu müssen und trotzdem wieder bei einer geraden Anzahl zu landen.

Allemal besser als sein Vater, dachte Lukas, der früher oft brüderliches Teilen gepredigt hatte, ohne einen Bruder gehabt zu haben und ohne die Wurst auf dem Brot oder die letzte Flasche Bier teilen zu wollen. Einmal hatte Lukas ihn heimlich dabei beobachtet, wie er sich vor dem Abendessen gierig zwei Brote mit Salami geschmiert und diese verschlungen hatte, um anschließend bei Tisch die letzte Scheibe gespielt großzügig aufzuteilen. Die eine Hälfte für sich, die andere für Lukas und seine Mutter.

»Haaaallo, zählen die Schafe dich schon an?«, fragte Kev und schlug Lukas mit der Außenhand leicht gegen die Schulter.

»Was? Nein, ich war in Gedanken. Ich nehme noch einen Keks, danke.«

Linda hielt ihm die Packung hin und Lukas puhlte umständlich darin herum, blickte Linda dabei möglichst beiläufig kurz in die Augen. Er konnte sich erneut nicht gegen seine Gedanken wehren: Die hat doch irgendetwas zu verbergen, dachte er. So eine seltsam zerstörte, eigentlich tadellose junge Frau lässt sich doch nicht auf einem Rastplatz auflesen. Er konnte den Gedanken in keine vernünftige Richtung weiterdenken – und nachfragen wollte er natürlich auch nicht.

Als könnte sie ihn lesen, begann Linda kurz darauf zu erzählen: »Ich bin so froh, euch getroffen zu haben. Davor war mein Trip die Hölle!« Sie nahm einen großen Schluck aus der Weinflasche, reichte sie an Kev weiter und berichtete ausführlich von ihrem langweiligen Landleben, von ihren unerträglichen Eltern, von ihrer Flucht und von der Mitfahrgelegenheit im Porsche des schmierigen Zahnarztes, der sie einst auf dem Behandlungsstuhl so ekelhaft begrapscht und belästigt hatte und in dessen Auto sie zwischenzeitlich gefangen gewesen war.

Linda schloss die Augen und schwieg, nahm die Weinflasche in Empfang, die schon die dritte Runde drehte. Sie trank einen weiteren Schluck, ekelte sich vor dem teuren Wein, auf den ihre Eltern so viel Wert legten und der ihr deshalb noch schlechter schmeckte als sonst, und ekelte sich vor sich selbst, dass sie die Sache mit dem Zahnarzt vergessen hatte und in seinem Auto gelandet war.

Über den See hörte man den schrillen Ruf einer Eule herüberhallen und hin und wieder das Wasser, weil eine kleine Welle überschwappte oder ein Tier sich im See bewegte. Ansonsten war es hier draußen so still, wie Lukas es schon lange nicht mehr, vielleicht noch nie erlebt hatte. Keine Geräusche von Autos, Straßenbahnen oder Flugzeugen, kein Surren des Computers oder anderer elektronischer Geräte – stattdessen Stille, so sehr man auch lauschte, in den meisten Momenten war wirklich nichts zu hören. Er genoss diesen Moment und die Wärme, mit der sich der Wein in seinem Körper ausbreitete. Er fühlte sich seltsam wohl hier draußen und mit diesen beiden Menschen.

»Und wie bist du diesen grapschenden Quacksalber wieder losgeworden?«, unterbrach Kev die Stille. Lukas war entsetzt von seiner Direktheit, bewunderte sie aber auch gleichermaßen, weil er sich niemals getraut hätte, danach zu fragen, auch wenn es ihn ebenfalls brennend interessierte. Linda nahm die Frage gelassen, zumindest äußerlich, und berichtete vom abrupten Ende ihrer ersten Mitfahrgelegenheit: »Wir sind auf der rechten Spur der Autobahn gefahren, natürlich nicht langsam, weil dieser ekelhafte Typ – ach, egal, jedenfalls explodierte plötzlich ein Feuerwerk, direkt über uns. Der Drecksack hat sich so erschrocken, dass das Auto ins Schlingern geriet und wir in die Leitplanken geschleudert wurden. Er war verletzt und konnte sich kaum bewegen, ich habe glücklicherweise nur ein paar Schrammen abbekommen, wie man sieht. Dann bin ich kurzentschlossen einfach abgehauen und habe ihn zurückgelassen. Und dann kamt ihr, quasi meine Rettung. Auf euch!«

Sie hob die Weinflasche und trank sie mit einem langen Schluck leer. Die beiden guckten erst Linda und dann sich ungläubig an. Dieses Mal brachte selbst Kev nichts über die Lippen.

Zielen

Es fühlte sich an, als würden sie über die Autobahn gleiten. Die kleinsten Bewegungen am Lenkrad reichten aus, damit er die Fahrspuren nach Belieben wechselte. Das Licht brach sich glänzend auf dem Asphalt und im Radio lief diese neumodische Art von HipHop, von der er überhaupt keine Ahnung hatte, die ihn gerade aber wohlig umspülte: Der Rapper singrappte von »Ladys«, von »Mama« und davon, um den Block zu fahren, dabei wurde seine Stimme durch diesen Effekt gejagt, den Cher damals schon benutzt hatte und mit dem man nicht schief singen konnte.

Der Beat im Hintergrund klang nach der Zukunft, wie man sie sich in den 80er Jahren vorgestellt hatte. Eigentlich war das auch nur ein 80er-Revival in HipHop-Kleidung, dachte er abschätzig und fühlte sich trotzdem gut, wenn er leicht mit dem Kopf nickte und mit den Fingern auf dem Lenkrad trommelte.

Sie wippte mit den Knien und beide lauschten dem Song und der tiefen Stimme des Radiomoderators. Die beiden redeten nicht miteinander, was überhaupt nicht unangenehm war, weil sie sich spürbar einig waren in ihrem Schweigen und ihrer Sache: Sie wollten los, sie wollten weg und standen kurz vor dem Start.

»Warst du schon mal auf Madeira?«, brach Frau Hase das Schweigen, als gerade die letzten Töne eines Songs ausgeblendet wurden.

»Nein. Ich reise wenig«, übertrieb er, denn wenn er ehrlich war, hatte er die Landesgrenzen in den letzten 20 Jahren nicht verlassen. Seine weiteste Reise hatte er damals mit seiner Tante angetreten, die ihn als er 17 war für drei Wochen mit nach Island genommen hatte, wo er sich den Arsch abgefroren und sich gefragt hatte, was den Menschen an so einem kargen, kalten Land gefiel, in dem die Menschen Fische fermentieren und Innereien verspeisten. Zumindest waren das die Dinge, die ihn damals gestört hatten und an die er sich jetzt noch erinnern konnte.

»Ich liebe Madeira – die Strände, die Gärten und die Berge. Und die Menschen.«

»Kommt da nicht auch dieser eine Fußballspieler her?«

»Möglich. Bei mir hat er sich noch nicht vorgestellt.«

»Warst du schon oft auf Madeira?«

»Noch nie, aber ich möchte unbedingt mal dort hin.«

»Ja, ist bestimmt schön dort. Wir schauen gleich mal.«

Er war etwas irritiert von Frau Hase. Was gefiel ihr an den Menschen und Gärten auf dieser Insel, wenn sie noch nie dort war? Er fragte besser nicht nach, um die gute Stimmung nicht zu stören. Denn er fühlte sich weiterhin pudelwohl, während er beide Hände am Lenkrad hatte und sie anfing, an ihren Nägeln zu feilen. Sie wechselten die Autobahn und konnten kurz darauf, Weiß auf Blau, das kleine Flugzeug auf einem Hinweisschild sehen. Sie genossen den Moment und blickten sich nur selten mit einem milden Lächeln an. Er beschleunigte den Wagen noch mal, bevor er die Autobahn verließ und den »Abflug«-Schildern folgte.

Viel war nicht mehr los am Flughafen, vielleicht lag es daran, dass es schon fast neun Uhr abends war, vielleicht auch daran, dass er so lange nicht mehr an einem Flughafen gewesen war und nicht wusste, wann hier viel los war und wie sich das auf den Straßen und Wegen äußerte. Er fuhr so nah wie möglich an das Terminal, ignorierte die Schilder, die das Parken stark reglementierten, und stellte das Auto auf dem erstbesten freien Platz ab.

Frau Hase war mit den Feinheiten ihrer Fingernägel beschäftigt und blickte nur ab und zu auf. Sie verließ sich auf Klaus, der dies zufrieden registrierte, sich aber bemühte, es nicht zu zeigen. Er zog die Handbremse langsam fest und lauschte dem schrittweisen Klackern, der sich festbeißenden Bremse.

»Da wären wir also«, sagte er mit leichter Verlegenheit und kramte nach etwas Brauchbarem im Fach der Fahrertür und danach im Handschuhfach, wobei er sich ungeschickt über Frau Hases Beine lehnte und diese berührte. Sie zuckte zwar nicht zurück, trotzdem hatte er ein ungutes Gefühl dabei, zumal er im Handschuhfach natürlich nichts Brauchbares fand, was man für eine Reise gebrauchen konnte, dessen Ziel noch unbekannt war. Immerhin hatte er seine Sporttasche dabei, die er mit einem Griff auf die Rückbank nach vorne hob und ungelenk auf seinem Schoß verstaute.

»Na dann mal los – auf geht's, Klausi!«, sagte Frau Hase und klatschte sich aufmunternd auf die Oberschenkel. Er zögerte, spürte langsam Unsicherheit in sich aufkommen, als würde sie aus seinem Magen die Speiseröhre hochkriechen, als hätte sie sich da unten verschanzt und müsse jetzt ans Tageslicht. Er blickte auf die Uhr: Erst vor etwas mehr als einer Stunde hatte er Frau Hase beim Bäcker mitgenommen, es kam ihm vor, als wäre es Tage her, so vertraut und doch absurd war ihre spontane Fahrt zum Flughafen, wo sich ihre Reise fortsetzen sollte – wohin auch immer. Frau Hase schien sich ihrer Sache sehr sicher zu sein, was ihn anfangs mitgezogen hatte, jetzt irritierte es ihn. »Ja, Hasi! Auf geht's! Damit der Flieger nicht ohne uns geht«, sagte er und öffnet die Fahrertür.

Seeheim

Lukas winkelte seine Beine an und versuchte, noch tiefer in den Schlafsack zu krabbeln, ihn noch fester zu schnüren. Ihm war über Nacht verdammt kalt geworden, obwohl er damit gestern, in der alkoholisierten Euphorie überhaupt nicht gerechnet hatte. Doch über den See wehte ein leichter, stets kühler Wind herüber zum Steg, gegen den sein Schlafsack nicht gewachsen war, zumal die Kälte auch von unten heraufkroch.

Immerhin hatte es nicht geregnet, sonst hätten sie die Nacht womöglich zu dritt im Auto verbringen und im Sitzen schlafen müssen oder wären hier draußen eins mit dem Wasser geworden. Gestern hatte niemand auch nur einen Gedanken an möglichen Regen verschwendet, sie waren wie selbstverständlich – und auch ein bisschen betrunken –auf dem Steg eingeschlafen, gebettet auf zwei Isomatten und ein paar Jacken.

Lukas öffnete die Augen, es dämmerte bereits, bald würde die Sonne für etwas Wärme sorgen. Auf dem Ast eines Baumes sah er fünf Vögel sitzen, alle im genau gleichen Abstand zueinander. Er kniff ein Auge zu, nahm Maß, um die Abstände zu kontrollieren, die tatsächlich auf den Zentimeter genau gleich und beabsichtigt aussahen. Als müssten die dunklen Vögel, Dolen vermutete er, aus irgendeinem Grund genau diesen Abstand zueinander einhalten. Vielleicht um sich nicht in die Quere zu kommen, wenn sie plötzlich fliehen müssten, vielleicht um sich nicht gegenseitig anzustecken, womit auch immer. Wenn er die Augen etwas zukniff, konnte er sich die von den Federn farblich leicht abgesetzten Schnäbel als kleine Masken vorstellen, die die Vögel zum Schutz trugen.

Er drehte sich auf den Rücken, blickte in den leicht bewölkten Himmel, der wirklich nicht nach Bilderbuchatmosphäre aussah und trotzdem wunderbar auf ihn wirkte. Er überlegte, ob er Linda davon erzählen sollte, dass es vermutlich Kev und er gewesen waren, die sie mit dem Abfeuern der beiden Raketen aus den Klauen des perversen Zahnarztes befreit hatten. Natürlich würde er sich selbst gerne als Helden dargestellt sehen, ahnte aber auch, dass die Ehre letztlich wieder mal an Kev hängen bleiben würde, der die bescheuerten Raketen schließlich in seinem noch bescheuerteren Riesenseesack mitgebracht hatte. Warum! Auch! Immer!

Zudem würde es vielleicht komisch aussehen, erst heute davon zu erzählen. Warum hatten sie nicht direkt etwas gesagt? Lukas war gestern jedenfalls einfach zu erstaunt gewesen, um auf Lindas Erzählung reagieren zu können, zudem hatte er auch nicht taktlos wirken wollen. Das überließ er lieber Kev, vielleicht würde es sich irgendwann auszahlen.

Es ertönte erneut der schrille Ruf einer Eule, der genauso klang wie gestern, dieses Mal aber nicht so weit entfernt. Lukas war sich sicher, die gleiche Eule heraushören zu können. Er konnte sie sich sogar bildhaft und lebendig vorstellen, wie sie gut getarnt in einem Baum saß und das ungewöhnliche, amateurhafte Treiben auf dem Steg beobachtete.

Vielleicht war sie gestern durch die abendliche Ruhestörung erwacht und meldete sich nun wieder ab, ging schlafen, antizyklisch zu den drei Besuchern. Wenn dem so ist, dachte er, müsste er jetzt also aufstehen. Wieso eigentlich nicht? Schlafen konnte und wollte er ohnehin nicht mehr, außerdem könnte er so in Ruhe Wasser lassen, was sich so langsam unangenehm aufdrängte, so sehr er auch nach einer Liegeposition suchte, die seine Blase entlastete. Er schälte sich umständlich aus seinem Schlafsack, zog sich die feuchte Jacke über und die Schuhe an. Am Ufer des Sees ging er entlang, um sich vom Auto und den beiden Gefährten zu entfernen.

Über dem Wasser des Sees schwebte ein beruhigender Nebel, der sich in den hohen Gräsern des Ufers verlor. Ein leichter Wind ließ die Äste der Tannen und Bäume erzittern. Offenbar ein gesunder Mischwald, mutmaßte Lukas, auch wenn das nur gefährliches Halbwissen war, so wenig hatte er sich auf die Inhalte der Mittel- und Oberstufe konzentriert – nicht nur in Biologie. Das Grün der Pflanzen, das bald vom Herbst verdrängt werden würde, wirkte auf ihn jedenfalls so intensiv wie nie zuvor.

Der schmale Pfad entfernte sich für einige Meter vom See und führte über eine Waldlichtung wieder zum Wasser. Lukas blickte zurück, er konnte den Steg und den Standort des Autos nur noch erahnen. Seine gut gefüllte Blase hingegen war Gewissheit. Er trat ans Ufer und entleerte sie in das Dickicht der Uferzone. Es war ein befreiendes und zugleich beruhigendes Gefühl, dabei auf die harmonische Ganzheit des Sees zu blicken, dessen Ruhe vom lauten Plätschern des druckvollen Strahls durchbrochen wurde.

Er folgte dem Pfad weiter, wollte mehr sehen, die Stille und die Einheit mit der Natur genießen, vielleicht sogar den See umrunden, bevor seine Mitstreiter wach waren, denen er dann von seinem frühmorgendlichen Erlebnis erzählen konnte, wie Eltern ihren uninteressierten Kindern. Plötzlich musste er an Luke Skywalker denken und daran, wie ihm Darth Vader einen der berühmtesten Sätze des Kinos offenbart: »Ich bin dein Vater, Luke!« Wie nachhaltig und heftig ihn diese Szene damals getroffen hatte und wie oft er sie danach noch gesehen, gehört und zitiert hatte.

Heute spürte er zum ersten Mal Neid für den jungen Luke Skywalker, der in der Szene zwar alles andere als glücklich aussieht, der seinen Vater aber für einen Moment so nahbar und verletzlich, so emotional und ehrlich erlebt, wie Lukas es noch nie in seinem Leben erfahren hatte. Lukas wusste nicht einmal, wo sein Vater aktuell lebte, hatte ihn seit Jahren nicht gesehen oder gesprochen, ihn andererseits aber auch nicht sonderlich vermisst.

Er versuchte sich abzulenken, indem er seine Umgebung intensiv beobachtete, entdeckte einen leuchtend blauen Vogel, der im Zickzack über den See flog und zwischen den Bäumen verschwand. Er vermutete, die Hälfte des Sees bereits umrundet zu haben, und hielt deshalb umso mehr an seinem Vorhaben fest, diesen Weg auch zu Ende zu bringen. Der Pfad schlängelte sich weiter am Ufer entlang, über Wurzeln und andere Unebenheiten, vorbei an Baumstümpfen und Brennnesseln.

Hinter einer Reihe von Bäumen tauchte leicht erhöht ein großes Gebäude auf, das mit seiner breiten Terrasse und den darauf platzierten und deplatziert wirkenden Tischgruppen, den langen Balkonen und großen Fensterfronten ziemlich eindeutig nach einem Seehotel aussah – ein in die Tage gekommenes, längst geschlossenes. Lukas verließ den Pfad einige Meter, um sich das Gebäude genauer ansehen zu können.

Die großen Scheiben, durch die man einen großen Essenssaal erahnen konnte, waren von grünem Pflaum verschmutzt, im Inneren waren Teller und Gläser und die Überreste einer stillgelegten Gastronomie zu erkennen. Er stellte sich die hier anwesende Gesellschaft vor, wie sie in guten Zeiten bei noch besserem Wetter den Ausblick und dazu einen Kaffee zur Torte oder einen Weißwein zum Fischfilet genoss. Familien aus der Gegend, Angler bei der Mittagspause, unangenehme Menschen mit Segeljacken, Frauen und Männer, die mit ihrer heimlichen Affäre ein Liebeswochenende verbrachten, bevor endgültig alles aufflog.

Es waren offenbar nicht genug Menschen gewesen, denn der Charme dieses kleinen Idylls war verlebt und heruntergekommen. An den Fenstern der Hotelzimmer hingen unterschiedliche Gardinen, hinter einer brannte Licht, an der Hauswand lehnten diverse Fahrräder. Aus den Hotelzimmern des Seehotels waren offenbar Wohnungen geworden, Unterkünfte viel mehr, sagte Lukas sein nicht ganz von Vorurteilen befreiter Blick. Mit kleinen Schritten ging er weiter, genoss die Einsamkeit und Ruhe, hörte das Zwitschern zweier Vögel und ein Platschen auf dem Wasser, vermutlich ein Fisch, der vor Freude aus dem Wasser gesprungen war, dachte Lukas, der zwar nicht den Fisch, aber das Wasser sehen konnte, das sich ringförmig vom Epizentrum nach außen verteilte.

Zurück am Steg fühlte er sich noch mehr wie der Erwachsene in diesem wenig erwachsenen Reisetrupp: Linda und

Kev hatten sich keinen Zentimeter bewegt, lagen auf dem nasskalten Holz und schliefen. Er überlegte, sie zu wecken, denn es zog ihn weiter, doch fühlte er sich nicht berechtigt dazu, auch wenn er der Fahrer und Initiator war.

Er entschied sich, das Auto aufzuräumen, um die Weiterfahrt angenehmer und die Abfahrt zügiger zu gestalten, sammelte Müll aus dem Fahrerraum in einer Plastiktüte und schüttelte die Fußmatten halbherzig aus. Im Kofferraum lag Kevs Seesack und begrub alles andere unter sich. Lukas schloss die Heckklappe wieder, so wuchtig, dass der Schall über den See hallte und vielleicht sogar drüben am ehemaligen Hotel zu hören war. Zumindest bei Kev war der Knall angekommen, er schreckte hoch, machte einen langen Hals und drehte seinen Kopf erst Richtung See, blickte dann Lukas unmotiviert an und legte sich wieder ab.

Zehn Minuten, zwei Katzenwäschen und wenige Worte später standen alle drei abreisebereit am Auto, blickten noch einmal über das Wasser und stiegen ins Auto ein. Mit Selbstverständnis öffnete Lukas die Fahrertür, auf der Beifahrerseite kam es zu einer kurzen, wortlosen Irritation, ob der Sitzverteilung. Linda und Kev tauschten Blicke aus, woraufhin Kev sich nach hinten und Linda sich auf den Beifahrersitz setzte. Lukas startete den Motor. Weiter voran!

Portoprofi

Mit ihrem Gepäck unter den Armen, sie mit ihrer Hand-, er mit seiner Sporttasche, erreichten sie das Terminal. Es fühlte sich an wie in einem Film, als würde im Hintergrund eine Jazz-Band spielen und beim Betreten des Terminals ein kurzes Trompetensolo ihre ersten Schritte begleiten, während ihnen das wilde Treiben in der Abflughalle in ihrer verschworenen Zweisamkeit nichts anhaben konnte.

Vor einer Abflugtafel blieben sie stehen: Nürnberg, Mailand, Madrid, Athen, Porto. Frau Hase bewegte ihren Kopf auf und ab, ab und auf, von links nach rechts und machte dann leicht kreisende Bewegungen, mit dem Kopf und mit dem ganzen Körper. Sie tänzelte leicht und kaute dabei auf einem Kaugummi. Er stand neben ihr, leicht nach hinten versetzt und beobachtete sie bei ihrer Suche. Ihm selbst war das Ziel der Reise weiterhin egal, Hauptsache weg. Er dachte an das Klavier, stellte sich einen grimmig guckenden und rauchenden Polizeikommissar vor, der das zerschmetterte Musikinstrument untersuchte und seine Fährte aufnahm.

»Und?«, fragte er und blickt Frau Hase erwartungsvoll an, um sich von diesem Gedanken zu lösen. Sie reagierte nicht, ließ ihre Augen und den Kopf weiter kreisen, ihr Becken stand dieses Mal still. Er sah sich in der Abflughalle um und fragte sich, ob und vor allem wo sie überhaupt noch ein Ticket für die Flüge auf der Anzeigetafel bekommen sollten.

»Hasi«, sagte er bestimmt, »wohin soll die Reise denn gehen? Unsere kleine Reise ins Ungewisse«, schob er den Halbsatz noch hinterher, weil ihm seine Frage etwas zu hart formuliert geklungen hatte. Sie hörte nicht hin, kreiste kurz weiter, fokussierte ihren Blick und hielt den Kopf still: »Wir fliegen nach Porto. Ist zwar nicht Madeira, nicht mal eine Insel, aber da soll es trotzdem toll sein, habe ich beim Friseur gehört.«

»Okay, ich bin Fan«, sagte er und schämte sich sofort für diese Floskel, die er noch nie gesagt, kürzlich aber im Fernsehen, in irgendeiner erbärmlichen Serie aufgeschnappt hatte. Frau Hase schien es nicht zu stören, sie grinste: »Fantastisch, dann kann es ja losgehen! Gib mir zehn Minuten!«

Sie drehte sich um und verschwand mit schnellen Schritten. So schnell, dass er nicht mal reagieren konnte, nur noch ein paar unverständliche Laute von sich gab. Er stellte seine Sporttasche vor das braune Etwas, das neben einer traurig guckenden, gelben Ente und einem Tier stand, das wie eine Mischung aus Hund und Bär aussah. Die beiden Tiere und das Ding, das einer sprechenden Kackwurst ähnelte, waren Teil einer Ausstellung, die in der Abflughalle an Kulturgut der DDR erinnerte, so erklärte es ein aufgestelltes Schild.

Er sah sich die arme Kackwurst an und kraulte ihr durch die hochstehenden weißen Haare auf dem Kopf. Wenn das hier Kultur war, dann würde es seine mittelmäßige Eigenkomposition vielleicht auch mal sein, dachte er und beobachtete die Menschen, die an den Ausstellungsobjekten vorbeieilten, sofern sie keine Kinder hatten, von denen sie aufgehalten wurden.

Neun von zehn Eltern sahen gestresst aus, ergab seine erste Hochrechnung, trotzdem verspürte er urplötzlich den Wunsch nach Kindern, den er in den letzten Jahrzehnten nicht von sich gekannt hatte. Er grübelte: Könnte Frau Hase die Mutter meiner Kinder sein, die ich mir nie gewünscht habe? Verspüre ich den Wunsch nach Kindern gerade nur, weil endlich mal eine Frau in Reichweite ist?

Er schämte sich vor sich selbst für diese Gedanken, schließlich kannte er Frau Hase gerade mal seit eineinhalb Stunden. Davor hatte er sie regelmäßig hinter der Theke beim Bäcker gesehen und war von ihrer unfreundlichen Art stets genervt und gereizt gewesen. Zeiten ändern sich, dachte er und sah Frau Hase, also Corinna, also Hasi, am anderen Ende der Halle auftauchen.

Sie würde für ihn auch aus einem Kilometer Entfernung aus einer Menschenmasse herausstechen: Ihr Gang, bei dem die Hüfte in leichter Asymmetrie hin und her schwankte, die Arme leicht affektiert vor und zurück schwangen und der Blick nach vorne gerichtet war, dazu ihre leicht gelockten, blonden Haare, mit den noch blonderen Strähnchen. Das war Frau Hase, sein Hasi, und was noch viel besser war, sie hielt voller Stolz etwas in der Hand, das nach ihren Tickets ins Glück aussah.

»Sind das Tickets nach Porto?«, fragte er ungläubig, nachdem sie sich schweigend angegrinst hatten und er die Antwort bereits unschwer in ihrem Gesicht ablesen konnte.

»Selbstverfreilich«, sagte sie und schnalzte mit ihrem Kaugummi.

»Halleluja! Wie hast du das gemacht?«

»Betriebsgeheimnis! Komm, wir müssen zu Gate 13!«

Er fragte nicht weiter nach und hakte sich bei ihr unter. Sie schlenderten durch die Abflughalle, schwebten durch die

Sicherheitskontrollen und erreichten schließlich das Gate. Auf einer freien Bank, die etwas abseits der anderen lag, ließen sie sich in die Sitze fallen.

»Erzähl mir von deinen Geheimnissen!«, sagte sie und lächelte ihn verführerisch an. Zumindest bildete er sich das ein, fühlte sich geschmeichelt, wusste aber zugleich nicht, was er antworten sollte.

»Geheimnisse? Wieso gleich alle?«

»Damit ich weiß, worauf ich mich einlasse, auf unserer ersten Reise.«

»Ich reise nicht gerne und bin noch nie geflogen.«

Sie blickte ihn mit großen Augen an, legte ihre Hände in den Schoß und grinst kurz unkontrolliert.

»Aber mit dir fliege ich überall hin«, ergänzte er und seine Mundwinkel gingen wie von Geisterhand gesteuert nach oben. Klaus war so verzaubert, dass er keinen Gedanken an Claudette verschwendete oder daran, dass er wohl noch nie in seinem Leben so romantisch gewesen war wie in diesem Moment. Am Gate wurde es unruhig: Gemurmel und Bewegung, die ersten Leute standen auf, stellten sich in die Schlange hinter die besonders Ungeduldigen, die schon lange dort gestanden hatten, um die Ersten der Ersten zu sein.

»Geht's los?«, fragte Klaus leicht verunsichert, der so knapp vor seinem Jungfernflug langsam nervös wurde. »Ja, Klausi. Gleich geht es endlich los«, sagte sie und tippte mit dem langen Fingernagel ihres Zeigefingers auf seine Nase. Ungewollt schreckte er zurück, ärgerte sich über seine Reaktion und suchte ihren Blick. Sie sah weder verwundert noch wütend aus. Glück gehabt, dachte er und suchte schnell das Gespräch, um ihr nicht die Chance zu geben, doch noch sauer zu werden.

»Warum drängeln die sich alle in die Schlange? Wir haben doch Sitzplätze reserviert, oder?«

»Haben wir, keine Sorge. Vielleicht fliegen die auch alle zum ersten Mal.«

»Die haben aber nicht so einen wundervollen Fluglotsen dabei.«

Schon wieder. Schon wieder so ein Kompliment aus seinem Mund. Wenn er es nicht selbst erlebt und gesagt hätte, würde er es nicht glauben. Frau Hase guckte ihn wie verzaubert an und Klaus fühlt sich wie der Pawlowsche Hund: Er wollte ihr am liebsten gleich das nächste Kompliment machen, damit er von ihren Blicken und ihrer Zuneigung belohnt wurde. Hoffentlich fiel mir bald noch eines ein, dachte er.

Als das im peinlichen Partnerlook gekleidete Paar – sie mit schwarzer Stoffhose und blassrosa Bluse, er mit schwarzer Jeans und rosa Wollpullover – als erstes ihre Ausweise und Bordkarten vorzeigen durfte, kam richtig Bewegung in die Sache. Eltern trommelten ihre Kinder zusammen, nahmen ihnen unter lautstarkem Protest die Handys weg und verstauten jede Menge Krempel in Rucksäcken, den sie zwischenzeitlich zur Unterhaltung ausgeräumt hatten, um letztlich doch feststellen zu müssen, dass nur das Handy half. Frau Hase kramte in ihrer Handtasche, steckte sich einen neuen Kaugummi in den Mund und kaute wild darauf herum: »Hier, Klausi, nimm auch einen, das hilft beim Start gegen Druck auf den Ohren!«

Ohne es zu hinterfragen, nahm er den Kaugummi entgegen

und kaute ihn ähnlich affektiert wie Frau Hase. Sie holte ihr Handy hervor und tippte darauf herum, steckte es wieder in ihre Tasche und blickte ihn an. Klaus fühlte sich erneut geschmeichelt, weil er ihr wichtiger schien als das Handy, an dem sie im Auto noch ständig zugange gewesen war.

Ihm fiel sein Handy ein, dem er grundsätzlich wenig Beachtung schenkte – warum auch, es meldete sich ohnehin niemand – und das schon seit Stunden in der Sporttasche steckte. Er öffnete die Seitentasche, ertastete das Handy, ließ es aber in er Tasche. Vielleicht besser so, dachte er, wer weiß, wer mittlerweile angerufen hatte.

Die Schlange bewegte sich Stück für Stück voran, Frau Hase und Klaus standen auf, um sich langsam einzureihen. Den Weg ins Flugzeug begingen sie untergehakt, was Klaus nicht nur gut gefiel, sondern ihm auch etwas mehr Sicherheit gab. Seine Restangst versuchte er zu überspielen, konnte sie mit Anblick des großen schweren Flugzeugs aber kaum zurückhalten. Wie soll so etwas bitte in der Luft bleiben? Das hatte er sich schon so oft gefragt, sich aber nie um eine Antwort bemüht. Im Flieger drängelten sich die Leute durch den Gang, warteten auf andere, die noch Taschen verstauten oder noch mal an das Gepäckfach mussten.

Er war heilfroh, als sie endlich ihre Plätze in der Mitte des Flugzeugs erreichten. Am Fenster ihrer Dreierreihe saß bereits ein grimmig guckender Mann. Er könnte Portugiese sein, dachte Klaus. Vielleicht war er sauer, weil er sich fragte, warum all die Leute in seine Stadt flogen und was sie dort wollten. Er würde es ihm kaum beantworten können, schließlich wusste er das selbst nicht genau.

Er nickte leicht mit dem Kopf in Richtung des Mannes und setzte sich in die Mitte der Sitzreihe, Gevatter Grummel zu seiner Rechten, Hasi zur Linken. Als der Flieger auf die Startbahn rollte, kaute Klaus kräftig auf seinem Kaugummi herum, so hatte es ihm Frau Hase geraten und so machte sie es auch vor. Er spürte den genervten Blick von Grummel Griesgram, als er gerade Frau Hases Hände umklammerte – beide und besonders fest.

Ob sie es nur zuließ, weil sie seine Angst spürte – er konnte vor Aufregung kaum darüber nachdenken. Das Flugzeug beschleunigte und er konnte vor Anspannung kaum atmen. Staunend beobachtete er Frau Hase, die grinste und vor Freude leicht zuckte. Als sie endlich die nötige Flughöhe erreicht hatten, legte sich seine Anspannung. Irgendwann lockerte Frau Hase den Griff ihrer beinahe verknoteten Hände und befreite ihre vorsichtig. Auch er zog seine Hände zurück, wenn auch unfreiwillig. Von rechts konnte er ein leises Stöhnen wahrnehmen. Immerhin hielt er die Klappe, dachte Klaus und blickte in die Sitzreihe gegenüber, auf der ein Paar schon seit dem Start nicht schweigen konnte.

Der Sitz am Gang war frei, vermutlich hatten sie ihn ebenfalls gebucht, um die ganze Reihe für sich zu haben und somit mehr Platz für Beine, Bauch, technische Gerätschaften und weiteres Profiequipment. Sie war blond, trug weiße schicke Klamotten und eine Duftwolke mit sich, die im Radius von mindestens zwei Metern penetrant roch. Zum Glück saß sie am Fenster, dachte Klaus, als er sich den Radius vorstellte.

Er, ein Profi in allen Belangen, trug Jeans und weißes Hemd, dazu eine dieser adretten Kurzhaarfrisuren, die kaum als Frisuren wahrzunehmen waren, weil sie selbst für Leute, die keinen Wert auf eine Frisur legten, langweilig aussahen. Dafür musste man nun wirklich nicht zum Friseur gehen, dachte Klaus, der Friseurbesuche nach Möglichkeit immer gemieden hatte, denn sie waren entweder anstrengend, weil er sich so viel unterhalten musste, oder beklemmend, weil er sich nicht unterhalten wollte oder konnte.

Der Profi hingegen unterhielt sich gerne, viel mehr unterhielt er seine Frau, ob sie zuhörte oder nicht. »...dann fliegen wir Richtung Norden und drehen ab. Da hinten steht eine alte R72«, hatte er beim Start gesagt. Jetzt betrachtete er die Decke über sich mit fachmännischem Blick: »Guck mal die Beleuchtung, das ist die neue Flotte, mit der sind wir noch nicht geflogen.« Sie stimmte zu, nickte ab. Jedes Mal. Sie konnte einem leidtun. Da hatte Frau Hase es mit ihm doch wirklich gut erwischt, dachte Klaus.

Der Profi kramte ein Tablet aus seiner Profitasche, die auf dem leeren Sitz lag. Mit großer Geste drückte er darauf herum und kommentierte mehr für sich selbst als für sie: »Ich wollte mal schauen, ob die Ordnerstruktur auch so angelegt ist, wie ich mir das gedacht hatte.« Sie nickte. Er stöpselte die beiden Kopfhörer und den Adapter ein, öffnete eine App und drückte auf »Play«. Mit einer Profihülle stellte er das Tablet auf seinem Ausklapptisch ab und hielt es fortwährend fest, während sie einen Film schauten.

Nur als die kostenlosen Sandwiches verteilt wurden, ließ er das Tablet kurz los. Klaus kaute auf seinem Sandwich herum, als er endlich aus der knisternden Plastikverpackung befreit hatte und das so sehr nach Pappe schmeckte, wie es aussah.

In seinem Mund vermischte es sich mit dem sich leicht auflösenden Kaugummi. Eine abscheuliche Kombination. Er verzog das Gesicht und schielte herüber zu Frau Hase, die ebenfalls angewidert auf ihrem Sandwich herumkaute. Sie grinsten sich an und lachten.

»Besser als gar kein Abendessen«, sagte sie, »in Porto bekommen wir sicherlich noch einen Nachtisch!«

»Bestimmt«, sagte Klaus unsicher, weil er sich fragte, ob das eine Anspielung von Frau Hase oder ob es nur sein Wunschdenken war.

Frau Hase beendete die unangenehme Situation, indem sie ihm mit dem Ellbogen leicht in die Seite stieß und zu dem Profipaar herüber deutete. »Es geht weiter«, flüsterte sie. Er hatte affektiert auf »Pause« gedrückt und die Kopfhörer abgelegt, um seiner Frau eine Frage zu stellen: »Wann werden die Reifen des Flugzeugs am meisten beansprucht?« Sie antwortete nicht, überlegte, hat keine Ahnung oder – und das ist am wahrscheinlichsten – ihr war es einfach egal. Ihn störte das allerdings nicht: »Beim Start oder bei der Landung?«

»Beim Start?«, antwortete sie nun doch fragend.

»Warum?«, fragte er triumphierend. Sie überlegte: »Weil der Druck so hoch ist bei der Geschwindigkeit.«

»Ja, aber warum?« Sie guckte demonstrativ aus dem Fenster. »Weil das Flugzeug schwerer ist – der Treibstoff.« Er grinste zufrieden. Sie schwieg. Frau Hase lachte und legte ihren Kopf an Klaus‘ Schulter.

Sauerei

Am Horizont tauchten Berge auf, massive Berge »Die Ostalpen«, sagte Linda beiläufig und die anderen zweifelten keine Sekunde daran, dass sie, die Rebellin aus gutem Hause, genau wusste, was sie da sagte. Der Anblick jedenfalls war beeindruckend. Lukas konnte sich nicht wehren, aber nach dem Erlebnis am See und diesem anmutenden Anblick des Bergpanoramas, entdeckte er offenbar den Naturburschen in sich, der sich bislang nicht mal mit einem Spaziergang, noch mit anderen Outdoor-Aktivitäten hatte anfreunden können.

»Wow, das sieht beeindruckend aus – aber hier leben…«

»Nein, danke!«, fiel Linda Lukas ins Wort, »da komme ich ja vom Regen in die Traufe, von einem Kaff ins nächste. Hier gibt es sicher nur noch mehr schlechte Traditionen: die Trachten, das Oktoberfest und die Schützenvereine – unerträglich!«

»Bier trinken und im Wald herumballern, klingt doch ganz unterhaltsam«, sagte Kev beiläufig, und weder Lukas noch Linda wussten, wie ernst er es meinte.

»Komm, wir probieren es einfach aus«, sagte Linda euphorisch, hielt sich mit beiden Händen an Fahrer- und Beifahrersitz fest und lehnte sich nach vorne.

»Was? Saufen und ballern?«, fragte Kev und lachte.

»Das Dorfleben! Wir suchen uns ein kleines Dorf mit Pension und verbringen dort ein paar Tage, mit guten Vorsätzen dem Dorf, den Menschen und der Natur gegenüber.«

Kev rümpfte die Nase. Lukas nutzte die Gelegenheit, um ihm zuvorzukommen: »Klingt super, ich bin dabei. Ich werde noch ein richtiger Naturbursche, Freunde!«

Er war von sich selbst überrascht, zum einen, wie locker er auf den Vorschlag von Linda eingegangen war, zum anderen darüber, dass er die beiden als Freunde bezeichnet hatte – was sie zweifelsohne waren. Wenn er, abgesehen von Karmen, noch Freunde hatte, dann saßen sie hier im Auto. Es fühlte sich jedenfalls richtig und gut an.

Auch Kev willigte ein, was hätte er auch anderes tun sollen. Sie fuhren weiter und beschlossen, nicht auf der Karte nach einem geeigneten Dorf zu suchen: Das Dorf würde schon zu ihnen kommen. Lukas träumte gerade davon, die Berge zu erklimmen, die sich am Horizont Meter für Meter bewegten, als Linda rief: »Da! Iffeldorf! Das ist es! Fahr hier raus!«

Lukas nickte und verließ die Schnellstraße, die zum Starnberger See führte. Sie mussten demnach auf einem ziemlich unsinnigen Weg hierhergekommen sein, vermutete Lukas, der den Starnberger See geografisch ungefähr einordnen konnte, ihre zurückgelegte Reiseroute hingegen nicht. Sei's drum, sie waren nicht mehr weit von ihrem nächsten Ziel entfernt. Sie durchquerten ein kleines Wohngebiet mit Häusern, Doppelhaushälften und vereinzelten Wohnungen, mit vielen Gartenzäunen, einem Selbstbedienungs-Obststand und vereinzelten Gartenzwergen.

»Oh, Gott! Das ist ja schlimmer als bei mir zuhause«, sagte Linda und krümmte ihren Körper zusammen, als hätte sie Schmerzen. In einer Einfahrt polierte ein Mann mit grauen Haaren und Schnurrbart sein Auto und blickte erstaunt auf, als die drei an ihm vorbeifuhren. Sein Hals drehte sich mit dem vorbeifahrenden Kadett mit.

»Was für eine freundliche Begrüßung«, sagte Lukas, der sich

wenig wohl und sehr beobachtet fühlte. Die Straße machte einen Knick und führte an großen Wiesen vorbei, an dessen Ende vereinzelt Obstbäume standen, dahinter eine Häuserreihe und am Horizont – die Berge, zum Greifen nah, in ihrer beeindruckenden Wucht aus grauer, unüberwindlicher Wand und Weiß auf den Spitzen. Der Anblick beruhigte Lukas, der den Wagen gerade in das nächste Wohngebiet steuerte, das mit Wiesen, einer Sitzbank und einer hölzernen Gemeindetafel wie der Bilderbucheingang eines Dorfs aussah.

Das erste, fast einsam dastehende Haus, hatte seinen Eingang in Richtung der Ankömmlinge ausgerichtet, und man konnte diesem dorftypischen Empfang kaum entkommen, wenn man Hunger und Kev auf dem Beifahrersitz hatte: Metzgerei Petermichl. Der Name, die lachende, nichtsahnende Kuh im Logo und die Verweise auf Partyservice, Familientradition und den angeschlossenen Gasthof, dazu Tagesangebote von Leber bis Haxe – nun waren sie wirklich im Dorf angekommen, dachte Lukas.

»Halt mal an, ich hab' richtig Kohldampf, ich könnte 'ne Bärenfamilie erlegen – als Vorspeise«, stieß Kev hervor. Lukas überlegte kurz, fuhr langsamer und schließlich auf den Parkplatz. Er parkte unmittelbar vor dem Schaufenster, die drei blickten also quasi direkt in die Fleischtheke, in der sich die rötlichen Scheiben, Stücke und Klumpen stapelten.

»Haben die auch vegetarisch?«, fragte Linda von hinten.

»Ich fürchte, die wissen nicht mal, was das ist«, sagte Lukas, »und ehrlich gesagt, habe ich auch nichts gegen ein Stück Fleisch. Frikadelle oder Schnitzel, am besten warm«, sagte er und spürte, wie sich Speichel in seinem Mund bildete. Er hatte es in den letzten Jahren immer wieder vergeblich probiert, auf Fleisch zu verzichten und war spätestens nach einer Woche wieder im Dönerladen um die Ecke gelandet.

Die gerade beginnende Diskussion über Fleischkonsum und Vegetarismus hätte kaum stereotyper verlaufen können: Kev nahm die ihm auf den Leib geschriebene Rolle des alles grillenden und mit Leidenschaft Fleisch essenden und dazu Bier trinkenden Mannes ein, Linda die der größtenteils vegetarisch lebenden und mit guten Argumenten gegen Fleischkonsum gewappneten Frau, Lukas versteckte sich irgendwo dazwischen und fühlte sich wohl dort, weil er so zumindest nicht auf Kontra mit Linda ging, was Kev erstaunlicherweise wenig Probleme bereitete. Vielleicht konnte er einfach nicht aus seiner Rolle heraus.

Lukas blickte durch die Windschutz-, Schaufenster- und Fleischthekenscheibe, hinter der er zwei fleischige Hände in weißen Klamotten und den dazugehörenden Fleischfachverkäufer entdeckte, der sie argwöhnisch beobachtete. Wer weiß, wie lange sie schon hier saßen und er sie beobachtete und sich seine Gedanken machte zu den mindestens äußerlichen Eindringlingen in das Bergpanorama-Dorf-Idyll.

»Wie feiern Vegetarier eine Party?«, fragte Kev, öffnete die Beifahrertür und ließ den beiden anderen keine Chance zu antworten, »Sie lassen die Sau raus!« Er musste selbst schmunzeln, Lukas ebenfalls, Linda guckte genervt. Kev gab nicht auf: »Wie nennen Jugendliche einen dicken Vegetarier? – Biotonne!« Lukas konnte sich einen lauten Lacher nicht mehr verkneifen, auch wenn es ihm vor Linda etwas peinlich war: »Der war echt schlecht, du Spinner!«

Kev freute sich über diesen Zuspruch, stand schon vor der Autotür und beugte sich laut kichernd herunter. Lukas hielt sich die Hände vor den Mund und sah verstohlen in den Rückspiegel, in dem er beobachten konnte, wie sich Linda verzweifelt gegen das breite Grinsen in ihrem Gesicht wehrte, bis alle drei kicherten. »Ich bringe euch etwas mit«, sagte Kev und schloss die Tür. Die beiden beobachteten ihn, wie er die Metzgerei betrat und den Inhalt der Theke begutachtete, während der Verkäufer das Gleiche mit Kev tat.

Kev begann mit dem Finger in die Theke zu zeigen und mit dem Verkäufer zu reden, er bestellte offenbar eine ganze Menge, während sein gegenüber mit Messer und anderen Instrumenten in der Theke herumwuselte und kleine Häufchen auftürmte. Kev drehte sich um, blickte die beiden mit einem aufgeregten Grinsen an und hob dabei idiotisch den Daumen.

Der Fleischfachverkäufer verschwand in den hinteren Teil der Metzgerei. Kev machte ein paar schnelle Schritte zur Seite und nahm etwas aus einem Regal, in dem ein paar Flaschen und andere Dinge standen, die Lukas und Linda aus dem Auto nicht erkennen konnte. Was sie sehen konnten, ließ Lukas mit den Armen in der Luft wedeln: »Was macht der da? Was soll der Scheiß!« Linda atmete laut aus und schwieg.

Frikadöse

»Wenn man beim Metzger klingelt, sollte man sich nicht wundern, wenn kein Schwein aufmacht«, sagte Kev als er die Beifahrertür öffnete und die zwei weißen Plastiktüten der Metzgerei stolz in der Hand hielt. Er grinste sein breites, aufgesetztes Grinsen und hob die Augenbrauen erwartungsvoll an. Linda spürte, dass Lukas genauso genervt war von Kevs komischer Art, er überspielte sie aber beinahe schon routiniert und kam der Aufforderung nach: »Was hast du uns denn Leckeres mitgebracht?«

»Für jeden eine Frikadöse, ein paar Schnitzel und eine Fleischwurst, die wir uns teilen können.«

»Wunderbar, Frikadelle kann ich jetzt gut gebrauchen«, sagte Lukas und startete den Motor.

»Und was hast du mit der Flasche aus dem Regal gemacht?«, fragte Linda leicht genervt.

»Flasche? Regal? Gar nichts, ich habe nur etwas ausprobiert. Alles in bester Ordnung«, sagte Kev.

Die beiden bohrten nicht weiter nach. Der Geruch von in viel Fett gebratenem Fleisch breitete sich im Auto aus, stieg unter die Decke, wanderte nach hinten und setzte sich wie eine Versiegelung gegen Fenster und Wände. Linda vergrub die Nase in ihrem Pullover und musste sich zusammenreißen, um nicht wütend zu werden und den beiden eine Predigt über die negativen Seiten von Fleischkonsum zu halten, auch wenn sie so etwas eigentlich nicht machte.

»Möchtest du auch?«, fragte Kev, leicht schmatzend und mit vollem Mund.

»Nein. Ich esse kein Fleisch!«

»Oh, okay. Auch keine Frikadelle?«

»Nein, auch die besteht aus Fleisch- oder Wurstresten, aus Muskelfleisch – ich möchte einfach nicht, danke.«

»Stört es dich, wenn wir…«, fragte Lukas und biss in seine Frikadelle, um danach mit dem Fleischballen in der Hand zu schalten.

»Nein, alles gut.«

Der Wagen fuhr langsam die Straße entlang und hielt kurz darauf schon wieder an, weil Kev aufgeregt mit der Hand herumgefuchtelte. Er stieg aus und las sich einen Aushang durch. Linda blickte auf der anderen Seite hinaus, sah einen mehr als gepflegten Vorgarten, in dem die akkurat aufgestellten Anthurien und das wenige Grün von grauem Kiesel und diversen Porzellanfiguren überstrahlt wurden. Die beiden breiten, recht niedrigen Fenster des Erdgeschosses waren an den Seiten mit beigefarbenen Gardinen verhangen. Eine Frau verschwand in dem einen Fenster und tauchte in dem anderen wieder auf. Sie trug mittellanges, braunes Haar, vermutlich gefärbt, zumindest ließen die Falten in ihrem Gesicht, besonders unter den großen Augen, Linda dies vermuten.

Die Frau hielt sich einen Telefonhörer ans Ohr, in den sie redete, und ging dabei auf und ab. Sie verschwand erneut und tauchte am anderen Fenster auf. Verstohlen blickte sie hinaus, machte einen Schritt zurück und ging langsam wieder hinüber zum anderen Fenster, das auf der Höhe des Kadetts stand.

Die Alte blieb stehen, kratzte sich über ihren grauen Wollpullover und machte einen Schritt nach vorne. Sie beobachtete Kev, der auf der anderen Straßenseite an der Infotafel stand. Dabei redete sie ununterbrochen weiter in den Hörer, wie eine Reporterin, die ein Fußballspiel kommentiert. Linda fühlte sich wie die Beobachterin der Beobachtenden, die sich verhielt, wie man sich auf dem Dorf verhielt: Eindringlinge bemerken, beobachten und berichten.

Wie sehr Linda dieses Verhalten kannte und hasste. Wie sehr sie sich gerade hasste. Sie war aus dem Dorf geflohen, um das Dorf hinter sich zu lassen – und war in einem noch kleineren Dorf gelandet. Und das Steuer hatte sie zwei Frikadellen essenden Soziopathen überlassen, die sie bereits ins Herz geschlossen hatte. Es war zum Verzweifeln. Zugleich fragte und hinterfragte sie sich, warum sie Lukas und Kev vertraute, warum sie sich anderen Menschen anvertraute. Und überhaupt: warum?

Die Frau im Fenster blickte von Kev hinüber zum Auto und dann Linda durch das kleine Fenster der Rückbank an. Linda starrte sie absichtlich mit großen Augen an, worüber die Frau kurz erschrak, den Blick aber erwiderte. Reflexartig und routiniert, sie hatte ihre Protesthaltung gegenüber etablierten Erwachsenen längst verinnerlicht, zeigte Linda der aufgeregten Frau ihren Mittelfinger und lutschte mehrfach daran, um die Geste möglichst obszön und abstoßend zu gestalten. Mit Erfolg: Hinter den Gardinen fiel der Telefonhörer zu Boden und die Frau verschwand mit offenem Mund in einem nicht einsehbaren Teil des Hauses.

Kev kam zurück und stieg ein: »Da stehen nur Nicht-Informationen, totaler Unfug!« Die drei fuhren weiter zum Gasthof, über den Kev sich in der Metzgerei informiert hatte.

Alvaro

Der Flieger setzte sanft zur Landung an, hoppelte kurz nach dem Aufsetzen aber doch noch mal in die Luft und über die glatt asphaltierte Landebahn. Frau Hase drückte Klaus' Hand fest. Er jubelte innerlich. Sie hatte große, kräftige Hände, die seine fast umschließen konnten, das war ihm schon in der Bäckerei aufgefallen, jedes Mal, wenn sie seine Kürbiskernbrötchen in eine Tüte gesteckt und er sie dabei mit einer Mischung aus Bewunderung und Verachtung beobachtet hatte.

Ein paar Passagiere fingen an zu klatschen, weil aber sonst kaum jemand mit einstimmte, versandete der Applaus schnell wieder und ließ eine beschämende Atmosphäre zurück.

»Klatschen ist doch sowas von 90er«, grummelte Grummel Griesgram und schüttelte den Kopf. Das Flugzeug rollte in Richtung Flughafen, Frau Hase und Klaus fühlten sich noch immer als würden sie schweben. Sie durchquerten den Flughafen fest ineinander gehakt, redeten kaum und ließen sich nicht mal vom Profi und dessen Ehefrau aus der Ruhe bringen. Die beiden liefen vor ihnen, während sich die Frau einen Vortrag über die Anordnung der Sicherheitskontrollen und die Architektur des Gebäudes anhören musste.

Vor dem Flughafen schloss Klaus ungläubig die Augen und öffnete sie wenige Sekunden später wieder – er träumte nicht: Er war mit der Bäckereifachverkäuferin Corinna Hase, ihren Tattoos und langen Fingernägeln wirklich in Porto und wartete auf die Metro, die sie in die Stadt bringen sollte. Zwischen den Schienen wuchs wunderbar grünes Gras und ein milder Wind trug die Verheißung des Ozeans durch die

Abgase der Stadt. Etwa eine halbe Stunde später, in der sie verträumt aus den Fenstern oder sich in die Augen geblickt hatten, stiegen sie am Hauptbahnhof aus.

Die Bahnhofsvorhalle erinnerte mit wahnsinnig hohen Decken und aufwendigen Wandmalereien an eine vergangene Welt. Wie bei Harry Potter, dachte Frau Hase, weil sie mal davon gelesen hatte, dass sich die Autorin des Buches, das sie nicht gelesen, sondern als Verfilmung gesehen und deren Namen sie vergessen hatte, hier habe inspirieren lassen. Geheimnisvoll und voll von Menschen war die Halle allemal.

Frau Hase hakte sich unter und gab mit leichtem Ziehen und Drücken die Richtungen vor, in die sich Klaus lenken ließ. Er kannte Porto nicht, hat keine Reiseerfahrung und ließ sich gerne von einer und vor allem von dieser tollen Frau leiten. Sie schlenderten die Straße hinauf, vorbei an kleinen Geschäften, einer mintfarbenen, modern anmutenden Eisdiele, vorbei an Obdachlosen und ihren Hunden und an unzähligen Touristen, die Klaus zuwider waren, obwohl er auch zu ihnen zählte.

Über einen großen, besonders langen Platz, der von mehreren Straßen durchquert wurde, liefen sie leicht bergauf auf das Rathaus zu. Auf den Treppenstufen daneben standen riesige, blaue Buchstaben: PORTO. Die Leute posierten vor, auf und in den Buchstaben, während jemand von unten fotografierte, im Normalfall der Nächste in der meterlangen Schlange der Wartenden. Anstehen für ein Urlaubsfoto – verrückt, dachte Klaus. Und was für eine geniale, simple Idee, den Namen der Stadt in großen Buchstaben in die Stadt zu stellen und so einen Foto-Hotspot vor einem recht langweiligen Hintergrund, hauptsächlich grauer Beton, zu schaffen.

Sie hielten sich links, er sich weiter an Corinna und so gelangten sie in ein Viertel aus schmalen, verwinkelten und hügeligen Straßen. Etwa jedes dritte Haus war frisch renoviert oder wurde gerade generalüberholt, es staubte und lärmte an jeder Ecke. Unten an der großen Kreuzung war das große Besteck zugange, es hämmerte laut, der Boden vibrierte. Dazwischen alte und geflieste oder verkommene und von innen grün bewachsene Häuser, außerdem kleine Läden, alteingesessene Baumärkte, die es hier im Tante-Emma-Stil gab; neue Restaurants oder schicke Einrichtungs- oder Krimskrams-Läden. Eine sich langsam häutende und wandelnde Stadt, die ihn auf den ersten Blick zugleich beeindruckte wie abschreckte.

Wirklich wohl fühlte sich Klaus nicht in seiner Touristenhaut, die mitverantwortlich für diesen Wandel war, auch wenn sie bislang kaum Landesgrenzen überschritten hatte. Sie bogen ein paar Mal ab, wohin genau konnte und wollte er nicht nachvollziehen, er vertraute Frau Hase blind. Letztlich standen sie jedenfalls vor einem Hotel, das gut in das Gesamtbild passte. Es war weder hip und modern noch heruntergekommen. Die rote Fassade und die kleinteiligen Fenster wirkten einladend und solide zugleich.

Sanft zog Frau Hase ihn durch den breiten Eingang und steuerte selbstbewusst die Rezeption an. Er ließ sich ein Stück zurückfallen, auch wenn er sie dafür loslassen musste. Ein paar Minuten später hielt sie einen Schlüssel in der Hand und wechselte mit dem spitzbärtigen Rezeptionisten, dem seine dunkelblaue Arbeitskluft wie angegossen passte, ein paar Worte auf portugiesisch. Klaus war überrascht über Hasis Sprachkenntnisse und sofort noch ein Stück mehr verliebt. Sie winkte ihm mit dem Schlüssel zu, der an einem alten Stück Holz hing. Ihr Haar leuchtete im warmen Licht der Rezeption. Er strahlte zurück.

Das Zimmer war schlicht, aber schön, erinnerte an die 50er Jahre, nur in modern, dachte Klaus, als ob er davon Ahnung hätte und es ihn interessieren würde. Sein Interesse galt Frau Hase und zwar so konzentriert, dass er das fliegende Klavier beinahe vergessen hatte, während er Frau Hase beobachtete, die auf der beigefarbenen Couch Platz nahm und etwas in ihrer Handtasche suchte. Sie wirkte das erste Mal unsicher oder nervös, versuchte sich das aber nicht anmerken zu lassen.

»Klausi, was guckst du so?«, fragte sie und hörte auf in ihrer Tasche zu kramen, »wir können sofort noch mal los, etwas Essen gehen, okay?«

»Ja gerne, Hasi.«

Er guckt sich lustlos im Zimmer um, fuhr mit der Hand über die samtige Lehne des Stuhls, der an einem viel zu kleinen Schreibtisch stand, ging zum Fenster, schob die weißen Vorhänge zur Seite und blickte auf die Straße, auf der viel Betrieb herrschte. Ein Motorradfahrer raste über das löchrige Kopfsteinpflaster und überholte einen blauen Kombi, dessen Kofferraum nur halb geschlossen war, weil er einige Eisenstangen geladen hatet. Als er sich wieder umdrehte, wendete sich Frau Hase ab, steckte dabei etwas in ihre Handtasche, stand auf und verschwand mit schnellen Schritten im

Badezimmer.

Beim Verlassen des Hotels versuchte Klaus sich nichts anmerken zu lassen, auch wenn er dazu durchaus einen guten Grund hätte, dachte er. Immerhin hatte sich Frau Hase seltsam benommen, sie hatte oben im Zimmer etwas in ihrer Handtasche verschwinden lassen, was er offenbar nicht hatte sehen sollen, und war danach für etwa eine halbe Stunde im Bad verschwunden.

Vielleicht brauchte sie immer so lange, um sich frisch zu machen? Mag sein, woher sollte er das wissen, er kannte Frau Hase nicht mal einen ganzen Tag. Sie war, so viel war ihm mittlerweile klar, schon immer die Bäckereifachverkäuferin seiner Träume (manchmal auch feuchter) gewesen. Und nun leitete sie ihn erneut zielsicher durch die Gassen Portos.

»Hier können wir morgen Brötchen holen«, deutete sie auf eine Bäckerei auf der anderen Straßenseite, »ich liebe die Philadelphia-Brötchen.«

»Philadelphia-Brötchen? Davon habe ich noch nie gehört. Wieso gibt es die bei euch nicht?«, fragte er.

»Die sind mit Frischkäse gefüllt! Toll, oder? Man muss sie also nicht selbst schmieren und spart sich auch noch die Verpackung und den Einkauf des Frischkäses. Ich habe dem Alten schon davon erzählt, er wollte aber nichts davon wissen. Lass uns bitte nicht über die Arbeit reden«, sagte sie mit brechender Stimme und guckte ihn mit schräg gelegtem Kopf bittend an, »wobei ich zu gerne wissen würde, wie der Alte geguckt hat, als er von meinem Abgang gehört hat.«

»Wow! Tolle Sache mit den Brötchen!«, sagte er wie ferngesteuert, ohne wirklich darüber nachzudenken, wie sinn- und geschmackvoll so ein Brötchen wirklich sein mochte. Und warum musste es unbedingt Philadelphia sein, es gibt doch besseren Frischkäse, dachte er nun doch darüber nach und fügte schnell noch hinzu: »Okay, müssen wir ja auch nicht. Wir machen schließlich so etwas wie Urlaub.«

Sie gingen weiter durch die Stadt, in der Aufbruch und Altertum, Anmut und Armut oft nur wenige Meter voneinander entfernt lagen. Die zahlreichen Restaurants – hippe Start-Up-Ketten, alteingesessene, winzig kleine Tapasbars oder große Alleskönner – waren wie zufällig komplett leer oder rappelvoll. Manchmal schienen sie sich innerhalb weniger Minuten zu füllen. Sie liefen bergab und näherten sich dem Altstadtviertel rund um den mächtigen Douro-Fluss.

Wären nicht all die Menschen dort gewesen, die Klaus mit zunehmender Dunkelheit immer unangenehmer erschienen, hätte er sich vielleicht verzaubern lassen können von der Atmosphäre und der auffälligen Architektur dieser zweifelsohne besonderen, aber anstrengenden, weil überfüllten Stadt. An Frau Hases Arm konnte er sich immerhin etwas fallen lassen und genau beobachten, wie die Touristen an jeder Ecke Fotos von sich und der Stadt machten, wie sich Drogendealer, Kleinkriminelle und Obdachlose zwischen die in alle Himmelsrichtungen strömenden Menschen mischten, um nicht aufzufallen oder sich gleichgültig oder genervt ihren Weg durch ihre Stadt zu bahnen. Außerdem fragte er sich, was Frau Hase wohl noch vorhatte mit ihm und diesem Abend.

Vor einem kleinen Restaurant in einer steilen Gasse blieb sie stehen, betrat den Laden zielstrebig und wies ihn subtil, aber eindeutig mit einem sanften Schubser gegen seine

Laufrichtung zurück. Sie macht das schon, dachte er sich zufrieden und spürte trotzdem Zweifel aufkommen, was sie da überhaupt machte. Neugierig trat er einen Schritt zurück, um die Theke besser im Blick zu haben, über die sich Frau Hase beugte, um etwas mit dem Mann dahinter zu bereden.

Der Barkeeper warf ihm nun einen Blick zu und zog eine buschige Augenbraue auffällig hoch. Klaus wandte sich ab, weil er sich ertappt fühlte, er ging ein paar Schritte zurück in die Gasse und schlenderte bergab. Die verschiedenen Fliesenmuster an den Wänden faszinierten ihn. Das Muster von blau-weißen Kacheln sah aus, als würde es abwechselnd ein »X« und ein »O« zeigen. »Hugs and kisses«, dachte er, wie unpassend diese jugendliche Abkürzung auf alten Fliesen war und wie passend zu seinem Spontanurlaub – zumindest hoffte er das inständig.

Auf dem Wasser des Flusses spiegelte sich das fahle Abendlicht, ein paar Laternen bildeten Glanzlichter, davor bewegten sich Menschen schemenhaft hin und her und verschwanden im Halbschatten einer anonymen Masse. Über ihm lehnte sich eine alte Frau mit schweren dunklen Haaren aus dem Fenster und nahm die Wäsche ab, die vor dem Fenster auf einer offenbar selbst konstruierten Aufhängung getrocknet war. Was sie wohl über all die Menschen dachte, fragte sich Klaus und wurde von einem seichten Stoß in die Seite aus den Gedanken gerissen. »Hasi«, sagte er betont überrascht und grinste Frau Hase an, die ihn zurück ins Restaurant zog, wo sie an einem kleinen Tisch in der Ecke Platz nahmen.

»Ich liebe Alvaros Bar«, lehnte sich Frau Hase mit einem zufriedenen Seufzer zurück und grinste Klaus an. Sie klatschte sich vorfreudig mit beiden Händen auf die Schenkel und nahm sich die in braunes Leder gebundene Karte, die auf dem runden Tisch vor ihnen lag. Er blickte Frau Hase schweigend an, musterte sie, war weiterhin irritiert. Warum tat sie so als sei nichts gewesen und was hatte sie mit dem Barkeeper besprochen, fragte er sich.

»Kennt ihr euch?«, fragte er spontan, vielleicht auch nur, um überhaupt mal wieder etwas zu sagen.

»Wer? Anselmo und ich? Der Barkeeper.«

»Genau. Ihr wirkt so vertraut.«

»Wir kennen uns von früher. Ich war hier eine Zeit lang Stammgast und sowas wie eine Freundin des Hauses.«

»Hast du mal in Porto gelebt?«

»Zeitweise. Ich war eben häufig hier, ich liebe die Stadt.«

»Das merkt man. Du steckst wirklich voller Geheimnisse, Frau Hase«, sagte er absichtlich mehrdeutig und nahm sich die zweite Karte.

»Die Caldo Verde ist super. Aber auch der Fisch, eigentlich jeder, der wird täglich frisch gefangen.«

»Ich kann mich nicht entscheiden.«

»Ich nehme die Sardinhas assadas. Die sind schlicht und einfach genial.«

»Dann nehme ich die Caldo Verde. Auf dich kann man sich doch verlassen, Hasi.«

Er freut sich darüber, Frau Hase Hasi nennen zu können, nicht aufgrund der doppelten Bedeutung, sondern, weil es sich einfach grandios anfühlte, weil er seine ehemalige Fachverkäuferin so bewunderte für ihre Bestimmtheit, ihren Willen und nicht zuletzt natürlich für ihr Aussehen. Mit einer eleganten Handbewegung winkte sie Anselmo heran und bestellte auf Portugiesisch.

Sie stießen mit dem eiskalten Weißwein an, den Anselmo mit Schwung und guter Laune servierte. Sie lehnte sich zurück und schaute Klaus in die Augen: »Ich bin gleich wieder da.« Ehe er antworten konnte, schnappte sie sich ihre Handtasche, verließ das Lokal und verschwand in der schmalen Gasse.

Oberwasser

Langsam rollte der Kadett weiter durch das Dorf, es fühlte sich so an, als würde der Wagen von unsichtbaren Augen beobachtet, als stünde hinter jeder Gardine ein Dorfwächter, der gleich die Polizei verständigen oder mit der Schrotflinte hinter ihnen herlaufen würde. Sie kamen an einem auffällig hohen Haus mit Holzvorbau vorbei. Lukas fuhr neugierig langsamer und Kev las vor, was auf dem Schild stand, das von einem Kranz umringt war: »*Siedlerverein Iffeldorf* – halt mal an!«

»Wieso? Was hast du schon wieder vor?«, setzte Lukas entgegen. Schließlich hatte Kev ihnen immer noch nicht erzählt, was er in der Metzgerei hinter der Fleischtheke gerade angestellt hatte.

»Ich will nur mal nachsehen, was dieser Verein so kann. Vielleicht steigt hier heute eine richtig dicke Party und wir finden ein paar Freunde«, gluckste Kev.

»Reichen wir dir etwa nicht aus?«, fragte Linda gelangweilt und legte sich quer auf die Rückbank.

Lukas machte heimlich und mit minimalen Bewegungen eine Becker-Faust neben dem Fahrersitz und hielt an: »Dann sieh eben nach. Wer weiß, wofür es gut ist!« Er genoss seinen Triumph, endlich hatte er mal wieder Oberwasser. Er griff zur Wasserflasche in der Mittelkonsole, nahm sie hoch und stellte sie ungeöffnet wieder ab – schließlich wusste er nicht, wann er das nächste Mal in Ruhe auf Toilette gehen können würde. Trinken konnte er später immer noch.

Kev stieg aus und schlenderte betont lässig zum Schild,

unter dem ein kleiner Schaukasten Informationen bereithielt. Er sah sich die Aushänge an und verkündete, als er zurück im Auto war: »Was für ein komischer, kleinkarierter Verein. Die Vorteile einer Mitgliedschaft bestehen aus irgendwelchen Versicherungen und Vergünstigen für das Eigenheim, einem mehrtägigen Jahresausflug und Einbindung in das Dorfgeschehen – also quasi aus nichts!«

Kev machte eine theatralische Pause, wahrscheinlich hatte er wohlwollende Reaktionen auf seine Pointe erwartet, als diese aber ausblieben, setzte er erneut an: »Aber Leute, heute ist unser Glückstag: Die Jahresfeier des Vereins findet heute Abend statt – in unserem Landgasthof Petermichl. Der Abend ist also gerettet!« Wie ein Heilsprediger breitete er die Arme aus. Linda und Lukas schwiegen.

Kev drehte sich erst zu Lukas um, dann weiter zu Linda, die Arme immer noch in der Luft. Mit offenem Mund blickte er beide an: »Leute, was ist los mit euch? Wir bleiben heute hier, in unserem Iffeldorf und feiern mit seinen Siedlerinnen und Siedlern. Der Landgasthof soll günstige Zimmer haben, hat mir der Metzger verraten, wir übernachten dort und stürmen die Party!« Linda und Lukas konnten Kevs Euphorie nicht teilen, eine Übernachtung in einem Gasthof und eine Party mit Einheimischen klangen für Lukas eher anstrengend.

Eine bessere Idee hatte er allerdings auch nicht. Außerdem würde ihnen allen eine Dusche guttun, die Luft im Kadett war schon länger nicht mehr die Beste. Eine weitere Nacht im Auto würden sie womöglich noch ohne gesundheitliche Schäden überleben, aber danach konnte keiner mehr für irgendetwas garantieren, dachte Lukas.

Einen Steg an einem der Seen zu suchen, um dort zu übernachten, war allerdings eine noch schlechtere Idee mit Blick Richtung Himmel. Es zogen dunkle Wolken auf, die langsam von den Bergen herunterrollten und sich über das Dorf ausbreiteten. Ein leichter Wind wehte durch die Tannen, die auf dem Grundstück des Siedlervereins standen, und die ersten feinen Tropfen fielen auf die Windschutzscheibe.

»Also auf zum Gasthof«, sagte Lukas in einer Mischung aus Aussage und Frage, die Kev zu Gewissheit machte: »Ja, worauf warten wir noch! Da hinten links abbiegen, dann müssten wir schon fast da sein.« Linda sagte nichts und verkroch sich auf der Rückbank in der Ecke. Lukas hatte schon wieder dieses komische, sich aufdrängende Gefühl, dass sie etwas zu verbergen hatte. Er bewunderte sie für ihren Mut und ihren Willen und auch für ihr auffälliges Aussehen, war zugleich aber auch ehrfürchtig, fast ängstlich in ihrer Gegenwart, weil er ihr einfach nicht über den Weg traute, er einen Hinterhalt vermutete, der ihn bald mit voller Wucht treffen würde.

Katzenjammer

Auf den ersten Metern hatte er sich noch schlecht gefühlt, Hasi würde schon ihre Gründe haben, hatte er sich eingeredet, er sollte ihr also besser nicht nachspionieren. Trotzdem war er intuitiv aufgesprungen und ihr nachgegangen, nun sah er sie um die nächste Häuserecke verschwinden.

Moralisch fühlte er sich im Unrecht, aber trotzdem wie eine euphorisierte Mischung aus James Bond und Walter White. Die Abenteuerlust packte ihn. Zeit zum Zweifeln blieb ohnehin kaum, weil Frau Hase es wirklich eilig hatte. Er hastete um die Ecke, sah sie hinter der nächsten links abbiegen, beschleunigte seinen Schritt, rannte beinahe und bremste kurz vor der nächsten Häuserecke wieder ab.

Hastig blickte er um die Ecke und zuckte zurück, Frau Hase stand einige Meter weiter vor einer Tür, erblickte ihn aber nicht, weil sie gerade in die andere Richtung der Gasse sah, als sein Kopf kurz hinter der Hauswand auftauchte. Mit dem Rücken presste sich Klaus an das Gemäuer und hielt die Luft an. Sein Herz pochte, er lauschte angestrengt. Eine Tür öffnete sich leicht knarzend, kurz danach schloss sie sich wieder. Er schnappte nach Luft, bewegte sich, schüttelte sich leicht und wischte sich den Schweiß von der Stirn.

Plötzlich schepperte etwas hinter ihm, er fuhr vor Schreck zusammen, ging in Abwehrhaltung und drehte sich um. Sein Blick richtete sich in die zwielichtige Gasse, in der er nichts erblicken konnte, bis er nach unten sah. Dort hockte eine getigerte Katze und wühlte im Müll. Ihr Fell war zerzaust und konnte mehr als eine Katzenwäsche vertragen.

Das struppige Tier blickte ihn mit funkelnd grünen Augen an, einige Sekunden standen sie sich so gegenüber, als würden sie gleich aufeinander losgehen, dann pinkelte die Katze mit gegen die Dose, die sie gerade aus dem Müll gewühlt hatte. Sie wackelte dabei auffällig mit ihrem ganzen Körper. Klaus schlug ein Luftloch, um die Katze zu verscheuchen, die widerwillig maunzend in der Dunkelheit verschwand.

Er drehte sich um und ging langsam um die Ecke bis zu der Tür, in der Frau Hase verschwunden sein musste. Eine dunkelgrüne, schwere Holztür. Keine Klingel, kein Name. Nicht mal eine Hausnummer. Er lehnte seinen Kopf, auf Zehenspitzen stehend, vorsichtig gegen die Tür und presste sein Ohr gegen das trockene, splitternde Holz. Er konnte zwar ein paar Geräusche und ein paar gesprochene Worte ausmachen, von denen er keines verstand, Licht ins Dunkel brachten diese vagen Informationen aber nicht.

James Bond ließ Frauen auch nicht so einfach laufen, selbst wenn er sich damit regelmäßig in Lebensgefahr begab, dachte er, und Walter White hätte das ganze Ding hier in die Luft gehen lassen. Vorsichtig nahm er den Kopf zurück, drehte sich um und machte ein paar leise Schritte Richtung Häuserecke, hinter der er schnell verschwinden könnte, falls die Tür sich gleich öffnen sollte. Ihm fiel der Briefschlitz in der Tür ins Auge, dessen Silber sich dem verwitterten Grün angepasst hatte. Er wähnte seine Chance auf wertvolle Informationen, drehte sich in Zeitlupe um und ging zurück zur Tür.

Seine Hände näherten sich dem Briefschlitz, den man nach oben klappen konnte, um Post einzuwerfen oder einen Blick nach innen zu riskieren, dachte er und presste die Augen verschwörerisch zusammen. Er suchte festen Stand mit den Füßen, hob die Klappe so vorsichtig an, als würde er einen Igel durch ein Luftballonlabyrinth führen, und presste letztlich seinen Daumen fest gegen die Klappe und diese gegen die Tür, nachdem er sie um etwa 180 Grad hochgeklappt hatte.

Vorsichtig ging er in die Knie und bereute schon nach wenigen Zentimetern, dass er in den letzten Jahren und Jahrzehnten so wenig Sport gemacht hatet. Langsam näherten sich seine Augen dem Briefschlitz. Als er endlich nach innen blicken konnte, stöhnte er enttäuscht auf: Auf der anderen Seite befand sich ebenfalls eine Klappe, die wenigstens den Schall seines Stöhnens aufgefangen haben dürfte. Jetzt gab es kein Zurück mehr: Er nahm die linke Hand und steckte sie so langsam wie nur möglich in den Briefschlitz.

Mit Zeige- und Mittelfinger hob er die Klappe vorsichtig an, als er plötzlich einen Stoß gegen die Wade bekam. Etwas schlängelte sich durch seine Beine hindurch. Etwas Struppiges. Die verdammte Katze war wieder da und schnurrte und schlängelte, machte leichte Hüpf- und Rammbewegungen und fing auch noch an zu maunzen, während Klaus mit seiner linken Hand im Briefschlitz herumoperierte und mit der anderen nicht loslassen durfte, damit die äußere Klappe nicht herunterknallte und ihn verriet. Ihm brach der Schweiß aus.

Vorsichtig blickte er nach unten und die Katze mit fiesen Grimassen an, wackelte leicht mit dem Kopf, um dem Tier anzudeuten, zu verschwinden. Gedanken zuckten durch seinen Kopf: Was macht Frau Hase hinter dieser Tür? Wie bringt er die verfluchte Katze zur Strecke? Was macht er hier überhaupt – krumm kniend vor einem Briefkastenschlitz? Und wie sehr er Katzen hasste. Gemocht hatte er diese eigenwilligen, faulen Kreaturen noch nie, wirklich gehasst hatte er sie erst, seitdem ihm eine Katze, vielleicht war es auch ein Kater, mal ein Stück aus der Wade gebissen und er wochenlang Schmerzen davongetragen hatte.

Gleich würde er den Spieß umdrehen und die Katze beißen, wenn diese nicht gleich verschwand, wütete er innerlich. Als hätte das Katzenvieh dies wahrgenommen, ließ es von ihm ab und ging ein paar Meter weiter in die Gasse, setzte sich hin und begann mit einer Katzenwäsche, indem es sich seine struppigen Pfoten leckte.

Klaus schüttelte den Kopf, atmete tief, aber leise ein. Er drückte das innere Blech des Briefschlitzes ganz behutsam nach oben und senkte seinen Kopf, um so bald wie möglich einen Blick nach innen zu erhaschen, wo hoffentlich niemand mit einem Schnellfeuergewehr genau darauf wartete. Er spürte Schweiß seinen Nacken herunterlaufen. Millimeter für Millimeter brachte er sich näher an einen Einblick. Er ging mit den Augen noch ein Stück näher an den Schlitz und sah das Blickfeld sich langsam weiten.

Der Boden bestand aus dunkelroten Fliesen, die Sprünge und Risse aufwiesen. Er wurde mutiger und schob das innere Blech ein Stück nach oben, als er jemanden auf sich zukommen sah. Erschrocken ließ er los. Das Blech klapperte, er schreckte zurück, ließ auch das äußere Blech los, wollte aufstehen und loslaufen, stolperte in der Eile aber und fiel nach hinten. Zusammengekauert saß er auf dem kalten, staubigen Steinboden neben der Tür, die sich gerade öffnete.

Schwer

Mindestens eine Viertelstunde hatte Lukas reglos unter dem großen Duschkopf gestanden und die beruhigend warme Nässe genossen. Er legte sich auf sein Bett und blickte aus dem Fenster, hinaus auf Felder und Wiesen und Bäume. Nach einer kurzen Diskussion vor dem Eingang des Gasthofs hatte Linda jedem ein Einzelzimmer spendiert und diese bar bezahlt. Sie hatte vor ihrer Abreise noch den stets gut gefüllten Bargeldvorrat ihrer Eltern geplündert und war nun froh, ein Teil des Geldes sinnvoll ausgeben zu können.

Lukas starrte an die Decke. Sie hatten sich für 19:30 Uhr auf der Wiese hinter dem Gasthof verabredet, um sich warmzutrinken, bevor die Siedlerverein-Party im großen Saal um 20 Uhr beginnen würde. Mut antrinken wäre wohl die bessere Bezeichnung, dachte Lukas, der keine Lust auf die grauhaarigen, grau gekleideten, grauen Eigenheim-Dorfmenschen hatte, die sich hier gleich zusammenfinden würden. Ein paar davon hatten sie schon beim Einchecken gesehen, sie dabei beobachten können, wie sie Wimpel aufgehangen, das Buffet bestückt und sich über das Wetter und Rasenmäher ausgetauscht hatten.

Zum ersten Mal, seitdem er losgefahren war und sich mit Kev arrangiert hatte, stellte er den Sinn dieser Reise wirklich infrage, auch wenn sie von Beginn an ziellos gewesen war. Er fühlte Schwermut, die von der Magengegend aus aufstieg, durch seinen Hals kroch und seinen Kopf lahmlegte. Was machte er hier? In einem Gasthof in einem Dorf in Bayern? Was machte er mit diesen beiden Menschen, die ihm so fern und zugleich so nah waren? Was machte er mit sich und seiner Zukunft?

Das Einzige, worüber er sich in diesem Moment wirklich freuen konnte, war die Toilette, die samt Bad zu seinem Zimmer gehörte, und die er allein nutzen konnte – ungestört. Eine traurige Erkenntnis, aus der er Mut schöpfte: Er würde nicht hier auf dem Zimmer versauern und versteinert an die Decke starren, er würde gleich zum verabredeten Treffpunkt gehen und es diesen Siedlern gemeinsam mit seinen beiden neuen Freunden zeigen.

Expertin

Unsanft schon Frau Hase ihn um die Ecke in die nächste Gasse. Bislang hatte er sich immer gerne von ihr durch die Stadt führen lassen, nun gab sie etwas zu sehr den Ton an. Immerhin hatte sie schnell und gut reagiert: Sie hatte die Tür geöffnet, die er mit seinen Beinen halbwegs versperrt hatte. Sie hatte ihn entgeistert angeblickt, keinen Ton gesagt, nur große Augen gemacht und ihn damit aufgefordert, so schnell wie möglich zu verschwinden.

Die fragenden Stimmen aus dem Inneren des Hauses, die nicht gerade freundlich klangen, beschwichtigte sie seelenruhig und bestimmt. Den offenbar nicht überhörbaren Krach an der Tür schob sie auf die Katze, die offenbar keine Unbekannte war. Zumindest vermutete Klaus dies mit seinen geringen Sprachkenntnissen und seinem sehr hohen Adrenalinspiegel. Gerade noch mal gut gegangen, dachte er, was Hasi hier allerdings anstellte, wusste er immer noch nicht.

Sie drängte ihn weiter, um die nächste Ecke, raus aus den Gassen, auf eine Straße, auf der ein paar Menschen unterwegs waren. Klaus fiel erst jetzt auf, wie menschenleer das Gassensystem war, aus dem sie kamen. Sie ließ seinen Arm los, ging langsamer und entferne sich einen Schritt von ihm. Er suchte ihren Blick, wollte verstehen, doch sie wandte sich ab. So nicht, dachte er, griff ihren Ellenbogen und zog sie vorsichtig zu sich heran. Sie drehte sich weg, blieb stehen und guckte ihn gestresst an.

»Hasi, was ist los? Was machst du hier? Was machen wir hier?«

»Nichts!«

»Das gerade war nichts…?«

»Ich…ich habe Mist gebaut. Ich war nicht mein Leben lang Bäckereifachverkäuferin!«

Sie schaute beschämt zur Seite. Er machte einen Schritt auf sie zu, nahm ihre Hand in beide Hände: »Aber die allerbeste und hübscheste!« Sie lächelte angestrengt.

»Es gab eine Zeit, da habe ich mein Geld nicht nur mit dem Verkauf von Brötchen verdient.«

»Okay«, stammelte er und fragte vorsichtig: »Und das heißt was?«

»Ich brauchte Geld, weil ich die Schulden meiner verstorbenen Mutter geerbt hatte, und bin an die falschen Leute geraten.«

»Das tut mir leid! Das mit dem Tod – und das mit den Schulden und das mit den falschen Leuten auch. Aber was hat das Ganze mit Porto zu tun? Und mit dieser Tür, vor der ich mir gerade beinahe die Beine gebrochen hätte?«

»Ich übernehme Kurierdienste für Alvaro, hier und in Deutschland. Schon seit Jahren. Er verkauft nicht nur Tapas, sondern auch Drogen und seit kurzem auch Software.«

»Software? Ist er etwa so etwas wie ein Hacker?«

»Nein, er hat keine Ahnung, womit er da handelt. Das stört ihn aber nicht, solange das Geld stimmt. Und weil seine Ganovenkollegen hier und anderswo einen zu schlechten Ruf oder zu viele Narben im Gesicht haben, übernehme ich solche Jobs.«

»Du wurdest also als Software-Spezialistin angeheuert?«

Nach einem kurzen Moment des Schweigens mussten

beide lachen, wenn auch etwas verkrampft und noch nicht so laut und befreit wie zuletzt. Jedoch war die unangenehme Spannung, die den Zauber von Frau Hase in den letzten Stunden belegt hatte, zum Teil schon wieder verschwunden. Klaus war ein wenig stolz auf sich, dass er dies mit einem lockeren Spruch geschafft hatte. Er hakte also besser nicht weiter nach, sich aber wieder bei Hasi unter. Sie würde ihm schon alles erzählen. Eines wollte er aber doch noch wissen: »Die Katze – was hat es damit auf sich?«

»Du meinst Adelia. Die sorgt in der Gasse schon seit Jahren für Unfrieden und Ärger, räumt ständig die Mülltonnen aus, bricht in Wohnungen ein und verwüstet sie, aber Alvaro bringt es einfach nicht übers Herz, sie zu töten oder in ein Tierheim zu bringen. Dabei ist er sonst nicht so zimperlich.«

In der U-Bahn erzählte Frau Hase ihm alles: wie sie damals in Deutschland als Drogenkurierin gearbeitet hatte und wie sie mit ihrem roten Fiat Pakete ausgeliefert hatte, ohne sich für deren Inhalt zu interessieren. Wie sie mit zwielichtigen Personen in Kontakt kam, in schwierige Situationen, in denen sie stets loyal für ihren Arbeitgeber – etwas anderes war Alvaro in ihren Augen nicht – handelte und sich dabei gut schlug. Zumindest bekam sie mehr Jobs, mehr Verantwortung und sie wurde besser bezahlt.

Ihre Schulden konnte sie nach und nach abbezahlen und sich sogar eine schöne Wohnung leisten. Je mehr die Schulden schwanden, desto schlechter fühlte sie sich in ihrer Rolle als kriminelle Gehilfin, doch ganz so einfach war es mit einer Kündigung in diesem Gewerbe nicht. Sie übernahm nach und nach weniger Aufträge, trat ihren Job in der Bäckerei an und schaffte trotzdem nicht komplett den Absprung, weil Alvaro und seine Männer nicht lockerließen, ihr einmal sogar drohten. Weil sie aber einen guten Draht zum obersten Drahtzieher hatte, konnte sie ihren Ausstieg schließlich doch noch aushandeln. Im Gegenzug sollte sie allerdings einen letzten Auftrag übernehmen, danach könnte sie tun, was sie wollte, hatte Alvaro ihr versprochen.

»Dieser Software-Deal ist also dein letzter Auftrag? Danach bist du raus und verkaufst nur noch Brötchen?«

»Ja, er hat es mir versprochen und ich traue ihm. Auf sein Wort ist Verlass.«

»Sicher?«

»Ganz sicher.«

»Ich meine, bist du auch sicher, dass du danach aussteigen wirst?«

»Ja, ich kann und möchte das nicht mehr, auch wenn ich mit diesem einen Job ungefähr so viel verdiene wie in zwei Jahren in der Bäckerei. Naja, einen neuen Job muss ich mir so oder so suchen.«

»Ich helfe dir dabei!«, sagte er voller Tatendrang.

»Wobei? Bei der Suche nach einem neuen Job oder bei diesem Ding hier?«

»Bei beidem! Darf ich mal sehen, was du da durch die Gegend transportierst? Nicht, dass du noch zu einer internationalen Krise beiträgst.«

»Wir können uns das auf keinen Fall ansehen«, wich sie entschieden zurück und blockte seine Hand, die in Richtung Taschenöffnung zielte, »Ich dachte, wir wären zu zweit besonders unauffällig, jetzt versau das bitte nicht.«

»Ach so! Dann bin ich also nur hier, damit deine Tarnung nicht auffliegt, Fräulein Verbrecherin!«

»Quatsch, so war das nicht gemeint! Ich hätte in den nächsten Wochen sowieso nach Porto fliegen müssen, und dann kamst du plötzlich und damit die Gelegenheit, dich mitzunehmen«, versuchte sie ihn zu beruhigen. Doch Klaus war gekränkt und zweifelte an Hasi, er fühlte sich wie in einer bunt schillernden Seifenblase, die gerade zerplatzte.

Trotzig wandte er sich ab und ging in eine andere Richtung, er rannte fast, ohne sich umzudrehen. Sie lief ihm ein paar Schritte hinterher, rief seinen Namen, doch als er sich nicht umdrehte, blieb ihr keine andere Wahl: Sie ging weiter ihren Weg, um ihren letzten Auftrag auszuführen. Wie ferngesteuert nahm sie ihre Zick-Zack-Route durch die Stadt, wechselte die Straßenseiten, fuhr drei Stationen mit dem Bus und blickte sich selten, aber dafür eingehend und unauffällig um, indem sie in ein Schaufenster blickte oder die vor einem Eingang hängende Speisekarte eines Restaurants studierte.

Ob ihr über die Jahre einstudiertes Manöver durch die Stadt sinnvoll oder paranoider Blödsinn war, würde sie wohl nie herausfinden. Jedenfalls war sie von Beginn an gut damit gefahren und hatte als einfache Kurierin eine kleine Karriere hingelegt, für die sie gesamtgesellschaftlich wenig Ansehen erlangen würde, in den entsprechenden Kreisen aber erntete sie Respekt. Ein bisschen stolz war sie zurückblickend schon darauf, auch wenn sie jetzt unbedingt den Absprung schaffen wollte.

Langsam nahm sie die Stufen der schmalen Treppe, die sie an ihr Ziel führte. Ihre Hand schliff sanft über den zersprungenen, graublauen Lack des Geländers. Die Luft war kühl und zugleich stickig. Von der letzten Stufe aus konnte sie bereits die grün umrandete Tür am Ende der Gasse erkennen, an die sie gleich klopfen würde. Ein letztes Mal.

Panik

Sein Kopf wurde schwerer und schwerer, obwohl er ihn schon seit einiger Zeit abwechselnd mit beiden Händen abstützte, die Ellenbogen auf die hölzerne Theke gelehnt, den Blick möglichst nach unten gerichtet, zumindest nicht hinein in den Saal, wo er zu viele, auf ihm ruhende Augenpaare vermutete. Sie waren in diese Feier geschlittert wie Curling-Steine, die langsam, aber zielsicher über das Eis rutschen.

Zwar war Lukas zehn Minuten zu spät am Treffpunkt erschienen, er hatte sich aber am schnellsten und intensivsten Mut angetrunken. Vermutlich war er einfach derjenige, der es am nötigsten hatte, der ohne die erste Leichtigkeit des Alkoholrausches niemals einen Fuß in diesen Saal gesetzt hätte. Mit seinen Freunden im leichten Regen am Zaun auf der Wiese zu lehnen und die drei Flaschen Wein zu trinken, die Linda – wie auch immer – aus der Küche geklaut hatte, bereitete ihm hingegen keinerlei Sorgen, sondern großen Spaß.

»Eine reine und feine Druckbetankung«, sagte er immer wieder und dachte an früher, an Zeiten, in denen er noch Freunde hatte, mit denen er solche Druckbetankungen mit Freude hatte durchführen können. Er wusste, dass er die Dinge aus der Retrospektive verklärte und die damaligen Besäufnisse auch nur genau das gewesen waren: stumpfe Besäufnisse. Nicht mehr. Er vermisste sie trotzdem: die Besäufnisse und vor allem die Freunde. Neben der Angst war das wahrscheinlich der zweite Motor, der ihn zur Höchstform auflaufen und eine ganze Flasche Wein in kürzester Zeit leeren ließ. Voller Euphorie brachen Linda, Kev und Lukas in

Richtung Saal auf, wo Lukas der Mut schlagartig verließ.

Per Tunnelblick ging er durch die an Tischgruppen sitzenden und auffällig guckenden Menschen hindurch und steuerte die Bar an, um sich ein Getränk zu bestellen. Auf dem Weg verlor er Linda und Kev, die sich offenbar geschickt unter das seltsame Siedlervolk mischten. Er setzte sich an den äußersten Platz der Bar und sich damit den Fragen des Barkeepers aus, der mit großer Wahrscheinlichkeit, der Sohn eines Vereinsmitglieds war. Woher er komme, was er hier mache und ob er auch Mitglied im Siedlerverein sei, wollte er wissen. Lukas schwieg und ignorierte ihn.

Zumindest die letzte Frage hätte sich der kleine Schlaumeier-Barkeeper, sicher noch keine 18 Jahre alt, mit seiner leicht gelockten, gegelten, also nach alles und nichts aussehenden Kurzhaarfrisur selbst beantworten können. In seinem schwarzen Anzug und mit der viel zu großen Fliege sah er selbst in Lukas' Augen lächerlich aus. Lukas beobachtete ihn missmutig, wie er nach Anerkennung lechzend Getränkewünsche von den Siedlerverein-Amateuren annahm, die nach purer Langeweile aussahen.

Schließlich bestellte Lukas einen Drink, auch wenn ihm eigentlich nicht mehr danach war, er wollte aber sehen, ob der Cocktail-Shaker nur zur Zierde hinter der Theke stand oder ob Anton – so hatte eine Dame mit grauen Haaren und auffallend faltigen Armen den Barkeeper gerade genannt – auch wirklich etwas drauf hatte am Shaker. Auch wenn Lukas nur allzu gut wusste, dass er selbst der Letzte war, der das beurteilen könnte. Er entschied sich von den drei angebotenen Cocktails für einen Caipirinha, verlor Anton bei dessen Arbeit aber aus den Augen, weil diese ihm immer wieder zufielen.

Der Caipi, so nannte Amateur-Anton ihn lässig, schmeckte jedenfalls gut, er wirkte zu Beginn sogar erfrischend, weckte so etwas wie neue Lebensgeister in Lukas, die alsbald aber wieder aus seinem Körper emporstiegen und aus der Vogelperspektive sehen konnten, welch armselige Figur der leicht übergewichtige, leicht käsige junge Mann an der Theke abgab. Immerhin war er auf dem Weg in den Saal noch mal zur Toilette gegangen, eine Einzelkabine, die er schon zuvor erspäht hatte und später nutzen könnte, um sich die WC-Räumlichkeiten nicht mit den Siedlern teilen zu müssen und sich zugleich den langen Weg auf sein Zimmer sparen zu können.

Während andere von mehr Alkohol, einer wilden Party und anschließendem Sex träumten, dachte Lukas oft nur an eine Toilette für sich ganz allein. Er erinnerte sich an eine Hochzeitsfeier, auf der seine schüchterne Blase ihren Höhepunkt erreicht hatte und zu einer panischen geworden war. Es hatte gerade kurz mit der Braut gesprochen, Irina, eine alte Freundin seiner Eltern, die mit ihren 54 Jahren umwerfend aussah, als er von einem von einem alten Bekannten in ein Gespräch verwickelt wurde: Karsten Kardenius – seine Eltern hielten sich offenbar für verkannte Poeten – hielt in der rechten Hand sein Bier, in der linken ein weißes Stofftaschentuch, mit dem er sich auffällig oft den Schweiß von der Stirn tupfte. Kasi, wie sie ihn früher genannt hatten und wie Lukas ihn heute auf keinen Fall mehr nennen würde, hatte die langsam rarer werdenden, ergrauten Haare nach hinten gekämmt und den Bauch nach vorne gestreckt, so dass man dem Knopf seines Sakkos genügend Durchhaltevermögen wünschte.

Kasi erzählte von Urlaub, seinem Auto und seiner Ex-Frau, von Fußball, seinem Hund, seinen drei Cousinen und von seinem neuen großen Fernseher, der wirklich riesig sein musste. Lukas hörte kaum hin, sah hinter Karsten das türkisfarbene Hochzeitskleid von Irina, ein klassisches Kleid, eben nur nicht weiß. Die Farbauswahl sollte die Hochzeit samt Feier außergewöhnlich machen, auch wenn sie zwischen Traumtrauung, zu langen Reden und zu oft erlittenen Spielchen längst im tristen Einheitsgrau versank.

Karsten redete ununterbrochen weiter, er war offenbar glücklich, jemanden gefunden zu haben, der ihm zuhörte oder der zumindest so tat, sodass er Lukas den ganzen Abend nicht mehr von der Seite wich. Lukas fügte sich seinem Schicksal, war zu betrunken und zu gutmütig, um Kasi wegzuschicken. Trotzdem machte sich langsam Panik in ihm breit als sie an der Theke saßen und nach vier Bier und zwei Longdrinks einen weiteren bestellten.

Die ersten beiden Longdrinks machten bereits mächtig Druck, doch Lukas wusste genau, was passieren würde, wenn er Kasi sagte, er müsse zur Toilette gehen. Selbst wenn er einfach aufstehen und losgehen würde, würde dieser Typ ihm folgen. Lukas blickte hilfesuchend in den Saal, der etwa 90 Gäste beherbergte. Er überschlug weiter und berechnete seine Chancen: Etwa 45 Gäste waren männlich, es gab nur eine Toilette, darin zwei Pissoirs ohne Trennwände und nur eine Kabine. Die Chancen standen also schlecht, genau diese zu erwischen und Kasi damit zu entwischen.

Der Druck auf seiner Blase stieg unweigerlich, Lukas nippte vorsichtig am Longdrink, sah wie Kasis Lippen sich weiter und weiter bewegten, konnte aber kein Wort mehr verstehen. Kalter Schweiß lief ihm den Rücken herunter, er bewegte sich unruhig auf dem Barhocker hin und her und nahm die Schmerzen im Unterleib wahr. Er musste bereits blau angelaufen sein, so unwohl fühlte er sich. Letztlich tat er das Einzige, was er noch für sinnvoll und möglich hielt: Er sprang urplötzlich auf und lief los, mit großen und schnellen Schritten durch den Saal, im Flur legte er noch einen Zahn zu.

Er verließ das Gebäude, das in einem alten Industriegebiet lag, eilte um die Ecke auf eine Wiese, an dessen Ende eine Mauer stand, an der er schweißgebadet seine Blase leerte. Auch Minuten danach atmete er noch panisch. Al er sich erholt hatte, ließ er sich vom nächsten Taxi nach Hause bringen, ohne sich von Karsten oder Irina zu verabschieden.

Als hätte er sich selbst von außen beobachtet, durchfuhr Lukas' Körper ein starkes Zucken. Er war in Gedanken versunken gewesen. Er hob seinen Kopf an, nahm die Ellenbogen von der Theke und setzte sich aufrecht auf den hölzernen, mit blauem Samt überzogenen Barhocker.

»Anton, der Caipi war wirklich eine Wucht«, sagte er dem erstaunt aufschauenden Barkeeper und hielt ihm das leere Glas hin. Anton machte einen Schritt auf Lukas zu, der ihn über die Theke hinweg umständlich, aber innig umarmte, noch bevor Anton das Glas entgegennehmen konnte. Lukas hielt den überraschten Barkeeper einige Sekunden lang in seinen Armen, klopfte ihm anschließend kräftig auf den Rücken und sagte: »Du bist echt in Ordnung. Ein toller Verein ist das hier.«

Bierhelm

Plan- und ziellos lief Klaus durch die Gegend, betrachtete die schlecht gemauerten Hauswände, das brüchige Kopfsteinpflaster und die Schaufenster, an denen er vorbeiging. In einem stapelten sich unglaublich viele Konservendosen, er trat näher und erkannte, dass der gesamte Laden zum Schaufenster voller bunter, hübsch designter Konservendosen war.

In der Mitte thronte ein altes, herausgeputztes Kinderkarussell. Was für ein Anblick! Irgendwie überwältigend und einladend, irgendwie abstoßend. Wie musste sich erst ein Kind fühlen, dass sich auf eines der goldenen Pferde setzte und im Kreis an den bunten, bis zur Decke gestapelten Dosen vorbeiritt – immer und immer wieder. Zu gerne hätte er diese Reizüberflutung nun erlebt. Abtauchen im Farbenrausch. Vollkommen gedankenverloren.

Er machte ein paar Schritte zurück, spiegelte sich in der Schaufensterscheibe, erkannte seine traurige Gestalt, den nicht mehr ganz so geraden Rücken, den lichten Haaransatz und die Falten im Gesicht. Er streckte sich, machte einen möglichst geraden Rücken, atmete tief ein und spannte seinen ganzen Körper an. Das Karussell war für ihn abgefahren, dachte er, Hasi aber noch nicht! Mit entschlossenen Schritten ging er los – nur wohin? Im Hotel wollte er nicht auf sie warten. Er wollte sie jetzt wiederfinden, ihr sagen, was er für sie empfand, sich entschuldigen.

Vielleicht steckte sie gerade in Schwierigkeiten, wer wusste, was dieser Alvaro wirklich im Schilde führte. Er blieb stehen, dachte nach, raufte sich die Haare. Dann durchfuhr ihn der

Geistesblitz, auf den er gehofft hatte. Sie waren heute Nachmittag spazieren gewesen, weil Hasi es vorgeschlagen hatte. Scheinbar planlos waren sie durch ihr Viertel flaniert, waren an Geschäften und Bars stehengeblieben, hatten sich über die kleinen Baumärkte gefreut und hatten ein paar Gassen durchstreift. Wie eigentlich immer hatte Hasi den Weg vorgegeben, einmal sogar gegen seinen Wunsch. Sie hatte unbedingt die lange Treppe in eine schmale Gasse nehmen und diese fast bis zum Ende gehen und begutachten wollen. Mit einem Mal wurde ihm klar, warum sie das gewollt hatte, warum sie so langsam gegangen und so genau hingeschaut hatte.

Zum ersten Mal seit ihrer Ankunft in Porto ärgerte er sich, dass er sich durch die Hafenstadt hatte führen, schieben und leiten lassen: vom Flughafen zum Hotel, durch die U-Bahnen, dunklen Gassen und über die breiten Straßen. Er genoss es, die Stadt, die Geräuschkulisse und die vielen Menschen auf sich wirken zu lassen, während er sich bei Hasi unterhakte. Der entscheidende Nachteil zeigte sich erst jetzt, weil er seine Frau Hase suchte: Er erkannte viele Ecken, Geschäfte und Gebäude wieder, konnte sie aber nicht einander zuordnen, keine Verbindungen herstellen, sich an keine Wege erinnern.

Auf Umwegen würde er zurück zum Hotel finden, wie er aber die Treppe wiederentdecken sollte, die ihn vielleicht zu Frau Hase führte, war ihm wortwörtlich schleierhaft. Ohne Hasi hatte sich die Stadt verändert, sie lag in leichtem Nebel, kein schöner, romantischer oder wenigstens ansehnlich mysteriöser Nebel, sondern ein betäubender, undurchsichtiger. Klaus eilte leicht taumelnd die Straßen entlang, hielt sich an die größeren und breiten, so landete er schließlich an der Pferdestatue, wie er sie genannt hatte, bis ihn Hasi auf Portugiesisch korrigiert hatte: »Das ist die Estátua Equestre de Dom Pedro IV.«

In Gedanken hörte er ihre Stimme und ging auf das Rathaus zu, weil er sich zumindest sicher war, dass die Gasse, die er suchte, irgendwo dahinter liegen musste. Er bog links ab, durchquerte ein paar Straßen, erkannte ein Restaurant und einen Supermarkt wieder und entdeckte kurz darauf das Hotel, in dem sie übernachteten.

Von hier aus hatten sie sich heute Mittag auf den Weg gemacht und waren zwischendurch in der Gasse gelandet, an dessen Ende er Frau Hase nun vermutete. Er versuchte ihre gemeinsame Route zu rekonstruieren, konnte sich aber nur schwach erinnern, fast so als wäre er mit verbundenen Augen durch die Stadt geführt worden. Vielleicht war das die Lösung, dachte er, ging zurück zum Hotel, stellte sich vor den Ausgang und schloss die Augen.

Er dachte an Frau Hase, stellte sich vor, wie er sich bei ihr unterhakte und sich auf einen Spaziergang durch die Stadt führen ließ. Er konnte sie riechen, ihren Atem hören, der lauter und etwas schneller wurde, wenn sie mit ihren zügigen Schritten voranging. Er konnte ihre weiche Haut spüren und das Kratzen der Fingernägel an seiner Hand. Er ging los, lief mit unscharfem Blick die Straßen entlang und versuchte, wie in Trance voran und zum Ziel zu gelangen. Ein bisschen belachte er sich selbst für diese Aktion, aber immerhin ging er unbewusst zielstrebig durch die Straßen und Gassen und glaubte dabei fest daran, dass Frau Hases Geist oder ihr

Karma oder der Zufall ihn zu ihr führen würde.

Er ging weiter und weiter, schritt viel mehr, ohne zu wissen, wie lange er unterwegs war oder wo in dieser Stadt er sich befand. Vor einem besonders kleinen Baumarkt, dessen Schaufensterauslage gerade mal für zwei Handsägen, einen orangefarbenen Arbeitshelm und ein paar Bohrmaschinen ausreichte, blieb er stehen. Der Helm hatte ihn aus seiner Laufstarre erweckt. Er hatte ihn heute Mittag schon mal gesehen und dabei an einen Bierdosenhelm gedacht, den er früher besessen und nur ein einziges Mal benutzt hatte.

Damals hatte er den Bierdosenhelm links und rechts mit jeweils einer halben Liter Dose Billigbier bestückt und beide Dosen über die montierten Strohhalme in rekordverdächtigen, handgestoppten 49 Sekunden geleert. Anschließend war er rückwärts umgekippt und einige Minuten bewusstlos liegen geblieben, der Helm hatte ihn nicht geschützt und Klaus eine ordentliche Beule davongetragen. Heute Mittag hatte ihn der Helm an diese unrühmliche Episode seiner Jugend erinnert, nun brachte er Frau Hase ein ganzes Stück näher, weil er sich von hier aus in etwa erinnerte, wie er zu der Treppe und der Gasse kam. Es musste gleich da vorne um die Ecke sein, dachte er, als er zielstrebig den kleinen Baumarkt betrat.

Vor der grün umrandeten Tür überprüfte er mit zittrigen Händen den Inhalt seiner Taschen: in der rechten das längliche Gehäuse, in der anderen die Spule, ein paar Kabel und eine Batterie. Er fühlte sich wie Walter White, kurz bevor der sich aus dem Rockerheim bombt, auch wenn Klaus seine eigenen Fähigkeiten und die Möglichkeiten seiner

Gerätschaften in den Hosentaschen weitaus geringer einschätzte.

Der Baumarktmitarbeiter hatte ihn ganz sicher nicht nur wegen seiner kruden Mischung aus Englisch, Spanisch und Portugiesisch so schräg angesehen, sondern viel mehr noch, als er endlich verstanden hatte, was Klaus von ihm gewollt hatte. Kurz hatte sich der sichtlich irritierte, junge Mitarbeiter verweigert, schließlich aber offenbar Klaus' große Notlage erkannt und leicht wütend mit dem Verkabeln und Löten begonnen. Klaus hatte ein anständiges Trinkgeld springen lassen, alles verstaut und war um die Ecke und die Treppe hinaufgestürzt. Hasi, ich komme, dachte er und visierte die Tür am Ende der Gasse an.

Vor der Tür versuchte er sich so leise wie möglich, am besten gar nicht zu bewegen. Er hörte genau hin, konnte aber weder Stimmen noch andere Geräusche vernehmen. Ein Schweißtropfen glitt ihm von der Stirn, er sah ihn auf dem Kopfsteinpflaster landen, dort verlaufen und verschwinden. Klaus vergewisserte sich, dass ihn niemand beobachtete, und schlich dann zum Fenster, das zum Haus der grün umrandeten Tür gehörte.

Eine vergilbte Gardine hing im schmalen Fenster, das von einem überdimensional breiten Holzrahmen eingefasst war. Er verhielt sich möglichst unauffällig, was ihm nach eigener Wahrnehmung weniger gut gelang. Er spürte, dass er etwas tun musste. Nur was? Anklingeln und nach Frau Hase fragen? Wohl kaum! Versuchen, die Tür aufzubrechen, daran verzweifeln und erwischt werden? Wohl kaum! Den Fensterrahmen mit der Schulter auframmen und behaupten, er wäre unglücklich gestolpert, falls er erwischt würde? Das klang nach einem ziemlich idiotischen Plan, aber nach einem Plan. Zudem sah der breite, gesprungene Holzrahmen des Fensters so aus, als wäre er zu knacken.

Er machte ein paar Schritte zurück, blickte sich um und konnte niemanden entdecken, also visierte er das Fenster an und ging mit schnellen Schritten los. Er stellte sich selbst ein Bein und fiel halb stolpernd, halb rammend und vor allem laut krachend gegen den Fensterrahmen. Das Holz gab nach und sein Ellbogen begann fürchterlich zu schmerzen. Gekrümmt hielt er inne, atmete möglichst flach, bewegte sich nicht und lauschte. Erst jetzt überlegte er sich, wie er in der nächsten Sekunde vielleicht schon erklären sollte, wie um Himmels Willen er derartig ungeschickt in das Fenster gefallen sein sollte. Und zwar einem aufgebrachten Gangster, der Klaus‘ schlechtes Portugiesisch sicherlich nicht lustig finden würde.

Einige Sekunden lag er im bereits leicht geöffneten Fenster, bis er sich möglichst langsam und leise in eine aufrechte Position brachte. Das einzige Geräusch, das er vernahm, war das leichte Stöhnen und das Knirschen seiner alten Knochen. Was auch immer diese Verbrecher draufhatten, alarmgesichert waren sie nicht, dachte er mit neuem Mut und drückte sanft gegen den Holzrahmen. Das Fenster öffnete sich leicht knarzend und er sah einen Teil des dahinter liegenden dunklen Zimmers: grauer Linoleum-Boden, mehr nicht.

Vorsichtig hob er ein Bein über die Fensterbank, zog das zweite nach und den Kopf ein, schon stand er im Zimmer. Hektisch blickte er zur gegenüberliegenden Tür, die im fahlen

Licht des geöffneten Fensters zu erkennen war. Vom restlichen Raum hingegen war kaum etwas zu sehen, weil die vermutlich dunklen Wände kaum Licht abbekamen. Klaus konnte in einem zwei Quadratmeter kleinen Zimmer oder in einem großen, schmalen Saal stehen. Langsam ging er auf die Tür zu, blickte dabei nach links und rechts, ohne etwas erkennen zu können.

Das Schlüsselloch der Tür eröffnete einen Einblick in einen helleren Raum, so viel konnte er schon aus einigen Metern Entfernung erkennen. In der Hocke schob Klaus seinen Kopf langsam an das Schlüsselloch heran. Er spürte das kalte Metall an seinem Auge, tarierte seine Position etwas aus und konnte so einen Stuhl auf der anderen Seite erkennen. Außerdem Beine. Frau Hases Beine. Das sind eindeutig Hasis Beine, dachte er erschrocken und geriet fast aus dem Gleichgewicht. Wenn Frau Hase hinter der Tür auf dem Stuhl saß, musste sie gehört haben, wie er ins Fenster gekracht war. Warum reagierte sie nicht, rief etwas oder stand auf, um nachzusehen?

Er bewegte seinen Kopf Millimeter für Millimeter an der kleinen Öffnung vorbei, um aus einem anderen Winkel mehr erkennen zu können: Er sah den alten Holzstuhl und Hasis Schuhe, eindeutig, gelb-glänzende Lackstiefel, dazu ihre schön geformten, starken Beine, die leicht hin und her zuckten – mehr bekam er nicht zu sehen. Hasi musste allein in dem Raum hinter der Tür sein, sonst wäre ihm schon ein gewalttätiger Gangster entgegengestürzt und hätte ihn zu Brei geschlagen. Aber warum saß sie dort?

Er musste es herausfinden und durchleuchtete deshalb

noch mal jeden ersichtlichen Zentimeter, den er durch das Schlüsselloch erblicken konnte. Viel war es nicht. Es half nichts, er richtete sich aus der Hocke auf, atmete tief ein, prüfte den Inhalt seiner Taschen und riss die Tür ruckartig auf.

Koteletten

Langsam drehte sich Lukas auf dem Barhocker in Richtung des Saals und schaute in das ruhige und trotzdem unübersichtliche Treiben. Es blickten weitaus weniger Augen als befürchtet zurück. Nur ein Mann mit grauen Koteletten, Schnurrbart, lichtem Haar und einem braunen Wollpullover, unter dem ein weißer Hemdkragen hervorguckte, sah ihn von einem Tischende aus mit zusammengekniffenen Augen an. Lukas geriet kurz ins Stocken, ließ sich aber nicht von seinem Vorhaben abbringen. Er ignorierte den Blick und ließ stattdessen seinen durch den Saal schweifen, vorbei an gut besetzten Tischen, die mit wenig geschmackvollen Blumengestecken dekoriert waren.

Die Menschen an den Tischreihen trugen Sakkos und Westen, Hemden und sogar traditionelle Trachten – allesamt ziemlich farblos, passend zu den hier vorherrschenden Farben: grau und braun! An den Wänden sorgten diverse Wimpel und eine bayerische Landesflagge für wenige Farbakzente. Hin und wieder stand jemand auf, wechselte den Tisch, ging zum Buffet oder in Richtung der Toiletten, die sich im hinteren Teil des Saals befanden. Mit seinem geschulten Blick hatte Lukas den Weg dorthin stets unbewusst im Blick gehabt, wenn einer der Herren zur Toilette ging oder wiederkam.

In den letzten Minuten hatte er ein ungewöhnlich hohes Aufkommen an hin- und herlaufenden Männern registriert. So hatte er in den letzten Jahren, in denen seine Blase zunehmend schüchterner geworden war, gelernt, den möglichst richtigen Moment abzupassen, um die Toilettenräume zumindest für eine kurze Zeit für sich allein zu haben, und so auch die freie Auswahl und eine leere Kabine.

Lukas stand auf und machte ein paar zaghafte Schritte in den Raum, der viele Alkohol stieg ihm zu Kopf und machte seine Beine wackelig. Er scannte den Saal nach Linda und Kev, doch anstatt seiner Freunde entdeckte er erneut die zusammengepressten Augen, die ihn fixierten. Lukas suchte eine Erklärung dafür und den Raum weiter ab. Er versuchte den so eindringlich schauenden Mann so gut wie möglich zu ignorieren, spürte seinen Blick aber auf ihm ruhen, während er weiter voranging.

Zwischen zwei Sitzreihen hindurch entdeckte er in der gegenüberliegenden Ecke Linda, die dort auf einem an der Holzwand stehenden Tisch saß und sich mit einem Mann unterhielt, der leicht angegrautes Haar und wenig überraschend Hemd und Stoffhose trug. Linda schien hier angekommen zu sein, dachte Lukas, der weiter durch den Saal stapfte. Seine Knie gaben stellenweise so massiv nach, dass es sich anfühlte als laufe er über eine Hängebrücke. Der Blick, den das fast bodentiefe Panoramafenster auf der anderen Seite des Saals offenbarte, tat sein Übriges.

Lukas fühlte sich wie seekrank, war zeitgleich aber fasziniert von der Aussicht auf die grünen Hügel und den malerischen See, der sich hinter dem Fenster erstreckte und zum Greifen nah war. So altbacken und spießig dieser Verein und seine Mitglieder auch waren, er war in einem kleinen Paradies angesiedelt. Deshalb versuchten die Siedler ihr kleines Idyll womöglich auch gegen Eindringlinge zu verteidigen, es abzuriegeln gegenüber Fremden, die – ja, was eigentlich, fragte sich Lukas. Er jedenfalls wollte hier so schnell wie möglich wieder verschwinden, auch wenn er sich vorstellen konnte, in die Berge zu wandern und dort sein Lager aufzuschlagen.

Er starrte noch einige Minuten durch das Fenster und die Leute hindurch, die davorstanden und sich unterhielten, dann drehte er sich auf dem Absatz um und blickte direkt in das zusammengekniffene, mittlerweile wirklich angestrengt aussehende Paar Augen am Tischende. Dieses Mal sah Lukas entschlossen zurück, er schärfte seinen Blick, schob den Kopf ein kleines Stück nach vorne und ging mit entschiedenen Schritten direkt auf den aufdringlichen Kotelettenträger zu, der sich keine Blöße gab, sondern tapfer weiter guckte.

Wenn sich jemand ob der Situation unsicher fühlte, war es Lukas, doch der wollte sich nichts anmerken lassen und wich nicht von seiner Route ab. Als die beiden Kontrahenten nur noch wenige Meter voneinander entfernt waren, tauchte neben dem Wollpullover ein Camouflage-Muster auf, und Lukas wusste, ohne die feindlichen Augen aus dem Blick zu verlieren, dass es Kev war, der offenbar an einem Tisch mit dem grimmig guckenden Herrn gesessen hatte.

Lukas hielt dem Blick stand und blieb etwa einen Meter vor dem Tisch stehen – Augen in Augen. Wie die Ruhe vor dem Sturm, wie zwei wilde Tiere, die jeden Moment fauchend aufeinander losgehen, schauten sich die beiden an. Mit seiner beigefarbenen Cordhose zum braunen Pullover, den Koteletten und dem breiten Schnurrbart erinnerte ihn der Mann an seinen ehemaligen Erdkundelehrer, den Lukas zu gleichen Teilen gehasst, bewundert und bemitleidet hatte.

Offenbar wussten beide Kontrahenten nicht so recht, wie

sie nun mit dieser Situation umgehen sollten, wie sie fortfahren sollten. Eine Gabel fiel laut auf einen Teller und jemand stand vom Tisch auf. Aus den Augenwinkeln konnte Lukas erahnen, dass der Gabelwerfer sich den Magen hielt und in Richtung der Toiletten verschwand. Lukas versuchte seine Vorurteile gegenüber seinem Kontrahenten – wohlhabender, SUV-fahrender, CSU-wählender Eigenheimbesitzer mit rechten Tendenzen – aus dessen Sicht auf sich selbst zu spiegeln: fauler, betrunkener, Die-Grünen-wählender Eindringling mit linken Tendenzen.

In Lukas stieg Wut auf und sie war nur schwer aufzuhalten. Er erinnerte sich an eine Zeit, in der er seine Wut, viel mehr seinen Hass, nicht hatte kontrollieren können. Über einen Zeitraum von mehr als einem halben Jahr hatten ihn verschiedene Dinge, oftmals Kleinigkeiten, derartig aus dem Konzept gebracht, dass er sie über Aggressionen wieder hatte geraderücken müssen. Ein falscher Blick, ein falsches Wort in einem Forum, alles, was nicht seinem Weltbild entsprach – egal ob zu Unrecht oder begründet –, ließ ihn um sich schlagen.

Einmal hatte er seine Faust mit voller Wucht gegen eine Hauswand gehämmert, weil er einen Mann dabei beobachtet hatte, wie er zuerst seine Zigarette auf dem Boden ausgetreten und danach seiner Freundin oder zumindest einer Frau, die neben ihm lief, auffällig auf den Hintern gehauen hatte. Lukas hatte gewusst, dass er auf der richtigen Seite stand, war aber auch zu sehr in seiner eigenen Welt gefangen, um dieser Person die Meinung zu sagen, was allein sicher auch nicht ausgereicht hätte, um seiner unnatürlich starken Wut einen Kanal zu bieten. Dazu hätte er der Person schon eher die

Eingeweide herausreißen und seinen Kopf am nächsten Laternenpfahl aufhängen müssen, was natürlich nicht richtig und angemessen gewesen wäre, das hatte er glücklicherweise noch richtig einordnen können. Also hatte er sich für die Hauswand entschieden und dafür ein paar Wochen mit eiternden Wunden herumlaufen müssen.

Lukas sah die Iris seines Gegenübers beben, wie kleine Wellen in einem Meer, die für Unruhe sorgen. Er dachte an seinen Vater, der früher manchmal Stier mit ihm gespielt hatte. Lukas war der Stier, der Vater schwenkte ein rotes Handtuch. Eines Tages ging Lukas so sehr in seiner wütenden Stierrolle auf, dass er nicht bemerkte, wie sein Vater sich vor der Glastür der Küche positionierte.

Mit dem Kopf voran rannte er in die Glasscheibe, als sein Vater das Handtuch wie immer wegzog, kurz bevor Lukas es erreichte. Die Scheibe sprang unter dem Aufprall von Lukas' Kopf, der sich eine fiese Beule und tagelange Kopfschmerzen zuzog. Sein Vater amüsierte sich mehr, als dass er sich entschuldigte. Lukas blieb mit seiner Wut allein, zog sich zurück und rächte sich wenig später.

Er nahm das Schnarchen seines Vaters – das er manchmal sogar durch zwei Türen hindurch, in seinem Kinderzimmer hören konnte – mit seinem Kassettenrekorder auf und spielte es eines nachts dreimal so laut im Schlafzimmer seiner Eltern ab. Sein Vater zertrümmerte den Rekorder daraufhin und Lukas sah zwei Wochen lang nicht viel mehr als die vier Wände seines Zimmers, bereute seine Tat aber nicht. Im Gegenteil, sie gab ihm Genugtuung für mehrere Monate.

Lukas machte noch einen kleinen, wankenden Schritt nach

vorne und konnte nun sogar die winzigen Adern in den Augen seines Cordhosen-Kontrahenten erkennen. Er fühlte sich wie eine Mischung aus Sherlock Holmes, der kurz davorstand, seine geistige Kraft zu verlieren, und Hulk, der kurz davorstand, seine Kontrolle zu verlieren.

Magie

Mit aufgerissenen Augen blickte Frau Hase ihn an, sie zuckte hin und her, wackelte mit dem Stuhl und versuchte ihm mit dumpfen Lauten etwas zu vermitteln. Er stand wie erstarrt auf der Stelle! Sein Gehirn ignorierte den eindeutigen Reiz, dass die Lage verdammt noch Mal sehr ernst war, offenbar. Langsam sickerte Information durch: Frau Hase, seine große Hassliebe, ehemalige Drogenkurierin, Bäckereifachverkäuferin der Herzen und neuerdings Software-Schmugglerin, war mit Seilen und grauem Panzertape an einen Stuhl gefesselt, ihr Mund war mit einem alten Lappen geknebelt. Und das in der Höhle des Löwen: Alvaro, der zwar keine lästigen Katzen, aber ganz sicher lästige Menschen unter die Erde bringen konnte.

Langsam erwachte Klaus aus seiner Starre, nahm den Raum wahr, der mit dunkelgrünem Filzteppich ausgelegt war. In der Ecke standen drei Stühle und ein Tisch, darauf ein voller Aschenbecher, daneben ein Kartenspiel, vermutlich Skat, denn der Skat lag noch in der Mitte, der Rest der Karten war in drei gleich große Haufen verteilt. Rechts vom Tisch war eine weitere Tür, links davon eine Bar aus hellem Holz, darauf standen eine Kasse, ein Laptop und ein paar Gläser.

Der schlichte Raum wurde nur durch eine Stehlampe, die in der Ecke zwischen Tisch und Bar stand, in schummriges Licht getaucht. Es herrschte eine seltsame, undurchsichtige Atmosphäre, in dessen Mitte Frau Hase weiter strampelte und immer energischer in Klaus‘ Richtung blickte. Er reagierte endlich und nahm ihr vorsichtig den Knebel aus dem

Mund.

»Was zur Hölle machst du hier? Warum? Wie? Und wieso befreist du mich nicht?«, sagte Frau Hase mit gepresster Stimme. Sie musste sich zurückhalten, um ihn nicht aus vollem Leib anzuschreien.

»Ich wollte dich befreien!«

»Mich befreien? Wie bist du überhaupt hier reingekommen? Was war das für ein lauter Knall? Und woher willst du wissen, dass ich gefangen worden bin?«

»Ich bin ins Fenster gestolpert, nachdem ich das Gefühl hatte, dir helfen zu müssen. Offenbar hatte ich recht.«

»Nein, verdammt!«, wimmerte sie mehr als das sie schrie.

»Was ist das bitte sonst?«, deutete er auf die Fesseln.

»Das macht Alvaro immer so, er ist misstrauisch, auch nach Jahren noch. Er überprüft die Ware gerade, und weil ich nicht dabei sein darf und niemand auf mich aufpassen kann, hat er mich so lange hier gefesselt. Er kann jeden Moment wieder hier sein! Und wenn er dich sieht, dann…«

Sie schwieg plötzlich und guckte ihn entgeistert an. Durch die Tür waren gedämpfte Stimmen zu hören.

»Schnell, verschwinde!«

»Wohin?«

»Mach es einfach und stopf mir vorher den Lappen wieder in den Mund! Los!«

Er steckte ihr den Lappen hastig in den Mund, schloss die Tür, durch die er gekommen war, leise und verschwand mit wenigen große Schritten hinter der Bar. Sie folgte ihm mit einem Blick, der ihn mindestens für vollkommen verrückt erklärte und vielleicht noch Konsequenzen nach sich ziehen würde. Falls Alvaro das nicht übernahm. Zu seinem Glück war die Bar von hinten offen, sodass er sich darunter, in der Ecke neben ein paar Wasser- und Weinkisten verstecken konnte – mehr oder weniger zumindest.

Er kauerte sich zusammen und atmete so leise wie möglich, während die Stimmen näherkamen. Immerhin klangen sie gut gelaunt, meinte er zu erkennen. Frau Hase gab noch ein paar stöhnende Geräusche von sich, dann waren die Stimmen unmittelbar vor der Tür, die sich kurz darauf öffnete. Klaus hatte seine Arme um die Knie gelegt und zog sie so nah wie möglich an sich heran. Offenbar hatten zwei Männer den Raum betreten, sie unterhielten sich lautstark über etwas, von dem Klaus so gut wie nichts verstand.

Er meinte, das Wort »esperar« gehört zu haben, sie könnten also auf etwas warten, etwas erwarten oder bereits gewartet haben? Er beschloss, ruhig zu bleiben und auszuharren, auch wenn sich seine zusammengekauerte Sitzposition ziemlich unwürdig und wenig heldenhaft anfühlte. Doch sofern sich keiner der beiden hinter die Bar stellte, war er hier unten zumindest sicher. Und falls sie Frau Hase etwas antun wollten, bekäme er es mit und könnte heldenhaft einschreiten. Der richtige Moment würde schon kommen, versuchte er seine Angst zu überspielen, die sich mit großen Schweißperlen auf der Stirn äußerte.

Die beiden Ganoven schwiegen eine Weile, einer von ihnen hatte sich offenbar eine Zigarette angezündet. Klaus glaubte, das Klicken eines Feuerzeugs erkannt zu haben, und roch kurz danach den Rauch, der sich im ohnehin diesigen Raum breit machte. Er hörte Schritte, die sich der Bar näherten, aus dem Augenwinkel erkannte er einen schwarzen Lederschuh und ein Stück Bein einer dunklen Hose, genauer mochte er erst gar nicht hinsehen, er blickte stattdessen starr nach vorne, um sich möglichst nicht zu bewegen. Innerlich hielt er sich aber zum Absprung, Aufschwung und Aufschrei bereit.

Das schwarze Bein drehte ab und nahm am Tisch Platz, wie Klaus vermutete, weil ein Stuhl herumgerückt wurde. Jemand seufzte auf, ein weiterer Stuhl wurde bewegt. Jemand gähnte. Klaus' Schweiß lief und tropfte ihm bereits auf die Knie. Sein Puls raste und galoppierte an Hals und Handgelenken wie wild durch die Adern. Frau Hase bewegte sich und stöhnte leicht. Jemand lachte. Die beiden Personen, mehr schienen weiterhin nicht im Raum zu sein, unterhielten sich. Die Zeit schien zu stehen. Jeder Atemzug, auf den sich Klaus voll konzentrierte, damit er nicht zu laut ausfiel, dauerte eine gefühlte Ewigkeit.

Er dachte an Frau Hase, die nur wenige Meter von ihm entfernt saß, und überlegte, was sie wohl gerade dachte. Hatte sie sich schon einen Plan ausgedacht? Ging sie die verschiedenen Optionen im Kopf durch? Was sie sagen, erlügen und sich zurechtspinnen könnte, für den Fall, dass er gleich auffliegen, dass er entdeckt würde? Oder war sie einfach nur wütend auf ihn, dass er hier auftauchte, während sie alles unter Kontrolle hatte. Angeblich zumindest. Er traute sich zwar nicht, sich zu bewegen, überlegte aber, ob er das Handy aus der Jackentasche holen sollte, das Frau Hase ihm gegeben hatte, als er noch nichts von ihrem Auftrag gewusst hatte.

»Für den Fall, dass wir uns verlieren. Meine Nummer ist eingespeichert«, hatte sie gesagt und ihm das Handy in die

Hemdentasche gesteckt. Er hatte, wie so oft, nicht widersprochen. Nun könnte er eine Nachricht schreiben, das Display sollte nicht zu viel Licht erzeugen, dachte er und zweifelte trotzdem an seiner Idee. Wem sollte er eine SMS schreiben? Hasi, die nicht antworte konnte und wollte? Der Polizei? Nein, er musste sich und Hasi schon selbst aus dieser Lage befreien.

Das Warten wurde ihm langsam zu lang, der Schweiß zu viel. Seine Knie schmerzten von der kauernden Haltung, die Luft wurde dünner, sein Atem lauter – und vielleicht war das hier auch seine einzige Chance, um endgültig bei Hasi zu landen. Falls sie ihn wirklich nur als gute Tarnung mit nach Porto genommen hatte, war dies die Gelegenheit, wirklich Eindruck bei ihr zu hinterlassen, nicht als Tarnumhang, sondern als Magier mit Knalleffekt, mit neonfarbenem Kaninchen im Hut.

Ja, das könnte funktionieren, dachte er und setzte sich eine Frist: Um diese bedeutsam aufzuladen, nummerierte er das Alphabet von A aufsteigend durch und addierte die zu den Buchstaben H, A, S und I gehörenden Zahlen zusammen – wenn sich in 37 Sekunden nichts tun würde, dann würde er etwas tun. 37, 36, 35, …

Elend

Aus den Augenwinkeln nahm Lukas unweigerlich den zunehmenden Verkehr auf dem Weg zur Toilette wahr, dabei wollte er sich eigentlich auf den langsam rot anlaufenden Wutsiedler konzentrieren, der ihm jederzeit an die Gurgel gehen konnte, so nah stand er nun und so wütend guckte er. Sich zu konzentrieren, fiel Lukas aufgrund seines hohen Alkoholpegels allerdings schwer, um ehrlich zu sein, wusste er gerade gar nicht mehr, was er hier machte, warum er inmitten dieses Saals stand und jeden Moment eine handfeste Partykeilerei auslösen könnte. Auf der Schulter des wütenden Siedlers tauchte eine Hand auf, die zu einer Frau mit dunkelgrünem Kleid, Nickelbrille und lockigen, dunklen Haaren gehörte.

»Lass es gut sein, Herbert, das bringt doch nichts«, sagte sie mit hoher, kratziger Stimme.

»Lasse ich nicht«, brach es ruppig aus Herbert heraus, der mit einer schnellen Körperdrehung Hand, Arm und die ihn beruhigende Frau abschüttelte. Laut, mit tiefer Stimme und einem bayerischen Akzent fragte er Lukas direkt ins Gesicht: »Was? Hast? Du? Mit? Der? Leberknödelsuppe? Gemacht? Was? Sag es!«

»Mit was? Was soll ich gemacht haben? Ich habe gar nichts!«

»Seit Jahren richten wir hier ungestört unser Fest aus. Seit Jahren gibt es Leberknödelsuppe vom Petermichl, die allen hervorragend schmeckt. Nur in diesem Jahr sitzt du an der Bar und vor der Tür steht ein fremdes Auto, mit dem offenbar noch mehr von eurer Sippe angereist sind. Und ausgerechnet in diesem Jahr ist die Suppe höllisch scharf, komisch gewürzt und den Leuten wird reihenweise schlecht davon. Verkauf mich also nicht für dumm, ich kann noch Eins und Eins zusammenzählen.«

»Was du kannst«, Lukas brach mitten im Satz ab, musste aufstoßen und durchatmen, so sehr setzte ihm der Alkohol zu. Er versuchte sich zusammenzureißen, um möglichst souverän zu wirken: »Ich habe in Ruhe mit Anton der Mixrakete Drinks getrunken, habe nichts mit dieser Knödelleber zu tun und meine Freunde und ich sind friedvolle Gastsiedler hier im Hof vom Michel.«

»Jetzt auch noch frech werden, das sind mir die Schlimmsten!«

»Lass ihn doch, der ist ja nicht mehr bei Sinnen«, mischte sich die Frau aus dem Hintergrund wieder ein.

»Ich bin noch sehr sinnvoll, vielleicht auch voll, aber, liebe Siedlerdame, ich werde nun zum Buffet gehen und die Knödelleber probieren. Dann sehen wir weiter.«

Lukas wartete auf keine Antwort oder Attacke, sondern ging wankend auf die breiten Buffettische am Rande des Saals zu. Was für eine beschissene Idee es doch war, auf diese Party zu gehen. Er hatte es gleich gewusst. Und wo war überhaupt Kev, dem sie dieses Schlamassel zu verdanken hatten? Er amüsierte sich sicherlich, ging Lukas ein Licht auf. Auch wenn es nur ein kleines Glühwürmchen war, es war plötzlich ziemlich eindeutig, was Kev in der Metzgerei angestellt und dass der Wutsiedler mit seiner Behauptung Recht haben musste.

Lukas entdeckte Linda wieder, die immer noch auf dem Tisch an der Wand saß, aber gar nicht glücklich aussah. Sie blickte seltsam ins Leere, entdeckte Lukas und starrte ihn an, als wollte sie ihn aus der Ferne hypnotisieren. Lukas zweifelte an seiner Urteilsfähigkeit, rieb sich die Augen und blickte Linda fragend an. Er wusste die Situation nicht zu deuten, war sich aber sicher, dass irgendetwas ganz und gar nicht stimmte – und weil die Party hier ohnehin armselig verlief, fasste er die eine und einzige Idee, die ihm kam, um dieses Elend zu beenden.

Tischdecke

Eine gute Stunde hatte sie allein auf ihrem Zimmer verbracht, hatte geduscht und – so weit wie möglich – neue Kleidung angezogen, auf dem Bett gelegen, an die Decke gestarrt und nur ganz kurz an ihre Eltern und deren Sorgen gedacht. Auch die Gedanken an Dr. Reis und daran, wie es ihm wohl gerade ging, verdrängte sie schnell. Linda malte sich aus, was noch vor ihr lag, wenn sie dieses elendige Dorf erstmal verlassen und sie in Berlin ankommen würde.

Um nicht doch noch auf negative Gedanken zu kommen, stand sie mit Schwung aus dem Bett auf, machte sich frisch und fertig und kam nur knapp zu spät zum verabredeten Treffpunkt auf der Wiese hinter dem Gasthof. Auf dem Weg dorthin erwischte sie zufällig den richtigen Moment und ließ ein paar Weinflaschen aus dem Lager neben der Küche mitgehen, die sie ihren neuen Freunden stolz präsentierte. Ein bis dahin viel zu runder Abend, hatte sie bereits beim Betreten des Partysaals gedacht. Nun bewahrheitete sich ihr ungutes Gefühl und schlug unerbittlich zu.

Sie war wie gelähmt, ihre Gedanken drehten Achten in ihrem Kopf, suchten die Schuld sogar bei ihr selbst. Konnte es wirklich an ihr liegen, dass sie in rund 24 Stunden zum zweiten Mal in eine solche Situation geriet? Oder war die Welt wirklich so ein armseliger, beschissener, verachtenswerter Fleck im Universum? Sie hatte Lukas und Kev schon vor einiger Zeit aus den Augen verloren, Lukas zuletzt an der Bar gesehen, Kev an einem voll besetzten Tisch. Sie hatte sich unwohl gefühlt, war zu betrunken gewesen, um einfach zu gehen, und zu nüchtern, um mit den fremden Menschen zu sprechen, deshalb hatte sie sich mit einem Glas Wasser auf einen Tisch am Rande des Saals gesetzt.

Dort saß sie nun und spürte den dunkelgrauen Stoff und den darunter liegenden Oberschenkel unweigerlich an ihrem Knie. »Was macht so ein hübsches Mädchen wie du hier bei uns in den Bergen? Darf ich dich auf einen Sekt einladen?«, hatte der Anzugträger sie von der Seite angesprochen. Er trug Schnurrbart und kurzes, graues Haar, sein Gesicht sah faltig und verbraucht aus, vermutlich durch übermäßigen Alkoholkonsum, zumindest deuteten die kleinen roten Adern rund um die Nase darauf hin.

Sein Anzug, unter dem er ein blaues Hemd trug, spannte am Bauch und sein aufdringliches Aftershave umgab ihn wie ein Schutzschirm. Seine kalkweiße, adrige Hand war ziemlich schnell in seine Hosentasche gewandert und machte dort ziemlich eindeutige Bewegungen, auch wenn er versuchte, sich nichts anmerken zu lassen. Er war einen Schritt an Linda herangetreten, hatte sich breit gemacht, sodass niemand aus dem Saal hatte sehe können, was er tat.

»Sei doch nicht so schüchtern«, sagte er und drückte sein Bein fester gegen Lindas Knie. Dabei blickte er sich vorsichtig um. Linda wollte ihn schlagen, treten und würgen, ihm seinen Kopf vom Körper reißen, sie brachte jedoch keinen Ton heraus und war unfähig, sich zu bewegen.

»Werner, Schatzi, kommst du gleich? Der Bürgermeister ist da«, rief eine Frau in einem auffällig hässlichen, violetten Kleid aus dem Hintergrund. Sie trug hohe Absätze, reichlich Schminke im Gesicht und toupierte, dunkelblonde Haare. Sie kam auf die beiden zu. Werner, der Widerling, machte unauffällig einen kleinen Schritt zurück und antwortete souverän: »Ich komme gleich, Schatzi. Wir haben uns gerade über die Alpen unterhalten«, sagte er und blickte Linda finster an. Werners Schatzi guckte kurz irritiert, nickte Linda zu und verschwand wieder im Saal.

»Meine Frau«, winkte er ab, »ich bin ein gefragter Mann, mir gehören 80 Prozent der Seilbahnen diesseits der Alpen. Deshalb habe ich jetzt einen wichtigen Termin, aber wir können uns gerne später weiter unterhalten. Ich habe eine schöne Ferienwohnung mit Whirlpool und Sauna, gar nicht weit von hier«, sagte er, näherte sich Linda wieder und kam mit seinem Schritt ihrem Knie so nah, wie es eben noch unauffällig war. Linda blickte mit wässrigen Augen an ihm vorbei, sagte nichts und suchte im Saal nach ihren Freunden, sah zur leeren Bar, vermutete Kev in der Mitte des Raumes und erblickte schließlich Lukas, der zwischen zwei Tischreihen entlangschlich. Sie starrte ihn an, in der Hoffnung, dass er sich umdrehen würde, doch er blickte auf den Boden vor sich. Sie war noch immer zu sehr geschockt, um Lukas rufen oder einfach zu ihm gehen zu können, stattdessen fixierte sie ihn.

»Du musst nicht zurückhaltend sein, ich meine es nur gut. Ich lade dich gerne ein«, machte der Seilbahnbesitzer noch einen unauffälligen Schritt auf sie zu, um ihr sein halb erigiertes Geschlechtsteil gegen das Knie zu drücken. Linda schrie innerlich auf, als Lukas sich zu ihr umdrehte, ihr in die Augen sah und seinen Blick schärfte, während er beinahe das Gleichgewicht verlor. Linda blickte ihn flehend an und wusste, dass er sie aus den Klauen dieses abscheulichen Dreckschweins befreien würde.

Lukas blieb stehen, guckte sie kurz irritiert an und ging dann weiter in Richtung des Buffets. Linda musste schlucken, sie unterdrückte ihre Tränen, während sich der dunkelgraue Anzug ihres Peinigers durch die feuchten Augen wie eine riesige Mauer vor ihr ausbreitete. Sie verkroch sich so weit in ihr Inneres, wie es nur ging, vergrub ihre Seele tief unter Haut, Herz und Innereien und beschloss, nichts mehr zu spüren und fühlen. Plötzlich ließ sie ein lautes, lang gezogenes Krachen durchzucken. Ein Knall von tausend Scherben hallte durch den Saal, das Stimmengeflecht verstummte und als das letzte Glas mit einem grellen Klirren auf den Holzboden gefallen war und irgendeine mittelmäßige Volksmusikgruppe von Band über den Sonnenuntergang in Ischgl sang, sah man Lukas die weiße Tischdecke des Buffets loslassen und in Lindas Richtung eilen.

Linda verstand sofort, dass der Unfall am Buffet keiner war, wenn sie auch noch nicht wieder bei Sinnen war. Der Radau jedenfalls hatte ihre Wut nach außen befördert und sie ermutigt, Gerechtigkeit walten zu lassen. Sie stieß den irritierten Seilbahn-Werner von sich weg, sprang vom Tisch auf und rammte ihm ihr Knie mit aller Wucht und Wut zwischen die Beine. Werner schrie auf, sackte zusammen und krümmte sich vor Schmerzen.

Lukas und Linda sahen sich an und wussten, dass es Zeit war zu gehen. Linda ging auf den Ausgang zu, Lukas machte große, wackelige Schritte in die Mitte des Raumes, in der Kev sich vom Tisch erhoben hatte. Ohne Worte schleifte Lukas ihn am Arm und im Schlingerkurs aus dem Saal, in dem der

Iffeldorfer Siedlerverein vor Empörung und Erstaunen handlungsunfähig erschien. Kein Schrei, kein Einschreiten, kein übereifriger Dorfpolizist, der den Buffetzerstörer aufhalten wollte. Linda, Lukas und Kev eilten auf ihre Zimmer und saßen wenige Minuten später bereits im Auto, um das Dorf hinter sich zu lassen.

Die weißen Spitzen der Alpen waren auch im Dunkeln gut zu erkennen und machten einen unwirklichen Eindruck im nächtlichen Panorama. Lukas hatte sich auf die Rückbank gesetzt, lag dort schon mehr, die Augen geschlossen. Er atmete schwer, wahrscheinlich würde er gleich anfangen zu schnarchen. Auf dem Beifahrersitz saß Linda und schwieg, sie blickte aus dem Fenster, die Hände nervös ineinander verschachtelt.

Kev steuerte den Kadett Richtung Autobahn. Er war der Einzige, der noch in der Lage war zu fahren. Er hatte nur wenig getrunken, während Lukas umso mehr Wein vernichtet hatte. Linda war kaum in der Lage zu sprechen, geschweige denn ein Lenkrad zu halten. Stolz konzentrierte sich Kev darauf, seine beiden Freunde aus diesem Dorf befreien zu können und darauf, den Kadett möglichst zügig Richtung Norden zu steuern. Berlin war ihr Ziel, davon würde ihn Lukas dieses Mal sicher nicht abbringen.

Anpfiff

…3, 2, 1, 0. Bis zur letzten Sekunde hatte er gehofft, dass irgendetwas passierte, etwas Unerwartetes, etwas unerwartet Gutes, etwas Überraschendes und Überragendes; etwas, das sie, Hasi und ihn, aus dieser aussichtslosen und nervenaufreibenden Situation befreite, doch es hatte sich nichts getan. Gar nichts. 37 Sekunden waren sicherlich auch nicht der größte Spielraum gewesen. Selbst schuld! Jetzt musste er da durch, musste loslegen und losschlagen.

Er löste die Arme, die seine Knie fest umschlungen hatten, lockerte sich möglichst leise, streckte die Beine vorsichtig aus, um nirgends anzustoßen und an seine Hosentaschen zu gelangen. In den Taschen ertastete er die beiden Gegenstände, stützte sich mit der Faust auf dem grauen Filzboden ab und ging langsam in die Hocke, um noch im Schutz der Bar zu verweilen. Vorsichtig riss er zwei kleine Stücke von dem gebrauchten Papiertaschentuch in seiner Hosentasche ab, knüllte sie zusammen und stopfte sich jeweils eines in jedes Ohr.

Die beiden Ganoven schienen davon nichts gemerkt zu haben, so sehr waren sie in ihre Gespräche vertieft. Ganz im Gegensatz zu Frau Hase, die herumzappelte und ein paar Laute von sich gab. So auffällig, dass die beiden nun schwiegen und sich ihr zuwandten, wie Klaus am Rücken eines Stuhls vermutete. Einer der beiden stand auf und machte ein paar Schritte in Richtung Hasi. Der andere erhob sich ebenfalls, wie Klaus schon am Schattenwurf an der Wand erkennen konnte. Hasi stöhnte und wütete gedämpft – vielleicht hatte sie seinen Plan durchschaut und spielte mit.

Jedenfalls war das seine große Chance, die beiden waren abgelenkt und er konnte sich unbemerkt erheben und sie überraschen. Zentimeter für Zentimeter richtete er sich hinter der Bar auf, so langsam, dass seine Beinmuskulatur fast nicht mitmachte. Er schielte am Laptop vorbei in den Raum und sah die beiden Verbrecher: Der eine war groß und schmächtig, trug mittellanges schwarzes Haar und einen Drei-Tage-Bart, der andere war etwas kleiner und breiter, hatte blondes, offenbar blondiertes kurzes Haar und offenbar eine Gesichtstätowierung, die Klaus aus seiner Position nur erahnen konnte.

Er hob die rechte Hand, holte tief Luft und pustete aus vollem Leib in das längliche, gefeilte Metallstück, eine zur Abwehr oder für den Notfall konzipierte Pfeife, eine verdammt laute jedenfalls. Der Signalton hatte den fensterlosen Raum sofort fest im Griff. Der Schall breitete sich zwischen den Köpfen der beiden Gangster und über Frau Hases Haupthaar hinaus aus, prallte von der gegenüberliegenden Wand zurück und raste von dort aus im Zickzack durch den kleinen Raum. Klaus pustete bis zum letzten bisschen Luft und fühlte sich dabei wie unter Wasser.

Die Taschentuchknäuel in Klaus' Ohren hatten nur wenig geholfen. Als der Ton nachließ, waren alle wie gelähmt von der schrillen, für drei Leute zudem überraschenden Lautstärke. Er nahm die Pfeife aus dem Mund und blickte in drei riesige Augenpaare. Frau Hase wandte sich hin und her, die beiden Ganoven blickten ihn fassungslos an, wussten nicht, wie ihnen geschah, griffen aber synchron mit der rechten

Hand in ihre Jacken und zogen ihre Pistolen hervor.

Weiter betäubt von der in den Ohren nachklingenden Lautstärke standen sie einige Sekunden regungslos im Raum, Klaus bewegte sich keinen Zentimeter, der Gesichtstätowierte nahm Frau Hase das Tuch aus dem Mund und stellte ihr eine Frage, die Klaus nicht verstand. Nicht nur wegen der betäubten Ohren, sondern auch wegen der Sprachbarriere. Der Schmächtige zielte mit seiner Waffe auf Klaus und guckte ihn grimmig an.

Das alles fühlte sich weiterhin nicht real an, weil es ohnehin absurd war, dass er mit der Bäckereifachverkäuferin seines Herzens und zwei Musterverbrechern in einem Hinterzimmer in Porto stand, aber auch, weil sich alles wie durch Watte anhörte und wie durch eine Klarsichtfolie aussah, so betäubt waren die Sinne noch von diesem Pfeifenungetüm, das vermutlich für den Außeneinsatz gedacht war und in Deutschland sicherlich keine TÜV-Zertifizierung bekommen würde. Und wenn ohnehin schon alles so abseitig war, warum sollte es dann nicht auch mit seinem zweiten Ass im Ärmel funktionieren, das er in der linken Hand hielt, die sich noch unterhalb der Theke befand.

Frau Hase sprach mit dem Tätowierten, sie wirkte aufgeregt, aber bemüht, zu kitten, was noch zu kitten war. Zumindest hoffte Klaus darauf – nicht, dass sie ihn nun im Stich ließ und den Verbrechern zum Fraß vorwarf. Mittlerweile hätte sie immerhin einen Grund dazu. Wenn sie ihn wirklich nur als Ablenkung mitgenommen hatte, dann war es damit spätestens jetzt vorbei. Er sprang mit seinen Blicken zwischen den drei Gesichtern hin und her, versuchte jede Mimik zu erhaschen und zu deuten, konnte auf die Schnelle aber keine Rückschlüsse daraus ziehen, ganz sicher aber auch keine positiven Signale aufspüren. Als Frau Hase plötzlich nicht mehr antwortete, sondern beschämt und verärgert zur Seite blickte, sah er sich gezwungen zu handeln.

Er hob die linke Hand theatralisch über die Theke, hielt die wuchtige Spule und die angelötete Batterie in die Höhe und blickte in drei verwunderte Gesichter. Frau Hases Gesichtszüge entgleisten, sie schien zu verzweifeln, vom Glauben abzufallen, ihr Leben zu verfluchen. Der Blondierte drehte sich herum, er kniff die Augen zusammen, fing an zu kichern, lachte immer lauter und hielt sich theatralisch den Bauch.

Klaus musste schlucken, er wurde wütend, wollte sich nicht auslachen lassen, das hatte er schon immer schlecht ausgehalten. Doch es blieb keine Zeit, um eingeschnappt zu sein oder durchzudrehen. Jetzt bloß einen kühlen Kopf bewahren und den beiden Ganoven verklickern, dass ich mit dieser Spule ihrem Software-Handel ganz schnell die Festplatte formatieren kann, dachte er. Doch wie vermittelte er das mit seinem nicht vorhandenen Portugiesisch und seinem miesen Englisch, das die beiden vielleicht schon deshalb nicht verstanden, weil sie selbst keines sprachen. Er versuchte es trotzdem, weil er etwas tun musste, bevor Frau Hases Blicke ihn töten oder die beiden mit anderen Mitteln selbiges versuchten.

»Attention! Stay calm! You can sit down if you like. I can destroy all your software with this magnet!«, rief er so selbstsicher wie möglich in den Raum und zeigte auf den kleinen schwarzen Hebel an der Seite seiner Apparatur. »I can push the black button and every software in this room is destroyed.« Er wunderte sich über sein einigermaßen flüssiges Englisch und darüber, dass die beiden Verbrecher schwiegen. Entweder setzten sie sich seine Worte noch in Gedanken zusammen und versuchten zu erahnen, was er dort in der Hand hielt, oder sie hatten ihn verstanden und wussten nicht, wie sie reagieren sollten.

Frau Hase jedenfalls sah verkrampft aus, ihre Mundwinkel hingen herab, die Augen hatte sie leicht zusammengepresst. Der Schmächtige fing plötzlich lauthals an zu lachen, auch er hielt sich den Bauch, als wäre das hier ein Brauch oder als wollte auch er mit einer kleinen schauspielerischen Einlage betonen, wie absurd Klaus und seine Ideen waren, die er hinter der Theke stehend zu verkaufen versuchte, wie ein schlechter Staubsaugervertreter, den man in wenigen Sekunden an der Haustür abwimmelte.

»German guy think he Einstein«, sagte der Schmächtige in gebrochenem Englisch, grinste breit und redete in Richtung von Frau Hase auf Portugiesisch weiter. Diese drehte sich um, blickte Klaus an und sagte mit regungsloser Mimik: »Du bist nicht Walter White. Die Software-Chips sind nicht hier, Alvaro ist höchstpersönlich mit ihnen unterwegs.«

Er blickte Frau Hase betroffen an, sie schloss die Augen. Der Blonde beobachtete die beiden, fing wieder an zu lachen und warf seinem Kollegen einen Spruch zu. Beide lachten, der Schmächtige ging auf Klaus zu, streckte ihm die linke Hand entgegen und wollte ihm den Elektromagneten abnehmen, was er mit einem Fingerzeig verdeutlichte. Klaus sah den Zeigefinger, der sich vor und zurückbewegte. Er kapitulierte innerlich, wehrte sich aber dagegen und wollte weitermachen – irgendwie. Und wenn ihn seine immer noch leicht betäubten Ohren und sein Blick nicht täuschten, nahte auch schon seine Rettung. Er blickte an der Hand vorbei und sah sich bestätigt. Er hob die linke Hand in die Höhe und sagte theatralisch: »This is not the end!«

Den beiden Ganoven verging das Lachen, ihr Chef stand in der Tür. Alvaro blickte die Lage zwar noch nicht, seine beiden Adjutanten aber finster an, danach hinter die Theke, wo Klaus triumphierend seine Apparatur in der Hand hielt. Klaus hatte gesehen, wie sich die Klinke bewegt hatte und seine Chance kommen sehen, den Magneten doch noch zu seinem ehrfürchtigen Einsatz bringen zu können, nämlich jetzt, bevor Alvaro seine beiden Kampfhunde auf ihn hetzte.

»Attention again!«, rief er viel zu laut in den kleinen Raum. »Hasi, erkläre ihnen bitte, dass diese Magnetspule alle elektronisch gespeicherten Daten in einem Umkreis von fünf Metern löscht, sobald ich sie aktiviere«, zeigte er auf den kleinen Knopf seines Apparats, »unsere Handys eingeschlossen, aber da müssen wir dann durch.«

»Du bist verrückt!«, schüttelte sie ihren Kopf und begann auf Portugiesisch mit Alvaro zu sprechen, der eine kurze, offenbar empörte Antwort gab und sich weiter anhörte, was Frau Hase zu sagen hatte. Alvaro überlegte, blickte abschätzig und belächelnd in Richtung Klaus. Dieser Anblick, Klaus' drahtige Gestalt und die simpel wirkende Spulen-Apparatur, konnte es kaum gewesen sein, doch Alvaros Mimik änderte sich, sie wurde ernsthafter und nachdenklicher. Das bemerkte auch Klaus, der seinen Zeigefinger gut sichtbar für alle auf den kleinen Knopf seiner Maschine legte.

Alvaro zögerte. Beschwichtigend hob er die Hände vor den Körper und redete erst mit seinen beiden Ganoven, dann mit Frau Hase. Klaus verfolgte die Gespräche aufgeregt, versuchte aber möglichst selbstsicher zu wirken und deshalb nicht mit den Augen zu zwinkern. Er hatte mal irgendwo gelesen, dass man Unsicherheit vor allem an nervösen Gesten und an häufigem Augenzwinkern erkennen konnte. Er hielt seine Augen also krampfhaft offen, versuchte außerdem nicht zu zittern, was ihm nicht gerade leichtfiel, weil er den linken Arm hochhalten musste, damit seine Spulenapparatur auch gut zu sehen war. Er zwinkerte einmal kräftig, um danach wieder lange ohne ein Zwinkern auszukommen. Vielleicht war beim nächsten Augenschlag ja schon alles vorbei und er zog triumphierend mit Frau Hase davon.

Plötzlich hob der Blondierte seine Pistole und drückte sie Frau Hase in den Nacken, ohne etwas zu sagen. Er blickte Klaus an, der den Blick erwiderte und dann zu seiner Maschine schaute, ohne mit den Augen zu zwinkern. Mit einer kurzen Handgeste bewegte Alvaro seinen Ganoven dazu, die Waffe wieder von Frau Hases Nacken zu entfernen. Er tauschte ein paar Sätze mit Frau Hase aus, die Klaus anschließend anschaute: »Alvaro sagt, er sei bereit uns unter einer Bedingung gehen zu lassen. Die Software in seiner Tasche ist sehr viel Geld wert, wenn sie zerstört sein sollte, wird er uns verfolgen und finden, egal wo wir sind, sagt er. Er wird uns und unsere Familien auslöschen. Wir sollten das Angebot besser annehmen, sonst wird er uns ebenfalls umbringen. Also lass deine Zauberspule besser aus und willige ein.«

»Aber Hasi«, stammelte Klaus, »was ist denn die eine

Bedingung?«

»Wir müssen die Software nach Berlin bringen.«

»Berlin?«

»Ja, Berlin.«

»Wieso sollen wir die Software dorthin transportieren, geht das nicht auch mit der Post oder online?«

»Zu riskant oder zu einfach nachzuverfolgen. Das ist jetzt auch der falsche Zeitpunkt, um solche Fragen zu stellen. Wir müssen einwilligen und können froh sein, wenn wir Porto lebend verlassen. Verstanden?«

Klaus überlegte und war unzufrieden, wie seine Rettungsaktion verlaufen war, er wusste aber auch nicht weiter, weshalb er eindeutig antwortete: »Verstanden!«

Frau Hase, immer noch an den Stuhl gefesselt, verdrehte ihren Hals, um Klaus einen ernsten Blick zuzuwerfen. Er wirkte: Klaus nahm den Finger vom Knopf seines Supermagneten und stellte ihn hinter den Laptop auf die Theke.

»Tudo azul! We are good«, sagte Alvaro und legte ein gekünstelt breites Lächeln auf.

»Tudo joia!«, sagte Frau Hase und nickte in seine Richtung.

Alvaro forderte den Blondierten per Fingerzeig dazu auf, Frau Hase vom Stuhl zu befreien. Er löste die Fesseln, sie stand auf, striff sich ein paar Mal mit den Händen über die zerknitterten Ärmel und ging auf Alvaro zu, der ihr mit wenigen Worten einen kleinen schwarzen Kasten in die Hand drückte. Sie nickte, drehte sich zu Klaus und forderte ihn per Augenkontakt auf, ihr zu folgen. So richtig traute Klaus sich nicht hinter der Theke hervor, die wie ein kleiner Schutzwall für ihn war, er ging aber langsam Richtung Tür und blickte dabei abwechselnd in die Gesichter der drei Verbrecher und in das von Frau Hase, die ihm von Tag zu Tag unheimlicher wurde und dabei trotzdem noch seltsam vertraut war.

Katerstimmung

Lukas konnte seine Augen nicht öffnen, war aber wach, weil Linda und Kev diskutierten. Auch sprechen konnte er nicht, er musste erstmal einordnen, wo er war und wie er hierhergekommen war, bevor er etwas gegen die viel zu lauten Stimmen tun konnte. Kev fühlte sich offenbar von den bayerischen Siedlern, von seinen Freunden und der Welt missachtet. Die Siedler jedenfalls waren fort, Lukas lag auf der Rückbank des Kadetts, sein Rücken schmerzte und seine rechte Hand war unter dem Gewicht seiner Hüfte eingeschlafen. Der Wagen bewegte sich nicht, draußen hörte man aber in unregelmäßigen Abständen Autos vorbeifahren.

Es war dunkel. Lukas genoss die plötzlich eintretende Ruhe und drehte sich mit dem Kopf Richtung Rücklehne, um sich noch ein paar Minuten auszuruhen, bevor er für seine beiden Freunde ein Lebenszeichen abgeben müsste, damit sie sich keine Sorgen machten. Zudem spürte er schon wieder die Not, Wasser zu lassen. Der starke Harndrang, der mit einer Druckbetankung unweigerlich einher ging, hatte ihn schon vor Jahren dazu gebracht, weniger zu trinken. Zuerst nur weniger Bier und mehr Schnaps, später grundsätzlich weniger oder gar keinen Alkohol.

»Ich verstehe das einfach nicht! Wieso ergeht es mir immer so?«, sagte Kev in einem ungewohnt uncoolen, leidvollen Ton. Bevor er weiterreden konnte, raffte Lukas sich auf. Er wuchtete sich nach oben, setzte sich hin und sank sogleich wieder herab, lehnte sich, halb sitzend, halb liegend, gegen Wand und Fenster: »Wo sind wir?«

»Hey, der Zerstörer ist erwacht«, raunte Kev, der plötzlich wieder nach gut gelaunter Coolness klang, »wir sind kurz hinter Nürnberg. Ich habe uns hierhergefahren, um das Dorf und die wütenden Siedler hinter uns zu lassen.«

»Ich erinnere mich – halbwegs. Zumindest an viel Krach.«

»Unseren Freunden aus dem Siedlerverein wird es ähnlich gehen. Sie werden diese Jahresfeier so schnell sicher nicht vergessen!«

»Danke, Lukas«, schaltete sich Linda leise ein, die genauso abgekämpft und übermüdet aussah wie der Rest der Reisegruppe.

»Selbstverständlich«, sagte Lukas, der in seinem schmerzenden Hinterkopf nach der passenden Szene suchte, für die Linda sich bedankte.

»Ich danke euch, dass ihr uns von dort weggebracht habt, es war wirklich kaum auszuhalten. Wie geht's jetzt weiter? Ich müsste auf jeden Fall erstmal hier raus und Luft schnappen.«

»Nach dem Dorf kommt die Großstadt: Wir sind auf dem Weg nach Berlin«, sagte Kev erfreut und stieg aus. Linda tat es ihm gleich und klappte den Beifahrersitz nach vorne.

»Berlin? Puuh, ich weiß nicht«, sagte Lukas, der sich umständlich aus dem Auto quetschte und nach vorne stolperte, als er endlich draußen war, »Hauptsache wir gehen nicht wieder auf irgendwelche Partys, dann soll es mir egal sein.«

Langsam ging Lukas davon, er überblickte dabei den kleinen, fast menschenleeren Rastplatz und verschwand meterweit im Dunkel des angrenzenden Grünstreifens. Einige Minuten später lag er wieder auf der Rückbank des Kadetts und konnte die Augen kaum aufhalten, er dachte an seine Oma und daran, was sie wohl gerade machte und ob sie ihr Auto vermisste. Linda und Kev schwiegen ebenfalls, sie hatten die Sitze ein wenig zurückgekurbelt und die Augen geschlossen.

Lukas dachte an seine erste Übernachtung im Zelt, damals mit 13 Jahren, als sein Freund Martin und er in den Sommerferien im großen Garten von Martins Tante hatten übernachten dürfen, ganz allein in der letzten Ecke des Grundstücks. Draußen die Kälte und die schwer einzuordnenden Geräusche und drinnen, in diesen engen Wänden, die sich gut anfühlende Freundschaft, die Sicherheit und eine angenehme Müdigkeit. Er hatte in dieser Nacht so gut geschlafen wie selten, es sollte allerdings die letzte Zeltübernachtung bleiben, weil Martin bald darauf in eine andere Stadt gezogen war. Seine Eltern hatten sich getrennt.

Hier hinten auf der Rückbank jedenfalls, mit Linda und Kev vor sich, fühlte es sich ganz ähnlich an wie damals im Zelt, wäre da nicht dieser verdammte Kater. Als Lukas erneut aufwachte, hörte und spürte er das vertraute Brummen des Kadetts. Es war hell. Linda saß am Steuer, Kev auf dem Beifahrersitz. Vor dem Fenster zogen Häuser vorbei und verschwanden wieder, die leere Weite des Tempelhofer Feldes erstreckte sich zu ihrer Rechten und der Wagen schien plötzlich langsamer zu fahren.

»Guten Morgen und willkommen in Berlin«, sagte Kev und grinste.

Briefmarken

Auf dem Weg zurück zum Hotel redeten Hasi und Klaus nicht miteinander, er drehte sich ein paar Mal um, weil er einen der beiden Ganoven hinter ihnen befürchtete. Hasi ging stoisch voran und verschwendete keine Zeit für einen Blick zurück, führte Klaus aber auch nicht, wie sie es in den vergangenen Tagen stets getan hatte.

Er musste also zusehen, dass er hinterherkam. Aus der Tür der Verbrecherhöhle hatte sie ihn noch geschoben, was ihm wiederum gar nicht gepasst hatte. Sie hatte die Ware in ihrer Handtasche verstaut und mit Alvaro ein paar Worte gewechselt, dann waren sie gegangen. Trotzdem war er nun heilfroh, diese äußerst unangenehme Situation trotz seiner Dummheiten unbeschadet überstanden zu haben. Eine Situation, in die er sich bugsiert hatte, um Hasi zu retten, die ihn nun mehr oder weniger gerettet hatte. Eher mehr als weniger, wenn er ehrlich war.

Zurück im Hotel passierte nach nur wenigen Minuten das, was er sich schon viel eher erhofft hatte. Sie redeten weiterhin nicht miteinander, fielen aber sanft übereinander her, als würden sie von magischer Hand dazu getrieben. Ihre Körper – beide nicht die attraktivsten, auch wenn Frau Hase das nach außen ganz gut kaschierte; bei ihm half auch keine Hülle mehr – waren in ihrer Unperfektheit wie füreinander gemacht. Als er tief in sie eindrang und sie gefühlvoll stöhnte, war es als würden sich ihre Seelen berühren und aneinander festhalten. Zumindest fühlte Klaus so und empfand diese Nähe viel bewegender als jeden noch so wilden Ritt, den er sich vorab in seinen kühnsten Träumen mehrfach ausgemalt hatte. Eigentlich sogar schon, als er Frau Hase zum ersten Mal hinter der Theke der Bäckerei gesehen hatte.

Nach einem intensiven Höhepunkt wechselten sie weiterhin kein Wort, schliefen halb ineinander verschlungen ein und wachten halb ineinander verschlungen wieder auf. Sie lächelte ihn kurz an und schwang sich aus dem Bett ins Bad.

»Wir müssen gleich los zum Flughafen!«, sagte sie so eindeutig, dass Widerrede ganz sicher zwecklos war. Er streckte sich, lächelte in sich hinein und zog sich zügig an. Nicht nur, um Frau Hases Eile gerecht zu werden, sondern auch damit sie ihn im Tageslicht nicht komplett nackt sah. Schnell schlüpfte er in die Hülle aus Jeans und Hemd, eine Katzenwäsche musste fürs Erste ausreichen. Er räumte ein paar Dinge aus seiner Sporttasche und verstaute ganz unten vorsichtig etwas, das Frau Hase nicht unbedingt sehen musste. Anschließend legte er die Bettdecken zusammen, als sein Blick auf Hasis Nachttisch ruhen blieb.

Dort lag ein geknickter Zettel mit Notizen. Verstohlen blickte er auf die unordentlich mit Bleistift geschriebenen Worte, dann herüber Richtung Bad, in dem Frau Hase noch zugange war. Er ging näher, ohne den Zettel in die Hand zu nehmen, und konnte die Aufzeichnungen entziffern.

Ich sitze im Hörsaal, ein Wissenschaftler im weißen Kittel erzählt von seiner Forschung in der Polarregion. Er zeigt einen gläsernen Käfig, in dem Menschen in einer Eislandschaft zu sehen sind. Der Wissenschaftler erklärt, dass er herausfinden möchte, wie sich Deo oder Duschgel mit Polarfrische auf Lebewesen an den Polen auswirkt. Ein Eisbär taucht im Käfig auf und stürzt sich mit lautem Gebrüll auf die

Menschen. Der Forscher verkündet sein Fazit: ‚Die Folgen können verheerend sein, wenn man Produkte mit Polarfrische herstellt.' Nächster Traum: Ich habe Freunde zum Grillabend eingeladen. Vom Balkon verkünde ich: ‚Ich habe eine Wolke zum Grillen gefangen.' Alle freuen sich auf das Festmahl. Die Wolke ist dick und grau und passt genau auf den Holzkohlegrill.

Wow, dachte Klaus, zwei interessante Träume. Es imponierte ihm, dass sein Hasi so etwas Kreatives und Komplexes träumte und es sich auch noch aufschrieb, was auch immer sie mit dieser Notiz vorhatte. Was er damit vorhatte, wusste er allerdings schon – ein alter Bauerntrick, den er von seinem Vater gelernt hatte. Eines der wenigen Dinge, die er von ihm gelernt hatte. Er hörte Frau Hase sich im Bad bewegen, machte ein paar Schritte zur Seite und nestelte an der bereits gefalteten Bettdecke herum, als sie die Badezimmertür öffnete und ihn erwartungsvoll anblickte.

»Ich bin so weit, ich muss nur noch mal schnell für kleine Software-Dealer«, sagte er und hoffte auf einen Lacher ihrerseits – vergeblich. Sie machte konzentriert weiter und packte ihre Sachen. Als er aus dem Badezimmer kam, stand sie bereits an der Zimmertür, ihre Handtasche umgeschnallt und die gelben Stiefel an den Füßen. Mit seiner umgeschnallten Sporttasche folgte er Frau Hase eilig, die bereits im Flur war.

Mit der U-Bahn fuhren sie zum Flughafen, wo Klaus erneut das besonders grüne Gras zwischen den Schienen bewunderte. Der Wind war heute fast eisig und nicht so erfrischend wie bei ihrer Ankunft, es war bewölkt und drohte jeden Moment zu regnen. Am Flughafen drängelten sich die Menschen, Frau Hase beachtete sie nicht und ging ihren Weg zum

Flugschalter.

In einigen Metern Entfernung lehnte sich Klaus an einen der weißen großen Pfeiler, die den Boden, vorbei an der ersten Etage, mit der Decke der großen Halle verbanden. Wäre ich ein Gecko, würde ich den Pfosten heraufklettern und mir das wilde Gewusel von oben anschauen, dachte er. Er hatte über die Aufregung um Frau Hase und über die Gefahr, in der sie sich befanden, vergessen und verdrängt, wie sehr ihn Menschenmassen und vor allem die stete, kreuz und quer verlaufende Bewegung dieser Massen hier in Porto verrückt machten. Hier im Flughafen, den runden Pfeiler schützend im Rücken, spürte er wieder, welch eine Unruhe diese Unruhe ihn ihm verursachte.

Die Menschen konnten einfach nicht stillstehen, nicht für sich sein, nicht ohne dieses Gewusel auskommen. Die Tickets in der Hand kehrte Frau Hase zurück. Der Flug ging in knapp drei Stunden. Am Rande der Flughafenhalle suchten sie sich zwei Sitzplätze, um die Wartezeit unter anderem mit den zwei pappigen Brötchen zu verbringen, die Klaus bei einem der zahlreichen, natürlich völlig überteuerten Läden besorgt hatte. Jedes Mal fragte er sich, warum alles, also wirklich alles im Flughafen so unverschämt teuer war? Galten hier etwa nicht die Gesetze des Marktes? Natürlich kommt hier niemand mal eben aus dem Gebäude heraus, um in einen Supermarkt zu gehen, aber wenn nur ein Bäcker, seine belegten Brötchen für merklich weniger Geld verkaufen würde, würde er dann nicht so viele Brötchen absetzen, dass er am Ende mehr verdienen würde als alle anderen?

Oder würden alle nachziehen und damit am Ende alle

weniger verdienen, weil die Kosten für einen Laden hier so verdammt hoch waren? War es also rentabler, wenn sich alle Läden an die hohen Preise hielten und sie den Kunden damit keine andere Wahl ließen, als ihr Geld zum Fenster herauszuschmeißen oder zu verhungern? Er war sich unsicher, aber sicher, dass es damals die richtige Entscheidung gewesen war, keine Wirtschaftswissenschaften zu studieren.

Er spülte die letzten Krümel des trockenen Brötchens mit einem Schluck des überteuerten Mineralwassers aus dem Mund in den Magen, knüllte das Verpackungspapier zusammen und warf es in den in wenigen Metern entfernt stehenden Mülleimer: »From Downtown! Drei Punkte!«, dachte er und erinnerte sich mit Stolz und Schwermut an seine kurze Zeit in der Basketball-Schulmannschaft. Eine sehr kurze Zeit, dennoch hatte er in seinen wenigen Monaten als High Post zwei gute Spiele hingelegt, eines davon sogar mit einem Drei-Punkte-Wurf in der letzten Sekunde für sein Team entschieden.

Als Teil des Teams hatte er sich allerdings nie gefühlt, was er spätestens nach diesem Wurf bemerkte, als sich alle auf ihn gestürzt hatten und er inmitten dieser Menschentraube am liebsten um sich geschlagen hätte. Er behielt seine Emotionen im Zaum und seine Position im Team noch für wenige Wochen. Vermutlich nur deshalb, weil man zumindest in dieser Altersklasse noch mit wenig Bewegung und etwas Größenvorsprung Duelle gewinnen konnte. Die anderen hatten immer mehr und immer weitergewollt, er war bald an dieser Mentalität verzweifelt, hatte andere Interessen neben dem Sport und Desinteresse an einem geregelten Leben.

Er beugte sich nach vorne, um sein Portemonnaie an der Seite seiner Sporttasche zu verstauen, als Frau Hase ihn aus seinen Gedanken riss.

»Was hast du da in der Tasche?«

»Was denn?«

»Na da, die Umschläge!«

»Ah, ja, das sind Umschläge.«

»Nur Umschläge – wozu?«

»Nein, nicht nur.«

»Was denn dann?«

»Ach, nichts Besonderes.«

»Na sag schon, Klausi.«

»Briefe.«

»Was für Briefe?«

»Briefe, die ich geschrieben habe.«

»An wen?«

»Ist nicht wichtig.«

»Los! Sag schon!«

»An meine ehemalige Freundin, an meinen ehemaligen Chef und an meinen ehemaligen Telefonanbieter.«

»Okay. Gleich drei Ehemaligenbriefe – das klingt spannend. Wann schickst du sie ab?«

»Das habe ich noch nicht geschafft, ich bin noch nicht dazugekommen. Die Briefe sind noch nicht zu Ende geschrieben.«

»Zeig mal her.«

Etwas widerwillig holte er die Briefe aus der Tasche und händigte sie Hasi aus. Sie las einen Brief nach dem anderen und guckte dabei nachdenklich, lachte einmal kurz auf.

Schließlich wendete sie sich Klaus zu und sagte entschlossen: »Die schreiben wir jetzt zu Ende und schicken sie ab, sobald wir in Berlin sind!«

»Okay«, sagte er vorsichtig, »warum nicht.« Ihm blieb sowieso kaum eine andere Wahl, denn sie hatte schon einen Kugelschreiber aus ihrer Tasche geholt, den Klaus sofort erkannte, weil er selbst einige davon besaß: ein roter Kugelschreiber mit dem Aufdruck »Bäckerei Groß – Wir backen keine kleinen Brötchen«. Sie drückte ihm den Stift in die Hand und legte den ersten Brief auf die Illustrierte, die sie sich gerade im Flughafen gekauft hatte – zum Normalpreis. Bei Zeitschriften verlangte niemand einen Aufpreis, da ging das plötzlich wieder, dachte Klaus und widmete sich dann dem Brief an Claudette.

»Ein schöner Name – erzähl mir mehr von Claudette und warum du ihr so einen ernsten, irgendwie nachtrauernden, aber offenbar doch letzten Brief schreiben möchtest«, sagte Frau Hase und lächelte ihn an.

Klaus fühlte sich wie bei einer Therapeutin auf der Couch. Auch wenn der Plastikschalensitz alles andere als gemütlich war und die beiden ganz sicher nicht unter sich waren, berichtete er seinem Hasi von der kurzweilig großartigen Beziehung zu Claudette, den schönen Abenden bei ihr, bei ihm, im Kino, in der Kneipe und im Bett. Berichtete von einem jähen Ende, von seiner Unzufriedenheit mit ihrer Unzufriedenheit, von ihrem anstrengenden Perfektionismus, von ihrer bestimmenden, vieles abschätzig bewertenden Art, von seiner trotzdem andauernden Liebe zu ihr, die sich spätestens dann in dezenten Hass gewandelt hatte, nachdem sie ihn verlassen hatte, obwohl er es schon etliche Male zuvor hatte tun wollen und vielleicht besser hätte tun sollen.

»Der Brief ist unvollständig und schwankt in den ersten Zeilen zwischen Wut, Selbstmitleid und Trauer um die vergangene Beziehung«, analysierte Frau Hase zügig. Sie hatte direkt ein paar Formulierungsvorschläge parat, um den Brief mit dem nötigen Biss, mit Selbstbewusstsein und einer klaren Ansage zu Ende zu bringen. Sie sparte dabei nicht an vulgärer Sprache, haderte nur mit einer passenden Verabschiedung, weil ihre bevorzugte bei einem handgeschriebenen Brief keinen Sinn hatte: »Mit den Mittelfingern getippt!«. Klaus war auch ohne die perfekte Verabschiedung begeistert und entschied sich mit einem lauten Lacher für »Bis bald. Nicht.«, faltete den Brief lieblos zusammen und steckte ihn zurück in den Umschlag.

»Der nächste bitte, Hasi«, sagte er und hielt Frau Hase die linke Hand empfangsbereit entgegen. Sie lächelten sich an und schrieben auch die anderen beiden Briefe mit großem Spaß und zahlreichen Schimpfwörtern zu Ende. Klaus verschloss den dritten Umschlag und fühlte sich allein durch den Akt des Schreibens schon viel besser – und vor allem wieder verbundener mit Frau Hase. Er freute sich schon diebisch darauf, die Briefe in Berlin zu frankieren und in einen Briefkasten zu werfen.

Das Flugzeug rollte pünktlich Richtung Startbahn. Frau Hase hatte auf dem gut gefüllten Flug den letzten Fensterplatz erwischt, den sie Klaus überließ. Als das Flugzeug kurz vor dem Start noch mal anhielt, blickte er aus dem Fenster und drehte sich zu Frau Hase um: »Guck mal da hinten, eine alte R72. Weißt du eigentlich, wann die Reifen eines Flugzeugs am meisten beansprucht werden?« Sie brauchte einen Moment, um die Sätze den passenden Erinnerungen zuordnen zu können, grinste Klausi dann aber breit an, der ebenfalls nicht mehr an sich halten konnte und laut loslachte. Während des Flugs schliefen beide mehrfach ein, sie fühlten sich wieder wohl miteinander, so nah neben- und beieinander.

Nach der Landung ließen sie all die Ungeduldigen – die sich schon mit ihren Taschen und Rucksäcken in den engen Gang quetschten, obwohl die Türen des Flugzeugs noch lange nicht geöffnet waren –, aber auch die Gemütlichen – die in Ruhe alles zusammenpackten und drei Mal kontrollierten, ob sie nicht doch etwas vergessen hatten, und sei es nur die eigentlich schon ausgelesene Tageszeitung – vor sich aussteigen. Sie verließen das Flugzeug erst, als die drei Flugbegleiterinnen und der eine Flugbegleiter schon zügig aufräumten, um bald wieder abheben zu können.

Auf ihrem Weg durch den Zoll, sie hatten selbstverständlich nichts zu verzollen, und durch die Vorhalle ließen sie die viele der Ungeduldigen an den Gepäckbändern hinter sich und traten freudestrahlend und bei herrlichem Sonnenschein ins Licht. Einen Moment standen sie nah beieinander vor dem Flughafen, sie genossen die Windstille und die Sonnenstrahlen, die wärmend auf ihrer Haut tanzten. Dann fiel Klaus der Grund ihres Berlinbesuchs wieder ein, er dachte an Alvaro und seine beiden Handlanger.

Seine Laune und Miene verschlechterten sich mit einem Schlag. Immerhin konnte er heute noch die drei Briefe einwerfen, sobald er das passende Porto besorgt hatte, dachte er und verzichtete auf einen Witz mit dem doppelten Porto. Alles andere würde sich schon ergeben, er hatte schließlich Hasi bei sich. Er hakte sich bei ihr unter und ließ sich auch durch diese Stadt führen, ging durch Unterführungen, fuhr U- und S-Bahn und beobachtete Menschen und Gebäude. Er genoss diesen sicheren Dämmerzustand, in dem er auch Porto genossen hatte und aus dem er noch früh genug erwachen würde.

Schaltzentrale

»Nun sagt schon: Wohin fahren wir?«

»Nicht so panisch, mein Bester. Linda hat uns im Prenzlauer Berg eine 1A-Unterkunft klar gemacht. Sie kennt da jemanden aus dem…«

»Sag nicht aus dem Internet!«, unterbrach Lukas Kev abrupt. Lukas machte sich Sorgen, wie es hier weitergehen sollte, in dieser umtriebigen und abseitigen Stadt. Zumindest mit Leuten aus dem Internet hatte er halbwegs schlechte Erfahrungen gemacht. Er musterte Kev von hinten, dessen Camouflage-Jacke auf den braunen Sitzen weder gut aussah noch ihn tarnte. Vermutlich waren Linda und Kev schon genervt von seinen Zweifeln, die Linda unterbrach: »Ich kenne ihn aus einem Forum, in dem ich regelmäßig online bin. Ich hatte angekündigt, dass ich womöglich in den kommenden Tagen oder Wochen vorbeikommen würde. Ich habe eine genaue Adresse, keine Sorge.«

»Wie heißt er denn?«

Linda schwieg. Lukas blickte sie an.

»Na, wie heißt sie oder er denn?«

»Quetschzange_123«, sagte Linda leise.

»Bitte was?«

»Alle nennen ihn Tooli. Er kann gut mit Werkzeugen umgehen.«

»Du kennst also nicht mal seinen richtigen Namen? Nur seinen Nickname?«

»Tooli ist echt in Ordnung, keine Angst. Ihr könnt mir vertrauen.«

»Mach dich mal locker, Luke. Das wird schon fluppen.«

Lukas schwieg eine Weile und begann ganz langsam, sich mit dem Gedanken anzufreunden, erstmal bei diesem Tooli unterzukommen, zumal er selbst keine bessere Idee hatte. Auf Kevs Aussage hätte er allerdings gerne mit wütenden Attacken reagiert, unter anderem weil dieser ihn schon wieder Luke nannte. Stattdessen drückte sich Lukas in die Ecke der Rückbank und beobachtete die vorbeiziehenden Gebäude, die verschiedene Höhen, Bauarten und viele, schlecht gealterte Farben und Fassaden bereithielten. Die schlimmste Fassade aber, wenn man sie überhaupt als solche bezeichnen konnte, hatten die Wände des Innenhofs, in dem Tooli wohnte.

Über kaputte Kopfsteinpflasterstraßen, vorbei an nur zum Teil bewohnten Häuserblöcken, waren sie in den großen Hinterhof eingebogen, der im Norden des Prenzlauer Berg lag. Sie parkten das Auto in einer Ecke, der einzigen Ecke, in der kein Müll oder kaputte Möbel lagen. Die Wände bestanden aus roten Steinen, die zwar offenbar noch zusammengehalten wurden, aber kaum mehr Putz trugen. Grau-rote Wände, in denen schlecht eingemauerte, braune Fenster steckten, die zum Teil von grauen Rollläden verdeckt waren.

Einige Fenster waren so verstaubt und dreckig, dass man nicht hindurchgucken konnte, andere von bunten oder roten Flaggen verhangen. Kabel führten quer über den Hof und verschwanden in schlecht verputzten Häuserwänden oder gekippten Fenstern. Es roch nach Staub und nassem Stein, nach modrigem und verbranntem Holz. Die drei standen in der Mitte des Hofes und blickten sich um.

»Hoffentlich hat Tooli dich nicht zum Renovieren eingeladen«, sagte Kev.

»Sehr witzig! Ich schaue mal, ob ich ihn finden kann. Er hat sich zwar nur mit Worten beschrieben, aber ich wette, dass ich ihn auf den ersten Blick erkenne«, sagte Linda und ging auf eine Tür zu, die einst blau lackiert war, mittlerweile aber hauptsächlich aus demoliertem Holz und einer eingedrückten, undurchsichtigen Scheibe bestand. Linda suchte nach einer Schelle, fand keine und klopfte stattdessen an. Bevor sie ein zweites Mal gegen die vibrierende Tür schlagen konnte, rief jemand von der anderen Seite des Hofs herüber: »Tach och! Lila, bist du dit?«

Linda drehte sich um, ihre Wangen liefen rot an und sie versuchte, die irritierten Blicke von Lukas uns Kev zu ignorieren.

»Tooli, hey! Ja, ich bin es. Und ich habe noch zwei Freunde mitgebracht.«

»Wir wollen aber nicht stören und bleiben auch nicht lange«, sagte Lukas und blickte Tooli nur kurz an. Tooli trug eine braune Cordhose, ausgelatschte, schwarze Stiefel mit Stahlkappe, Hosenträger und ein ziemlich kurzes, verdrecktes, weißes Shirt. Unter seiner Schiebermütze guckten braune, verfilzte und von Staub bedeckte Haare hervor. In seiner linken Hand hielt er eine selbst gedrehte Zigarette, in der rechten eine Zange – woher sein Spitzname kam, konnte man sich spätestens jetzt denken. Sein unrasiertes Gesicht offenbarte ein freundliches, etwas übertriebenes Lächeln, das sich an die Gäste wandte: »Allet jut! Ihr könnt so lange bleiben, wie ihr wollt. Korrekte Leute sind immer willkommen. Und ein bisschen Hilfe können wir sicher auch mal gebrochen.«

Lukas verdrehte die Augen. Ihm war das alles gar nicht recht, er wollte weder helfen, noch sollte ihm geholfen werden. Kev grinste sein breites Grinsen und Linda war froh, angekommen zu sein. Sie fühlte sich offensichtlich wirklich heimisch hier, obwohl sie dem Schiebermützenträger zuvor noch nie im echten Leben begegnet war. Jedenfalls umarmte sie ihn herzlich, was Lukas mit einem leichten Kopfschütteln kommentierte.

»Ich bin so froh hier zu sein, schön habt ihr es hier«, sagte Linda und Lukas überlegte, ob dass dieses »blind vor Liebe« war, von dem man oft sprach, das ihm selbst aber noch nie widerfahren war.

»Also: willkommen in der Pennlauen Kommune!«, hob Tooli die Arme und erklärte weiter, »dit ist unser aktueller Arbeitstitel, weil wir uns auf noch keenen Namen einigen konnten. kommt mal rin, ich zeig euch alles.«

Durch ein mit Werkzeugen und Bauschutt vollgestelltes Treppenhaus gelangten sie in die erste Etage und betraten etwas, das vermutlich mal eine Wohnung gewesen war und vielleicht wieder eine werden sollte. Türen gab es keine, die Wände waren bis auf die Steine kahl, Innenwände hatten zum Teil Löcher, die Fenster waren vom Schmutz der Arbeit undurchsichtig und auf dem Boden lagen Tapeten- und Teppichreste sowie jede Menge Holz.

»Dit wird mal unsere Schaltzentrale, drei Büros und ein Besprechungsraum. Und dit ist Heinz, der kümmert sich hier um die Infrastruktur.«

Tooli zeigte auf einen kräftigen jungen Mann mit

unglaublich verdreckter Kleidung und kurzen braunen Stoppelhaaren, der auf dem Boden hockte und offenbar damit beschäftigt war, ziemlich schiefe Kabelschlitze in die Wand zu fabrizieren. Abgesehen von den durch den Hof gespannten Kabeln war von Infrastruktur jedenfalls noch nicht viel zu sehen, dachte Lukas. Heinz drehte sich um und nickte ihnen zu, sein Gesicht war von einer weißen, verstaubten Maske halb verdeckt. Tooli führte sie in die zweite Etage, wo sie eine Wohnung mit Türen und wenigen Wänden betraten.

Knietief

Am Umsteigebahnhof Ostkreuz stiegen sie nicht um, sondern aus. Er spürte den leichten Druck von Frau Hase an seinem Arm und wusste, was er bedeutete. Er war froh darüber, die S-Bahn verlassen zu können, die sich an einigen anderen rot-vergilbten Bahnen vorbeischob. Zu viele Menschen, zu viele unangenehme Menschen: laute, schwitzende, schicke, affektierte, vermeintlich coole und hippe, riechende, schwer zu ertragende.

Ohne seinen Anker, ohne die Nähe zu Hasi hätte er es hier kaum ausgehalten, zumal es im Bahnhof nicht wesentlich angenehmer war. Die Treppen und Unterführungen und Brücken führten kreuz und quer zu verschiedenen Gleisen, Bahnlinien und Ausgängen, zudem waren sie Teil einer gigantischen Baustelle, durch die man mit temporären Holzwänden und Schildern geleitet wurde, begleitet von Baulärm aus allen Richtungen.

Falls die Menschheit mal wieder nach einer innovativen Foltermethode suchen sollte, hier war sie: Wer inmitten dieses Molochs ein paar Stunden verbringen musste, der plauderte freiwillig alle Geheimnisse aus. Durch einen Holzwandschlauch gelangten sie auf eine schmale Straße, auf der Klaus vor allem der Müll auffiel, der am Rand lag. Bei der Vielzahl an Menschen, die sich hier täglich wie eine Kuhherde durchschob, und der Fehlzahl an Mülleimern schien ihm die Menge an leeren Papier- und Plastikverpackungen, Zigarettenstummeln, Kaugummis, Dosen und undefinierbarem Dreck noch verhältnismäßig gering zu sein.

Die Straße führte sie an den Rand eines großen Platzes, eine Art Park, wenig grün und wenig einladend, der dank des milden Wetters gut besucht war. In der Mitte spielten junge Leute Tischtennis, dahinter war ein Käfig, in dem ein paar Jugendliche auf der einen und eine Mutter mit ihrem Sohn auf der anderen Seite Basketball spielten. Beide Körbe hatten kein Netz, aber schlechte Graffiti-Tags auf dem Brett.

Am Rande des Platzes tummelten sich ein paar Familien auf dem wenig exklusiven Spielplatz. Im Vergleich zu dem Verladebahnhof, aus dem sie gerade kamen, war die marode Wippe und das in die Jahre gekommene Klettergerüst allerdings die pure Freiheit. An der Straße gegenüber dem Platz konnte man wohnen, Burger oder Siebträger-Kaffeemaschinen kaufen. Über schlecht gepflasterte Straßen gingen sie an Cafés, Schnickschnack-Läden, mehr hippen jungen Leuten, mit und ohne Kinderwagen, an vom Leben gezeichneten Menschen und genervten alteingesessenen Berlinern vorbei.

An einem unscheinbaren, renovierten Altbau, der vielleicht auch nur deshalb unscheinbar war, weil hier in Berlin Friedrichshain alles gleich, mindestens ähnlich aussah, machten sie Halt. Hier ist so viel im Um- und Aufbruch, zum Guten wie zum Schlechten, dass es fast wie in Porto war, dachte Klaus, der das Gewusel und Getue hier als noch anstrengender empfand. Vielleicht auch, weil sich in Portugal immerhin eine Art Urlaubsgefühl eingeschlichen hatte, weil das Meer nicht weit entfernt gewesen war und weil der Douro ein wirklich schöner Fluss war, ganz im Gegensatz zur Spree.

Frau Hase drückte die schwere Holztür auf und betrat den

hinter zahlreichen Briefkästen liegenden Eingang des Bed- und Breakfast. »Herzlich Willkommen« und »Welcome!«, grüßte das Schild an der Tür. Klar, die Weltstadt Berlin, dachte Klaus und fragte sich, wieso die englischsprechenden Gäste samt Ausrufezeichen begrüßt wurden, die deutschsprachigen aber ohne. Der Herr am schmalen Empfang brachte sie zu ihrem geräumigen Zimmer. Die Decken waren so hoch, man hätte ein Trampolin hier reinstellen und nutzen können, die Einrichtung war karg, modern und stimmig. Ein großes Bett mit schweren Decken, ein weißer, geräumiger Kleiderschrank, eine kleine Kommode und ein Schreibtisch, ebenfalls beides weiß. Zwischen Schrank und Bett lag ein grau-gemusterter Teppich, das kleine Badezimmer war direkt nebenan. Klaus stellte seine Tasche neben den Kleiderschrank und legte sich zufrieden auf das gemachte Bett.

»Schön hier, Hasi«, sagte er, »schön ruhig hier.« Er verschränkte seine Arme hinter dem Kopf, atmete laut aus und schloss die Augen. Frau Hase sagte nichts, ging hin und her, suchte etwas in ihrer Tasche und öffnete den Kleiderschrank. Er genoss es, auf dem Bett zu liegen und sich dank Frau Hase wohlzufühlen in dieser großen, fremden Stadt. Sie räumte und rödelte, und er wusste, sie würde ihm nicht böse sein, weil er sie machen ließ, sondern froh darüber.

Er dachte an die Zukunft, versuchte den Auftrag, den sie hier hatten, den eigentlich nur Frau Hase hatte, zu verdrängen und sich zu erträumen, was danach mit ihnen passierte, was sie danach unternehmen und erleben würden. Er drehte sich auf die Seite, hörte, wie sich die schwere Federndecke unter seinem Gewicht langsam zusammenstauchte, hörte Schritte auf dem Flur und ein gedämpftes Hupen von draußen. Frau Hase war immer noch zugange und räumt offenbar gerade seine Sporttasche aus, wie er am kurzen Ratschen des Reißverschlusses erkannte. Er schreckte hoch und blickte Frau Hase an: »Lass gut sein, Hasi. Ich mach das gleich.« Sie lächelte, sagte nichts und machte weiter. Eilig stieg er aus dem Bett und nahm Frau Hase die Sporttasche aus der Hand: »Ich mache das schon, du hast jetzt auch mal Pause!« Sie versuchte ihn mit ihren Blicken zu durchdringen und durchschauen, ließ die Griffe der Tasche schließlich aber los.

»Was hast du denn? Du bist doch sonst nicht so – hast du etwa noch mehr geschmuggelt?«

»Ich habe eben die beste Lehrmeisterin, die man sich wünschen kann.«

»Haha, du Charmeur«, sagte sie, ohne zu lachen und ging zum Fenster, um auf das Treiben der Straße zu blicken. Gerade noch mal gut gegangen, dachte er – der Witz und das mit der Sporttasche. Er öffnete sie und bemerkte dabei, dass Frau Hase sie offenbar nur geschlossen haben musste. Er hob T-Shirt und Hose an und sah seinen darunter liegenden Supermagneten – trotz eines schlechten Gewissens Hasi gegenüber – verliebt an.

»Wirklich schön hier«, sagte Frau Hase, legte sich aufs Bett und blickte zufrieden an die Decke, »wenn ich nicht so einen Hunger hätte, könnte ich bis morgen hier liegen bleiben.«

»Dann besorgen wir uns doch so schnell wie möglich etwas zu Essen, um uns so schnell wie möglich mit vollen Bäuchen hinlegen zu können.«

»Grandiose Idee! Die Straße herunter ist ein

vietnamesischer Imbiss – hast du Lust, uns etwas zu holen?«

Sie wusste genau, dass er ihrem Hundeblick nicht widerstehen konnte und ihre Frage bejahen würde, die damit viel mehr einer netten Aufforderung glich. Eine halbe Stunde später lagen sie mit ihren üppigen Vor- und Hauptspeisen auf dem Bett. Er quälte sich mit den Stäbchen an ein paar Nudeln ab, während sie damit eine kleine Sommerrolle elegant in die Hoisin-Sauce tunkte. Sie tranken Weißwein aus Pappbechern und stießen bei jedem Schluck an: auf Porto, auf Berlin, auf Vietnam, auf Weißwein aus Pappbechern und mit den letzten Schlucken auf den morgigen letzten Deal.

Klaus räumte Flasche, Becher und den ganzen Umverpackungsmüll zur Seite, verlor dabei kurz das Gleichgewicht und stolperte lauthals gegen den Schrank. Frau Hase lachte erst leicht auf, dann laut und lauter. Er rappelte sich auf, schaute sie an, lachte mit und warf sich nach zwei großen, schnellen Schritten zu ihr ins Bett. Sie grinste, als er auf sie zuflog, schrie allerdings vor Schmerzen, als er sie mit angezogenem Knie an Hüftknochen und Magen erwischte. Sie krümmte sich und brüllte gedämpft in ihr Kissen.

»Hasi, Hasi«, sagte er erschrocken und schockiert, während er unkoordiniert mit Händen und Armen über ihr herumfuchtelte und sich nicht traute, sie zu berühren. Hasi antwortete nicht, zog sich stattdessen weiter zusammen. Er biss sich auf die Lippe, ärgerte sich über seine Tollpatschigkeit und über die in ihm aufsteigende Gewissheit, dass sie heute Nacht keine Intimitäten mehr austauschen würden. Zum Glück hatte er für morgen früh noch ein Ass im Ärmel.

Katzenkratzbaum

»Hier könnt ihr es euch gemütlich machen. Dit ist und wird unser Hostel sein, für Musiker und Künstler, die hier auftreten und übernachten. Da wir noch keine Veranstaltungen haben, gehört es euch ganz allein.« Tooli hob die Arme und machte eine halbe Drehung in den Raum. Die Wohnung, die nicht gerade einen sauberen Eindruck machte, in der aber immerhin weder Bauschutt noch Werkzeuge lagerten, bestand aus einem Badezimmer mit Dusche, Waschbecken und Toilette, einer kleinen, spartanisch eingerichteten Küche – Tisch, Stühle, Spüle, Herd und Kaffeemaschine – und aus einem ziemlich großen Zimmer, für das Infrastruktur-Heinz sicherlich ein paar Wände beseitigt hatte.

Hoffentlich hat er sich vorher mit der Statik des Hauses beschäftigt, dachte Lukas, der mit offenem Mund auf die wild zusammengeschraubten Bretter schaute, die wie ein riesiger Katzen- und Kletterbaum aussahen und mehr als die Hälfte des Raumes einnahmen. Auf mehreren Ebenen waren Betten und Schlafkojen integriert, teils mit Decken und Matratzen ausgelegt. In der Ecke war sogar so etwas wie eine menschliche Hundehütte, die Lukas direkt ins Auge fiel.

»Wow, das sieht ja verrückt aus«, sagte Linda, sie schämte sich für das stete Schweigen ihrer beiden Gefährten. Selbst Kev, der sonst mit schlechten Sprüchen brillierte, schien sich mit der neuen Situation erst anfreunden zu müssen.

Durch ein Labyrinth aus Schutt und Steinen, Türen und Rahmen ohne Türen brachte sie die Hausführung als nächstes in das – laut Tooli – Herzstück der Pennlauen Kommune:

ein fensterloser Saal mit einer aus Europaletten zusammengezimmerten Bar in der Mitte und wild zusammengewürfelten Tischen, Stühlen und Sesseln rundherum. Von der Decke hingen viele, kleine Glühbirnen an Drahtseilen herab, die ein angenehmes Licht erzeugten, an den Wänden eine große weiße Leinwand und weitere Paletten, zum Teil kunstvoll bemalt, zum Teil mit Parolen besprüht: »Macht kaputt, was euch kaputt macht« stand dort beispielsweise lila auf Gelb. Und daneben orange auf Grün: »Baut auf, baut auf, baut auf!«

»Das ist Sabs«, zeigte Tooli in Richtung Bar, wo Sabs mit einer Holzsäge zugange war, »sie kümmert sich um die Events. Ick zisch mir erstmal 'ne Molle, wollt ihr och eene?« Tooli griff in eine zur Hälfte mit Wasser gefüllte Stahlwanne neben der Bar, in der Bierflaschen herumschwammen. Er hielt eine tropfende Sternburger-Flasche in die Höhe: »Dit jute Sterni!«

»Dann mal her mit dem guten Zeug«, sagte Kev und nahm Tooli die Flasche aus der Hand. Offenbar hatte er sich langsam akklimatisiert. Auch Linda und Lukas ließen sich eine Flasche von Tooli öffnen, der die Kronkorken mit seinem Schraubenzieher so entfernte, dass sie im hohen Bogen durch die Luft flogen. Eigentlich konnte Lukas nach dem gestrigen Abend noch keinen Alkohol sehen, geschweige denn trinken, doch was hätte er sonst tun sollen im Herzstück der Kommune, die wohl für genau solche Situationen erdacht war.

Er nahm einen großen Schluck aus der kleinen, bauchigen Flasche. Das Pils schäumte in seinem Rachen und er musste es beinahe ausspucken, stieß stattdessen laut und heftig auf, um »dit jute Sterni« nicht zu verschwenden. Sabs guckte

Lukas irritiert an, senkte ihren Blick und setzte die Säge an. Tooli berichtete von den Anfängen der Kommune, vor allem aber von ihren Plänen und der goldenen Zukunft. Unterwegs trafen sie im Treppenhaus einen weiteren Bewohner, der gold-gelbe Jeans und einen Flickenteppich als Pullover trug, seine Haare waren an den Seiten abrasiert, sein Pony blau gefärbt.

»Dit is Gunnar, unser Schatzmeister«, stellte Tooli Gunnar vor, der unauffällig grüßte. »Ihm könnt ihr eure Handys anvertrauen, falls ihr welche besitzt, die sind hier nämlich nicht gerne gesehen und lenken uns von unseren Zielen ab.«

»Ich habe mein Handy ohnehin zuhause gelassen und es bisher noch nicht vermisst«, sagte Linda. Kev und Lukas schwiegen. Tooli erzählte bereits weiter: von einer Rohrpostanlage, einem Selbstversorgergarten, einem Lesezimmer und vielem mehr. Lukas schaltete schon nach wenigen Minuten ab, er hatte genug mit seinem Bier zu kämpfen. Im Laufe der Führung setzte er sich mit Kev ab, die beiden gingen zurück ins Hostel, zum menschengroßen Katzenkratzbaum.

Kev kramte in seinem Seesack und richtete sich eine erhöhte Liegefläche ein, die von einem Holzrahmen umgeben war, dessen wenige Zentimeter offenbar vor einem Absturz schützen sollten. Lukas inspizierte die Hundehütte und betrachtete die Matratze und die herumliegenden Decken genauer. Probeweise legte er sich ab. Verdammt gemütlich, dachte er, als er seinen Körper in die Holzhöhle bugsiert hatte und sein Kopf vorne herausschaute. Wie ein Hund auf seinen Pfoten legte auch Lukas seinen Kopf auf seinen Händen ab, schloss die Augen und schlief kurz darauf ein.

Angstbude

Er erwachte, weil er die Ansammlung von kühlem Speichel auf seinem Kissen an Mund und Wange spürte. Schnell öffnete er die Augen, damit Frau Hase ihn nach dem Missgeschick gestern Abend nun nicht auch noch als sabbernden alten Sack vorfand. Zum Glück erblickte er neben sich nur die Wand, er lag abgewandt von Hasi und drehte zuerst sein Kissen und danach sich um. Er lag allein im Bett, Frau Hase war nicht zu sehen.

Mit hektischen Blicken durchkämmte er das Zimmer und entdeckte ihre Tasche neben dem Schrank. Unter der Badezimmertür hindurch konnte er Licht erkennen. Er atmete erleichtert auf, machte es sich noch mal gemütlich und stellte sich schlafend. Es dauerte einige Minuten, bis Hasi aus dem Bad zurückkam und an ihre Tasche ging – das war seine Gelegenheit. Langsam bewegte er sich, stöhnte leise auf und gähnte so echt, wie er nur konnte, auch wenn er sich dabei bereits ertappt fühlte. Er machte trotzdem weiter, drehte sich um, blinzelte in das Licht, rieb sich die Augen und schaute Frau Hase an: »Guten Morgen, du bist ja schon wach.«

»Guten Morgen, natürlich, in zwei Stunden ist die Übergabe«, antwortete sie. Er überlegte kurz, ob er seinen Plan begraben oder zumindest verschieben sollte, hielt die Gelegenheit aber für zu einzigartig: »Okay, klar, ich stehe gleich auf«, sagte er und lachte kurz auf, »es ist nur – ich habe gerade so etwas Lustiges geträumt.« Er lachte erneut. Sie reagierte kaum, kramte stattdessen in ihrer Tasche. Er blieb dran: »In meinem Traum waren wir zusammen in einem Park, haben dort eine blaue Wolke gefangen und sie auf den Grill gelegt. So als wäre es das Normalste der Welt.« Sie reagierte noch immer nicht.

»Du und ich, wir haben eine Wolke gegrillt und haben uns gefreut wie die Schneekönige.« Sie ignorierte ihn, packte ihre Sachen zusammen und forderte ihn ebenfalls dazu auf, freundlich, aber bestimmt. Er war enttäuscht, fast verzweifelt, dass sein genialer Plan komplett verpuffte, versuchte sich aber nichts anmerken zu lassen, stand also auf, zog sich an und packte seine Sporttasche. Ungeschickt, aber nicht untypisch, kam er dabei an den bislang noch nicht betätigten Schalter des Supermagneten. Er erschrak und blickte den Schalter einige Sekunden fragend an.

Die kostbare Software, ihre Lebensversicherung, befand sich schließlich in unmittelbarer Nähe. Eilig drückte er erneut auf den Knopf, dann gleich noch einmal, weil das blöde Ding nicht richtig reagierte. Hastig drückte er noch mal und noch mal, weil er in der Hektik nicht mehr wusste, wie oft er mittlerweile gedrückt hatte. Ob der Magnet ein- oder ausgeschaltet war, ließ sich nicht erkennen, für die Installation derartiger Leuchten hatte war schließlich keine Zeit gewesen.

Er drückte verzweifelt weiter, versuchte irgendetwas zu erkennen oder zu fühlen, drückte noch mal und noch mal und noch mal, und musste den Absprung finden, bevor Frau Hase etwas merkte. Drei, zwei, eins, zählte er im Kopf rückwärts und drückte ein letztes Mal auf den Knopf. Zum ersten Mal in seinem Leben hoffte er, versagt zu haben. Frau Hase drehte sich um, er legte den Supermagneten schnell in die Ecke seiner Sporttasche und schloss diese.

»Wir machen uns gleich auf den Weg und können uns unterwegs Frühstück besorgen«, sagte Frau Hase mit einer inneren Ruhe, die ihn beeindruckte, vermutlich auch deshalb, weil er gerade das Gegenteil verspürte.

»Sollten wir die Software nicht noch mal überprüfen, damit nichts schief gehen kann?«

»Nein. Warum? Und wie willst du das überhaupt anstellen?«

»Ich weiß es nicht. Ich wollte nur sicher gehen.«

»Mach dir keine Sorgen, Alvaro wird uns schon keinen falschen Hasen angedreht haben.«

»Falscher Hase? Hat das etwas mit deinem Namen zu tun?«

»Das sagt man so zu gefälschten Sachen, falscher Ware oder eben gefälschter Software.«

»Verstehe!«

Er strengte sich an, ein versöhnliches Grinsen aufzusetzen, war sich aber sicher, dass es ihm ziemlich schlecht gelang. Er war nervös, hatte Angst, dass der Supermagnet die Software zerstört hatte, traute sich aber nicht, Hasi davon zu erzählen. Es würde schon alles gut gehen, dachte er, als sie zehn Minuten später das Zimmer verließen und Frau Hase ihm den kleinen schwarzen Kasten aushändigte, den er noch beim Verlassen der Tür in der Innentasche seiner Jacke verstaute.

Mit dem Ärmel wischte er sich über die Stirn, konnte seinen Schweißausbruch kaum noch verbergen, schon gar nicht vor sich selbst. »Zeig mal her«, sagte er sichtlich gestresst und streckte ihr die Hand entgegen. Sie drückte weiter auf ihrem Handy herum, klatschte es ihm dann verzweifelt auf die offene Handfläche: »Ich kann nicht mal mehr »Angry Birds«

spielen. Da geht gar nichts!« Er hielt das Gerät in der Hand, prüfte das Display, drückte darauf herum, schaltete das Handy aus und wieder ein. Es half nichts.

»Das kann doch nicht sein, so eine scheiße«, fluchte er und tupfte sich Schweiß von der Stirn.

»So tragisch ist es auch nicht, Klausi. Wenn wir zurück sind, kann ich mir ein neues leisten«, sagte sie beschwichtigend. Er wollte sie liebhaben für diese Geste und ihr das auch sagen, er befürchtete aber, es könnte bald schon vorbei sein mit dem Liebhaben. Wenn er die Software gelöscht hatte mit seinem dusseligen Supermagneten – allein dieses Wort, mit dem er sein amateurhaftes Gerät in Gedanken stets bezeichnete –, dann wäre es zwangsläufig aus mit Hasi. Und zwar nicht, weil sie ihm diesen Fehler, den er nicht mal zugegeben hatte, sicher nicht verzeihen würde, sondern weil sie ziemlich sicher nicht mehr lebendig genug sein würden, um sich zu lieben.

Durch das Fenster sah er, wie sich die S-Bahn auf Höhe der Jannowitzbrücke langsam von der Spree entfernte, an dessen Ufer eine neue Bar entstand, die Strandfeeling zwischen S-Bahnen, Autos, Brücken, verdrecktem Fluss und viel zu vielen Menschen vermitteln wollte. Klaus konnte es kaum glauben und hätte sich schon wieder aufregen können. Was dieser Fluss allein auf diesen und den folgenden Kilometern alles verkörpern sollte, schwang er doch auch noch einen Bogen um Bundeskanzleramt und Bundestag. Die Angstbude, dachte Klaus, und grinste stolz, weil ihm das Anagramm zu Bundestag einfach so zwischen seine Gedanken purzelte.

Sein Hirn, als sei es gerade eingeschaltet worden, machte munter damit weiter: Es hörte Rufe vom Ufer, stand mit

Krawatten an der Waterkant und machte diese Bahnreise einsehbar. Klaus schüttelte sich, er hatte gerade andere Probleme als Buchstaben in seinem Kopf zu verdrehen. Er drehte das Handy um, öffnete den Verschlussmechanismus mit seinem Daumennagel, der dabei schmerzhaft umknickte, und nahm den Akku heraus. In Gedanken zählte er langsam bis zehn, weil er mal gehört hatte, dass man Strom immer mindestens zehn Sekunden trennen sollte, um elektronische Geräte wirkungsvoll neu zu starten. Als er den Akku gerade wieder eingesetzt hatte, zog Frau Hase sanft an seinem Arm: »Wir müssen hier aussteigen. Jetzt.«

Gemeinsam ließen sie sich mit der Menschenmenge treiben, zumindest empfand Klaus das so, Frau Hase wusste hingegen genau, wohin sie mussten. Sie wechselten die Ebenen des gepflegten Bahnhofs, stiegen in eine U-Bahn und wiederholten diesen Vorgang wenig später. Letztlich tauchten sie an der U-Bahn-Haltestelle Heinrich-Heine-Straße wieder auf, die schon eher dem verlebten Bild entsprach, das Klaus von dieser Stadt hatte. Sie verließen die große Kreuzung entlang der Heinrich-Heine-Straße, die auf beiden Seiten von riesigen Wohneinheiten gesäumt war. Einige davon waren renoviert, sahen mit ihren vermeintlich modernen Fassaden – die sicher nur genau das waren: Fassade – noch grauenvoller aus als ihre in die Tage gekommenen Geschwister.

Ein schmaler Grünstreifen trennte die Hauseingänge von der viel befahrenen Straße. An der nächsten Kreuzung bogen sie rechts ab, kurz darauf links in die erste Querstraße, die sie zwischen zwei Wohneinheiten führte, die auf den zweiten Blick sicherlich genauso wenig einladend aussahen, wie auf den ersten. Frau Hase verlangsamte ihren Schritt und orientierte sich unauffällig.

Eine alte Dame lehnte in der dritten Etage aus dem Fenster und starrte in die Leere, zwei Etagen darunter tobte ein Wettstreit um den am schönsten, zumindest am auffälligsten dekorierten Balkon: Topfpflanzen, Girlanden, Tiernetze, Porzellan- und Plastikfiguren, Windräder und nicht genauer identifizierbarer Schnickschnack. Was für eine kitschige Fantasiewelt auf zwei Quadratmetern, dachte Klaus, und wurde von Frau Hases Worten zurück in die unbarmherzige Realität katapultiert: »Hinten um die Ecke ist eine Bäckerei mit Café, da kannst du auf mich warten.«

Sie hielt die Hand auf, er griff in seine Innentasche und gab ihr den schwarzen Kasten, in dem die Datenträger gut verstaut und womöglich trotzdem beschädigt lagen. »Bist du dir sicher, Hasi?«, fragte er und schwieg kurz, bevor noch mehr aus ihm herausplatzte: »Sollen wir nicht lieber verschwinden? Wir nehmen den nächsten Flug auf die Antillen, da findet uns Alvaro ganz sicher nicht. Der hat seine Leute doch nicht auf der ganzen Welt. Warum möchtest du dich unnötig in Gefahr bringen? Das hat doch keinen Sinn. Hasi!« Sie unterbrach seinen beinahe panischen Redeschwall, mit einer harschen Handbewegung gegen seinen Unterarm und blickte ihn eindringlich an. Er verstand und schwieg.

»Verhalte dich bitte unauffällig«, sagte sie leise, »wir sehen uns im Café. Bestell mir schon mal einen Käsekuchen.« Ohne zurückzublicken wechselte sie die Straßenseite.

Er sah ihr hinterher, wollte hinterherlaufen, sie aufhalten, ihr vom Supermagneten erzählen, sie wie Superman retten und mit ihr um die Welt fliegen, stattdessen sah er sie in einem der Eingänge verschwinden, was dem Eintritt in die Hölle gleichkam. Er blieb kurz stehen, wollte sie immer noch retten, wusste aber auch, dass das dieses Mal noch viel weniger Sinn hatte als beim letzten Mal, als es ihm bereits misslungen war. Also ging er weiter, bog an der Ecke ab, um im Café Platz zu nehmen und einen Käsekuchen und einen Kaffee, schwarz, zu bestellen. An einem Tisch in der Ecke nahm er mit Blick nach draußen Platz. Von hier aus konnte er Frau Hase sehen, sobald sie um die Ecke bog.

Das Café verdiente diesen Namen nicht, es war eine einfache, ungepflegte Bäckerei. Die Brötchen und Teilchen in der Auslage sahen wenig anspruchsvoll und abwechslungsreich aus, zumindest konnte die Ware nicht mit der seiner heimischen Stammbäckerei konkurrieren, die nun, da Hasi gekündigt hatte, eigentlich nicht mehr genug Argumente lieferte, um seine Stammbäckerei zu bleiben. In die Fachverkäuferin dieser Bäckerei würde er sich jedenfalls in diesem Leben nicht mehr verlieben, sie machte ihrer Berliner Schnauze alle Ehre, war unfreundlich und blickte dermaßen mies gelaunt unter ihren leicht hochgesteckten, blond gefärbten Haaren hervor, dass man sie gar nicht ansehen mochte.

Neben der Frisur Marke Vogelnest missfielen Klaus die glitzernden Ohrringe und die bunt gesprenkelten, lackierten Nägel, auch wenn er Frau Hases lange Nägel insgeheim schon immer bewundert hatte. Hasi aber hatte ihren Job mit Leidenschaft ausgefüllt, auch wenn sie vielleicht von einem anderen Job geträumt hatte. Diese Dame hier hatte hingegen schon lange keine Träume mehr, weshalb sie anderen offenbar auch keinen Platz dafür einräumte.

Klaus schaute angestrengt aus dem Fenster und bemerkte erst beim lauten Klappern des Tisches, dass die Verkäuferin seinen Kaffee und das kleine Stück Käsekuchen abgestellt hatte, ohne etwas zu sagen. Sie drehte sich um und nuschelte etwas, das er mit gutem Willen als »Guten Appetit« interpretierte. Immerhin etwas, dachte er und schlürfte vorsichtig am dampfenden Kaffee, der zwar schön heiß war, auf den ersten Schluck aber auch verbrüht schmeckte.

Er war der einzige Kunde in der Bäckerei und wer weiß, wann sich zuletzt jemand hierher verirrt hatte. Die vier dunklen Plastiktische mit je zwei oder drei Stühlen luden auch wirklich nicht zum Verweilen ein. Ihm blieb gerade aber nichts anderes übrig. Er wusste nicht mal, wo genau Frau Hase sich gerade genau aufhielt, was sie machte, wen sie traf und ob die verdammte Software tat, was sie tun sollte – was immer das auch war.

Dass er ausgerechnet hier, in der Gegenwart der unfreundlichen und unansehnlichen Bäckereifachverkäuferin auf seine Bäckereifachverkäuferin der Herzen a. D. wartete, barg schon eine gewisse Ironie. Jetzt war es aber erstmal an der Zeit, zu warten und kleine Brötchen zu backen, dachte er und musste über sein Wortspiel kichern. So laut, dass es beinahe verzweifelt klang und die einzige andere Person im Raum es womöglich gehört hatte, doch das scherte ihn nicht. Er sah weiter aus dem Fenster, den Kaffee in der Hand, den Irrsinn im Kopf.

Kriechen

Von zunehmend schneller werdenden, fiependen Geräuschen wachte Lukas auf. Er rieb sich die Augen und spürte seinen Rücken, der wohl auch deshalb besonders stark schmerzte, weil diese Hundeposition, in der er einige Stunden geschlafen hatte, sicher nicht für Menschen gemacht war. Kev lag auf seiner Kratzbaumterrasse und drückte hektisch auf seinem Handy herum. Er hatte es Schatzmeister Gunnar natürlich nicht anvertraut. Lukas erkannte an den Geräuschen und Kevs angestrengtem Blick, dass dieser mal wieder versuchte, seinen Rekord in »Snake« zu brechen, wie er es in den letzten Tagen zum Leidwesen von Linda und Lukas schon mehrfach im Auto getan hatte.

»Wie viel Uhr ist es? Wie lange habe ich geschlafen?«

»Du hast den ganzen Mittag verschlafen und nicht nur dein Magen hat im Schlaf Geräusche von sich gegeben.«

»Wie spät ist es denn? Und wo ist Linda?«

»Halb vier. Linda war vorhin hier, sie hatte einen Hammer in der Hand und hilft Tooli gerade beim Ausbau der Schaltzentrale. Die haben wir wohl an den kommunistischen Handwerksgott verloren.«

»Dit glob ick auch.«

»Ich habe gepackt und bin gleich verschwunden.«

Lukas krümmte sich vor Schmerzen als er sich vom Bauch auf den Rücken drehte und ein Stück weiter in seine Hütte rutschte. Er gähnte laut: »So langsam könnte ich wirklich wieder ein Bier gebrauchen.«

»Hast du mir überhaupt zugehört? Mir hört ja nie jemand

zu, kein Schwein interessiert sich für mich und meine Geschichte! Wo ich herkomme, wer ich bin und was ich möchte. Nicht Linda, nicht du, nicht mal die verfluchten Siedler in diesem bayerischen Drecksdorf – niemand! Selbst in dem beschissenen Forum, in das du deine Anzeige geschrieben hast, interessiert sich niemand für mich. Auch du hast nicht auf meine Nachrichten reagiert!«

»Bitte, was?«, gähnte Lukas.

»Eigentlich wollte ich hier in Berlin meine Cousine treffen, die ich seit Ewigkeiten nicht gesehen habe. Der Rest meiner Familie lebt nicht mehr oder ist spurlos verschwunden, meine Mutter ist früh an Krebs verstorben, mein Vater hat sich danach auf das Saufen konzentriert, ein paar Jahre später ist er gestorben. Meine Cousine aber hält sich für etwas Besonderes und schreibt mir, dass ich sie bloß nicht aufsuchen, mich stattdessen verpissen solle. Und genau das werde ich jetzt tun, aber die Welt wird schon sehen, was sie davon hat, mich immer wieder zu verstoßen!«

Kev beendete seinen Redeschwall und griff zu seinem Seesack. Ächzend drehte sich Lukas auf die Seite, Kev sah wirklich beunruhigt und aufgelöst aus und trippelte nervös mit den Fingern auf seinem Seesack herum.

»Ich konnte dir nicht antworten, weil ich meinen Computer abgebaut habe, nachdem ich den Eintrag im Forum gemacht hatte«, sagte Lukas ermattet.

Doch Kev war nicht mehr aufzuhalten, er ging bereits auf die Tür zu.

»Danke für die Mitfahrgelegenheit, Luke.«

»Kev, warte!«

Doch Kev zwängte sich mit seinem Seesack durch die Tür. Zu behäbig und geschafft, um einen ernstgemeinten Versuch zu unternehmen, ließ Lukas ihn davongehen. Er drehte sich auf die andere Seite, wickelte die Decke um sich und schlief kurz darauf wieder ein.

Wenig später wurde er von lautem, hydraulischem Hämmern geweckt. Er rieb sich die Augen, krabbelte aus seinem Verschlag und blickte durch das verschmierte Fenster. Auf der anderen Seite des Hofs machte sich Linda mit einem Presslufthammer am Boden zu schaffen, sie trug Schutzbrille und einen grauen Arbeitskittel. Tooli stand daneben und begutachtete Lindas Werk. Keine Frage: Sie war wirklich angekommen, sie hatte ihre Bestimmung gefunden und würde sich so schnell sicher nicht bei ihren Eltern melden oder sich weiter auf die Reise ins Ungewisse machen.

Lukas fühlte sich so antriebslos wie lange nicht. Die Lebendigkeit und Spontaneität der letzten Tage war aus seinem Körper entwichen, stattdessen ließ eine neue Schwere seine Knochen müde werden. Kev verschwunden, Linda im Bunde mit den übereifrigen Toolis, Sabsis und Gunnis – es war kaum auszuhalten. Sein Blick wanderte über den Hof, vorbei am stetig wachsenden Sperrmüllhaufen und den kreuz und quer hängenden Kabeln. Auf der Empore des Kratzkletterbaumkonstrukts, die Kev für einige Stunden bewohnt hatte, entdeckte Lukas ein Stück Papier, einen zusammengefalteten Zettel. Als er ihn aufklappte und las, was dort mit Kugelschreiber in krakeliger Schrift geschrieben stand, stockte ihm der Atem.

Longdrinks

Seit einer guten Viertelstunde fixierte er die grau-braune Häuserecke, die lückenhaft aneinander liegenden Asphaltplatten auf dem Boden und den kleinen Grünstreifen daneben. Von Hasi keine Spur. Eine alte Dame, die auf der anderen Straßenseite entlangging, ließ seinen Blick abschweifen. Er schätzte die Frau aufgrund der kurzen, grauen und lichten Haare, der faltigen Haut, dem leeren Blick und ihrer insgesamt leicht zusammengesunkenen Statur auf mindestens 70. Sie trug eine kitteländnliche, weiße Jacke, darunter eine Trainingshose, die in dunklen Lederstiefeln endete.

Kein schöner Anblick, aber auch nicht erschreckend. Sie musste und wollte sich vermutlich für niemanden mehr herausputzen, dachte Klaus und beneidete die alte Dame ein bisschen dafür, schließlich zog er regelmäßig den Bauch ein, seit er mit Frau Hase unterwegs war. Die alte Frau holte eine kleine Plastiktüte aus ihrer Jackentasche und bückte sich langsam und offenbar unter großem Krafteinsatz Richtung Boden, wo sie einen Hundehaufen mit einem gekonnten Griff in die Tüte wickelte und diese verschloss, während sie sich wiederaufrichtete.

Ekelhaft, dachte Klaus und suchte den Urheber des Haufens, den er, ohne Hundekenner zu sein, mindestens auf Schäferhund-Größe schätzte, so amtlich sah der Hundehaufen aus. Köter, Kröte – blitzte es durch seinen Kopf. Er blickte nach links und rechts, die Straße herauf und herunter, beugte sich dafür nach vorne an das große Schaufenster, konnte aber keinen Hund entdecken. Noch ekelhafter, dachte er. Beseitigt die alte Dame etwa die Kacke, die fremde Vierbeiner hinterlassen haben, weil Herrchen oder Frauchen keinen Funken Anstand hatten?

Macht es vom Ekelfaktor her eigentlich einen Unterschied, ob man die Kacke seines eigenen oder die eines unbekannten Hundes einsammelte? Insbesondere, wenn sie noch darmwarm war. Die niedrigere Temperatur könnte immerhin ein Vorteil sein, wenn man Fremdkot sammelte. Trotzdem – wie viel Kot muss die alte Dame wohl schon aufgehoben haben, wenn sie das wirklich aus Überzeugung tat, um die Straßen ihrer Nachbarschaft zu säubern, die dies leider auch nötig hatten.

Vielleicht, vermutlich sogar, hatte sie in ihrem Leben schon Kinder großgezogen, deren Kot und Urin abbekommen, weggewischt und -geräumt, deren Kotze mit bloßen Händen gefangen und entsorgt, vielleicht hatte sie einen eigenen Hund erzogen, geliebt und verloren, dessen Kot entsorgt, ihn langsam altern und sterben sehen – und nun räumte sie die Kacke der Großstadthunde weg, weil es sonst niemand machte.

Klaus hatte noch nie ein Haustier besessen und wollte das auf seine alten Tage auch nicht mehr. Er war kein Hundetyp, ihm reichte sein Hundeleben. Die alte Dame stand mit der Plastiktüte in der Hand auf dem Bürgersteig und ließ ihren Blick nach getaner Arbeit schweifen, vermutlich weil sie wusste, dass noch mehr Arbeit vor ihr lag – wortwörtlich. Er überlegte aufzustehen und ihr zur Seite zu springen, sie zumindest moralisch zu unterstützen in ihrem Kampf gegen Windmühlen, alles weitere würde ihm definitiv zu weit gehen, so sehr könnte ihn die ganze Scheiße auf den Straßen dann doch nicht stören.

Er beobachtete die nicht zu beneidende Heldin des Alltags weiter interessiert und plötzlich trafen sich ihre Blicke, eilten erschrocken und schnell weiter, fingen und fokussierten sich erneut und verweilten letztlich Auge in Auge. Es dauerte etliche Sekunden, bis Klaus überhaupt wieder klar denken und darüber nachdenken konnte, was hier gerade passierte. Hatte diese alte Dame seine Gedanken gelesen? Wusste sie, was er fühlte? Fühlte sie, was er dachte? Fühlte er, wie sie sich fühlte? Was verband sie? Was hielt sie auf Distanz?

Er wollte und würde es nicht weiter erkunden, weil sich in seinem Augenwinkel etwas bewegte. Sein Gefühl hatte ihn nicht getäuscht: Es war Frau Hase. Hasi lebt! Sie sah gestresst, aber glücklich aus, hatte diesen typisch schnellen und strikten Schritt drauf, der sie streng und zugleich bewundernswert aussehen ließ. Sie schenkte der Dame auf der anderen Straßenseite keine Aufmerksamkeit, weil sie sich auf das Schaufenster konzentrierte und ihn direkt entdeckte. Schwungvoll öffnete sie die Tür, ein lautes Scheppern von den dort angebrachten Glöckchen ließ die unfreundliche Bäckereifachverkäuferin aufhorchen. »Dit ist keene Panzertür!«, drehte sie sich hinter der Theke zu Frau Hase um.

Hasi ignorierte die Verkäuferin souverän, was Klaus mit Stolz erfüllte. Sie setzte sich zu Klaus an den Tisch, die Verkäuferin stand mit offenem Mund hinter der Theke und schüttelte den Kopf. »Dit glob ick nich«, hörte er sie flüstern. Frau Hase hörte gar nicht hin und rückte ihren Stuhl am Tisch zurecht. »Ist der für mich?«, fragte sie und zeigte auf den Käsekuchen.

»Klar, den sollte ich dir doch bestellen«, antwortete er freudestrahlend, »wie lief es denn? Alles okay?« Er wollte ihr in die Augen sehen, sie blickte aber zum Käsekuchen und stach das erste Stück mit der Kuchengabel ab, die dabei über den Teller rutschte und ein unangenehmes Quietschen verursachte. Er verzog das Gesicht und schaute dabei in ihres, das sich kauend hin und her bewegte, ihre Augen bekam er allerdings nicht zu Gesicht.

»Komm, wir verschwinden!«, sagte Frau Hase und steckte die Gabel in den Kuchen. Bevor er reagieren konnte, stand sie auf, nahm den Teller und stellte ihn unsanft auf die Glastheke. Es schepperte erneut, dieses Mal direkt im Rücken, der Verkäuferin, die sich erschrocken umdrehte. Die Blicke der beiden Bäckereifachverkäuferinnen trafen sich und schleuderten sich unsichtbare Blitze entgegen. Frau Hase ergriff zuerst das Wort: »Wenn du keinen Bock mehr auf die Scheiße hast, dann kündige. Habe ich auch gemacht und nicht bereut! Und richte deinem Chef aus, dass sein Käsekuchen eine Frechheit ist.«

Die Berliner Schnauze bekam keinen Ton heraus. Frau Hase grinste sie an, drehte sich um und öffnete die Tür so schnell, dass es ein drittes Mal schepperte. Klaus bezahlte hastig, indem er Geld neben den Teller legte, dann verschwand er mit Hasi durch die Tür. Gegenüber auf dem Bürgersteig stand die alte Dame, sie hielt ihren Kotbeutel noch immer in der Hand und blickte zu ihnen herüber. Sie hatte die Szene in der Bäckerei offenbar beobachtet. Klaus suchte ihren Blick, schaute sie entschuldigend an und sah, wie sich ihr faltiges Gesicht zu einem breiten Grinsen straffte. Er konnte auch nicht anders und musste vor Freude und Leichtigkeit lachen. Mit Energie überschüttet, rannten Hasi und Klaus im Pferdchenschritt zurück zur U-Bahn-Station.

»Los, wir gehen etwas Essen und danach noch mehr Trinken, ich kenne eine gute Bar«, sagte Hasi, sprang beachtlich hoch und schlug ihre Füße in der Luft zusammen.

Über die Umwege Café (zwei Milchkaffee zum Mitnehmen), schöner Schnickschnack-Laden (schicker Rucksack für sie und flauschiger Schal für ihn), Pommes-Bude (Pommes für sie und Curry-Wurst für ihn) und Parkbank, wo sie ihm die vielen Geldscheine in ihrer Handtasche zeigte und sie in den Rucksack umräumte, landeten sie schließlich an der Bar einer Bar, die im hinteren Bereich auch ein Restaurant war.

Durch den breiten und bogenartigen Durchgang, der von einer hellblauen Blümchentapete umgeben war, die eigentlich unmöglich, hier aber passend aussah, konnte man die Teller klappern hören, wenn die Musik gerade leiser war. Der Barbereich war mit grauen, gold-verzierten Tapeten und schweren Holzmöbeln dunkler gestaltet, die intensive, elektronische Musik tauchte ihn in eine einnehmende Atmosphäre, die wie ein schwerer Mantel über den Köpfen der Menschen lag. Die Karte bot hauptsächlich alkoholische Getränke in allen denkbaren Kombinationen und ein paar Snacks.

Hasi und Klaus nahmen auf den Barhockern an der Theke Platz. Frau Hase hatte es so entschieden und beim Barkeeper direkt zwei Cocktails bestellt. Klaus rückt seinen Barhocker zurecht. Immerhin sitzen wir nicht auf Backrohren, dachte

Klaus und schämte sich, weil er schon wieder anfing, unwillkürlich Worte durcheinander zu würfeln. Er hatte das früher mit großem Spaß getan, irgendwann aber hatte es überhandgenommen und er hatte es sich mühsam wieder abtrainieren müssen. Warum es plötzlich wieder da war, wusste er nicht.

Er zwang sich, den Barkeeper zu beobachten, der gerade mit Elan und im Takt der Musik ihre Getränke anfertigte. Der junge Mann trug ein weißes Hemd, eine schwarze Weste mit auffälligen Aufschriften und hatte seine kurzen, dunklen Haare mit Gel zurechtgestutzt. Selbst sein Fünf-Tage-Bart sah durchgestylt aus. Der junge Herr war offensichtlich bemüht, besonders cool auszusehen, wenn er mit dem silbernen Becher und den vielen Flaschen hantierte.

Jetzt jedenfalls schraubte der Barkeeper den Deckel des silbernen Mixbechers elegant ab, beförderte ihn auf die Arbeitsfläche, sodass er sich dort weiterdrehte, während er sich die Flasche mit dem hochprozentigen Alkohol schwungvoll von der einen in die andere Hand warf, um anschließend einen Schluck davon in die beiden dicken Gläser zu gießen.

Klaus beobachtete das Geschehen, ohne sich dafür zu interessieren, was der Barkeeper der Bar mit all den Flaschen, kleinen und großen Gläsern, mit den Früchten. Und Messern, mit dem Zucker und den Stäbchen tat. Er genoss einfach, dass etwas Gutes passierte, etwas Aufregendes hinter ihnen lag und er mit Frau Hase hier an der Bar saß. In der hippen Hauptstadt Berlin, in irgendeinem Kiez irgendeines Stadtteils, dessen Namen er schon wieder vergessen hatte.

Er blickte zu Frau Hase, schaute sie von oben bis unten an, von den blonden, leicht lockigen Haaren über die türkisfarbene, mit Glitzersteinchen versetzte Bluse und die blaue, enge Jeans, die an einigen Stellen fabrikgemachte Löcher besaß – was für eine idiotische Idee. An Hasi sah allerdings alles wunderbar aus, er bewunderte sie aber nicht nur für ihr Aussehen, sondern auch für ihren Mut und ihre Geradlinigkeit.

»Auf uns, auf die Software-Programmierer dieser Erde und auf die Zukunft«, drehte sie sich zur Seite und hielt ihm eines der beiden schweren Gläser entgegen, die nun gelb-orange gefüllt und mit Früchten garniert waren. »Auf uns«, nahm er das Glas in die Hand und stieß mit ihr an. Mehr bekam er nicht über die Lippen, so überfordert und durchspült von Glücksgefühlen war er, die ihm gleichermaßen wieder Sorge bereiteten, weil sie ihm nicht vertraut waren. Er versuchte sich trotzdem zu entspannen und zu genießen, sprach mit Hasi über Belanglosigkeiten, über den coolen Barkeeper, über Berlin und seine Läden, seine Eigenheiten und Menschen, über die Früchte in ihrem ersten und zweiten Cocktail und über das Wetter, das gerade wirklich viel zu wünschen übrigließ und in Berlin offenbar noch mal einen Deut unangenehmer war als im Ruhrgebiet.

Der zweite Cocktail war noch schneller leer als der erste. Klaus bestellte hastig neue Getränke, irgendeinen Longdrink, den ersten, den der Barkeeper ihm empfohlen hatte, Hauptsache Frau Hase flirtete nicht zu sehr mit diesem lästig-coolen Typen. Der Longdrink wurde seinem Namen nicht gerecht, er war nach einem kurzen Gespräch mit Hasi leer. Ein Gespräch über Fußball – Klaus unterhielt sich zum ersten Mal in seinem Leben ernsthaft über diese Sportart und bemühte sich, dass dies nicht ans Licht kam.

Frau Hase schien interessiert, kannte gleich zwei Vereine aus Berlin und konnte sogar mit einigen Spielernamen glänzen. Mit ein paar oft gehörten Floskeln und hier und da aufgeschnappten Informationsfetzen schlug sich aber auch Klaus ganz gut, zumindest flog seine Unwissenheit nicht auf. Dabei war er stets stolz auf seine Verachtung für Fußball gewesen, Fußballfan war schließlich fast jeder oder zumindest konnte es jeder sein. So wie das Pärchen, das sich für seinen Geschmack gerade entschieden zu nah zu ihnen stellte. Die beiden grinsten schon länger viel zu freundlich immer wieder in seine Richtung, während Frau Hase ihnen den Rücken zugewandt und sie vermutlich noch gar nicht registriert hatte, so redselig wie sie heute Abend war. Vermutlich war ihr nach der Porto-Reise und der finalen, geglückten Übergabe in Berlin doch ein ganz schön großer Stein vom Herzen gefallen.

Das Partypärchen schaute schon wieder in Klaus' Richtung, sie hob ihr Cocktail-Glas, prostete in seine Richtung und blieb dabei an ihrem rot-weißen Schal hängen, den Klaus erst jetzt als Fußball-Fanschal ausmachte, weil er den Schriftzug entziffern konnte: »Eisernes Mädchen« stand dort geschrieben und »1. FC Union«. Der Arbeiter-Verein der Hauptstadt, das Pendant zum schnieken Geldverein Hertha BSC, hatte ihm Hasi gerade berichtet. Dabei würde das adrett gekleidete Pärchen auch beim schickeren Fußballverein nicht aus der Reihe tanzen, dachte Klaus. Sie trug ein schwarzes kurzes Kleid, das leicht glitzerte, und eine schwarze Lederjacke, die sie über einen Barhocker gehangen hatte. Dazu hatte sie schwarze Schuhe mit hohen Absätzen an, die diese unnatürlichen Bewegungen erzeugten, die Klaus nicht mochte – es sei denn Frau Hase machte sie.

Jetzt grinste der Fußball-Mann über sein breites Gesicht, hob das Glas, sodass sich sein dezent rosafarbenes Hemd straffte und man Ansätze von Schweiß unter den Armen und Ansätze von Muskeln an den Armen erkennen konnte. Wahrscheinlich ging er morgen für jeden Cocktail zwei Stunden ins Fitnessstudio, dachte Klaus, damit das Hemd und die hellgraue Stoffhose auch weiterhin hauteng saßen. »Cheers!«, rief der Typ überschwänglich hinüber, seine weißen Zähne blitzten auf und er stolperte leicht nach vorne.

Klaus reagierte mit einem gestellten Grinsen und hob sein Cocktail-Glas ein paar Zentimeter in die Höhe. Hoch genug, dass Frau Hase es realisierte. Sie formulierte ihren Gedanken, dem Klaus schon lange nicht mehr hatte folgen können, noch zu Ende und drehte sich dann um. Es dauerte keine halbe Minute, bis das Partypärchen und Hasi mit großer Geste anstießen und sie sich in den Armen lagen. Klaus spülte den Rest seines Cocktails herunter und drehte sich zur Theke um, auch wenn dort, seinen silbernen Behälter schwingend, dieser ätzend-coole Typ wartete. Bloß nicht hinübergucken zu diesen affektierten Affen, dachte Klaus, als er Hasis Hand auf der Schulter und ihren Atem nah an seinem Ohr spürte.

»Bestellst du mir noch einen mit?«, fragte sie und stellte ihr Glas vor ihm auf die Theke. »Woher kennst du die beiden?« fragte er, ohne zu antworten. »Du meinst Heide und Wolf? Ich habe sie eben erst kennengelernt«, sagte sie, drehte sich wieder um und machte einen Schritt herüber zu Heide und Wolf. Klaus umschloss die beiden leeren Cocktail-Gläser jeweils mit einer Hand und blickte grimmig in Richtung des Barkeepers, der gerade dabei war, Limetten elanvoll im Takt der Musik zu zerschneiden. Die Lautsprecher spülten pausenlos elektronische Sounds durch den Raum, die nur minimal auf und abebbten und von derart tiefen Bässen unterlegt waren, dass die Knochen sanft vibrierten. Unter die Musik mischten sich das Gläserklirren und die Gesprächsfetzen der Menschen, die ganz sicher austauschbar waren, dachte Klaus.

Wenn er könnte, er würde es ausprobieren: die Zeit anhalten, ein paar Menschen hin- und herschieben und so Gesprächspartner austauschen, die Zeit weiterlaufen lassen und beobachten, was und ob überhaupt etwas passierte. Dem Fußball-Partypärchen, also Heide und Wolf – diese Namen! –, würde sicher nicht auffallen, wenn sie plötzlich anderen Leuten zuprosten würden. Klaus winkte dem Giftmischer zaghaft zu, der zwar kurz in seine Richtung blickte, aber keine Reaktion zeigte, sondern Limetten und Eiswürfel nacheinander in drei Gläser gleiten ließ.

Wütend und hilflos blickte Klaus nach unten, war genervt von dem arroganten Arschloch hinter der Theke und hatte keine Lust auf die beiden Vögel, mit denen sich sein Hasi gerade munter unterhielt. Er hob die beiden Gläser auffällig in die Höhe und blickte mit großen Augen den Barkeeper an, der reagierte, aber wieder keine Anstalten machte, zu Klaus zu kommen. Was für ein mieser Typ, dachte Klaus, er blieb aber betont freundlich, als sich das Arschloch endlich in seine Richtung bewegte und betont lässig fragte: »Noch zwei?«

»Mindestens!«, antwortete Klaus möglichst unbeeindruckt. »Aber erstmal reichen zwei.«

»Yes, kommt sofort!«

»Danke«, nuschelte Klaus und spürte, wie die Wut tief in seinem Inneren Hass aufkochte. Er versuchte sich zu beruhigen, sah sich die Unmengen an Schnapsflaschen an, die recht weit oben auf einem mächtigen Holzregal aufgereiht waren, das offenbar sehr gut in der Wand verschraubt war. Darunter präsentierte ein schmaleres Regal bunte und edel aussehende kleine Flaschen verschiedener Softdrinks, die Klaus mit scharfem Blick von links nach rechts scannte, während er im Kopf unwillentlich Buchstaben vertauschte und sich statt der Limonaden eine Mandoline vorstellte, die Frau Hase mit ihren langen Fingernägeln sanft zupfte.

Seine Gedanken wurden abrupt von den zwei schweren Gläsern unterbrochen, die auf der Theke neben ihm aufschlugen. Das Arschloch von Barmann hatte sie dort unsanft abgestellt und wollte für seinen armseligen Job bezahlt werden: »Zweimal Schöntrinken – macht 18 Euro, bitte!«

Klaus guckte irritiert, überlegte, ob er sich verhört hatte, und wenn nicht, was der Kackvogel von Barkeeper mit seiner dreisten Aussage meinte. Er blickte die Cocktails an, die widerlich zauberhaft aussahen, schaute dann an den weißen Ärmeln des Barmanns hoch, bis er in sein viel zu braun gebranntes Gesicht blickte, das ihn lässig und etwas herabschauend anlächelte. Klaus ballte die rechte Faust unter der Theke, dachte an Hasi, die er sich ganz und gar nicht schön trinken musste – und schon gar nicht musste er sich das von so einem schnöseligen, Berliner Behälter-Schüttler sagen lassen.

Irgendwann war das Fass auch mal voll, der Bogen überspannt, die Kacke am Dampfen, dachte Klaus, nahm eines der Gläser in die Hand, trank einen riesigen Schluck, knallte es auf die Theke und ließ direkt den nächsten Knall folgen: Er hob seine rechte Faust, holte aus und verpasste der grinsenden Fresse des Mischers einen heftigen Schwinger.

Seine dünnen Fingerknochen klatschten in die Augenhöhle des völlig überraschten Thekenchefs, der nach hinten taumelte und langsam zu Boden sackte. Auch Klaus machte einen Schritt zurück und blieb ebenfalls überrascht vor der Theke stehen. Der Beat, der durch den Raum pulsierte, nahm gerade etwas Fahrt auf, was zu seinem zunehmenden Adrenalin-Ausstoß und zu der unbekannten Aufregung passte, die sich Zentimeter für Zentimeter in seinem Körper breit machte und ihn erstarren ließ.

Das Gerede um ihn herum wurde weniger, die Musik intensiver. Klaus stand weiter wie festgewachsen dort, blickte über die Gläser hinweg hinter die Theke, wo der Barkeeper vom Boden aufstand und sich eine Hand vor das lädierte Auge hielt. Plötzlich spürte Klaus von hinten eine Hand an seiner Schulter, die ihn herumriss. Es war Hasis Hand. »Wir gehen«, blickte sie ihn eindringlich an und zerrte ihn herum. Klaus widersetzte sich und schüttelte die Hand ab, griff zu dem halbvollen Glas und leerte es mit einem schnellen Zug. Dann gab er sich bereitwillig in Hasis Hände und ließ sich an den empört guckenden Gästen vorbei nach draußen führen.

Er spürte die kalten langen Tropfen des Regens in seinem Gesicht, hörte die Pfützen auf dem kaputten Asphalt, in die er trat und merkte, wie seine Wahrnehmung langsam schwand und sie es sich in einer undurchsichtigen, trüben Wolke gemütlich machte. Er realisierte, wie Frau Hase ihn durch die

Autotür auf die Rückbank eines Taxis schob, sie schier endlos durch die Nacht fuhren und wie er begann, all die Lichter und Fahrzeuge und Menschen zu mögen, die sich da draußen wie ferngesteuert, aber ohne Plan und Ziel bewegten.

Sie hielten irgendwo an, holten sich irgendetwas zu essen, das wirklich hervorragend schmeckte, gingen weiter durch den Regen, steuerten eine Kneipe an, die so voll war, dass sie gleich wieder umdrehten, sich an irgendeiner Tankstelle Alkohol in Dosen kauften, diesen tranken, während sie weiter durch die Nacht gingen, die Klaus langsam zu mögen begann. Die Regentropfen wurden immer kälter und länger, sie wirkten erfrischend im Gesicht, auf der Lippe und auf der Zunge.

Schließlich landeten sie in einem Laden, in dem die Musik, leicht verquerer Surf-Gitarrenrock, wesentlich moderater, weniger aufdringlich, aber doch so präsent war, dass man sich in sie fallen oder zumindest von ihr tragen lassen konnte. Klaus nickte sanft mit und bewegte den Oberkörper wenige Zentimeter vor und zurück, der Nebelschleier vor seinem Bewusstsein wurde mit jedem Takt weniger.

Als er langsam wieder bei sich war, rieb er sich mit beiden Fäusten die Augen und traute ihnen kaum: Er stand schon wieder in einer Bar in Berlin, die spartanisch eingerichtet war: mit alten Sofagarnituren, Holzstühlen, Kronleuchtern vom Flohmarkt oder vom Sperrmüll und altem Putz an den Wänden. In der Ecke stand ein altes Klavier, um ihn herum eine kleine Menschentraube, die sich enthusiastisch und affektiert unterhielt und die zu seinem Erstaunen zu zwei Siebteln aus den beiden Partyidioten, Heide und Wolf, bestand, die sich in der Cocktail-Bar aufgedrängt hatten und offenbar mitgereist waren auf der kleinen Odyssee durch Berlin

Trotz der beiden Plagegeister verspürte Klaus, neben den Schmerzen an der rechten Hand, eine gewisse Euphorie und Erregung. Er hielt schon wieder einen Longdrink in der Hand, ohne zu wissen, wie dieser dahingekommen war.

»Und dann hat er ihm volle Breitseite eine verpasst«, hörte Klaus Wolf mit Belustigung und Begeisterung berichten. Klaus ärgerte sich, dass er diese Partyidioten in Gedanken nun schon beim Vornamen nannte. Es fühlte sich komisch, aber gut an, mit dieser Aktion im Mittelpunkt zu stehen, auch wenn es ihm morgen sicherlich peinlich sein würde. Jetzt aber, entschied Klaus, wollte er diesen stumpfen Moment heroischer Genugtuung genießen. Nach ein paar weiteren Gläsern würde er sich vielleicht sogar noch mit Heide und Wolf anfreunden. Ditt is Berlin, dachte Klaus, ging zur Theke und bestellte sich noch einen Longdrink.

Domino

Vielleicht würde Linda das Werkzeug für ein paar Minuten aus der Hand legen, um über Kev und diesen Brief zu reden, dachte Lukas, als er über die Trümmer im Treppenhaus stieg. Vielleicht war der Inhalt des Briefes gar nicht so dramatisch, wie Lukas ihn empfand. Nach kurzer Zeit fand er Tooli und Linda, die ein Schweißgerät in der Hand hielt, in den sogenannten Kreativzellen wieder, eine Wohnung mit drei Büros, Küche und Bad. Die beiden verschweißten gerade Rohre an der Wand, die zum Rohrpost-System gehörten, das von hier unter anderem in die Schaltzentrale führte, wie Tooli ungefragt erklärte. Wozu auch immer dieses »Hallo Spencer«-Artefakt nützlich sein sollte, ergänzte Lukas Toolis Ausführungen in Gedanken. Linda klappte das Visier ihres Kopfschutzes hoch und sah ihn an.

»Hey, was ist los?«

»Können wir unter vier Augen reden?«

»Du kannst Tooli vertrauen«, blickte sie Tooli und dann wieder Lukas an, »hier gibt es keine Geheimnisse.«

»Bitte! Kev ist weg.«

Linda legte Schweißgerät und Kopfschutz zur Seite, blickte Tooli entschuldigend an und ging mit Lukas in das angrenzende Zimmer. Die beiden setzten sich auf die dreckigen, ungeschliffenen Dielen und lehnten sich an die Wand. Lukas gab Linda den Zettel, den Kev zurückgelassen hatte, sie las ihn leise vor:

Lieber Lukas,

die Reise und die Zeit mit euch war echt cool, auch wenn ich sie nicht immer genießen konnte. Es war am Ende wie immer, es hat sich niemand für mich und meine Vergangenheit interessiert. Meine Eltern nicht, meine Lehrer und Mitmenschen nicht und auch ihr nicht. Ich nehme euch das nicht persönlich, es ist wohl einfach so. Trotzdem muss ich weiter. Alleine, um mir endlich Gehör zu verschaffen!
Kev

Ein Sonnenstrahl traf den zerknitterten Zettel durch das verstaubte Fenster, Linda ließ die Hände zu Boden sinken.

»Das klingt wirklich gar nicht gut. Und irgendwie hat er Recht, oder?«

»Du hast uns von deinem Unfall und von deiner Flucht erzählt. Kev und ich haben uns über unsere Motive zu dieser Reise nicht genauer ausgetauscht, das stimmt.«

»Wir beide haben uns am See darüber unterhalten, als Kev geschlafen hat. Mit Kev habe ich ein ähnliches Gespräch nicht geführt.« Sie blickte erschüttert zu Boden: »Konntest du ihn nicht aufhalten?«

»Es ging alles ziemlich schnell.«

»Und jetzt?«

Lukas zuckte mit den Schultern. In ihrer Ratlosigkeit waren sie sich einig: Es hatte keinen Sinn, Kev blind hinterherzulaufen, dafür war er schon zu lange verschwunden. Handynummern hatten sie nicht ausgetauscht, sie konnten ihn also auch nicht erreichen. Sie kannte nicht mal Kevs Nachnamen oder den der Cousine, die er ursprünglich aufsuchen wollte. Was auch immer Kev nun stattdessen plante, um sich Gehört zu verschaffen, sie hatten keine Idee, was das sein könnte.

Kurzum entschieden sie also, nichts tun zu können.

Linda wollte sich Toolis Kommune anschließen, sie hatte ihre Entscheidung bereits gefällt und erzählte Lukas nun davon. Er war wenig begeistert, fast entsetzt, ließ sich aber nichts anmerken. Er selbst würde noch für ein paar Tage bleiben, teilte er Linda mit, um nachzudenken, wie es für ihn weitergehe. Außerdem könnte er die Ruhe in der Hundehütte des Kratzkatzenbaums genießen. Er hatte das Hostel und die zugehörige Toilette nun erstmal für sich allein, weil Linda sich in Toolis kleiner Wohnung einquartiert hatte. Entweder weil da etwas lief oder weil er selbst zu laut geschnarcht hatte, dachte Lukas. Beides gefiel ihm nicht, es war ihm aber mittlerweile auch ziemlich egal.

Er verbrachte die größte Zeit der folgenden 48 Stunden in der Obhut seiner Hundehütte, aß viel Toastbrot und trank jede Menge Kaffee, manchmal blickte er hinaus auf den Hof, um den anderen beim Arbeiten und Diskutieren zuzusehen. Am dritten Tag raffte er sich dazu auf, beim Ausbau der Herzstück-Bar mit anzupacken. Es galt eine noch kahle, steinerne Wand, die sicherlich acht Meter breit und über vier Meter hoch war, zu verputzen. Sabs, Gunnar, Tooli und Linda waren bereits dabei, ein Gerüst aus Paletten und Eisenstangen zu bauen, als Lukas zu ihnen stieß.

»Was nicht passt, wird passend gemacht«, sagte Gunnar und fummelte mit einem Karabinerhaken an einer Eisenkette herum, die eine Palette mit einer langen Eisenstange verband. Tooli hielt schon die nächste Palette bereit, die er gemeinsam mit Gunnar hochkant auf dem bisher erbauten Plateau befestigte. Schon beim Betrachten des Aufbaus wurde Lukas schwindelig, er hinterfragte aber nichts, nahm sich stattdessen ein Sterni aus der Getränkewanne, lehnte sich an die Bar und trank die Flasche mit nur einem Schluck halb leer. Von hier aus beobachtete er das Gewusel rund um das improvisierte Gerüst für einigen Minuten, bevor er die Flasche mit einem weiteren, tiefen Schluck leerte, auf die Bar stellte und sich zu dem optimistischen Handwerkertrupp gesellte.

»Wie kann ich helfen?«

»Schön, dass du auch am Start bist«, sagte Tooli, ausnahmsweise mal ohne seine amateurhafte, antrainierte Berliner Schnauze. Wie Lukas mittlerweile herausgefunden hatte, kam Tooli nämlich nicht aus Berlin, sondern aus Wölfersheim, einer kleinen Gemeinde bei Darmstadt. Er hatte etwas Geld von seiner Oma geerbt und damit diese abgewrackte Immobilie gekauft, an der er nun seit einem halben Jahr werkelte.

»Du kannst den Putzmörtel mit dem Wasser mischen, Verhältnis steht auf dem Beutel. Bitte zuerst den Mörtel, dann das Wasser. Der Quirl steckt schon auf der Bohrmaschine. Wasser kannst du dir an der Bar holen. Wir tragen schon mal die Grundierung auf.«

»Alles klar, wird gemacht, Meister!«

Lukas las sich die kurze Anleitung auf der Verpackung des Putzmörtels durch, kippte das Pulver in den großen, schwarzen Eimer und schleppte ihn zur Bar. Mittlerweile war Gunnar auf das improvisierte Gerüst geklettert, das so hoch war, dass er die Grundierung mit dem Pinsel bis unter die Decke auftragen konnte. Mit dem Eimer in der Hand ging Lukas zum Waschbecken hinter den Tresen. Er konnte den Rand des Eimers so gerade unter den Wasserhahn biegen.

Etwa zwei Liter Wasser sollten zu dem Mörtelpulver gegeben werden, das er per Fingerbreite am Rande der Verpackung auf die richtige Menge abgeschätzt hatte. Wie er nun allerdings zwei Liter durchlaufendes Wasser abschätzen sollte, war ihm schleierhaft. Was nicht passt, wird passend gemacht, dachte er und schämte sich vor sich selbst für diesen Gunnar-Spruch. Er ließ einfach laufen, während ihn das laut auf dem Pulver auftreffende Wasser auf seine Blase aufmerksam machte, die schon begann das heruntergestürzte Bier aufzunehmen. Es würde nicht mehr allzu lange dauern, bis er sie entleeren müsste, und dafür würde er ganz sicher den Weg zurück durchs Labyrinth in das Hostel auf sich nehmen, weil er keinesfalls riskieren wollte, mit Gunnar oder gar Tooli am Pissoir – er vermutete hier in der Bar zumindest welche – zu stehen und Smalltalk mit ihnen betreiben zu müssen.

Gedankenverloren hatte er das laufende Wasser vergessen und konnte die Menge nun noch schlechter abschätzen. Es war jedenfalls kaum mehr Pulver im Eimer zu sehen, er drehte den Hahn nach einigen Sekunden zu und beschloss, sich nichts anmerken zu lassen. Die anderen waren ohnehin viel zu beschäftigt: Gunnar stand mit Pinsel und Eimer oben auf der Palette, Tooli und Linda links und rechts an dem eigenwilligen Gerüst, das tatsächlich auch noch fahrbar war, wie Lukas überrascht feststellte.

Linda und Tooli schoben das Gestell in Richtung Theke, Gunnar gab von oben Anweisungen, das Holz knarzte. Auf der Theke schob Lukas den Eimer entlang und sah darüber hinweg die vier Rollbretter, auf denen die ersten Paletten des Selfmade-Gerüsts festgeschraubt waren. Sieht reichlich wackelig aus, dachte er, der handwerklich zwar sehr beschränkt war, einem Menschen mit dem Spitznamen Tooli aber mehr zugetraut hätte.

Lukas wollte mit dem viel zu vollen Eimer schnell zurück zum Bohrmaschinenquirl gehen, solange die drei noch beschäftigt waren. Als er gerade das Gerüst passierte, rief Gunnar mit lang gezogenem »u« von oben: »Und stopp!« Linda und Tooli hielten das Gestell an, die Paletten wankten und Tooli machte einen Ausfallschritt nach hinten, um sein volles Gewicht gegen das Gerüst drücken zu können. Eingeschränkt durch das Gewicht des Eimers, konnte Lukas Toolis Bein nicht mehr ausweichen und stolperte damit den ersten Stein der Chaoten-Dominobahn um: Mit dem Eimer voran rempelte er Tooli in das Gerüst und brachte ihn zu Fall, begraben unter Mörtel-Wasser.

Die Stangen und Paletten begann zu wanken. Linda erschrak, ließ das Gerüst los und eilte Tooli und Lukas zu Hilfe. Gunnar schrie, tänzelte mit dem wackelnden Gestänge hin und her, ließ Pinsel und Eimer fallen, die nur knapp Toolis Kopf verfehlten, und spürte dann, wie der Boden unter seinen Füßen verschwand. Die Ketten rasselten, es folgte ein elendiges Krachen – das Gerüst fiel wie ein Kartenhaus ineinander. Noch gerade rechtzeitig hatte Linda Tooli und Lukas zur Seite gezerrt, bevor die Paletten und Eisenstangen mit großem Getöse in die frisch fertiggestellte Theke stürzten.

Altholz

Seine Wahrnehmung war nicht mehr stetig, sie hatte immer wieder kurze Aussetzer, so viel nahm er zumindest noch wahr. An was er sich morgen noch erinnern können würde, wusste er nicht, vielleicht war es besser so. Gerade erwischte er sich dabei, wie er auf einem Tisch mit einem Typen tanzte, den er heute schon mal irgendwo gesehen hatte. Der Tisch könnte jeden Moment zusammenbrechen, zumindest wackelte er gefährlich. Aus den Boxen dröhnte eine Mischung aus Ska und Elektro, die Klaus so noch nie gehört hatte und die er so vermutlich auch nur heute Abend, genau in diesem Moment hören wollte.

Als er sich gerade wieder ein wenig in diesen seltsamen Klängen verlor, setzte die Musik abrupt aus. Vielleicht gehörte das aber auch zum Song, so genau konnte er das bei dieser Art von Musik und in seinem Zustand nicht feststellen. Hinter der Theke und am kleinen DJ-Pult in der Ecke ging Licht an, die junge Frau mit den grell gefärbten, verfilzten Zöpfen räumte ihre Schallplatten zusammen. Klaus‘ Tanzpartner sprang laut grölend vom Tisch zu seinen untenstehenden, ebenfalls johlenden Freunden, er landete unglücklich, knickte um und fiel auf den Boden, der mit feuchtem Matsch und Scherben übersät war. Seine rechte Hand blutete, seinen unbändigen Feierwillen konnte das aber nicht bremsen. Die Gruppe junger Frauen und Männer zog weiter und verließ jubelnd den Laden.

Klaus stand noch immer auf dem Tisch, er hatte das schmerzhafte Schauspiel von oben beobachtet und konnte nun, einmal aus der Bewegung gekommen, kaum mehr stehen. Immerhin war die Übersicht hier oben sehr gut, er blickte sich um und scannte den Raum, der etwas heller erleuchtet noch spartanischer und schmutziger aussah als im Dunkeln.

Er drehte sich einmal im Kreis, stolperte dabei fast vom Tisch, konnte Hasi aber nirgends entdecken. Sicherheitshalber stieg er rückwärts vom Tisch, wie ein Kleinkind vom Sofa, neben dem die Eltern stehen und genau das immer wieder betonen: »Zuerst den Popo! Rückwärts runter! Rückwärts! Toll gemacht!« Auch bei Klaus gab es nichts zu meckern: Trotz des hohen Alkoholpegels, der späten Uhrzeit und seines nicht gerade geringen Alters stieg er unversehrt vom Tisch. Jeder Schritt auf dem Boden verursachte ein knirschendes, schmieriges Geräusch, ein Klang, der sich unangenehm in seine Ohren bohrte und sogleich im Kopf schmerzte.

Mehr und mehr Menschen verließen den Laden, von dem Klaus nicht wusste, wie er hieß und wo er sich befand. Vor allem aber wusste er nicht, wo Hasi steckte. Nicht mal Heide und Wolf konnte er entdecken, denn selbst darüber würde er sich nun freuen. Langsam schleppte er sich zum DJ-Pult, schaute der Frau mit den Zöpfen zu, wie sie Kabel zusammenwickelte und Kopfhörer in ihrer Umhängetasche verstaute.

»Wat kiekste?«, blickte sie ihn an und lächelte, »die Party ist vorbei für heute.« Er guckte nur irritiert und betrunken und musste dabei schon allein aufgrund seines Alters ganz schön unheimlich wirken, dachte er. »Nächste Woche legen wir im

Boxi-Kiez auf, hier«, sagte sie, drückte ihm einen Flyer in die Hand und räumte weiter ihre Sachen zusammen. Er warf einen kurzen Blick auf den bunten Flyer, knüllte ihn zusammen und steckte ihn in seine Gesäßtasche. Einsam schlich er durch den bereits ziemlich leeren Raum.

An der Bar redeten ein paar junge Männer auf die aufräumenden Mitarbeiter hinter der Theke ein, weil sie gerne noch etwas trinken wollten, aber nichts mehr bekamen. Am anderen Ende des Raumes fegte jemand mit einem überdimensional-breiten Besen den Boden und an der Garderobe wartete eine Menschenschlange auf ihre zweite Haut. Klaus entdeckte das Klavier in der Ecke, das alt und verbraucht aussah, die Party aber offensichtlich und zu seinem Erstaunen gut überstanden hatte. Er war beeindruckt von der exzessiven Feierwut der Leute, die offenbar Grenzen kannte. Sie hatten auf dem Boden und den Tischen getanzt, hatten sich so sehr gehen lassen, wie er es noch nie erlebt hatte, hatten aber trotzdem genug Anstand vor einem solchen Instrument bewiesen.

Er fixierte das Klavier, war beeindruckt von der Würde, die dieses in die Tage gekommene Instrument in diesem Raum ausstrahlte. Magisch wurde er von den schwarzen und weißen Tasten angezogen, als würde es in diesem Moment nur ihn und dieses Instrument geben. Plötzlich drangen bekannte Stimmen zu ihm herüber, er blickte über seine Schulter, sah Wolf, Heide und Hasi von den Toiletten in den Raum kommen. Sie bildeten eine euphorisierte und kichernde Einheit, die wenig von ihrer Außenwelt wahrnahm.

Wie festgewachsen blieb er stehen, beobachtete die drei, die unentschlossen, aber geschlossen durch den Raum gingen. Er wandte sich wieder dem Klavier zu und schritt langsam darauf zu. Das Kichern und Klirren im Raum nahm er kaum noch wahr, er war fest entschlossen, wusste genau, was jetzt zu tun war, um Hasi zurück- oder endgültig für sich zu gewinnen. Dafür musste er nach etlichen Jahren nur noch einmal über seinen Schatten springen.

Er trug einen der beiden Korbsessel, die zusammen mit einem Tisch eine Sitzgruppe am Rande des Raumes bildeten, zum Klavier und setzte sich an das geschlossene Instrument. Mit seinen Handflächen strich er langsam über das spröde Holz, öffnete die Klappe, sah sich die Tasten an und legte seine Finger vorsichtig darauf ab. Seit einer Ewigkeit hatte er seine *Kreisfluss*-Sonate nicht mehr gespielt, weil sie ihre Magie verloren hatte und ihn auf unangenehme Weise an die Vergangenheit erinnerte. Nun sollte sie ihm die Zukunft retten und versüßen, er wollte Frau Hases Herz erobern und damit verhindern, dass sie ihn womöglich verließ, nachdem ihr gemeinsamer und filmreifer Großstadt-Gangster-Trip vorbei war. Es blieb also nur diese eine Möglichkeit.

Er atmete tief ein, konzentrierte sich, soweit wie sein alkoholisierter Geist dies zuließ, und nahm seinen Mut zusammen. Nach nur wenigen Tönen war er eins mit seiner Sonate, die sich langsam und warm durch das alte Holz des Klaviers im Raum ausbreitete. Sein Körper bebte im Takt, er fühlte sich geborgen und sicher, spielte mit großer Inbrunst. Einmal meinte er Hasis Stimme wahrzunehmen, konzentrierte sich aber sofort wieder auf sein Klavierspiel. Seit langer, langer Zeit wirkte seine einzige respektierte Komposition wieder wahrhaftig und tiefgründig auf ihn. Sie floss, funkelte und ließ die Zeit zweitrangig sein, ließ ihn eins werden mit sich und seiner Umwelt, die er nicht mehr wahrnahm. Die letzten Töne der Sonate legten sich langsam um die D-Moll-Tonleiter und hallten noch nach, als er schon aufgehört hatte zu spielen und er seinen Atem wieder wahrnahm.

Es war still geworden in dem großen Raum. Langsam blickte er sich um, sah die Mitarbeiter hinter der Bar, die ihn ansahen. Der Mann mit dem Besen hielt sich an seinem Arbeitsgerät fest und blickte ebenfalls in Richtung Klavier, ein Teil der Garderobenschlange schaute Klaus staunend an. Von links hallte ein vorsichtiges Klatschen herüber, es kam vom DJ-Pult und wurde nach und nach von den anderen Anwesenden unterstützt. Ein richtiger kleiner Applaus inmitten des Berliner Nachtlebens für seine *Kreisfluss*-Sonate – er war beeindruckt, begeistert und beschämt.

Seine Freude verlor sich allerdings schnell mit seinen suchenden Blicken, die durch den Raum eilten und Frau Hase nirgends entdecken konnten. Nicht mal Wolf und Heide, die alten Party-Arschgeigen, waren zu sehen. Alle drei: weg! Nicht da! Verschwunden! Als wäre es das Normalste der Welt, einfach zu gehen, während er mit Anlauf über seinen Schatten sprang und sein Herz öffnete. Der einzige Mensch, für den er das gemacht hatte, hörte nicht mal zu oder nutzte die Gelegenheit, um zu verschwinden.

Er spürte, wie die Wut kochend heiß aus der Magengegend nach oben brodelte und er sie mit verzerrtem Gesicht zurückhalten musste, damit sie nicht ausbrach, explodierte und in nicht mehr kontrollierbares Verhalten ausuferte. Er wandte sich dem Klavier zu, blickte es an und knallte den Deckel mit voller Wucht zu, gönnte der Wut so einen kleinen Erfolg. Kurz Druck vom Kessel ablassen, um ihn anschließend wieder einschließen zu können.

Die Leute hinter der Bar blickten nun erstaunt in seine Richtung und fingen etwas beschämt wieder an zu arbeiten. In das Gläserklirren mischte sich Getuschel aus der Garderobenschlange. Sie hielten ihn ganz sicher für einen Verrückten, einen Freak, der seinen Ausgang hier verbrachte und gleich wieder zurück in die Klapse musste. Er blickte sie einzeln an, doch niemand erwidert seinen Blick. Er war außer sich, musste mehr Wut ablassen, damit er keine Dinge anrichtete, die er noch bereuen würde. Die Frau hinter dem DJ-Pult kicherte, ihre Zöpfe zappelten in der Luft. Klaus ging auf sie zu, baute sich vor ihr auf und wütete sie nur wenige Zentimeter von ihrem Gesicht entfernt an: »Deine Happy-Go-Lucky-Mucke ist fast so ekelhaft wie deine Zöpfe, die wie verschimmelte Maiskolben aussehen – zum Kotzen!«

Die ersten Sekunden nach dieser verbalen Hassattacke waren großartig, sie füllten ihn mit Leben und Adrenalin, die folgenden waren schmerzhaft: Die Frau mit den Zöpfen verpasste ihm eine wuchtige Ohrfeige, die so schmerzhaft wie verdient war, so viel war ihm sofort klar. Trotzdem hatte es gutgetan, und er hatte sich nicht anders zu helfen gewusst, was seine Schuldfähigkeit nicht minderte, dachte er. Für eine Entschuldigung blieb keine Zeit, außerdem waren die Blicke der Thekencrew nun wirklich unangenehm und der Tanzflächenfeger hielt seinen Besen mit beiden Händen so fest, als könnte er jeden Moment damit losschlagen.

Schnell ging Klaus Richtung Ausgang, blickte sich noch mal

flüchtig um, doch Hasi blieb spurlos verschwunden. Auch vor der Tür, wo sich einige Menschentrauben gebildet hatten, die miteinander redeten, rauchten oder einfach Teil der Nacht waren, war weder von Hasi noch von Heide und Wolf etwas zu sehen. Klaus fühlte die Einsamkeit über ihn hereinbrechen. Sie legte sich dunkel und kalt um die Außenhülle seines Körpers, drückte auf die Schultern, den Rücken und ließ die Beine schwer werden.

Er trippelte auf der Stelle, hörte das Wasser, das er verdrängte, aus den Pfützen schwappen. Seine Gedanken sprangen hin und her, er nahm die Stimmen der Leute unerträglich laut wahr, konnte sich nicht konzentrieren, sich nicht sammeln, um zu überlegen, was zu tun war. Die Welt um ihn herum war ein großes schwarzes Loch, in das er gerade fiel.

Schlüssel

»Die schöne Bar! Unser Herzstück!« Tooli traute seinen weit aufgerissenen Augen kaum. Er lag auf dem Boden und jammerte mit lang gezogenen Vokalen: »Die ganze Arbeit. Die ganze Liebe, die hier drinsteckt.«

»Wir kriegen das alles wieder hin«, versuchte Linda ihn zu beruhigen, »Hauptsache, es ist niemandem etwas passiert.«

»Fuck! Fuck, Fuck, Fuck! Zerkackt!«, Lukas atmete laut und erschrocken, »es tut mir leid, aber du hast mir ein Beinchen gestellt.«

Tooli reagierte nicht, sondern jammerte weiter: »Unser Kraftzentrum!«

»Könnt ihr armseligen Arschgeigen aufhören zu jaulen und das später ausdiskutieren! Holt mich erstmal hier runter!«, krächzte eine Stimme von oben. Es war Gunnar, der sich in gefährlicher Höhe an einem aus der Wand kommenden Rohr festhielt. Mit den Füßen verschaffte er sich in den Mauervorsprüngen etwas Halt.

»Beeilt euch! Meint ihr eigentlich, ich pinsele hier oben fröhlich weiter? Ich kann mich nicht mehr lange halten!«

»Los schnell, die Leiter«, rief Linda.

Gemeinsam mit Lukas eilte sie zur großen Leiter, die unweit der Gerüsttrümmer stand. Sie war gerade lang genug, dass Gunnar sich in einem waghalsigen Akt mit den Füßen auf die oberste Stufe stellen und mit Gleichgewicht, Glück und Geschick herabsteigen konnte. Lukas stand daneben und hob die Arme in die Luft, um Gunnar im Zweifel auffangen zu können – so hatte er es sich zumindest gedacht.

Glücklicherweise kam es nicht dazu.

Gunnar erreichte unversehrt den Boden, sein Herz pochte so laut, dass die anderen es hören konnten. Er verließ fluchend den Saal, Tooli stammelte immer noch ungläubig vor sich hin und Linda blickte mit feuchten Augen über den Trümmerhaufen hinweg. Lukas ergriff die Gelegenheit und schlich davon. Er ging zurück ins Hostel und sammelte dort seine Sachen zusammen, die er kreuz und quer über das Holzgebilde verteilt hatte.

Der riesige Katzenschlafbaum eignete sich hervorragend als Kleiderschrank. Die Ruhe und Einsamkeit nutzte Lukas, um noch mal auf die Toilette zu gehen, auch wenn er eigentlich nicht musste. Doch je leerer seine Blase war, desto später müsste er sie wieder leeren, lautete seine erste eiserne Faustregel. Anschließend ging er zum Auto, um noch ein paar Sachen ein- und so umzupacken, dass sein Rucksack mit den wichtigsten Dingen prall gefüllt war. Mit dem Autoschlüssel in der Hand ging er zurück in die lädierte Bar, wo Tooli mit glasigen Augen am Boden saß, während Linda den Trümmerhaufen zur Seite räumte.

»Das ist der Schlüssel zu einem 84er Kadett GSI Coupé von Opel. Der Wagen ist von mir persönlich meiner Oma entwendet worden, die davon wahrscheinlich noch nichts gemerkt hat. Ich lasse euch den Wagen hier, als Entschädigung, für Einkäufe oder Ausflüge oder wofür auch immer. Ich brauche ihn sowieso nicht mehr.«

»Ein Auto! Wow, das klingt super, danke!«, sagte Tooli ohne aufzublicken. Er bemühte sich, dankbar zu klingen und nicht wütend über den Unfall in der Bar.

»Was heißt das?«, fragte Linda. »Verlässt du uns auch?«

»Ja, ich habe nachgedacht und möchte weiter, bleibe aber erstmal in Berlin.«

Linda guckte Lukas traurig an, ein zartes Lächeln signalisierte aber zugleich Verständnis für die Entscheidung. Sie ging einen Schritt auf ihn zu, Lukas streckte ihr seine Hand unentschlossen entgegen und erschrak kurz, als Linda ihn umarmte. Er erwiderte die Umarmung vorsichtig, indem er beide Arme um sie legte, aber kaum zudrückte.

»Danke, Lukas«, sagte Linda leise, »ich glaube, ich habe hier einen Platz gefunden, an dem ich bleiben möchte und an dem ich mit anpacken kann.«

»Ich weiß«, sagte Lukas, auch wenn er nicht wusste und nicht verstehen konnte, wie man sich so einem jammernden Handwerker anschließen konnte, aber das half jetzt auch nichts mehr. Seine Zeit hier war definitiv abgelaufen, er konnte nicht länger in der Hütte verweilen wie ein trauriger Hund.

»Okay. Du kannst uns ja bald wieder besuchen kommen, wenn hier alles fertig ist und die ersten Veranstaltungen stattfinden«, sagte Linda und strahlte dabei etwas übertrieben.

»Klar! Cool, gerne«, sagte Lukas leise und fragte sich, wie Tooli, das Fleisch gewordene Werkzeug, es geschafft hatte, Linda in nur so wenigen Tagen so sehr von seinem Projekt zu überzeugen, dass sie redete, als sei sie schon seit Jahren Teil dieser ambitionierten Kommune. Vielleicht hatte Linda aber auch recht und er sollte es sich noch mal überlegen.

Auch er könnte hier sicher mit anpacken, trotz seiner beiden linken Hände, und so vielleicht auch etwas Erfüllung finden. Genug zu tun gab es zweifelsohne, um sich davon zu überzeugen, genügte ein kurzer Blick über den Hof. Trotzdem – er würde das hier einfach nicht ertragen: die Attitüde, das Gerede und die Menschen, bis auf Linda vielleicht, in der er sich offenbar getäuscht und die er zu Unrecht verdächtigt hatte – für was auch immer. Die Gunnars und Toolis jedenfalls wollte er nicht länger sehen, also weiter, weiter und bloß weg hier!

»Mein Skateboard liegt noch im Kofferraum deines Kadetts – deines ehemaligen Kadetts«, sagte Linda. »Du kannst es gerne mitnehmen, dann bist du schneller unterwegs. Ich habe mir das Board ohnehin nur aus Protest gekauft und benutze es nicht.«

»Okay, gute Idee. Ich schnapp es mir gleich, der Wagen ist offen. Danke!«

»Super. Kann ich noch mal dein Handy benutzen, bevor du verschwindest?«

»Klar«, sagte Lukas, stellte seinen Rucksack vor sich ab und holte das Handy aus einem Seitenfach, »möchtest du dich doch mal bei deinen Eltern melden?«

»Nein, ich muss etwas anderes in Erfahrung bringen.«

Linda nahm das Handy, ging damit ein paar Schritte in die Ecke des Saals, nahm einen handgeschriebenen Zettel aus der Tasche und wählte die Telefonnummer, die darauf geschrieben stand. Lukas versuchte, nicht neugierig zu wirken, war es aber enorm. Er trippelte auf der Stelle und bewegte sich dabei möglichst unauffällig Stück für Stück in Lindas Richtung, griff zu seinem Rucksack und schwang ihn sich auf den Rücken, wobei er drei größere Schritte in ihre Richtung machte.

Er war nah genug bei Linda, um so gut wie alles hören und sich die fehlenden Silben selbst zusammenreimen zu können.

»Guten Tag, ich würde gerne einen Termin bei Dr. Reis vereinbaren«, hörte er Linda leise und mit zittriger Stimme sagen. Sie hielt das Handy fest an ihr Ohr gepresst und starrte in die Ecke des Saals. Sekunden um Sekunden um Sekunden, die Lukas wie eine Ewigkeit vorkamen. Er ging kurzentschlossen auf Linda zu: »Ist alles okay?«

Sie nahm das Handy vom Ohr und gab es Lukas zurück. »Er hat den Unfall überlebt«, sagte Linda, ohne Lukas anzublicken, »und ich weiß nicht, ob ich mich darüber freuen oder ärgern soll.« Sie ging mit leerem Blick an Lukas vorbei, sah ihn kurz an und sagte: »Mach's gut. Wenn du etwas von Kev hörst, ruf in der Zentrale an, falls wir bis dahin Telefon haben. Oder komm besser vorbei.«

»Du hast alles richtig gemacht«, rief Lukas Linda hinterher, die von Tooli mit offenen Armen empfangen wurde. »Macht's gut, viel Erfolg mit allem«, sagte Lukas als er in der Tür stand, »und sorry, dass ich mein Handy nicht abgegeben habe.«

Drachen

Kev hielt seinen Blick so weit wie möglich nach unten gerichtet, um die Menschen und ihre Gesichter nicht sehen zu müssen. Menschen, die mit anderen Menschen durch die Straßen zogen, die mit Kinderwagen auf dem Weg in ein Café oder auf einen Spielplatz waren; die laut redeten, lachten, rauchten und Bier tranken; die sich unterhielten, fröhlich pfiffen, schrien oder laut telefonierten. Er versuchte sich so gut wie möglich von der Außenwelt abzuschotten, um einen klaren Kopf zu bewahren, um seine Wut herunterzukühlen und sie nicht an Stühlen, Wänden oder gar Menschen eskalieren zu lassen.

Er musste mit Kalkül agieren, um die Richtigen zu treffen. Mit voller Wucht. Was er Lukas nicht über seine Cousine erzählt hatte, war der wahre Grund, warum er sie unbedingt treffen wollte. Seine Cousine, Leandra Haberle, war schon immer eine hochnäsige, narzisstische Besserwisserin gewesen, die sich nach Belieben alles zu Eigen gemacht hatte: Mitschülerinnen und Lehrer, Männer an sich, das Auto ihres ersten festen Freundes und das Ferienhaus ihrer Schwiegermutter in spe, die nicht enden wollende Hilfsbereitschaft eines Pfarrers und letztlich auch das Erbe, das eigentlich Kev zugestanden hätte.

Leandra hatte zu der Zeit, als Kevs Vater starb, in einer Anwaltskanzlei gearbeitet, Kev wusste bis heute nicht, wie sie ohne Ausbildung oder Studium an diesen Job gekommen war. Jedenfalls hatte sie es geschafft, das Erbe auf hinterlistige Weise eiskalt einzukassieren. Kevs Vater hatte kein Testament hinterlassen und Kev bisher nicht die Energie, um für das immerhin fünfstellige Erbe zu kämpfen.

Leandra, die listige Schlange, steckte es sich ein und trieb ihr Spiel damit auf das nächste Level: Sie hielt sich ab sofort in den teuren Clubs und auf den edlen Veranstaltungen der Stadt auf, investierte in teure Kleidung und Accessoires, um sich so einen Mann zu eigen zu machen, der richtig viel Geld besaß, das sie bald sicher auch noch einkassieren wollte. Noch aber badete sie nur im Geld ihres Gönners, ließ sich zum Shoppen chauffieren, trug teure Kleider, trank Champagner zum Frühstück und hielt Alexander Rivenlaus mit seinem Kinderwunsch hin.

Rivenlaus, der mit gerade mal 19 Jahren zum siebtreichsten Menschen Deutschlands geworden war, war naiv genug, vielleicht auch verliebt genug, was genauso naiv wäre, um nicht hinter Leandras Fassade schauen zu können oder zu wollen. Er sah die glänzende Stärke in ihr, ihren Scharfsinn, den sie besaß, auch wenn er hinterhältiger Natur war. Rivenlaus hatte das schmutzige Geld seines Vaters geerbt, der dieses vor allem als Teil der Rüstungsindustrie und mit krummen Geschäften gemacht hatte. Geschäfte, über die investigative Politmagazine regelmäßig entlarvend berichten, die nach einer kleinen Welle der Empörung aber genauso regelmäßig wieder versanden, weil Politik und Wirtschaft Hand in Hand gehen und vertuschen und verklären.

Menschen wie Rivenlaus Senior ordneten Gier, Geld und Macht alles unter. Abgesehen von den zahlreichen Autos und Flugzeugen, die Rivenlaus Junior sich regelmäßig zulegte, investierte er sein Erbe als erstes in ein riesiges Kühlhaus, das im Berliner Stadtteil Friedrichshain an der Spree lag. Er ließ das Gebäude mit der auffälligen Klinkerfassade samt Rautenmuster zu einem Firmenkomplex mit riesiger Glasfassade umbauen.

Eine verdeckt gedrehte TV-Reportage bot wenige Jahre darauf Einblicke in das umgestaltete Kühlhaus: Die unteren Etagen dienten einer Fertigungsanlage für Spezialwaffen, die sich reiche Despoten für den Privatgebrauch bestellten, etwa farbige Mini-Bazookas, vergoldete Sturmgewehre oder Hightech-Panzer. Hergestellt mitten in Berlin! Die darüber liegenden drei Etagen waren voll mit Büro- und Konferenzräumen, in denen sich Anwälte, Finanzexperten und andere Fachkräfte um die Geschäfte Rivenlaus‘ kümmerten, inklusive Unterlassungsklagen und Lobbyarbeit.

Die beiden obersten Etagen waren nur Rivenlaus und seinen engsten Vertrauten vorbehalten. Es war ein großer Clou, dass sich das TV-Team über einen Maulwurf Zugang zu den Räumlichkeiten verschafft hatte. Mit einer versteckten Minikamera war es der Reporterin gelungen, bei einer privaten Feier zu filmen. Sie hatte über zwei Jahre daran gearbeitet, in den inneren Zirkel Rivenlaus‘ zu gelangen. Sie hatte ein paar Mal ihre Seele verkaufen müssen, fing dafür Bilder ein, die jedes Vorurteil gegenüber Superreichen bestätigen: Koks und Nutten waren nur der Anfang, die Bilder protokollierten eine Weltfremdheit, die beschämend war. Kev hatte die Reportage damals mit voyeuristischem Erstaunen und Ekel gesehen und seine Cousine sofort erkannt, die in einem knappen Kleid neben dem riesigen Swimming Pool stand und sich mit grauhaarigen, weißen Männern in Anzügen unterhielt.

Viel zu oft hatte Kev sich diese Szene angesehen, sie angehalten und das Standbild angestarrt, um es auf weitere Details zu untersuchen. Eines hatte er sofort erkannt: die geschlossene Tür im Hintergrund, auf der ein glitzerndes, verziertes »L« in Schnörkelschrift geschrieben stand, das ganz sicher den Vornamen seiner verkorksten Cousine meinte.

Eines Abends, er hatte sich vor lauter Frust betrunken, hätte Kev beinahe seinen Fernseher zerstört, als er auf der Couch aufgewacht war, das Standbild vor seinen Augen geflimmert und er die Flaschen vom Tisch Richtung Bildschirm geworfen hatte. Mit der Zeit waren seine Wut und sein Hass weniger geworden, er wollte seine Cousine vergessen, seine Familie vergessen und sein eigenes Leben führen, doch nach einigen Monaten war ihm klar geworden, dass er dieses Kapitel erst schließen musste, um voran kommen zu können.

Er hatte seine Cousine zur Rede stellen wollen, doch weil sie nicht reden wollte, musste er andere Schritte einleiten, von denen er bislang niemandem etwas erzählt hatte. Auch Linda und Lukas nicht, was auch daran lag, dass sie sich wenig für ihn interessiert hatten. Zumindest empfand er das so, die Wahrheit war aber auch, dass er viel zu stolz und feige war, um anderen davon zu erzählen. Und sicherlich war es auch besser so, wenn niemand in seinen Plan B, der zu einem gewissen Teil auch Plan A war, eingeweiht war.

Kev hatte die unbeobachtete Zeit in der Kommune genutzt, um tief in seinem Seesack zu kramen, wo er die nötige Technik und die Chemikalien sicher verstaut hatte, mit denen er vollendet hatte, was auf der dazugehörigen Anleitung unter dem Punkt »Die Bombe für den Einsatz vorbereiten«

stand. Sein schlechtes Gewissen hatte er seitdem immer wieder beruhigen müssen. Er hatte Selbstgespräche geführt und sich letztlich selbst davon überzeugt, dass es der einzige Weg war, um weiter machen und weiter leben zu können.

Kev war das erste Stück des Weges mit der U-Bahn gefahren, danach gelaufen, über möglichst leere Straßen und Wege, was in Berlin ziemlich unmöglich war. Er ging am Ufer der Spree entlang und konnte das Gebäude, ein wirklich beeindruckender, klumpiger Koloss, schon von Weitem erkennen. Er rief seine Cousine an, die den Anruf erst beim sechsten Versuch genervt entgegennahm.

Kev konfrontierte sie mit den Tatsachen: »Ich stehe vor der Firma, lass mich rein!« und hatte Glück, dass sie gerade nicht irgendwo sinnlos Geld verpulverte oder zuhause, leicht angetrunken auf der Couch lag, sondern in den oberen Etagen residierte und sich vermutlich langweilte. Jedenfalls willigte sie ein, sich herabzulassen und nach unten zu kommen. Kev atmete tief ein und langsam wieder aus. Er durfte jetzt nicht die Nerven verlieren und wütend oder gar ausfällig werden, was ihm erstaunlich gut gelang.

Er wolle nur reden, seine Cousine wiedersehen, den letzten verbliebenen Menschen seiner Familie. Er erwischte offenbar den richtigen Ton, Leandra fühlte sich wichtig und für etwas gut, aber nicht von ihrem hohen Ross gestoßen. Vielleicht war doch noch ein Funken Gefühl und Menschlichkeit in ihr vorhanden, den Kev mit seiner emotionalen, aber kühl vorgetragenen, halb auswendig gelernten Rede entfacht hatte. Leandra seufzte laut, sie war offenbar angetrunken und hätte Kev beinahe in den Arm genommen, nahm davon aber ruckartig Abstand und bat ihn stattdessen mit großzügiger Geste herein. Sie führte ihn vorbei an der Info, die ungebetene Gäste aussortierte und von der Security regelmäßig mit grober Hand entfernen ließ, wie Kev vor einiger Zeit am eigenen Leib erfahren hatte. Dieses Mal ging alles wie von selbst.

Leandra musste weder ihre Firmenkarte noch ihren Ausweis vorzeigen, um an Info und Security vorbei in den einzigen Aufzug zu gelangen, der in die privaten Gemächer der oberen Etagen führte. Auch die letzte Hürde, ein grimmig guckender, kräftiger Mann mit Anzug und langen, zu einem Zopf zusammengebundenen Haaren nahmen sie spielerisch. Jeder kannte Leandra und alle fassten sie mit Samthandschuhen an, schließlich war sie die Spielgefährtin des Chefs, der nicht zu Scherzen aufgelegt war, wenn es um seine Frau und noch weniger, wenn es um sein Geld ging.

»Der gehört zu mir«, sagte Leandra auch hier oben und der Langhaarige, dessen linkes Augenlied unangenehm zuckte, ließ Kev gewähren, obwohl er bereits Hand an ihn und seinen Seesack angelegt hatte, den Kev so klein wie möglich zusammengestaucht hatte. Riesig und nicht gerade unverdächtig war der strapaziert aussehende Seesack trotzdem, außer für seine beschwipste, verblödete Cousine.

Leandra führte Kev durch eine große Garderobe in eine kleine Bar, die mit einem roten, gemusterten Teppich ausgelegt war. An den Wänden und unter der Decke leuchteten tausende kleine Lichter, die Theke war ebenfalls leicht erleuchtet, an der Wand dahinter türmten sich unzählige, ganz sicher sehr teure Schnaps- und Champagnerflaschen auf.

Leandra mixte sich mit zielsicheren Handgriffen einen Drink.

»Möchtest du auch einen?«, fragte sie, ohne Kev anzugucken und griff mit einer kleinen Schaufel in einen Eimer voller Eiswürfel. Kev hatte die Zeit hastig, aber professionell genutzt, um das Leinentuch aus seiner Hosentasche mit etwas Chloroform aus seinem Seesack zu beträufeln. Dann ging alles ganz schnell: Er schlich sich von hinten an Leandra heran, riss sie zurück und drückte ihr das Tuch mit Wucht ins Gesicht, so wie er es aus verschiedenen Filmen kannte. Seine Cousine ließ die Eiswürfel neben das Glas fallen, zuckte, drehte und wandte sich, sie wütete hin und her, stieß Schreie aus, die durch das Tuch gedämpft genug waren, um den Wachmann vor der Tür wahrscheinlich nicht aus der Reserve zu locken.

Trotzdem drückte Kev – erschrocken von sich selbst und der Situation, in die er sich tatsächlich bugsiert hatte – das Tuch fester und fester auf Leandras Mund. Er begann zu schwitzen, schloss die Augen, um seine Cousine nicht sehen zu müssen, bis das Zucken endlich weniger wurde, ihre Muskeln erschlafften und sie zusammensackte. Er hielt Leandra unter den Armen fest, zog sie noch ein Stück hinter die Theke, wobei ihr zur Seite fallender Kopf gegen einen Pfosten stieß.

Der dumpfe Knall ließ Kev erschrecken, doch er durfte keine Zeit verlieren, musste seinen Plan spätestens jetzt eiskalt durchziehen. Eilig holte er Seil und Panzertape aus dem Seesack, band Leandras Arme auf ihrem Rücken fest und diese wiederum um den Pfosten. Er benutzte so viel Seil, wie er hatte und mehr Panzertape als nötig. Hauptsache das Biest konnte sich nicht losreißen, bis er seinen Plan vollendet hatte. Sicherheitshalber hielt er ihr das Tuch noch mal kurz unter die Nase, nachdem er Leandra so sehr verschnürt hatte wie diese kleinen Pakete, die man früher, mit Handschuhen, Mütze und Schal bekleidet, auf Kindergeburtstagen aufbekommen musste, während alle anderen lachten.

Kev fixierte seine Cousine ein letztes Mal mit eisernem Blick und eilte dann hastig zurück in die Garderobe, wo es zwei weitere Türen gab, die in die verzweigten Räumlichkeiten der Etage führten. Hektisch durchsuchte er die weitläufigen Räume, sah dabei unter anderem eine riesige Terrasse mit Liegeplätzen und Mini-Minigolfplatz, einen Fitnessraum und ein fensterloses Zimmer mit dunklem Boden, in dessen Mitte ein goldener Käfig stand. Die nächste Tür brachte Kev endlich in den großen Raum mit Pool, den er in der Reportage gesehen hatte. Er eilte hindurch und öffnete die Tür mit dem glitzernden »L« ruckartig.

Er machte ein paar Schritte in den Raum und drehte sich langsam und ungläubig mehrfach im Kreis. Das also war Leandras kleines Spielzeugparadies, ihr Raum voller Kleider, Accessoires, Perücken, Hüten, einem riesigen Schminktisch, Schuhen, diversen Keramikfiguren und einer meterhoch gefüllten Palette voller Überraschungseier. Durch ein Panoramafenster konnte man majestätisch über die Stadt blicken. Kev hatte noch nie so viel Kram und so viele Schokoeier, alle ungeöffnet, auf einem Haufen gesehen.

Vor dem großen Spiegel, der die halbe Wand einnahm, standen kleine Podeste, auf denen die Plastikfiguren aus den Eiern aufgestellt waren: grüne Drachen, die Feuer spuckten oder Flöte spielten, und blaue Elefanten, die surften oder mit ihrem Rüssel einen Cocktail tranken. Auf dem Elefanten-Podest war noch genau ein markierter Platz frei. In einem riesigen Eimer neben der Palette lagen die offenbar unnützen Reste der Eier: Alufolie, Plastikverpackung, Schokolade und Plastikschrott stapelten sich kreuz und quer in dem Eimer, der einem riesigen Speisfass glich.

Mit diesem Faible für Schokoladeneierfiguren hatte Kev bei Leandra nicht gerechnet. Dass sie die Schokolade nicht aß und nicht wusste, wie man Müll trennt, das passte wiederum zu ihr. Abstoßend, aber genau richtig für die kleine Bombe, die er mit sich trug und nun auf der Schokoladeneierpalette platzierte. Das dürfte eine richtige Sauerei geben. Die Sprengkraft der Bombe sollte laut Anleitung genügen, um in einem Umkreis von etwa sechs Metern für Schaden zu sorgen. Leandras Spielzeugparadies sollte also zu einem großen Klumpen Schrott mit Schokoladenüberzug zusammenfallen, während ihr einige Räume weiter nichts zustoßen würde, außer die Schmach, dass Kev sie überrumpelt und sie einmal übertrumpft hatte.

Sie würde mit ein paar blauen Flecken davonkommen, was der besondere Reiz an Kevs Plan war. Schließlich hatte sie ihn hier hoch geführt, vorbei an den eigenen Wachleuten. Sie hatte sich das Unheil selbst eingeladen und eingebrockt, sie trug also eine Mitschuld, so würde die Logik ihres Gönners womöglich lauten. Vielleicht würde er sie daraufhin sogar fallen lassen, wie schlechten Kaviar. Sie sollte jedenfalls aufwachen und wissen, dass er alles zerstört hatte, was ihr heilig war.

Vielleicht würde sie sich in nur wenigen Tagen alles neu kaufen lassen, vielleicht würden Rivenlaus‘ Bluthunde Kev jagen und finden, vielleicht aber würde Leandra auch einfach schweigen und sich ihre Niederlage eingestehen. Diese hatte sie in Kevs Augen schließlich schon erlitten, und er hatte endlich triumphiert, dachte er, als er mit dem Aufzug wieder nach unten fuhr, einen kleinen feuerspuckenden Drachen in der Hosentasche. Der Wachmann war so freundlich gewesen und hatte den Aufzug für ihn nach unten geschickt.

Spatenstich

Seit rund neun Monaten war Linda nun schon Teil der Pennlauen Kommune, sie hatte ihre Rolle gefunden und für einige Zeit auch ihre Bestimmung, zumindest hatte sie einen erfüllenden Part in dieser chaotischen, größtenteils liebenswerten Gemeinschaft übernommen. Sie hatte sich schnell eingelebt, war in der Arbeit, von der es immer noch mehr als genug gab, versunken und aufgegangen. Sie war so etwas wie die rechte Hand von Tooli, mit dem sie zugleich eine Affäre hatte, nichts Festes, aber sie waren doch mehr als nur Freunde, was nicht allen gefiel. Einige der Neuzugezogenen betrachteten Linda mit Missgunst, weil Tooli nach wie vor so etwas wie der Kommunenvorsteher war, auch wenn auf dem Papier natürlich alle gleichberechtigt waren.

Linda hatte – vor allem durch ihren Willen, ihren Einsatz und ihr Planungstalent, zum Teil auch durch Toolis Unterstützung – schon früh Aktionen und Events geplant und durchgeführt, auch wenn vieles noch immer nicht richtig umsetzbar war, weil die Baustellen einfach kein Ende nahmen. Eine, die ihr besonders wichtig gewesen war, hatte Linda aber abgehakt: In einem elendigen Kampf mit verschiedenen Gremien, langen Diskussionen und viel Geläster hatte sie die Änderung des Kommunennamens durchgesetzt. Der Name »Pennlaue Kommune« war in ihren Augen von Beginn an erbärmlich gewesen, zudem war es ihr stets peinlich gewesen, damit für Veranstaltungen zu werben.

Nachdem sie einige Monate gute Arbeit geleistet und einen unbändigen Fleiß an den Tag gelegt hatte, ließ sie sich auf diesen Kampf ein, der auch einer gegen Tooli war und der sie einige Nerven gekostet hatte. Gelohnt hatte es sich trotzdem, die Pennlaue Kommune hieß – in Anlehnung an die unweit angrenzenden Stadtteile Prenzlauer Berg und Friedrichshain – nun Prenzhain, und das klang gleich viel besser und geheimnisvoller. Die Events, wenn es auch weiter wenige waren, liefen zumindest aus Lindas Sicht nun etwas besser.

An einem Sonntagmorgen stand sie auf dem Hof, der seit ihrer Ankunft noch nie leer, aufgeräumt oder brauchbar für eine Open-Air-Veranstaltung oder auch nur ein Getränkeangebot war, weil die Baustellen sich Meter für Meter verschoben hatten und die Müllberge von der einen in die nächste Ecke gewandert waren. Mit ein paar Leuten waren sie dabei, die Wasserrohre neu zu verlegen. James hatte die Leitung, die er mit seiner lauten Stimme – er konnte selbst beim gemeinsamen Sonntagsfrühstück nicht leise reden – und einem leichten, schottischen Akzent übernahm. James war erst vor einigen Wochen zur Kommune gestoßen, nachdem er im einsamen Norden Finnlands für einige Monate Straßen geteert und markiert hatte. Davor habe er als Installateur gearbeitet, weshalb Linda ihm persönlich die Leitung für die Leitungen übertragen hatte. Mittlerweile zweifelte sie aber an seinen Fähigkeiten, weil er die Schuld ständig auf andere schob, wenn mal wieder etwas schieflief und der Schrott auf dem Hof von einer weit gefächerten Fontäne bewässert wurde.

»Bring mir mal jemand den Presshammer«, rief James, ohne sich zu den anderen umzudrehen, die in seinem Rücken standen. Sein Organ war auch so laut genug und hallte von den Häuserwänden zurück. Linda antwortete nicht, sie mochte

James für seine herrscherliche Art nicht. Gunnar setzte sich in Bewegung, um den Presshammer, wie James fälschlicherweise stets sagte, aus der Werkstatt zu holen. Linda sah den offenen Boden, der sich im Zickzack durch den Hof schlängelte. Sie sah den Schutt und den Asphalt, den sie selbst durch stundenlangen Einsatz am Presslufthammer geöffnet hatte. Abends waren ihre Arme vor Schmerzen wie gelähmt gewesen, ein befriedigender Schmerz, weil sie wusste, was sie geschafft hatte. Heute schmerzten ihr die Augen und ihr Kopf bereits vom Anblick dieser niemals endenden, einzigen Baustelle von Kommune. Ein Gefühl der Schwere lastete auf ihr, ähnlich wie damals nach der Sache mit Kev.

Tooli schlenderte betont lässig auf den Hof. Er kam aus dem Verwaltungstrakt, wo er vermutlich heimlich geschlafen hatte. Linda hatte ihn schon ein paar Mal schlafend auf der Couch im Büro erwischt, wo er eigentlich an den Zukunftsplänen der Kommune und an den Finanzen hatte arbeiten wollen.

»Na, wie läuft es auf dem Bau? Werden auch alle Arbeitssicherheitsmaßnahmen eingehalten?«, scherzte er und ging auf James zu, dem er leise etwas erzählte, von dem Linda nicht mal die Hälfte verstand. Es ging um einen Um- oder Anbau, ein langfristiges Projekt. Was auch immer es war und wie lang die verfluchten Baustellen hier noch sprießen und gedeihen sollten, ihr war urplötzlich klar, dass sie die Schnauze schon länger voll hatte von diesem widerlichen Gemeinschaftsgetue, bei dem der eine dem anderen hinter dem Rücken nichts gönnte und doch nur nach der eigenen Lust und Laune agierte und auf den eigenen Vorteil schielte. Sie konnte und wollte so nicht weitermachen und spürte plötzlich alles in sich brodeln, ihren Hass auf diese Welt, diese Männerwelt.

Sie sah den großen Spaten, der neben dem Haufen Schutt stand, griff ihn sich und schlug damit kurzerhand auf Tooli und James ein. Tooli schrie auf, als die Schaufel ihn im Nacken traf. James traf sie mit voller Wucht an der Schulter, danach an der Schläfe. Die beiden sackten zusammen und schwiegen geschockt. Man hörte nur noch Lindas lautes Schnaufen, das klang wie ein Kessel, der kurz vorm Überkochen war.

Auch die anderen, Gunnar und Helge, brachten kein Wort heraus und blickten Linda erschrocken an, die den Spaten herunternahm, tief durchatmete und langsam auf den Eingang der Wohnungen zuging. Kurz vor der Tür ließ sie das Werkzeug fallen, das auf den Boden krachte und die vier jungen Männer zusammenzucken ließ, die wie angewurzelt auf dem Hof standen und lagen. Linda packte nur die wichtigsten Dinge in ihre Tasche. Zum zweiten Mal in ihrem jungen Leben wollte sie so viel wie möglich zurücklassen.

Licht

Taumelnd bewegte er sich vorwärts, die Straße entlang auf die Brücke zu, getrieben von der Hoffnung, dass die Gewissheit, die er spürte, doch ein Irrtum war. Frau Hase, sein Hasi, war ihm von dieser grauenvollen Großstadtnacht genommen worden. Sie war verschwunden. Vielleicht für immer. Er spürte plötzlich, dass er Hasi ganz sicher nicht im Hotel antreffen würde, dass sich etwas geändert hatte, dass dies kein Zufall war, der sich gleich klären würde. Deshalb musste er weiter und weiter durch die Dunkelheit, um irgendwo auf ein Licht zu stoßen.

An einer Fußgängerbrücke blieb er stehen, beobachtete ein feuchtes Spinnennetz, das im Licht einer Laterne gut zu sehen war. Eigentlich viel zu gut für die Mücken und Insekten, die hier heute bereits ihr Ende gefunden hatten oder diesem nun ins Auge sahen. Von der Seite machte sich eine langbeinige Spinne an die Arbeit, kletterte, verschnürte und spann in Seelenruhe, ließ sich auch von Klaus‘ Blick, der sich auf wenige Zentimeter genähert hatte, nicht irritieren. Sie hatte fette Beute gemacht und füllte nun den Vorratsschrank. Spinne an einer beleuchteten Brücke müsste man sein, das reinste Schlaraffenland.

Vielleicht hätte er seine Sonate nie wieder spielen, sie ruhen lassen sollen. Ganz sicher sogar. Er musste weiter, sich bewegen und nicht gefangen nehmen lassen von diesem schwarzen, schweren Etwas, das sich seiner bemächtigte. Er stapfte weiter, einen Fuß vor den anderen, durch Pfützen, über den kaputten Asphalt und vorbei an Menschen, die er nur noch schemenhaft wahrnahm, obwohl er in eine Gruppe regelrecht hineinstolperte und von dieser wieder aufgerichtet wurde. Er verstand nicht, was die Leute sagten, ob sie lachten, fragten oder ihn beschimpften. Er musste weiter. Immer weiter im Zickzack-Schneckentempo durch die Nacht und durch die Stadt, die in ihrer grenzenlosen Weite dazu beitrug, dass er sich noch verlorener fühlte.

Er schleppte sich an Häuserwänden, Hecken und kleinen Parks, an geschlossenen Geschäften, Taxifahrern und Hunden vorbei, wurde beim Überqueren von Straßen mehrfach angehupt und setzte sich schließlich auf die Stufen eines breiten Hauseingangs. Links von ihm erkannte er Klingeln, mindestens 20, auf der rechten Seite Briefkästen, die teilweise überquollen. Auf dem Boden hatten sich kleine Papierhaufen gebildet: Werbung, für die sich niemand interessierte. Er legte seinen Kopf auf den Prospekten ab.

Etwas drückte sich in seine Rippen und weckte plötzlich Lebensenergie in ihm: das einfache, längst überholte Handy, nicht mal ein Smartphone, das er sich Frau Hase zuliebe für ihren Auftrag in Berlin zugelegt hatte, obwohl er die Dinger schon seit Jahren verachtete, weil sie unnütz waren, wie er immer wieder gerne betonte, auch wenn er dabei jedes Mal wie der alte, altbackene, weiße Mann wirkte, der er war. Doch das Gerät, das er aus seiner Jackentasche holte, könnte ihm nun tatsächlich nützlich sein. Er schaute das dumme Ding an, musste seine Augen mehrfach schließen, bevor sich die Tasten zu einem scharfen Bild zusammenfügten. Er überlegte, erinnerte sich und drückte mit seinem kalten Daumen ein paar Sekunden auf die Raute-Taste, bis das Display und die

Tasten leuchteten und das Gerät entsperrt war.

Über die großen Pfeiltasten landete er im Telefonbuch: Der erste von drei Einträgen war Frau Hases: »Hasi Handy« stand auf dem Display. Er drückte auf die Taste mit dem grünen Telefonhörer und hielt sich das Gerät ans Ohr. Der Anruf baute sich auf, es knackte und dauerte einige Sekunden, bis ein schepperndes Rufzeichen nach kurzer Unregelmäßigkeit rhythmisch ertönte und die Stille der Nacht mit Hoffnung füllte.

Er wusste nicht, wie lange er hier schon gebeugt saß und das Rufzeichen sein Ohr penetrierte, um im Kopf schmerzhaft nachzuhallen. Nur einmal brach es ab, er wählte wie ferngesteuert erneut Hasis Nummer und hielt sich das Gerät wieder an sein Ohr. Dort tutete und tutete es regelmäßig vor sich hin, ohne dass jemand den Anruf entgegennahm, ohne dass Hasi den Anruf annahm.

Klaus' Lethargie wich der Verzweiflung, seine Verzweiflung der Wut: Das kann nicht wahr sein! Warum? Wieso? Was soll das? Warum er? Warum dieses Leben? Warum? Warum! Er stand auf, umfasste das Handy mit der rechten Faust so fest es nur ging und warf es mit aller Wucht auf den Asphalt. Wenige Meter vor ihm zersprang es in Teile, ein paar Kleinteile flogen davon und waren nicht mehr zu sehen, der Rest lag auf dem feuchten Boden. Er nahm ein paar Schritte Anlauf und sprang mit beiden Füßen auf den kleinen Technikschrotthaufen, sprang erneut hoch und landete so fest wie er konnte immer und immer wieder auf dem Handy, das sich auf diese Weise aber kaum weiter zerstören ließ. Hilfesuchend sah er sich um, konnte aber keinen Stein oder etwas ähnlich Hartes finden, um dieser armseligen Technikerrungenschaft den letzten Stoß zu verpassen.

Vor dem nächsten Hauseingang stand ein Motorroller, einer dieser besonders hässlichen, modern abgerundeten Roller, die aufgrund ihrer Hässlichkeit oft auch »Toaster« genannt wurden. Jedenfalls stand der Toaster auf einem beidseitigen Ständer, mit dem sich bei gezielter und geschickter Nutzung das Handy weiter zerstören lassen musste. Klaus hob die Teile auf und legte sie gestapelt auf den Boden neben den Rollerständer. Wenn er den Ständer lösen und genau auf den Gerätschaften wieder platzieren würde, müsste das Handy vom Gewicht des Rollers weiter zerstört werden – spätestens dann, wenn er darauf Platz nahm und darauf herumhüpfte. So der spontane wie geniale Plan.

Der verdammte Toaster war allerdings nicht so leicht zu bewegen, weil das Lenkradschloss eingerastet und er nah an der Hauswand geparkt war. Klaus musste sich ganz schön ins Zeug legen, um den Roller nach vorne wegzuschieben und so den Ständer zu lösen, ohne das Fahrzeug dabei in die Hauswand zu rammen. Der Roller und Klaus wankten, doch der erste Teil der Operation war geglückt. Langsam rückwärts rollend nahm Klaus Maß, musste ein paar Mal einige Zentimeter vor und zurück justieren, damit der Ständer beim erneuten Herunterklappen auch wirklich eine Punktlandung auf dem Techniktürmchen machte.

Er zog den Roller am Lenkrad nach hinten und fixierte den Ständer mit dem linken Fuß, es knirschte bereits und als er ruckartig am Lenkrad zog, krachte es richtig: Das obere Handyteil brach ächzend auseinander, das untere Teil rutschte dabei weg und ließ auch den Ständer weggleiten. Weil Klaus bereits in Rücklage geraten war und weiter am Lenkrad riss wie ein Wahnsinniger, wurde Teil zwei der Operation zu einem kleinen Fiasko. Er landete rücklings auf dem Boden und konnte seine Beine gerade noch so weit anziehen, dass der Roller nicht darauf, sondern scheppernd auf dem Asphalt landete. Immerhin nur Plastik, dachte Klaus und lachte über seine hämische Schadenfreude.

Er suchte nach den Resten des Handys und erblickte ein kleines schwarzes Plastikteil, auf dem sich plötzlich Licht spiegelte: Im Erdgeschoss hatte jemand das Licht eingeschaltet, zwei Etagen darüber ebenfalls. Er war durch das Adrenalin wieder so klar bei Verstand, das Licht mit dem Krach des Rollersturzes zusammenzubringen, und gerade genug voller Elan, um die Flucht zu ergreifen, indem er in der Nacht verschwand und alles liegen ließ.

Nach einigen Kilometern, die er ziellos und zügig durch die Stadt gegangen war, spürte er einen unangenehmen Druck auf der Blase, der ihn unerwartet zurück in die Vergangenheit katapultierte. Er suchte einen Baum, einen Brückenpfeiler oder irgendeinen Ort, an dem er in Ruhe Wasser lassen und die schlimmen Gedanken loswerden konnte. Doch er fand den passenden Platz nicht.

Er erinnerte sich an die wenigen Pinkelpanikattacken von damals, die er nach einiger Zeit zwar wieder losgeworden war, die auf einmal aber wieder sehr präsent waren. Wie ein gejagtes Tier sah er sich um und erkannte schließlich, dass er zurück ins Hotelzimmer musste, um zur Ruhe zu kommen, auf Toilette gehen zu können und um Gewissheit zu haben.

Auf seinem Weg musste er sich mehr als einmal umorientieren und zwielichtige Gestalten nach dem Weg fragen. Als der Druck auf der Blase schon fast unerträglich war, stand er vor der Zimmertür des Hotels, die Gewissheit im Nacken, dass er Frau Hase dahinter nicht vorfinden würde. Er öffnete die Tür, schaltete das Licht ein und spürte den Funken Hoffnung entschwinden, der ihn bis gerade noch von Innen auf Betriebstemperatur gehalten hatte.

Hasis Klamotten und ihre Tasche waren verschwunden, der Schrank stand offen. Das Zimmer roch nach Leere. Nach Einsamkeit. Er sackte zusammen, ließ sich auf den Boden fallen und hielt die Luft an. Er atmete schwer und laut aus und ein. Schwindel, Übelkeit und eine Blase, die SOS trommelte. Er krabbelte zur Toilette, plagte sich dort sitzend mit Gedanken an Hasi, die Vergangenheit und die Zukunft und stöhnte laut auf, als das Urin endlich die Blase verließ und er einen Teil des vergangenen Abends in die Kanalisation Berlins spülte.

Zurück im Zimmer packte er das in seine Sporttasche, was er beim Blick durchs Zimmer glaubte, noch zu benötigen – es war nicht viel. Er musste raus. Jetzt, bevor er hier für immer versacken und von der Putzkraft leblos auf dem Bett gefunden würde, eins geworden mit der Leere des Zimmers, die sich gerade durch das Innere seines Körpers fraß. Er öffnete die Tür, rannte taumelnd den Flur entlang und die Treppe herunter, raus auf die Straße, die ihn mit einem leichten Regenschauer empfing. Die Regentropfen wirkten erfrischend auf der Haut, er genoss jeden einzelnen, beruhigte sich langsam, Tropfen für Tropfen, und fing ein paar davon mit der

Zunge auf. Sein Herzschlag verlangsamte sich und es begann gerade zu dämmern, als er die Straße herunterlief. Nach einigen Minuten hob er den Blick und bog zielsicher ab, magisch angezogen von dem leuchtenden Gelb einer Taxizentrale.

Sprudel

Als Lukas durch den Torbogen der Kommune auf die Straße trat, konnte er die Freiheit riechen. Die Sonne ließ das Ockergelb der alten Hausfassaden gleißend hell in einem anderen Licht erstrahlen. Er spürte seinen Puls, etwas unbeschreiblich Positives drang durch seine Blutbahnen. Er dachte kurz an Kev, stellte sich vor, welche Richtung er gewählt hatte, und folgte dann den Sonnenstrahlen, die ihm seinen Weg vorgaben. Lukas' Schultern fühlten sich ungewohnt leicht an, als habe er auf dem langen Weg zur und auf dem kurzen Weg aus der Kommune Ballast abgeworfen, nicht nur in Form von Omas Kadett. Er lief weiter und weiter und wusste, dass er hinter irgendeiner Häuserecke an sein, zumindest an ein Ziel gelangen würde.

Er spürte das unebene Pflaster unter seinen Füßen, beobachtete die kleinen Spatzen, die vor einem Obst- und Gemüseladen in Lauerstellung hin und her hüpften, während der Verkäufer Tomaten und Auberginen in eine Tüte steckte und sich dabei lauthals mit einer Kundin über das Wetter und unschöne Neubauten unterhielt.

Lukas blickte an den Häuserfassaden und ihren unzähligen Fenstern herauf, die von Haus zu Haus nur leicht versetzt waren und ein endloses Muster ergaben, dessen beige-grau von wenigen Farbsprenkeln durchbrochen wurden. Die neu gestrichenen Häuser stachen mit ihren bunten Farbtönen, vor allem gelbe und rötliche, hervor. In einer Bäckerei, die mit »Torte wie von Omi« auf einer Kreidetafel warb, warf Lukas einen Blick auf die optisch ansprechenden Torten, entschied sich aber nur für eine kleine Flasche Wasser, mit der er seinen Durst in zwei Zügen stillte. Er überquerte eine Straße und lief auf einen großen, gelb-goldenen »Bücher«-Schriftzug zu. Die Punkte über dem »ü« waren zwei längliche Striche, die zusammen mit dem Bogen des »u« wie ein strahlendes Gesicht aussahen.

Vor dem Laden waren zahlreiche Kartons mit gebrauchten Büchern auf Holzklappböcken aufgestellt, an der Hauswand lehnten zwei Europaletten, daneben schlief ein brauner, gelockter Wasserhund auf einem Stück Malerfilz. Mit den Fingern strich Lukas über die Bücherrücken eines Kartons und las einige Titel: *Die unerträgliche Leichtigkeit des Seins* von Milan Kundera und *Demian* von Hermann Hesse, von dem Lukas schon mehrfach gehört hatte. Er kaufte das Buch, das offenbar schon oft gelesen wurde, so zerfleddert waren seine Seiten, und trat aus dem schlecht ausgeleuchteten Laden zurück auf die Straße. Aus dem Augenwinkel nahm er von links ein Auto wahr, das sich näherte.

Er richtete seinen Blick auf den gelben Mercedes, ein Taxi, das sein Tempo nun verringerte. Wie eine Mücke, die vom Licht angezogen wurde, verfolgte Lukas den Wagen mit seinem Blick und winkte dem Fahrer kurz zu. Das Taxi fuhr rechts ran, Lukas macht ein paar lange Schritt zur Beifahrertür und öffnete sie. Er nahm Platz, ohne vorher einen Blick ins Innere geworfen zu haben. Der Fahrer, ein älterer Herr, trug einen Bart, eine runde Brille mit schwarzem Gestell und graues, mittellanges Haar.

Die beiden sahen sich kurz in die Augen, der Fahrer nickte und fuhr los. Er bog auf die Danziger Straße ab und passierte wenig später den Volkspark Friedrichshain. Lukas sah die Autos und Fahrradfahrer, das Grün und die Parkbesucher an sich vorbeiziehen – und zum ersten Mal fühlte er sich von seinen oft schweren Gedanken befreit, ließ sich leiten und fallen und dachte sich nichts bei dieser ziellosen, sich aber zielführend anfühlenden Taxifahrt.

Streckenweise dacht er gar nichts, was sehr befreiend war. Im Radio läutete das Schellen und Klingeln und Ticken verschiedener Uhren den Pink-Floyd-Song *Time* ein. Lukas' Blick wanderte vom Radio durch den Innenraum des Taxis und blieb beim Namenschild des Fahrers hängen. Er fixierte die Buchstaben des Vornamens, die sich kurz darauf selbstständig machten, über der Mittelkonsole emporstiegen, um einiges anwuchsen und sich in der Luft langsam neu sortierten, bis dort »Lukas« stand.

Der Fahrer lenkte das Taxi unbeirrt weiter über die breite Straße, überquerte nach einiger Zeit die Warschauer Brücke, unter der gerade eine S-Bahn hindurchfuhr, und fuhr schließlich an einem großen, gelb geklinkerten Gebäude vorbei, auf die beiden Türme der rot gemauerten Oberbaumbrücke zu. Auf der Brücke verringerte das Taxi sein ohnehin gemütliches Tempo und hielt zwischen den beiden Türmen auf der Fahrbahn an. Ein paar Sonnenstrahlen tanzten in den seichten Wellen des dunklen Spreewassers, ein Schiff tuckerte Richtung Westen. Radfahrer und Fußgänger fuhren und gingen ihrer Wege.

Gleich

Im Gleichklang schnallen sich der Taxifahrer und Lukas ab, sie öffnen die Autotüren, steigen aus, ohne sie wieder zu schließen. Im Gleichschritt überqueren sie wie ferngesteuert den Bürgersteig und bleiben am Brückengeländer stehen. Lukas weiß genau, was er tut; es passiert einfach, fühlt sich aber nicht fremdbestimmt an. Er spürt ein erlösendes und magisches Gefühl, noch nie fühlte er sich so frei und verstanden, so erfüllt. Auch das Sprudelwasser, das sich bereits in seiner Blase meldet, fühlt sich nicht unangenehm an.

»Home, home again, I like to be here when I can«, singt David Gilmour aus dem Taxi, als die beiden zeitgleich ihre Hosen öffnen und voller Glück in die Spree pinkeln. Mitten im Mittelstrahl bebt plötzlich der Boden unter ihnen, begleitet von einem lauten, klirrenden Knall.

ISBN 978-3-7584-2811-1
9 783758 428111 00001
www.epubli.com